Verena Maria Kalmann

# Bis sich unsere Wege wieder kreuzen



TINTE & FEDER

## Das Buch

Susanna tut alles, damit ihre Ehe funktioniert, sogar um die pflegebedürftige Schwiegermutter kümmert sie sich und stellt ihre eigenen Wünsche zurück.

Doch manchmal träumt sie sich zehn Jahre zurück nach Italien, wo sie auf einer Zugfahrt den jungen Doktoranden Emilio kennenlernte. Eine flüchtige Begegnung, doch seinen Charme und seine Leidenschaft für Literatur konnte sie nie vergessen.

Als sich ihre Wege tatsächlich wieder kreuzen, ist nichts so einfach, wie es vor zehn Jahren gewesen wäre. Können Susanne und Emilio nun endlich zueinander finden?

## Die Autorin

Verena Maria Kalmann, geboren und aufgewachsen in der Nähe von Bonn, absolvierte 1999 ihr Studium zur Diplom-Übersetzerin für Italienisch, Französisch und Englisch an der Universität Mainz (Germersheim). Im Anschluss daran arbeitete sie als Übersetzerin bei einer Bundesbehörde in Bonn sowie als Lektorin und Übersetzungsmanagerin in verschiedenen Firmen in Italien und der Schweiz.

Sie lebt in Konstanz, spielt Geige und Klavier und ist in mehreren Orchestern und Kammermusikensembles aktiv.

Im Sommer 2017 erschien ihr Debütroman »Von Elise« beim Verlag Tinte & Feder.

VERENA MARIA
KALMANN

# Bis sich unsere Wege wieder kreuzen

ROMAN

TINTE & FEDER

Deutsche Erstveröffentlichung bei
Tinte & Feder, Amazon Media EU S.à r.l.
5 Rue Plaetis, L-2338, Luxembourg
Dezember 2018


Umschlaggestaltung: semper smile, München, www.sempersmile.de
Umschlagmotiv: © YamabikaY / Shutterstock; © Elena Medvedeva / Shutterstock; © Rolau Elena / Shutterstock; © James Schwabel / Alamy Stock Photo
Lektorat und Korrektorat: Verlag Lutz Garnies, Haar bei München, www.vlg.de
Gedruckt durch:
Amazon Distribution GmbH, Amazonstraße 1, 04347 Leipzig /
Canon Deutschland Business Services GmbH, Ferdinand-Jühlke-Str. 7, 99095 Erfurt /
CPI Books GmbH, Birkstraße 10, 25917 Leck

ISBN 978-2-91980-654-6

www.tinte-feder.de

Für meine Eltern

# 1997/1998

# 1

***September 1997***

Der Klang seiner Stimme war es gewesen, der sie dazu veranlasst hatte, sofort aufzubrechen. Laurenz hatte sich ganz anders angehört als sonst. Bedrückt. Niedergeschlagen. Susanna konnte es nicht genau definieren. Sie hatte ihn gefragt, ob alles in Ordnung sei.

»Ja, schon«, hatte er zögerlich geantwortet. »Aber vielleicht kannst du trotzdem kommen?«

In dem Moment hatte sie gewusst, dass es etwas Schlimmes sein musste. Daher hatte sie gestern Abend nach dem Telefonat direkt die Signora aufgesucht und sie um kurzfristigen Urlaub gebeten.

Diese war nicht gerade begeistert gewesen. »Muss das sein? Wo soll ich so schnell eine Kinderbetreuung hernehmen?«

»Ein Notfall«, hatte ihr Susanna erklärt. »Meinem Bruder geht es nicht gut und er hat nur noch mich.«

Sie war vom Aventin zur Stazione Termini gefahren und hatte eine Fahrkarte nach Bonn gekauft, die ihre gesamten Ersparnisse der letzten drei Monate auffraß. Am Morgen hatte sie Laurenz erneut angerufen. Aber er war nicht zu Hause gewesen. Sie hatte ihm daraufhin eine Nachricht auf den

Anrufbeantworter gesprochen, dass sie am kommenden Tag um acht Uhr morgens in Bonn ankommen werde.

Jetzt stand sie mit ihrem roten Koffer auf dem Bahnsteig und wartete auf die Einfahrt des Zuges nach Mailand. Wo war Laurenz in aller Herrgottsfrühe bloß gewesen, dass er ihren Anruf nicht entgegengenommen hatte? Es sah ihm nicht ähnlich, die Nacht durchzuzechen und morgens nicht zu Hause zu sein. Hoffentlich hatte sie kein Unheil heraufbeschworen, indem sie der Signora gestern diese Halbwahrheit von einem Notfall aufgetischt hatte. Vielleicht ging es Laurenz gar nicht schlecht, vielleicht war nur eines seiner Fußballspiele nicht nach Plan verlaufen oder er hatte einfach einen miesen Tag gehabt. Aber sie verwarf diesen Gedanken gleich wieder. Laurenz würde sie niemals bitten, von Rom nach Bonn zu kommen, nur weil ein Fußballspiel danebengegangen war oder ihm irgendjemand den Tag verdorben hatte. Nein, es musste etwas anderes, etwas sehr Gravierendes sein.

»Der Zug nach Mailand hat voraussichtlich fünfundzwanzig Minuten Verspätung«, ertönte eine Lautsprecherdurchsage.

*Das auch noch!* Susanna setzte sich auf den Koffer und knabberte an ihren Fingernägeln. Zwar hatte sie in Mailand genügend Aufenthalt, doch das Herumsitzen und Warten war eine Qual.

Mehrere Großfamilien mit hochbeladenen Gepäckwagen zogen karawanenartig an ihr vorüber. Wollten die etwa alle in ihren Zug? Sie hatte keine Platzreservierung. *Hoffentlich muss ich nicht fünf Stunden stehen*, dachte sie.

Eine alte Frau mit schneeweißem Dutt und Spazierstock kam des Weges. Sie zog einen Trolley hinter sich her. Das Gehen machte ihr offensichtlich Mühe, denn alle paar Schritte hielt sie an.

Schon wieder erklang eine Lautsprecherdurchsage: »Der Zug nach Mailand fährt heute außerplanmäßig von Gleis zwei ab. Abfahrt in wenigen Minuten von Gleis zwei.«

*In wenigen Minuten? Gerade hieß es doch, der Zug habe fünfundzwanzig Minuten Verspätung!* Susanna fragte sich, ob sie die Ansage richtig verstanden hatte, doch die allgemeine Reaktion um sie herum bestätigte ihr, dass das der Fall war. Wie nach einem Startschuss bei Leichtathletikwettkämpfen rannten plötzlich alle los. Familienväter trieben zur Eile an, schreiende Kleinkinder wurden auf den Arm genommen, Koffer fielen von den Gepäckwagen herunter, die Schnellen überholten die Langsamen und rempelten sich gegenseitig an. Auch Susanna sprang auf und lief mit ihrem Koffer los. Da sah sie auf einmal die alte Dame mit dem weißen Dutt auf der Erde liegen. Ihr Spazierstock lag mehrere Meter entfernt von ihr. Wahrscheinlich hatte ihn jemand beim Rennen unabsichtlich weggetreten. Niemand blieb stehen, um zu helfen. Alle hasteten an ihr vorbei zu dem Zug, den sie unbedingt erreichen wollten. Susanna zögerte. Auch sie musste in diesen Zug nach Mailand, aber sie konnte die alte Dame nicht einfach liegen lassen. *Hoffentlich kümmert sich gleich jemand um sie*, dachte sie. Doch niemand schenkte ihr Beachtung. Susanna seufzte und trat zu ihr hin. »Kann ich Ihnen helfen, Signora?«

# 2

Seit einer gefühlten Ewigkeit stand der Bus im Stau. Weiter vorn auf der Straße hatten sich zwei Autos touchiert. Die beiden Fahrer stritten lautstark miteinander und hinderten mit ihren quer stehenden Pkws jeden anderen Verkehrsteilnehmer daran, seinen Weg fortzusetzen. Das Hupkonzert von dreißig Autos schien die Streithähne nicht zu tangieren. Emilio fluchte innerlich und sah auf die Uhr. *Nur noch neun Minuten bis zur Abfahrt des Zuges.* Wenn er ihn verpasste, würde er zu spät zur Geburtstagsfeier von Chiaras Vater kommen und das Familiendrama wäre perfekt. *Warum habe ich bloß keinen früheren Bus genommen?*, schalt er sich. Aber die Antwort darauf konnte er sich gleich selbst geben: Weil er im Grunde keine Lust hatte, zu dieser Feier zu gehen! Zeit hatte er auch nicht. In der kommenden Woche fand die alles entscheidende Prüfung für seine Bewerbung um einen Doktorandenplatz statt. Er hatte bis vorhin in der Bibliothek gesessen und gelernt und wäre am liebsten bis zum Abend dortgeblieben. Doch Chiara wollte ihn ausgerechnet jetzt, wenige Tage vor der Prüfung, die für seinen künftigen Lebensweg so wichtig war, ihrer Familie in Mailand vorstellen. *Warum tue ich eigentlich immer alles, was sie will?*, fragte er sich. *Kann sie sich nicht auch mal in mich hineinversetzen und begreifen, dass es mir gerade überhaupt nicht passt, durch das halbe Land zu reisen, nur um Champagner zu trinken?*

Plötzlich fuhr der Bus an. Auf der Straße schien es weiterzugehen. Emilio schielte erneut auf das Ziffernblatt seiner Uhr. *Noch acht Minuten.* Wenn jetzt alles reibungslos verlief, würde er den Zug noch erwischen.

Doch auf einmal schrie ein Fahrgast auf: »Sie fahren falsch, Sie hätten hier links abbiegen müssen!«

Allgemeines Geschrei und Gezeter setzte ein. »Ja, Sie hätten links fahren müssen, das ist der falsche Weg!«

Emilio sah aus dem Fenster und verdrehte die Augen. Der Busfahrer hatte sich verfahren – und konnte nicht mehr zurück.

»Ich bitte um Verzeihung«, rief der Busfahrer. »Es tut mir leid. Ich bin neu in der Stadt, ich kenne diese Strecke noch nicht. Es tut mir so leid. Bitte verzeihen Sie mir!«

Resigniert lehnte Emilio den Kopf gegen die Scheibe. Jetzt konnte er den Zug vergessen. *Wie kann es sein, dass man den armen Kerl nicht richtig einarbeitet und ihn ohne hinreichende Instruktionen durch eine überfüllte Großstadt schickt, die an Verkehrschaos kaum zu überbieten ist?*

»Ich lasse alle, die zum Zug müssen, hier raus«, rief der Busfahrer. »Das ist allerdings gegen die Vorschrift, daher seien Sie bitte vorsichtig, wenn Sie aussteigen, nicht, dass einem von Ihnen etwas passiert.«

Emilio stand auf. Dann war doch noch nicht alles verloren! Um zum Bahnhof zu gelangen, musste er durch eine Querstraße sprinten. Aber da er die Angewohnheit hatte, immer auf den letzten Drücker zu kommen, hatte er sich zu einem hervorragenden Läufer entwickelt. Zeitlich konnte es noch funktionieren. Vielleicht hatte der Zug ja auch ein wenig Verspätung. Als sich die Bustüren öffneten, sprang er hinaus und raste los.

Ein paar Minuten später rannte er auf den Bahnsteig, wo laut Anschlagtafel der Zug nach Mailand stehen sollte. Doch weit und breit war kein Zug zu sehen. Nur eine alte Dame auf der Erde, und eine junge Frau, die bei ihr kniete.

»Entschuldigung, ist der Zug nach Mailand schon weg?«, fragte er völlig außer Atem.

Die jüngere der beiden Frauen sah auf. »Ich weiß es nicht, wir wollten den Zug auch nehmen. Aber in letzter Sekunde wurde das Gleis geändert. Die Signora ist umgerannt worden. Jetzt sitzen wir hier.«

Emilio bemerkte die Niedergeschlagenheit in ihrer Stimme. Offensichtlich war sie die Einzige gewesen, die sich um die gestürzte Frau gekümmert hatte, obwohl sie eigentlich auch den Zug nehmen wollte. Er beugte sich zu der alten Dame hinunter. »Haben Sie sich verletzt?«

Ein runzeliges Gesicht mit Tränen in den Augen sah ihn an. »Nein, ich glaube nicht, aber ich bin halt schon so langsam und mir fällt das Aufstehen schwer.«

»Von welchem Gleis fährt der Zug denn nun ab?«, fragte Emilio.

»Gleis zwei«, sagte die junge Frau und blickte ihn fast vorwurfsvoll an.

*Sie denkt bestimmt, ich laufe gleich los und lasse sie mit der alten Dame allein*, dachte er. Wenn er ehrlich war, so hätte er tatsächlich am liebsten die Beine unter die Arme genommen und wäre zu Gleis zwei gestürmt. Bis zur planmäßigen Abfahrt des Zuges mussten ihm seiner Einschätzung zufolge nämlich noch dreißig Sekunden verbleiben. Aber der Anblick der beiden Frauen verbot ihm, weiter darüber nachzudenken. »Dann wollen wir mal sehen, ob wir den Zug noch erreichen«, sagte er stattdessen. »Ich bin übrigens Emilio.«

»Susanna«, stellte sich die junge Frau vor. Sie war noch sehr jung. Emilio vermutete, dass sie gerade einmal volljährig war.

»Gut, Susanna, kannst du den Gepäckwagen holen, der dort vorn steht?«

Sie nickte und lief los. Währenddessen half Emilio der alten Dame beim Aufstehen. Als sie auf wackeligen Beinen neben ihm stand, kam Susanna mit dem Wagen zurück.

»Pass auf, dass die Signora nicht wieder umfällt.« Er drückte ihr die alte Dame in die Arme. Dann stellte er das Gepäck der beiden auf den Wagen, hob die Signora hoch und setzte sie auf den großen roten Koffer. »Haben wir alles?«

Susanna nickte.

»Dann komm!« Er rannte los, das ungewöhnliche Gefährt vor sich herschiebend. »Halten Sie sich fest, Signora!«

Die alte Dame lachte wie ein kleines Kind, das Karussell fahren darf. Susanna lief neben ihm her.

»Platz da, Platz da!«, rief er den Leuten zu, als sie sich Gleis zwei näherten. Der Zug war noch nicht abgefahren, die Leute drängten noch hinein. Emilio steuerte eine Wagentür an, vor der nur noch drei Fahrgäste mit einigen Reisetaschen warteten, und blieb dort stehen. »Signora, wir sind am Ziel.« Mit einem Augenzwinkern reichte er ihr eine Hand und half ihr, von ihrem Taxi herunterzusteigen. Susanna zerrte schon das Gepäck vom Wagen.

»Steig ein, ich reiche dir die Koffer an«, sagte er.

# 3

Erleichtert lehnte sich Susanna gegen eine Abteiltür. Sie hatte es doch noch geschafft, in diesen Zug zu kommen. Der Waggon war rappelvoll. Es war ein Wunder, dass sie alle drei nebst Koffern noch hineingepasst hatten. Emilio hatte es sogar fertiggebracht, einen Rucksacktouristen von seinem Platz zu vertreiben, damit sich die alte Dame setzen konnte. Wie gut er alles organisierte!

Nun stand sie dicht neben ihm auf dem Gang vor dem Abteil, in dem er die Signora einquartiert hatte. Er roch ganz leicht nach Bergamotte. *Ein angenehmer Duft.* »*Grazie*, Emilio«, sagte sie. »*Grazie mille.*«

Er sah zu ihr herunter und lächelte. »Keine Ursache. Das war doch selbstverständlich.«

Sie lächelte zaghaft zurück und blickte dabei in seine dunkelbraunen Augen. »Trotzdem danke.« Ihre Stimme zitterte. *Warum das?* Abrupt wandte sie den Blick von ihm ab und sah durch die Abteiltür zu der alten Dame, die ihr zuwinkte.

»Soll ich dir auch einen Sitzplatz organisieren, Susanna?«

Ihr Name klang samtweich aus seinem Mund. Ihr Herz fing auf einmal an, wie wild zu schlagen. Sie stand viel zu nah an ihm dran, aber sie konnte nicht weiter weg, denn der Gang war brechend voll und die Reisenden wurden wie Ölsardinen aneinandergequetscht. In ihrem Rücken spürte sie den Rucksack eines anderen Fahrgasts und ihr Koffer ruhte halb auf ihrem Fuß. »Nein, nicht nötig. Ich stehe gern …« … *neben dir*, ergänzte sie in Gedanken.

»Es war wichtig für dich, diesen Zug zu erwischen, nicht wahr?«, fragte er.

»Ja, sehr wichtig sogar. Ich glaube, meinem Bruder geht es nicht gut, er klang so merkwürdig gestern Abend und heute früh konnte ich ihn nicht erreichen.«

»Wo musst du hin?«

»Nach Bonn.«

»Du bist Deutsche? Ich habe mich die ganze Zeit schon gefragt, woher du wohl kommen magst. Ich konnte deinen Akzent nicht einordnen, typisch deutsch klingt er nicht, du sprichst sehr gut Italienisch.«

»Danke.« Sie merkte, wie sie rot wurde. »Ich bin als Au-pair in Rom.«

»Ich hoffe, es ist nichts Schlimmes mit deinem Bruder. Hast du wenigstens jemanden informieren können, zum Beispiel eure Eltern, nachdem du ihn nicht erreicht hast?«

Susanna schüttelte den Kopf. »Unsere Eltern sind schon lange tot. Mein Zwillingsbruder und ich sind bei einer Tante aufgewachsen.«

Ihm entgleisten sämtliche Gesichtszüge, und sie bereute schon, ihm davon erzählt zu haben.

»Das tut mir leid«, sagte er leise. »Das tut mir wirklich leid.« Er legte eine Hand auf ihre Schulter.

Sie kämpfte plötzlich gegen aufsteigende Tränen an. Es war lange her, dass sie ihre Eltern bei einem Autounfall verloren hatte. Deswegen weinte sie jetzt nicht mehr. Aber die lähmende Angst um Laurenz machte sie wahnsinnig. Und nun diese Berührung von Emilio. Seine warme Hand auf ihrer Schulter, die ihr ein Kribbeln durch den ganzen Körper jagte.

Sie verspürte plötzlich das Bedürfnis, sich an ihn zu lehnen. Aber das wagte sie nicht.

»Es war sehr nett von dir, dass du dich als Einzige um die alte Dame gekümmert hast«, sagte er und zog langsam seine Hand zurück.

Erstaunt sah sie auf. »Ich war nicht die Einzige. Du bist doch gekommen. Ich hätte wirklich nicht gewusst, wie ich ihr allein hätte aufhelfen sollen.«

Wieder lächelte er und sah sie lange an. Sein Blick schien tief in sie einzudringen. Sie hatte das Gefühl, als könnte er ihre Gedanken und ihre Gefühle lesen. Mit einem Mal schoss ihr erneut das Blut in die Wangen. *Er merkt bestimmt, dass er mich ganz durcheinanderbringt*, durchfuhr es sie.

Sie räusperte sich. »War es für dich auch wichtig, genau diesen Zug zu erreichen?«, fragte sie mit unsicherer Stimme.

Er seufzte. »Ja. Der Vater meiner Freundin wird heute sechzig. Ich muss zu seiner Geburtstagsfeier nach Mailand.«

»Aha.« Eine Woge der Ernüchterung erfasste Susanna. Er hatte eine Freundin. Natürlich hatte er eine. Er sah nicht nur gut aus, er war freundlich, hilfsbereit und einfühlsam. So jemand hatte immer eine Freundin. Wie gut, dass sie vorhin ihrem Bedürfnis widerstanden und sich nicht an ihn gelehnt hatte. »Das ist ja ein schöner Anlass«, brachte sie heraus.

»Nun ja, ich habe eigentlich keine Zeit dafür«, sagte er und erzählte ihr dann, dass er italienische Literatur studiert hatte und sich gerade um eine Doktorandenstelle bewarb. »In Italien ist ein Promotionsstudium nicht für jedermann frei zugänglich. Ich muss unbedingt hervorragende Prüfungsergebnisse abliefern, um eine Chance zu bekommen. Deshalb passt es mir gelinde gesagt gar nicht, dass ich nun zwei Tage lang wegen einer Geburtstagsfeier unterwegs bin.«

Susanna nickte. Sie musste Abstand zu ihm gewinnen. Sie musste die lächerlichen Gefühle, die sie Emilio gegenüber empfand, unterdrücken. Glücklicherweise hatte es sich rechtzeitig herausgestellt, dass er bereits vergeben war. Außerdem war er ohnehin zu alt für sie. Wenn er schon sein Studium beendet hatte, war er mindestens fünfundzwanzig, sie erst neunzehn.

Der Zug fuhr langsamer. *»Prossima fermata: Firenze Santa Maria Novella«,* ertönte die Lautsprecheransage im Zug. Die Touristen im Abteil der alten Dame hoben eilig ihre Koffer und Reisetaschen von der Gepäckablage.

»In Florenz steigen viele Leute aus. Jetzt werden wir uns auch setzen können«, sagte Emilio.

*Zum Glück*, dachte Susanna. *Dann brauche ich nicht mehr auf Tuchfühlung zu ihm zu stehen.*

# 4

»Da kommen meine Schutzengel«, rief die alte Dame, als Emilio und Susanna zu ihr ins Abteil kamen. »Ich heiße Anna«, sagte sie, »und ich bin euch so dankbar für eure Hilfe. Was hätte ich nur ohne euch gemacht?«

»Geht es Ihnen wieder besser?«, fragte er.

»Ja, mir geht es hervorragend«, plapperte Signora Anna drauflos. »Aber ich glaube, das war die letzte Reise, die ich unternommen habe. Ich merke wirklich, dass ich mir das nicht mehr zumuten kann. Wegen mir habt ihr sogar fast den Zug verpasst.«

»Oh, nicht der Rede wert«, sagte er.

»Ich habe euch durch die Fensterscheibe beobachtet«, sagte sie. »Die ganze Zeit habe ich mich gefragt, an wen mich Susanna erinnert. Und jetzt ist es mir wieder eingefallen.«

»Da sind wir ganz Ohr«, sagte Emilio und lachte. »An welche Schauspielerin erinnert sie Sie?«

»Keine Schauspielerin«, sagte Signora Anna entrüstet. »Viel besser: Sie ähnelt Michelangelos delphischer Sibylle aus der Sixtinischen Kapelle.«

Er musterte seine junge Reisegefährtin. Ihre Wangen nahmen einen zarten Rosaton an. *Sie wird verlegen, wenn ich sie ansehe.* Trotzdem wandte er den Blick nicht ab. »Sie haben zwar recht, Signora, was ihr Gesicht anbelangt. Würde Susanna einen blauen Schleier tragen, hätte sie erstaunliche Ähnlichkeit mit Michelangelos delphischer Sibylle.« *Es sind vor allem ihre großen Augen und die bernsteinfarbenen Haare, die an Michelangelos Fresko erinnern,* dachte er. Laut sagte er: »Aber die kräftigen Oberarme, die Michelangelo seiner delphischen Sibylle verpasst hat, hat Susanna nicht.«

Die alte Dame lachte. »Nein, natürlich nicht.«

Als er sah, dass Susanna feuerrot anlief, wechselte er das Thema. »Dann erzählen Sie uns doch mal, Signora, was Sie nach Rom verschlagen hat.«

Sie erzählte sodann, dass sie aus Rom stamme, gerade ihre Schwester dort besucht habe und nun wieder zurück nach Lecco, einen Ort in der Nähe von Mailand fahre, wohin sie als junges Mädchen geheiratet hatte.

»Lecco?«, fragte Emilio interessiert. »Das ist doch der Ort, an dem ›I Promessi Sposi‹ spielen.«

»Genau!« Signora Anna nickte. »Wegen dieses Romans von Alessandro Manzoni ist unser Ort berühmt geworden.«

Emilio kramte ein Buch aus seinem Rucksack. Ein Bleistift fiel heraus, den er sich einfach hinters Ohr klemmte. »Hier, sehen Sie, diese Ausgabe ist schon ganz zerlesen, aber ich liebe sie sehr. Schon mein Vater hat sie benutzt.«

»Du liest diesen Roman gerade?« Entzücken sprach aus ihrer Stimme.

»Ich habe ihn schon viele Male gelesen«, sagte er. »Sozusagen von Berufs wegen, denn ich habe Literatur studiert.«

»Ach, was Sie nicht sagen! Entschuldigen Sie, dass ich Sie geduzt habe …«

»Bitte fangen Sie jetzt nicht mit dem ›Sie‹ an, sonst fühle ich mich gleich ganz alt.«

»Na gut, wie du meinst.« Sie wandte sich an Susanna. »Kennst du diesen Roman auch?«

Sie schüttelte den Kopf.

»Also dann, Emilio, musst du unserer jungen Freundin den Inhalt dieses Romans wiedergeben!«, bestimmte Signora Anna.

Und so erzählte er von den Hauptfiguren Renzo und Lucia, die sich im Italien des 17. Jahrhunderts liebten, aber nicht heiraten konnten, weil sich der ängstliche Dorfpfarrer von Lecco, Don Abbondio, von dem adligen Rodrigo hatte einschüchtern lassen: »Rodrigo begehrt Lucia nämlich selbst und will sie in seine Gewalt bringen. Die beiden Liebenden sind gezwungen, Lecco zu verlassen und sich, da sie nicht verheiratet sind, getrennt zu verstecken. Sie durchleben unzählige Abenteuer. Renzo gerät in einen Aufstand und wird fälschlicherweise als einer der Rädelsführer gesucht, doch er kann entkommen. Lucias Versteck wird verraten, sie muss erneut vor Rodrigo fliehen, entkommt ihm aber ein weiteres Mal. Schließlich bricht die Pest aus und rafft unzählige Einwohner Norditaliens dahin, auch den bösen Rodrigo. Lucia und Renzo indes überleben die Krankheit, finden sich wieder und heiraten.«

»Das ist eine wunderschöne Geschichte«, sagte Susanna.

»Ja.« Emilio blätterte in dem Roman. »Allerdings ist der Roman für den heutigen Zeitgeist sehr langatmig geschrieben.«

»Du hast ihn aber gar nicht langatmig geschildert, mir war kein bisschen langweilig.«

Er lächelte. *Sie ist wirklich süß!* »Bald wirst du ihn auch lesen können.« Er wandte sich wieder der alten Dame zu. »Es ist bestimmt etwas ganz Besonderes, wenn man in das Städtchen heiratet, in dem ›I Promessi Sposi‹ spielen, oder?«

Signora Anna schüttelte den Kopf. »Ich wohne seit meinem neunzehnten Lebensjahr in Lecco in unmittelbarer Nähe der Kirche. Jeder verbindet diesen Ort sofort mit dem berühmten Roman von Manzoni. Aber meine Ehe war eine Katastrophe.« Ihre Augen schimmerten plötzlich feucht.

Emilio erschrak. In welches Fettnäpfchen war er da nur getreten? »Was ist denn passiert?«

Die alte Dame wischte sich die Tränen aus den Augen und schnäuzte sich. »Ich war Sängerin und habe mit achtzehn Jahren ein Engagement an der Mailänder Scala bekommen. Die Welt lag mir zu Füßen, meine Stimme war klar und rein, frei von dem wuchtigen Vibrato, das den meisten Sängerinnen damals zu eigen war. Ich sang anders und dadurch wurde auch das weltbekannte Opernhaus auf mich aufmerksam. Nach einer Vorstellung kam Filippo, mein späterer Ehemann, in meine Garderobe, um mir zu gratulieren. Das war nichts Außergewöhnliches, viele Opernbesucher kamen damals zu mir. Filippo war ein schöner Mann. Er war groß, hatte blaue Augen und ein betörendes Lächeln. Ich verliebte mich sofort in ihn. Er kam dann jeden Abend in meine Garderobe. Nach sechs Monaten heirateten wir. Das war das Ende meiner kurzen Karriere.«

»Wieso das?«, fragte Susanna erstaunt.

»Ach, Kind, damals war das so. Sobald eine Frau heiratete, musste sie aufhören zu arbeiten. Vor allem ging es nicht an, dass eine verheiratete Frau als Sängerin auftrat. Sängerinnen und Tänzerinnen hatten einen schlechten Ruf.« Sie seufzte. »Ich zog nach Lecco und geriet für alle Welt in Vergessenheit. – Das hätte ich verkraftet«, fuhr sie fort, »wenn ich wenigstens Kinder bekommen hätte, was natürlich jeder erwartete. Doch sie blieben aus.« Sie hustete und kramte in ihrer Handtasche, bis sie ein Hustenbonbon herauszog. »Irgendwann hatte mein Mann eine andere Frau, die ihm Kinder gebar. Ich habe seine Affäre zunächst gar nicht bemerkt, ganz Lecco wusste es vor mir. Als ich als Letzte dahintergekommen war und Filippo zur Rede stellte, lachte er mich nur aus und sagte, ich könne ja gehen, wenn mir etwas nicht passe.« Sie stopfte das Bonbonpapier in den Abfallbehälter und ließ den Deckel mit einem lauten

Scheppern zufallen. »Ich konnte aber nirgendwo hingehen. Meine Eltern und Geschwister waren in Rom, sie hätten mich nicht wieder aufgenommen. So lebte ich weiter in Lecco in dem Haus meines Mannes, in das bald darauf seine Zweitfrau mit den Kindern einzog, und fortan war ich das Dienstmädchen für alle.«

»Haben Sie nicht versucht, wieder ein Engagement als Sängerin zu bekommen?«, fragte Emilio.

Signora Anna schüttelte den Kopf. »Ich habe es versucht, doch es war niemand mehr an mir interessiert. Außerdem brach dann der Zweite Weltkrieg aus, die Menschen hatten anderes im Kopf als Opern.«

»Wie lange haben Sie so gelebt?«, wollte er wissen und fragte sich dabei, ob es nicht eigentlich taktlos war, ihr eine derartige Frage zu stellen.

Die alte Dame machte eine wegwerfende Handbewegung. »Ich war siebenundzwanzig, als Filippos Geliebte bei uns einzog. Jetzt bin ich siebenundachtzig Jahre alt. Vor zwanzig Jahren starb sie, fünf Jahre später mein Mann.«

»Was? Sie waren zweiundsiebzig Jahre alt, als der Albtraum endlich vorbei war?« Er konnte es nicht fassen. »Das waren fünfundvierzig Jahre Lebenszeit!«

Sie nickte und wischte sich wieder eine Träne aus dem Gesicht. »Ich weiß nicht, woher ich jeden Tag die Kraft nahm, all diese Jahre zu überstehen. Aber ich wollte meinem Mann und seiner Geliebten nicht den Gefallen tun, mich selbst umzubringen. Dann hätten sie mir nicht nur mein irdisches Leben zerstört, sondern auch noch das ewige.« Plötzlich schluchzte sie auf. »Bitte verzeiht mir, dass ich euch so sehr auf die Nerven gehe. Jetzt habe ich euch nicht nur auf dem Bahnsteig aufgehalten, sondern heule euch obendrein noch etwas vor.« Signora Anna schlug die Hände vors Gesicht und weinte bitterlich.

*Oh Herr!* Emilio seufzte innerlich. *Dieser Tag ist wirklich eine Herausforderung.* Da er nicht wusste, was er machen sollte, legte er einfach einen Arm um die alte Dame und streichelte über ihre weißen Haare, um sie zu beruhigen. »Jetzt ist ja alles gut«, sagte er immer wieder. Er sah zu Susanna hinüber. Sie kämpfte ebenfalls mit den Tränen. *Fang du bitte nicht auch noch an zu weinen*, beschwor er sie in Gedanken, *sonst bin ich wirklich hoffnungslos überfordert.*

»Hast du ein Taschentuch?«, fragte er sie stattdessen. »Ich habe keines mehr und Signora Anna braucht noch eines.«

Susanna kramte in ihrer Tasche und reichte ihm ein Päckchen Papiertaschentücher.

»*Grazie.*« Er lächelte. Sie erwiderte sein Lächeln, und in dem Moment fühlte er sich auf merkwürdige Weise mit ihr verbunden. *Dann mache ich in ihren Augen wohl alles richtig*, dachte er.

Ein paar Minuten später konnte er Signora Anna wieder aus seinen Armen entlassen. Die alte Dame hatte ganz rote Augen und entschuldigte sich tausend Mal.

Doch Emilio tätschelte ihr den Arm. »Es ist immer gut, wenn man seinen Kummer mit anderen teilt, Signora. Sie müssen mir jetzt jedoch versprechen, dass Sie Ihre verbleibende Lebenszeit auf das Angenehmste verbringen werden. Haben Sie wenigstens genügend Geld?«

Signora Anna lächelte auf einmal verschmitzt. »Ja, Filippo hat als Beamter gut verdient und da wir niemals geschieden wurden und ich ihn und seine Geliebte überlebt habe, kassiere ich seit fünfzehn Jahren seine Pension. Ich kann euch versichern, dass ich jede Lira auf den Kopf haue.«

»*Perfetto!*« Emilio klatschte in die Hände. »Das machen Sie gut! Geben Sie all das Geld aus, um zu Ihrer Schwester oder auch anderswo hinzureisen, in die Oper zu gehen, ins Museum, ins Theater, wohin Sie mögen.«

Signora Anna nickte. »Seid ihr mir nicht böse, dass ich gerade derart die Contenance verloren habe?«

»Natürlich nicht!«, rief Emilio und auch Susanna schüttelte entschieden den Kopf.

Ein schriller Klingelton unterbrach ihre Unterhaltung. Es war sein Handy. Hektisch kramte er es aus dem Rucksack. *Das wird bestimmt Chiara sein*, dachte er. Er verließ das Abteil, um den Anruf auf dem Korridor entgegenzunehmen.

# 5

Verstohlen schielte Susanna auf den Gang und beobachtete ihren Reisegefährten. *Wie lieb er Signora Anna getröstet hatte!* Obwohl sie alt, faltig und eigentlich eine Fremde war, hatte er sie in die Arme genommen, als wäre sie seine Freundin. Apropos Freundin. Das war sie bestimmt am anderen Ende der Leitung. Emilio stand mit grimmigem Gesichtsausdruck vor dem Abteil und hielt sich dieses klobige Gerät ans Ohr, das in Italien offensichtlich bereits jeder Normalsterbliche besaß. Susanna hatte kein Handy, auch Laurenz nicht. *Wenn er doch nur eines hätte!* Dann hätte sie ihn am Morgen auf jeden Fall erreicht und müsste sich weniger Sorgen machen, wo er stecken könnte. Um nicht weiter darüber nachzudenken, schaute sie wieder auf den Gang, wo Emilio immer ärgerlicher dreinblickte. Manchmal setzte er an, etwas zu sagen, aber er kam allem Anschein nach überhaupt nicht zu Wort.

»Das wird wohl seine Freundin sein«, mutmaßte Signora Anna über das Offensichtliche. »Ich hoffe, er schafft es, sich rechtzeitig von ihr zu trennen, denn so wie die beiden miteinander reden, ist die Liebe fast erloschen.«

Susanna sah sie erstaunt an. »Woran erkennen Sie das?«

»Lebenserfahrung, meine Liebe. Ich brauche nichts zu hören, ich sehe alles in seinem Gesicht.« Unverhohlen musterte sie Emilio hinter der Scheibe.

Er schien das Telefonat endlich zu beenden und kam wieder zurück ins Abteil.

Susanna spürte gleich, dass er ein anderer war. Er blickte stumpf vor sich hin und machte keine Anstalten mehr, das Gespräch fortzusetzen.

»Emilio, wenn du mit deiner Freundin nicht glücklich bist, solltet ihr euch vor der Hochzeit in Frieden trennen«, sagte Signora Anna plötzlich.

Er runzelte die Stirn.

»Entschuldige meine Offenheit, aber ich habe den Eindruck, dass du nicht besonders glücklich bist, und meine Lebenserfahrung zwingt mich, dich zu warnen. Es ist noch nicht zu spät. Lass es bleiben, wenn du dir nicht sicher bist.«

Er presste die Lippen aufeinander und sagte nichts.

»Und was ist mit dir?«, wandte sich Signora Anna an Susanna. »Hast du einen Freund oder einen Mann, den du heimlich verehrst?«

Sie erschrak und schüttelte den Kopf.

Die alte Dame lächelte. »Du bist sehr süß. Du wirst nicht lang allein sein, aber sei auf der Hut und binde dich nur, wenn du dir ganz sicher bist.«

Dann quetschte sie Emilio über seine Freundin aus. Sie wollte wissen, wie sie hieß (Chiara), wie sie aussah (blond und hochgewachsen), wie lange sie zusammen waren (etwa ein Jahr). Susanna wunderte sich. *Wie kann die Signora ihn das alles fragen, obwohl sie ihn kaum kennt?*

Emilio beantwortete die ihm gestellten Fragen sehr einsilbig. Während des Interviews über seine Heiratsabsichten (oder vielmehr seine fehlenden Absichten) sah Susanna aus dem Fenster auf die endlos weite Po-Ebene. Es war unschwer zu erkennen, dass es draußen sengend heiß sein musste, obgleich es Ende September war. Die Luft flimmerte förmlich. Auch im Zugabteil wurde es immer wärmer. Susanna fächerte sich mit der Fahrkarte Kühlung zu. Zwischen den Städten Modena, Reggio nell'Emilia, Parma und Piacenza gab es fast keinen Baum, schon gar keinen Wald, nur alle paar Kilometer war ein einzelnes Gehöft oder verfallenes Haus zu sehen. Inzwischen klebte ihr das T-Shirt am Körper und ihre Trinkflasche enthielt nur noch einen Schluck lauwarmes Wasser, den sie hortete wie einen kostbaren Schatz.

Plötzlich klingelte es schon wieder. Entnervt kramte Emilio sein Handy heraus. Dieses Mal verließ er nicht das Abteil. »*Pronto*«, meldete er sich. Seine Stimme klang kühl. Fast schon schneidend kalt. Wie hatte sie sie eben als warm empfinden können, fragte sich Susanna. Hatte ihn Signora Annas Fragerei nachhaltig verstimmt?

»*Sì, sto arrivando*«, sagte er gereizt. »In etwa zehn Minuten bin ich in Mailand. Ich kann auch nichts dafür, dass der Zug Verspätung hat.«

Dass der Zug Verspätung hatte, war Susanna noch gar nicht aufgefallen. Sie sah auf ihre Armbanduhr. Tatsächlich! Sie hätten bereits vor zwanzig Minuten in Mailand ankommen sollen.

»*Signori passeggeri*, in Kürze erreichen wir Milano Centrale. Der Zug endet dort. Wir bitten Sie alle, auszusteigen«, ertönte die Stimme aus dem Lautsprecher.

»Ich komme ja schon!«, rief Emilio ungehalten ins Handy. »In einer halben Stunde stehe ich vor eurer Haustür.«

Susanna versuchte, nicht hinzuhören. Signora Anna hatte recht. Der Haussegen hing wirklich mehr als schief.

Langsam fuhr der Zug in Mailand in die riesige Bahnhofshalle ein. Emilio telefonierte immer noch und stopfte währenddessen seine Jacke in den Rucksack. »Warte kurz!« Mittlerweile war der Zug zum Stehen gekommen. Er hob die

Koffer von der Gepäckablage herunter und reichte Signora Anna die Hand. »*Arrivederci, Signora*, vielen Dank für die netten Gespräche. Seien Sie jetzt bitte immer glücklich.« Dann legte er Susanna sachte eine Hand auf die Schulter. »Alles Gute für dich, Susanna. Ich hoffe, deinem Bruder geht es bald wieder gut. Kommt ihr zurecht beim Aussteigen?«

»Ja, kein Problem«, sagte Susanna. »Alles Gute und vielen Dank für alles.«

Er hielt sein Handy wieder ans Ohr. »Ja, Chiara, ich bin noch dran, ich steige jetzt aus!« Er winkte Susanna und Signora Anna noch einmal zu, stürmte auf den Gang hinaus und war verschwunden.

Susanna seufzte innerlich. Die kurze Berührung hatte sie schon wieder elektrisiert. Doch nun war er weg. Für immer. Sie hatte sich noch nicht einmal richtig von ihm verabschiedet.

»Nun sieh dir das an«, rief Signora Anna. »Da hat Emilio in der Hektik Manzonis ›I Promessi Sposi‹ vergessen.«

Susanna folgte ihrem Blick. Auf dem Boden unter seinem Sitz lag der zerlesene Roman.

»Vielleicht kann ich ihn noch einholen«, rief sie. Es wäre schön gewesen, ihn noch einmal zu sehen. Aber sie konnte Signora Anna mit ihrem Gepäck nicht allein lassen. Sie half ihr, die Treppe auf den Bahnsteig zu bewältigen, und reichte ihr den Trolley.

»Jetzt lauf ihm nach, Susanna, vielleicht erwischst du ihn noch.«

»Bitte warten Sie hier auf mich, Signora, ich hole Sie gleich mit dem Gepäck ab, ich will mich richtig von Ihnen verabschieden.« Dann rannte sie los. Am Ende des Bahnsteigs blickte sie nach rechts und links. Vor den Gleisen drängelten sich Tausende von Reisenden. Alle liefen durcheinander, zogen Koffer hinter sich her, Gepäckwagen standen im Weg und wieder sah sie ein paar Großfamilien mit regelrechten Gepäckhaufen.

Von Emilio keine Spur! Er war ins Menschengewirr abgetaucht, musste den Bahnhof schon verlassen haben oder er lief nun seinerseits durch das Gewusel zurück, um sein Buch aus dem Zug zu holen. Nach ein paar Minuten gab sie auf. Zumindest von Signora Anna wollte sie sich gebührend verabschieden. Sie kehrte zum Zug zurück.

Ihre alte Reisegefährtin stand ein wenig krumm und allein neben der Lokomotive. »Hast du ihn gefunden?«

Susanna schüttelte den Kopf. »Was mache ich nun mit dem Buch? Emilio braucht es doch für seine Prüfung.«

»Lass mal sehen, er wird einen Namen oder sogar seine Adresse und Telefonnummer hineingeschrieben haben«, sagte Signora Anna.

Sie schlugen das Buch auf und suchten auf den ersten Seiten nach Emilios Adresse. Aber alles, was sie fanden, war eine Widmung:

> Lieber Emilio,
> bald werde ich sterben. Pass gut auf Mamma und Deine Geschwister auf. Ich weiß, dass Du das kannst. Ich wünsche Dir, dass Du eines Tages die Frau findest, mit der Du ein Leben lang glücklich sein wirst, so wie Renzo und Lucia in diesem Roman, so wie Mamma und ich im wahren Leben.
> In Liebe, Dein Papà.

»Oh nein, dieses Buch hat ihm sein Vater geschenkt, der bestimmt schon gestorben ist!« Susanna schlug die Hände vor dem Mund zusammen. »Und es steht keine Adresse darin. Was machen wir denn jetzt?«

Signora Anna nahm dankbar ihren Arm an und stützte sich darauf. »Nimm das Buch mit. Das alles erinnert mich ein wenig an Aschenputtel, das seinen Schuh verliert. Vielleicht wirst du Emilio eines Tages aufgrund seines Buches wiederfinden und heiraten.«

Susanna verschlug es die Sprache.

»Ja, ja, meine Liebe, ich habe schon gesehen, dass ihr euch sehr sympathisch wart.« Sie zwinkerte.

*Hatte sie es also gemerkt!* Susanna wurde rot. *Ob er auch etwas gemerkt hatte?* Aber es war völlig ausgeschlossen, dass sie Emilio wiedersehen würde. So etwas gab es nur im Märchen. Außerdem hatte er seine Chiara. »Geben Sie mir Ihre Adresse, Signora, ich werde Ihnen bald schreiben, dann haben Sie auch meine Adresse«, sagte Susanna. »Wenn Emilio Sie besucht – denn immerhin weiß er, dass Sie in Lecco neben der Kirche wohnen – und nach dem Buch fragt, können Sie ihm meine Adresse geben und ihm sagen, dass ich ihm das Buch sofort schicken werde, sobald ich weiß, wohin.«

»Gut, so machen wir es.«

Einige Minuten später gingen sie den Bahnsteig entlang. »Das Leben ist wie eine lange Reise«, sagte Signora Anna und hakte sich bei ihr unter. »Heute haben sich unsere Lebenswege gekreuzt und wir waren für ein paar Stunden Reisegefährten.« Sie blieb stehen. »Auch wenn wir uns nie wiedersehen werden, diesen kurzen Wegabschnitt unseres Lebens, den wir gemeinsam gegangen sind, möchte ich um nichts in der Welt missen.« Sie nahm Susanna in die Arme. »Leb wohl, meine Liebe. Ich werde bald am Ziel sein. Dir wünsche ich, dass du eine schöne Reise durch das Leben haben wirst und einen treuen Gefährten findest, mit dem zusammen du den langen Weg gehen kannst.« Sie küsste sie auf beide Wangen. »Ich muss nun in diesen Zug einsteigen.« Sie deutete auf einen Regionalzug. »Ich habe mich gefreut, dich kennenzulernen, Susanna, und ich danke dir für deine Hilfsbereitschaft. Ich werde immer an dich und Emilio denken.«

Susanna drückte sie. »Auf Wiedersehen, Signora Anna. Ich schreibe bald!« Sie half der alten Dame in den Zug und winkte ihr noch einmal zu, bevor sie sich wieder in das Getümmel stürzte, um ihren eigenen Anschlusszug nach Deutschland zu suchen.

Glücklicherweise hatte sie genügend Aufenthalt, sodass sie die halbe Stunde Verspätung des ersten Zugs nicht in Schwierigkeiten brachte.

Der Nachtzug nach Deutschland stand schon bereit. Sie setzte sich in ein Abteil und schaute aus dem Fenster. Ihre Reisegefährten der letzten Stunden gingen ihr nicht aus dem Kopf. *Hoffentlich sehe ich sie noch einmal wieder*, dachte sie. Aber das war wohl mehr als unwahrscheinlich.

Mit einem leichten Ruck setzte sich der Zug in Bewegung und fuhr langsam aus dem Bahnhof hinaus. Der Mond leuchtete mild und Tausende Sterne glitzerten am Himmel. In den Händen hielt sie das Buch, das Emilio schmerzlich vermissen würde. »Ich werde gut darauf achtgeben«, versprach sie ihm in Gedanken. »Ich hoffe, dass du mit Chiara oder wem auch immer ein Leben lang glücklich sein wirst, so wie es der Wunsch deines Vaters war.«

# 6

Emilio spurtete wie ein Wahnsinniger die Stufen zur U-Bahn hinab.

»Wenn du in einer halben Stunde nicht hier bist, brauchst du gar nicht mehr zu kommen!«, hatte Chiara ihm soeben unmissverständlich klar gemacht und dann ohne ein weiteres Wort einfach aufgelegt.

Ein Blick auf die Uhr sagte ihm, dass ihm siebenundzwanzig Minuten und zehn Sekunden bis zum Ablauf des Ultimatums blieben. Die U-Bahn fuhr ein. Sie quoll über von Fahrgästen. Es war ihm schleierhaft, wie weitere dreihundert Personen, inklusive er selbst, noch hineinpassen sollten. Als die Türen aufsprangen, begann der Kampf gegen Ellbogen und Schultern. Schließlich hatte er sich hineingequetscht. Eingekeilt zwischen anderen Reisenden bestand jedoch nicht die geringste Chance, bis zu einer der Haltestangen zu kommen. *Hoffentlich gibt es keine Notbremsung!* Die Luft stand, es roch nach Schweiß, Knoblauch und süßem Parfum. *Hätte es im Mittelalter bereits U-Bahnen gegeben, dann hätte Dante seinen ersten Höllenkreis bestimmt in einer solchen angesiedelt*, schoss es ihm durch den Kopf. Denn was erinnerte mehr an die Hölle als ein stickiger, glutheißer Waggon, in dem Massen von schlecht riechenden Körpern unter der Erdoberfläche zusammengepfercht und durchgeschüttelt werden?

Die U-Bahn setzte sich in Bewegung. Er hatte Mühe, das Gleichgewicht zu halten. Ein Schweißtropfen rann ihm zwischen den Schulterblättern nach unten. *Schade, dass ich mich nicht richtig von den beiden Damen verabschiedet habe*, dachte er. Immerhin hatte er stundenlang mit ihnen über privateste Dinge geplaudert. Da hätte er zumindest Signora Anna nach ihrer Adresse oder Telefonnummer fragen können, um sich einmal bei ihr zu melden. Bei Susanna hätte er vermutlich gezögert. Sie gefiel ihm. Sehr sogar. Sie war richtig süß. Aber sie war noch so jung, und außerdem hatte er eine Freundin, da bat man keine anderen Frauen um ihre Telefonnummer. Ohnehin war es müßig, darüber nachzudenken, ob er Susanna nun danach gefragt hätte oder nicht. Chiaras erzürnter Anruf hatte alles zunichtegemacht. Emilio hatte beim besten Willen nicht verstanden, über was sie sich so aufregte. Es konnte doch nicht so schlimm sein, auf die Geburtstagsfeier ihres Herrn Papas eine halbe Stunde zu spät zu kommen. Obendrein war es nicht seine Schuld, dass der Zug Verspätung gehabt hatte. Jeder wusste doch, wie das mit der Bahn war. Zugegebenermaßen hätte er einen früheren Zug nehmen können. Aber in Anbetracht seiner Prüfung hatte er nun mal gedacht, er könne in der Bibliothek die Zeit besser nutzen, als im Vorfeld zu einer Geburtstagsfeier den Catering-Leuten im Weg herumzustehen. Vielleicht hatte Chiara aber auch instinktiv gespürt, dass er im Begriff gewesen war, eine fremde junge Frau nach ihrer Telefonnummer zu fragen, und hatte sich mit aller Deutlichkeit bei ihm in Erinnerung bringen wollen. Emilio bekam prompt ein schlechtes Gewissen.

Fünfundzwanzig Minuten später stand er vor der Villa von Chiaras Eltern. Es war ein hässlicher Neubau, dem Emilio nichts abgewinnen konnte. *So also wohnen die wohlbetuchten Mailänder Herrschaften*, dachte er. Er wusste, dass Chiaras Vater Unternehmer war, der eine florierende Baufirma führte. Er drückte auf den Klingelknopf. Ein vornehmes Dingdong erklang und verhallte in den Weiten der Villa. Eine Minute später öffnete ihm seine Holde mit versteinerter Miene die Tür. Chiaras Blick sagte ihm sofort, dass er verschwitzt, ungekämmt und keinesfalls in der Verfassung war, in die Villa ihrer Eltern eingelassen zu werden. Es war allein der Tatsache geschuldet, dass er ihr Freund war und eine gültige Einladung vorweisen konnte, die sie dazu bewog, ihm Zutritt zu gewähren. Emilio versuchte, sie zu küssen. Doch sie drehte den Kopf zur Seite und seine Lippen erwischten nur ihre Wange, die kühl und weiß war wie Carrara-Marmor.

»Chiara, es tut mir leid, dass ich zu spät bin, aber ich kann nichts dafür, du weißt ja, wie das mit der Bahn ist.«

Sie hob eine Augenbraue, unmerklich, sodass niemals auch nur ein Fältchen dadurch entstehen würde. Es war nämlich ihre große Sorge, dass durch Mimik jeder Art ihr bildhübsches Gesicht mit dreißig durch hässliche Falten entstellt sein könnte. »Nun, das weiß ich und du weißt es offensichtlich auch. Ein früherer Zug hätte also durchaus in Erwägung gezogen werden können.«

In diesem Moment wünschte er, sie hätte ihn angeschrien, ihn geohrfeigt, irgendwas, nur dieses starre Gesicht in Kombination mit dem gouvernantenartigen Vorwurf konnte er nicht ertragen. Er biss sich auf die Zunge. Um seinen Unmut zu verbergen, blickte er sich um. Er stand in einem hochmodernen Bau mit vielen Glaselementen – doch ohne Seele. Eine nur ansatzweise emotionale Reaktion wäre in diesem Ambiente völlig undenkbar gewesen. *Emilio, was willst du hier? Du passt nicht hierher*, sagte ihm eine innere Stimme, die in diesem Moment so klang wie die Stimme seines verstorbenen Vaters. *Merkwürdig, dass ich immer noch genau weiß, was Papà zu einer bestimmten Situation gesagt hätte, obwohl er schon seit zwei Jahren tot ist.*

Emilio kannte Chiara seit knapp einem Jahr. Sie hatten sich in der Mensa kennengelernt. Sie studierte in Rom Wirtschaftswissenschaften und war ihm aufgefallen, weil sie sagenhaft hübsch war: makellos wie eine Märchenfee mit blonden, langen Haaren, hellem Teint, blauen Augen. Aber leider war sie auch ziemlich unnahbar – genau wie eine Märchenfee. Zwar hatte er es geschafft, sie zur Freundin zu gewinnen, und natürlich waren sie sich in diesem Zusammenhang auch nähergekommen, dennoch blieb sie ihm stets fern, selbst wenn er sie neben sich spürte. Ihre panische Angst vor Falten hinderte sie daran, zu lachen oder irgendwelche anderen Gefühlsregungen in ihr Gesicht zu lassen. Und Emilio war gänzlich unbegabt, ihre Gefühle zu erraten. Wie sollte er das machen, wenn ihre Mimik so starr war wie die einer Porzellanpuppe? Also tappte er seit einiger Zeit in diverseste Fettnäpfchen. Jetzt war sie neben ihrer alltäglichen Reserviertheit auch noch verärgert, weil er zu spät gekommen war. Emilio wusste, dass er Abbitte leisten musste, hatte aber nicht die geringste Ahnung, wie. Daher dackelte er reumütig hinter ihr her und hoffte, dass sich die Stimmung von allein bessern würde.

»Kämm dich und zieh dich um«, ordnete Chiara plötzlich an und schob ihn in ein luxuriöses Badezimmer, das über vergoldete Armaturen und eine freistehende Wanne verfügte. »Und beeil dich!«

Emilio gehorchte, machte sich frisch und zog sich ein anderes Hemd an. Als er wieder auf den Flur trat, musterte ihn Chiara von oben bis unten.

*Was ist nun schon wieder los?*, fragte er sich. Hatte er etwa einen Fleck auf dem Hemd oder was gab es sonst noch an ihm auszusetzen?

»Hast du keinen Anzug?«, fragte sie.

»Anzug?«, echote er. »Nein, ich habe keinen Anzug, ich dachte, das Hemd ist chic genug, und außerdem ist es ziemlich heiß heute.«

Sie sagte nichts und jetzt erst realisierte er, dass sie ein cremefarbenes Abendkleid trug.

»Immerhin habe ich meine besten Schuhe angezogen«, versuchte er zu retten, was nicht mehr zu retten war. Die Stimmung war im Keller. Er hatte es vergeigt.

Wortlos bedeutete sie ihm, ihr zu folgen. Als sie den Salon betraten, richteten sich alle Augen auf sie. Emilio stellte fest, dass er in der Tat völlig underdressed war. Die Herren trugen alle dunkle Anzüge, Krawatten und Manschettenknöpfe, die Damen stöckelten in hohen Schuhen und glänzenden Abendroben umher. Kein Wunder, dass Chiara so sauer war.

»Ist dein Freund endlich angekommen?«, rief ein Mann mit schütterem blond-grauem Haar und kam ihnen entgegen.

»Papà, das ist Emilio«, sagte Chiara.

Artig trat Emilio einen Schritt vor, reichte Chiaras Vater die Hand und gratulierte ihm zum Geburtstag. Die Flasche Walnusslikör, die er als Präsent mitgebracht hatte, befand sich leider im Rucksack, den er im Badezimmer vergessen hatte. Er stand also mit leeren Händen da.

»Schön, dass Sie es einrichten konnten, Emilio, wir waren alle schon sehr gespannt, welche Wahl mein Töchterchen getroffen hat.«

Unruhig verlagerte Emilio sein Gewicht von einem auf das andere Bein. Er hätte gern eine witzige, lässige Bemerkung gemacht, doch ihm fiel partout nichts ein.

»Seine Fähigkeiten liegen im schöngeistigen Bereich, wie ich hörte«, sagte eine Dame in einem dunkelgrünen, tief ausgeschnittenen Kleid, die Chiaras Mutter sein musste. Sie sah zumindest genauso aus wie Chiara, nur älter.

Plötzlich wusste Emilio, dass er ein solches Gesicht nicht ertragen würde. Chiara würde irgendwann aussehen wie ihre Mutter: schön und kalt. So wie diese Villa. Wie alle Leute in diesem Raum. Er wollte nur noch weg!

Aber das war absolut nicht möglich. Chiara präsentierte ihn nun dem Rest der Gesellschaft. Er schüttelte unzählige Hände und versuchte Small Talk zu machen, was jedoch gänzlich misslang. Da er mit all diesen Leuten, die sich für unglaublich erfolgreich hielten, nichts gemein hatte, fand er auch kein Thema, über das er belanglos hätte plaudern können. Die jüngsten Fußballergebnisse der Serie A hatte er nicht präsent, die Mailänder Schickeria kannte er nicht und über sein Spezialgebiet – die Klassiker der italienischen Literatur – wollte niemand reden. Der Abend verging im Schneckentempo, Emilio war permanent auf der Hut, nichts Falsches zu sagen, und spürte, dass ihn alle als weltfremden Literaten belächelten.

Das bestätigte sich, als er nach dem Nachtisch auf die Terrasse trat, um frische Luft zu schnappen. Etwas entfernt von ihm hörte er Chiaras Eltern leise miteinander reden. Sie konnten ihn nicht sehen, denn eine Hecke versperrte die Sicht.

»Chiaras Freund ist ein Bücherwurm. Ich weiß nicht, was sie an ihm findet«, hörte er die Dame des Hauses sagen.

»Nun, ich denke, sie wird ihn in Kürze in die Wüste schicken«, antwortete ihr Mann. »Ein Unternehmen kann er niemals führen und von Literatur kann man nicht leben. Unser Töchterchen ist klug genug, das zu erkennen. Wahrscheinlich hat sie sich einfach nur durch seine hübschen Locken blenden lassen, aber bald wird sie klarsehen.«

Emilio ballte die Fäuste in den Hosentaschen. Was sollte er hier? Er hatte zwei Tage Zeit für diese unselige Geburtstagsfeier eingeplant, Zeit, die er dringend zum Lernen brauchte. Und nun wurde er zum Dank als vergeistigter Taugenichts abgestempelt. Er drehte sich um und blickte in den hell erleuchteten Salon. Chiara parlierte gerade angeregt mit ihrem Schwager und einem Geschäftspartner ihres Vaters. *Sie gehört in diese Welt, ich nicht!* Und er wollte es auch nicht. Er wollte zurück nach Rom, in die Dreizimmerwohnung mit Balkon zum Hinterhof, wo er mit seiner Mutter und seinen jüngeren Geschwistern Caterina und Fabio lebte.

*Beende die Beziehung, bevor es zu spät ist und ihr verheiratet seid,* hörte er Signora Annas Stimme. Am Nachmittag hatte er ihren Rat als unangemessene Einmischung in seine Privatangelegenheiten aufgefasst, aber sie hatte recht gehabt. Emilio war noch ganz in Gedanken versunken, als seine Schwiegereltern in spe die Terrasse betraten und erschrocken innehielten, als sie ihn hier sahen.

Plötzlich wusste er, wie er aus dem Dilemma herauskommen würde. »Ich möchte mich verabschieden.« Er reichte den beiden die Hand.

»Sie bleiben nicht über Nacht? Wir haben extra das Gästezimmer für Sie herrichten lassen«, sagte Chiaras Vater.

»Nein, nein, ich möchte keine Umstände machen, zumal ich ohnehin unerwünscht bin.«

»Aber das sind Sie ganz und gar nicht …«, stotterte die Dame des Hauses.

Doch Emilio unterbrach sie mit einer lässigen Handbewegung. »Machen Sie sich keine Mühe, Signora, ich habe gehört, was Sie eben gesagt haben, und ich empfehle mich daher.« Bevor sie etwas erwidern konnte, machte er auf dem Absatz kehrt und ging in den Salon. Er steuerte schnurstracks auf Chiara zu und nahm sie beiseite.

»Ich war gerade mitten im Gespräch«, flüsterte sie aufgebracht.

»Du kannst gleich weiterreden«, sagte er, »ich will mich nur schnell verabschieden.«

Sie sah ihn mit großen Augen an. »Willst du heute noch zurück nach Rom? Es fährt kein Zug mehr.«

»Lass das meine Sorge sein. Chiara, es hat keinen Sinn mehr. Ich passe nicht hierher, deine Eltern können mich nicht leiden und dir gehe ich schon seit geraumer Zeit auf die Nerven. Außerdem … will ich nicht mehr.«

Es war das erste Mal, dass er erlebte, wie Chiara das Gesicht verzog, und zwar zu einer zornigen Grimasse. »Einen besseren

Zeitpunkt, unsere Beziehung zu beenden, hättest du dir kaum aussuchen können!«, keifte sie hinter vorgehaltener Hand. Einige Leute sahen bereits in ihre Richtung. »Du demütigst mich vor der versammelten Familie und …«

»Nein«, widersprach er, »du hast mich den ganzen Abend wie einen Trottel vorgeführt.« Es war zu heftig, was er gesagt hatte, aber in dem Moment löste sich die Wut, die sich in ihm angestaut hatte. Die Wut darüber, von ihr am Telefon abgekanzelt worden zu sein, dadurch die Möglichkeit verpasst zu haben, sich von seinen Reisegefährtinnen gebührlich zu verabschieden, die Wut über ihren arroganten, maßregelnden Blick, weil er nicht richtig gekleidet war, die Wut über ihre Etepetete-Mutter und all die tollen Leute, die sich unentwegt selbst lobten und mitleidig auf einen wie ihn herabsahen.

»Du gehst jetzt nicht!«, zischte sie. »Morgen kannst du gehen.«

»Ich gehe *jetzt*!« Er ließ sie stehen, nahm seinen Rucksack, den mittlerweile jemand vor die Badezimmertür gestellt hatte, und verließ das Haus, ohne sich noch einmal umzusehen.

Emilio irrte eine Zeit lang umher, bis er ein Taxi entdeckte, das er heranwinkte. Er ließ sich zum Bahnhof fahren. Inzwischen war es Mitternacht und, wie Chiara richtig angemerkt hatte, gab es in dieser Nacht keinen Zug mehr in Richtung Süden. Verdrossen ließ sich Emilio auf einer Treppenstufe nieder. Zwei Polizisten, die im Bahnhof Streife gingen, kamen sofort auf ihn zu. »Ich habe mich gerade von meiner Freundin getrennt und muss auf den ersten Zug nach Rom warten«, erklärte er. Sie hatten Mitleid mit ihm und so durfte er sitzen bleiben.

Sein Magen knurrte. Vor lauter angespanntem Small Talk hatte er auf der Party kaum mehr als drei Häppchen verspeist. Er durchwühlte seinen Rucksack auf der Suche nach etwas Essbarem. Ein halb zerlaufener Schokoriegel rettete ihn vor dem Hungertod. Als er ein wenig gestärkt war, beschloss er, die Nacht lesend und lernend zu verbringen. Eigentlich hatte er das auf der Zugfahrt tun wollen, was Signora Anna glücklicherweise zu verhindern gewusst hatte. *Ich muss sie ausfindig machen und mich für ihren Rat bedanken!* Emilio kramte nach »I Promessi Sposi«, denn dieses Werk würde mit Sicherheit in seinem bevorstehenden Interview thematisiert werden.

Das Buch war weg. *Das kann doch nicht wahr sein!* Verzweifelt schüttete er den Inhalt des Rucksacks aus – aber Manzonis Roman blieb verschwunden. Plötzlich durchfuhr es ihn wie ein Blitz: In dem Moment, als Chiara am Nachmittag angerufen hatte, war ihm das Buch vom Schoß gerutscht und er hatte es beim Aussteigen vergessen. *Verflixt!* Das Buch mit der Widmung seines Vaters war weg! Es lag im Zug, der jetzt vermutlich auf einem Abstellgleis stand. Die Putzleute würden das zerfledderte Ding mit Sicherheit wegwerfen. Oder hatten es Signora Anna und Susanna gesehen und aufgehoben? Vielleicht hatte eine der beiden Frauen das Buch mitgenommen? Da überkam ihn eine neue Woge der Ernüchterung. Er hatte weder seinen Namen noch seine Telefonnummer in das Buch geschrieben. Seine Reisegefährtinnen wussten nur, dass er Emilio hieß, mehr nicht. Das würde niemals ausreichen, ihn ausfindig zu machen. *Was bin ich nur für ein Idiot! Wieso habe ich meinen Namen und meine Adresse nicht in das Buch geschrieben?* Plötzlich packte ihn wieder eine Mordswut auf Chiara. Wäre ihr blödsinniger Anruf nicht gewesen, hätte er das Buch nicht verloren! Er versuchte, sich zu beruhigen. Immerhin musste er sich eingestehen, dass der Verlust des Buches allein auf seine Kappe ging. Niedergeschlagen stützte er den Kopf in beide Hände. *Hoffentlich ist das Buch bei einer der zwei Frauen in guten Händen!*

Völlig übernächtigt stieg Emilio frühmorgens in den ersten Zug, der nach Rom fuhr. *Die kleine Susanna wird jetzt sicherlich genauso müde sein wie ich*, fiel ihm ein. Sie war bestimmt die ganze Nacht durch halb Deutschland gefahren und hatte auch nicht geschlafen. *Wenn ich sie nur nach ihrer Adresse oder Telefonnummer gefragt hätte! Nicht nur wegen des Buches, sondern einfach so … um in Kontakt zu bleiben.* Wenn sie als Au-pair in Rom arbeitete, hätten sie sich doch einmal treffen können. Er fuhr sich durch die Haare. Er hätte sie gern wiedergesehen. Aber die Chance war vertan. Doch vielleicht konnte er Signora Anna in Lecco ausfindig machen? Sie hatte gesagt, dass sie in der Nähe der legendären Kirche wohnte. Auch wenn er keinen Nachnamen hatte, er würde sie mit diesen Informationen sicherlich finden können. Jedoch nicht heute. Jetzt wollte er nach Hause, ein Bad nehmen und schlafen. Und dann musste er sich auf die Prüfung konzentrieren. Erst wenn er die hinter sich gebracht hätte, würde er nach Lecco fahren und Signora Anna suchen. Vielleicht wusste sie sogar, wie er Susanna erreichen konnte.

Als Emilio am späten Vormittag nach Hause kam, sah seine Mutter überrascht auf. Sie knetete gerade Nudelteig. Eine Ladung Tagliatelle hing bereits über mehreren Stuhllehnen zum Trocknen. »Was ist passiert, Emilio? Wieso bist du schon zurück?«

Er zuckte mit den Achseln. »Ich habe ›I Promessi Sposi‹ verloren, Papàs Buch …« Er warf sich aufs Sofa und hoffte, dass Mamma nicht weiterfragen würde. Er hatte absolut keine Lust, irgendetwas von seinem unglückseligen Besuch in Mailand zu erzählen.

Aber sie schaltete den Fernseher aus, der immer lief, wenn sie kochte, und setzte sich neben ihn. »Wenn es nur das Buch ist, das du verloren hast, dann ist es nicht so schlimm.« Sie nahm seine Hand. »Es wäre schlimmer, wenn du deine Freundin verloren hättest.«

Emilio seufzte. »Die habe ich auch verloren«, murmelte er. Seltsamerweise dachte er in diesem Moment nicht an Chiara, sondern an das Mädchen, das aussah wie Michelangelos delphische Sibylle. Susanna.

# 7

Susanna machte die ganze Nacht kein Auge zu. Immerzu musste sie an Emilio denken und überlegte, wie sie ihm sein Buch geben könnte. *Jetzt wird ihn seine künftige Schwiegerfamilie sicher schon ins Herz geschlossen haben*, dachte sie am späten Abend, als ihr Zug am Fuß der Alpen angelangt war. Das massive Hochgebirge türmte sich vor ihr auf. *Diese Berge werden uns für immer trennen.* Sie seufzte und versuchte zu schlafen. Der Zug kroch vor sich hin. Die Luft war stickig und ihre Kehle trocken. Je mehr sie sich ihrer Heimat näherte, desto unruhiger wurde sie. Wieso hatte Laurenz so seltsam geklungen? Was war bloß los mit ihm? Ihre Bindung zu dem Zwillingsbruder war so eng, dass sie sich einbildete, auch aus der Entfernung zu spüren, wenn etwas nicht mit ihm stimmte. Aber vielleicht sah sie auch nur Gespenster. Bestimmt würde er bei ihrer Ankunft gut gelaunt am Bahnsteig stehen und sie in die Arme schließen.

Schon in Koblenz nahm sie ihr Gepäck und stellte sich auf den Gang. Sie sah zu den Burgen auf, die den Mittelrhein säumten. Hierhin hatten sie und Laurenz als Kinder zahlreiche Schulausflüge unternommen, vor allem, als sie nach dem Tod der Eltern schon bei Tante Margit in Koblenz gelebt hatten.

Endlich kam das Siebengebirge in Sicht! Wenige Minuten später fuhr der Zug in Bonn ein. Sie stemmte die Tür auf, sprang hinaus und sah sich um. Von Laurenz keine Spur! Hatte er ihre Nachricht auf dem Anrufbeantworter nicht gehört? Sie lief den Bahnsteig auf und ab und wartete, bis alle Reisenden weggegangen waren. Es war kalt und sie fröstelte. Da entdeckte sie plötzlich Tante Margit, die aus der Bahnhofshalle herauskam. Susanna schnappte nach Luft. *Wo ist Laurenz?* Niemals hätte er sie versetzt, schon gar nicht, nachdem sie sich drei Monate nicht gesehen hatten. Wenn er nun Tante Margit, die noch nicht einmal in Bonn, sondern in Koblenz wohnte, zum Bahnhof schickte, um sie abzuholen, dann war ihm etwas Ernstliches dazwischengekommen.

Tante Margit ging auf sie zu. Sie sah blass aus.

»Wo ist Laurenz?«, fragte Susanna, ohne ihre Tante zu begrüßen.

»Im Krankenhaus. Er hat mich gebeten, dich abzuholen.«

»Um Himmels willen! Was hat er?«

Tante Margit zog sie zu den Taxiständen. »Komm erst einmal nach Hause. Laurenz hat die Mansardenwohnung eurer Eltern schön hergerichtet, bevor er krank wurde.«

»Nein, ich will sofort zu ihm. Sag mir endlich, was er hat!«

Aber Tante Margit war stur und winkte ein Taxi heran. »Setz dich, wir fahren zu euch nach Hause, ich kann dir das nicht auf dem Bahnsteig erzählen.«

Die ganze Fahrt über schwiegen sie sich an. Eine innere Kälte ergriff Besitz von Susanna. Ihre Zähne klapperten aufeinander und sie spürte, wie eine Gänsehaut ihre Unterarme überzog und sich die Härchen aufstellten. *Was ist bloß mit Laurenz? Hat er einen Unfall gehabt?*

Laurenz und sie hatten nach dem Tod ihrer Eltern bei Tante Margit in Koblenz gelebt. Als sie ihr Abitur in der Tasche hatten, war Susanna trotz mannigfaltiger Bedenken ihrer Tante nach Rom aufgebrochen, während Laurenz in Bonn seinen Zivildienst ableistete und nebenher die Mansardenwohnung ihres alten

Elternhauses für sie beide herrichtete. Ab dem kommenden Jahr wollten sie beide in Bonn studieren und dort wohnen.

Das Taxi hielt vor ihrem Elternhaus, das sie acht Jahre nicht mehr betreten hatte. Doch Susanna schenkte ihrer Umgebung keinerlei Beachtung. Keine Erinnerungen an Szenen aus der Kindheit suchten sie heim, so wie sie es befürchtet hatte. Sie stieg einfach hinauf in die Mansardenwohnung, stellte ihr Gepäck ab und wusch sich die Hände. Schließlich setzte sie sich zu Tante Margit an den Tisch. Ihr war flau im Magen.

Ihre Tante reichte ihr eine Tasse Tee. »Susanna«, begann sie stockend, »Laurenz hat eine sehr aggressive Form von Leukämie. Er wird wahrscheinlich bald sterben.«

Susanna erstarrte. Sie spürte weder Beine noch Arme. Sie sah, dass Tante Margit weinte, aber sie hörte sie nicht. Sie hörte nur einen Pfeifton in den Ohren, der immer lauter wurde. Dann wurde es schwarz um sie.

Als sie wieder zu sich kam, kniete ihre Tante neben ihr. Sie spürte ein feuchtes Tuch auf der Stirn. *Es ist alles ein Traum, ein böser Traum*, dachte Susanna, im selben Moment wusste sie jedoch, dass dem nicht so war. Sie versuchte sich aufzurichten. Aber sie zitterte so stark, dass Tante Margit sie mit beiden Armen festhalten musste. *Ich muss zu Laurenz!* Doch ihre Beine waren immer noch taub.

»Wie lang weißt du es schon? Warum habt ihr mir nicht früher etwas gesagt?«, brachte sie mühsam heraus. »Ich wäre sofort zurückgekommen!«

Tante Margit strich ihr über die Haare. »Laurenz hat es erst vorgestern erfahren. Er wollte es dir nicht am Telefon sagen.«

Susanna schluchzte auf. »Er darf nicht sterben!«

Nach einer Stunde hatte sie sich so weit im Griff, dass sie mit ihrer Tante ins Krankenhaus fahren konnte. Sie fühlte sich leer, ihr war schlecht und ein pochender Schmerz hämmerte in ihrem Kopf.

Laurenz lag in der Universitätsklinik auf dem Venusberg auf einer Isolierstation. Susanna musste ihre Hände desinfizieren, einen Kittel überziehen und einen Mundschutz anlegen. Als sie in sein Zimmer kam, sah er auf und lächelte. »Susanna, schön, dass du da bist. Es tut mir leid, dass ich dich nicht vom Bahnhof abholen konnte.«

Er war merkwürdig grau im Gesicht und hatte dunkle Ringe unter den Augen. Als sie ihn so im Bett sitzen sah, liefen ihr Tränen die Wangen hinunter. Sie wusste nicht, ob sie ihn umarmen durfte. Um nichts in der Welt wollte sie ihn mit irgendeinem Bakterium, das zufällig an ihrer Kleidung haften konnte, anstecken. Sie setzte sich auf den Besucherstuhl neben seinem Bett und tupfte sich ihr nasses Gesicht mit einem Taschentuch trocken. Aus dem Augenwinkel sah sie, dass Tante Margit Laurenz ein Zeichen gab, dass sie draußen warten würde.

»Susanna.« Er griff nach ihrem Arm und streichelte ihre Finger. »Bitte hör auf zu weinen, wenigstens für fünf Minuten.«

Susanna nickte und versuchte, sich zu beruhigen.

»Erzähl, wie war es in Rom? Am Telefon hast du ganz begeistert geklungen.«

»Das ist doch jetzt alles nicht wichtig.« Sie schniefte. »Wenn ich gewusst hätte, dass du krank bist, wäre ich gar nicht gefahren oder zumindest sofort zurückgekommen.«

Er lächelte. »Ich weiß. Deswegen wollte ich dir auch nichts am Telefon sagen. Stell dir vor, wie wärest du denn von Rom hierher gekommen, wenn du es noch nicht einmal ohne Tante Margits Hilfe von Beuel auf den Venusberg geschafft hast?«

»Steht es wirklich so schlecht um dich?«

Er lehnte sich zurück. »Ja, leider. Ich fürchte, du musst bald allein weiterleben.«

Der dicke Kloß in ihrem Hals, der die ganze Zeit schon da gewesen war, explodierte. Sie schluchzte auf und war halb blind vor Tränen.

Laurenz stand auf, setzte sich neben sie auf den zweiten Besucherstuhl und zog sie an sich. Während Susanna von Weinkrämpfen geschüttelt wurde, hielt er sie ganz fest und streichelte ihr über den Rücken.

Schließlich beruhigte sie sich etwas. »Ich kann ohne dich nicht weiterleben.«

Er tätschelte ihre Hand. »Natürlich kannst du das. Wir haben es geschafft, nach Mamas und Papas Tod weiterzuleben. Du wirst es auch schaffen, nach meinem Tod weiterzuleben.«

»Bei Mama und Papa habe ich es nur geschafft, weil wir zu zweit waren.«

Er wechselte unvermittelt das Thema. »Hast du nicht zufällig jemanden kennengelernt in Rom?«

Sie sah ihn erstaunt an. »Nein.«

»Gar niemanden?«

Sie putzte sich die Nase. »Gestern im Zug war ein netter Student. Eigentlich war er schon fertig mit dem Literaturstudium. Er bewirbt sich um einen Doktorandenplatz. Er hat sein Buch im Zug vergessen, ich habe es eingesteckt. Aber ich werde ihn nicht wiederfinden, denn es steht keine Adresse darin.«

»Auch kein Name?«

»Nein.«

»Wenn er an der Uni bleiben will, kannst du ihn dort finden.«

Sie schüttelte den Kopf. »Rom hat drei Universitäten, und ich weiß noch nicht einmal, ob er überhaupt in Rom studiert hat. Außerdem ist es völlig ungewiss, ob und wo er einen Doktorandenplatz bekommen wird.«

Laurenz lehnte sich zurück. »Erzähl mir trotzdem von ihm. Wie sieht er aus, über was habt ihr gesprochen?«

Susanna sah keinen Sinn darin, Laurenz alles zu erzählen. Doch er wollte es so, und ab diesem Tag konnte alles sein letzter

Wille sein. Also erzählte sie ihm von ihrer Reise, von Emilio und von Signora Anna.

»Versprich mir, dass du niemals so enden wirst wie Signora Anna«, sagte er, als sie zu Ende erzählt hatte. »Niemals, versprochen?«

Sie nickte.

»Es ist mir wirklich wichtig, dass du dich daran erinnerst. Ich kann dich bald nicht mehr beschützen. Vielleicht kann ich von oben auf dich aufpassen, aber das weiß ich nicht, und es wird auf jeden Fall nicht dasselbe sein.«

»Ich verspreche es dir.«

»Gut.« Er drückte sie. »Bring mir morgen Papier, Stifte und Briefumschläge mit.«

»Wieso?«

»Ich will etwas für dich vorbereiten.«

»Was denn?«

»Deine Hochzeitskarte, zum Beispiel, … und noch ein paar andere Dinge.«

Susanna fing wieder an zu weinen. »Ich will überhaupt niemanden heiraten. Ich will, dass wir beide in der Mansardenwohnung von Mamas und Papas Haus wohnen, wie wir es uns vorgestellt hatten.«

Er küsste sie auf die Stirn. »Das geht nicht. Von hier komme ich nicht mehr weg. Aber ich möchte, dass du glücklich wirst. Außerdem musst du für mich mitleben. Du brauchst zwar nicht als Rucksacktouristin nach Vietnam zu reisen, wie ich es immer machen wollte. Denn dort werden Spinnen und Kakerlaken zuhauf sein, und ich kann solches Getier fortan nicht mehr von dir fernhalten. Die restlichen Punkte, die auf meiner *Life List* stehen, solltest du jedoch tun: studieren, andere Länder bereisen, ein Buch schreiben, heiraten, Kinder haben. Und denk dabei an mich und behalte alles davon im Gedächtnis, damit du es mir erzählen kannst, wenn wir uns in achtzig Jahren im Himmel wiedertreffen.«

Er versuchte, witzig zu sein, trotzdem weinte Susanna in einem fort.

»Wie lange noch?«, fragte sie schließlich.

Er zuckte mit den Achseln. »Es kann schnell gehen, sagen die Ärzte, auch wenn es mir heute ganz gut geht. Das neue Jahr werde ich wohl nicht mehr erleben.«

Sie sah ihn an, wollte ihn anflehen zu bleiben, nicht zu sterben, doch was sollte das bringen? Es lag nicht in seiner Macht, seinen Lebensweg zu verlängern.

»Kann ich irgendetwas für dich tun?«

Er nickte. »Ja, aber nicht heute. Jetzt musst du mit Tante Margit wieder nach Hause fahren, etwas essen und dich ausruhen. Wenn du das nächste Mal kommst, werde ich mir überlegt haben, was ich noch regeln muss.«

»Ich bleibe lieber hier, wenn uns nicht mehr so viel Zeit bleibt.«

»Unsinn. Außerdem muss ich ein bisschen schlafen. Du kannst morgen wiederkommen oder … wann musst du zurück nach Rom?«

»Ich fahre nicht mehr zurück. Die Signora soll mir meine restlichen Sachen nach Hause schicken. Wenn uns nur noch maximal drei Monate bleiben, dann sitze ich jeden Tag an deinem Bett!«

»Nein, Susanna, …«

»Doch! Zur Abwechslung dulde ich mal keine Widerrede!«

Er nahm beide Hände nach oben. »In Ordnung. Aber deinen Italien-Aufenthalt musst du irgendwann nachholen.« Er schmunzelte plötzlich.

»Was ist so lustig?«, fragte sie.

»Ich habe nur gerade gedacht, dass es für mich schwierig gewesen wäre, zu heiraten. Denn welche Frau ist schon liebenswerter als du?«

Susanna senkte die Augen, um nicht wieder zu weinen. Was für einen Galgenhumor hatte er bloß entwickelt?

# 8

***Dezember 1997***

Bewegungslos saß Susanna an Laurenz' Sterbebett und lauschte seinen schwachen Atemzügen. Nur vage nahm sie den Krankenhausbetrieb im Hintergrund wahr. Sie blickte auf das vertraute Gesicht, das sie vom ersten Tag ihres Lebens an begleitet hatte. Bald würde sie es nicht mehr sehen. Laurenz' Lippen waren blass, seine Haut fahl und die Ringe unter seinen Augen wurden von Minute zu Minute tiefer und dunkler. Sie spürte, dass der Todesengel bereits im Zimmer wartete. Heute Nacht würde er Laurenz mitnehmen. Und sie würde allein zurückbleiben.

Sie streichelte seine Hand, die noch warm war. Heute hielt sie sie zum wohl letzten Mal. Eine Welle der Verzweiflung drohte, ihr den Atem zu rauben. *Wie soll ich ohne ihn weiterleben?*

*Noch ist er da*, sagte sie sich und richtete sich auf. *Noch kämpft er, noch kämpfe ich.* Die letzten Stunden würde sie nicht von seiner Seite weichen. Dem Todesengel wollte sie Laurenz persönlich anvertrauen.

Im Park vor dem Krankenhaus flogen neben heimischen Vögeln auch Papageien in Schwärmen von Baum zu Baum. Vor Jahren hatten sie sich am Rheinufer angesiedelt und eine richtige Kolonie gegründet. Die Unzertrennlichen, ihre Lieblingsvögel, waren auch darunter. Ein paar Wochen zuvor hatten Laurenz und sie zusammen am Fenster dieses Krankenzimmers gestanden und den bunten Vögeln zugeschaut. Sie lebten paarweise zusammen, blieben – wie sie gelesen hatte – ein Leben lang beieinander und bezeugten ihre gegenseitige Zuneigung durch zärtliches Schnabelreiben und ausgiebiges Kuscheln.

Susanna seufzte und beugte sich zu Laurenz hinab. »Ich hab dich lieb«, flüsterte sie. »Ich werde jeden Tag meines Lebens an dich denken.«

Mühsam öffnete er die Augen. Er konnte nicht mehr sprechen. Aber mit seinem Blick umarmte er sie ein letztes Mal.

Als die Sonne gen Westen verschwand und die Dämmerung der Dunkelheit wich, war der Moment gekommen. Susanna fühlte, wie der Todesengel ans Bett trat und Laurenz' Hand aus ihrer löste. Zurück blieb eine Hülle. Kalt und leblos.

Eine Stunde später trat sie aus dem Krankenhaus hinaus. Am Himmel leuchtete der milchweiße Mond. *Genau jetzt müsste ich sterben*, dachte sie. *Dann wäre unsere Lebenszeit exakt gleich gewesen.* Denn sie war eine Stunde nach Laurenz auf die Welt gekommen. Aber sie lebte noch. Sie sah ihren Atem in der kalten Luft.

Die Vorsehung hatte es gut mit ihnen gemeint. Das Weihnachtsfest hatten Laurenz und sie noch zusammen verbringen dürfen. Heute war der 27. Dezember. Wie ihr Bruder vorhergesagt hatte, erlebte er das neue Jahr nicht mehr.

Sie griff in ihre Tasche. Da war sie! Die Mappe voller Zeichnungen. Laurenz' persönliches Abschiedsgeschenk, das er ihr an Heiligabend überreicht hatte. »Ich habe ein paar Weisheiten für dich zusammengestellt, für besondere Lebenslagen«, hatte er lächelnd gesagt. »Damit etwas von mir bleibt und du dich niemals allein fühlst.«

Sie hatte geweint und ihn an sich gedrückt. Sie hatte sich nicht vorstellen können, wie sie ohne ihn weiterleben sollte. Jetzt war es so weit. Er war gegangen und sie wusste es immer noch nicht.

Susanna schaltete ihr Handy ein. Wegen Laurenz' Krankheit hatte sie sich eines angeschafft, Tante Margit ebenfalls. Sie wählte ihre Nummer.

»Susanna?«, hörte sie die ängstliche Stimme ihrer Tante.

»Er ist tot«, sagte sie.

Tante Margit seufzte. »Ich hole dich ab, Herzchen.«

Eine Woche später stand Susanna bei Eiseskälte auf dem Friedhof. Laurenz' Grab war mit Blumenkränzen überladen. Sie hatte keine Ahnung mehr, wie sie die vergangenen Tage verbracht hatte, wie sie es soeben geschafft hatte, einen Fuß vor den anderen zu setzen, um seinem Sarg zu folgen. Verschwommen nahm sie wahr, dass ein paar Klassenkameraden gekommen waren, Laurenz' Fußballmannschaft, die Nachbarn ihrer Tante. Alle hatten riesige Kränze gestiftet. Als sie ihre weiße Rose auf Laurenz' Sarg warf, sackten ihr die Beine weg. Der Pfarrer nahm sie beim Arm und führte sie zu einer Bank, die ein paar Meter entfernt stand. Sie blieb sitzen. Sie konnte es nicht ertragen, Dutzende von Händen zu schütteln. Das musste Tante Margit übernehmen.

Nun war die Beerdigungsgesellschaft auf dem Weg ins Lokal.

»Ich möchte noch ein wenig allein bei Laurenz bleiben«, sagte sie zu Tante Margit. »Geh schon einmal vor.«

Ihre Tante schüttelte den Kopf.

»Bitte«, sagte Susanna. »Ich komme in zwei Minuten nach.«

»Na gut. Aber wenn die zwei Minuten um sind, und du mich nicht eingeholt hast, komme ich zurück.«

Als ihre Tante weg war, stand Susanna auf und stellte sich vor das Grab. Sie zog einen Umschlag aus der Jackentasche. »Für den Tag meiner Beerdigung«, hatte Laurenz draufgeschrieben. Dieser Umschlag hatte zuoberst in der Mappe mit seinen Zeichnungen gelegen, die er ihr eine Woche zuvor ausgehändigt hatte.

Sie riss ihn auf und zog ein Blatt Papier heraus. Ihr stockte der Atem: Laurenz hatte eine Comic-Zeichnung für sie vorbereitet: Auf dem ersten Bild hatte er sie neben seinem Grab porträtiert. Sich selbst hatte er – auf einem Grabstein sitzend – mit Engelsflügelchen dargestellt.

»Susanna, es ist zu kalt hier. Geh mit den anderen zum Leichenschmaus!«, stand in der Sprechblase, die zu seinem Mund führte.

»Ich kann nichts essen. Mein Magen ist wie zugeschnürt«, rief sie aus.

Im nächsten Bild schwebte das Laurenz-Engelchen über ihrem Kopf. »Befehl von oben!«

»Na gut, wie du meinst«, antwortete das Mädchen, das ihre Züge trug, und trollte sich.

Unter die Zeichnung hatte ihr Bruder noch ein paar Zeilen geschrieben.

> Liebste Susanna,
> es tut mir leid, dass ich dich jetzt nicht trösten kann. Ich kann dir gar nicht sagen, wie sehr es mich schmerzt, dich allein an meinem Grab zu sehen. Bitte geh daher jetzt mit all den anderen ins Lokal. Ich weiß, dass dir der Magen wie zugeschnürt ist und du nichts essen kannst, aber ich will nicht, dass du weiter allein hier in der Kälte herumstehst. Du musst zurück ins Leben gehen! Ich bin jetzt bei Mama und

Papa. Wir stehen dir bei, sofern es in unserer Macht liegt. Ich sende dir einen schmatzenden Kuss von oben.

Dein Laurenz

Auf einer Tanne gegenüber raschelte es. Sie sah auf. Ein bunter Papagei, ein Unzertrennlicher, saß auf einem Zweig und sah sie an. *Welch seltsamer Zufall*, dachte Susanna. *Da hatte sich Laurenz als Engelchen mit Flügeln dargestellt und dann kommt unser Lieblingsvogel herbeigeflogen.* »Kommst du vom Himmel?«, fragte sie. »Hat Laurenz dich geschickt?«

Der Papagei tschilpte und flog in die Luft. Sie blickte ihm nach. »Pass auf mich auf, Laurenz«, sagte sie leise, »ich schaffe es nicht allein.«

# 9

***Januar/Februar 1998***

»*Un caffè, per favore!*« Der Kunde legte seinen Bon auf den Tresen. Emilio drehte sich zur dampfenden, glucksenden Kaffeemaschine um und klopfte den Kaffeesatz aus dem Siebträger.

Sein Chef knallte indes zwei Untertassen auf den Marmortresen. »*Due cappuccini!*«, rief er.

Er musste sich beeilen, sonst brachte er die Bestellungen durcheinander. Die Bar füllte sich. An der Kasse standen bereits zehn Leute an und vor der Ladentür fand sich gerade eine Touristengruppe ein. Keine Zeit mehr zum Nachdenken. Jetzt war Akkordarbeit angesagt!

Seine Prüfungen und auch das Interview um einen Doktorandenplatz waren seinem Gefühl zufolge zwar hervorragend verlaufen, aber die Mühlen mahlten langsam und wann ein Bescheid der Kommission vorliegen würde, ob er einen Doktorandenplatz bekommen würde, stand in den Sternen. Daher jobbte er vorerst in einer Bar.

Diese Arbeit war ein Knochenjob. Am Abend taten ihm die Füße weh, er hörte noch beim Einschlafen das Scheppern von Kaffeelöffeln auf Porzellan-Untertassen und das Zischen des heißen Dampfes aus der Kaffeemaschine. Zwar genoss er jeden

Tag aufs Neue den unwiderstehlichen Duft des Kaffees, trotzdem hatte er nach nur drei Monaten das Gefühl, den Job eines Baristas nicht mehr lang ausführen zu können. Wenn nicht bald eine Nachricht zu einem Doktorandenplatz kam, würde er sich in die noch viel längere Schlange der Möchtegern-Lehrer einreihen. Aber das versprach erst recht eine unendliche Wartezeit. Besonders schlimm fand er, dass er es abends nicht einmal mehr fertigbrachte, ein Buch in die Hand zu nehmen. Er hatte den Eindruck, langsam zu verblöden. Wenn das noch ewig so weitergehen würde, bräuchte er sich um einen Doktorandenplatz gar nicht mehr zu bewerben.

Eine Freundin hatte er auch nicht. Nach Chiara wollte er sich eine Pause gönnen, denn zum einen war ihm seine berufliche Karriere erst einmal wichtiger und zum anderen hatte ihn die Beziehung doch über die Maßen beansprucht. Samstags jedoch, wenn all seine Freunde mit ihren Freundinnen loszogen, kam er sich zunehmend wie ein Außenseiter vor, der entweder allein zu Hause blieb oder als fünftes Rad am Wagen irgendwo lustlos auf einer Party dabeistand. Das war mindestens einmal im Monat der Fall. Immer dann, wenn sein Freund Carmine in der Stadt war. Mit ihm hatte er an der Sapienza Literatur studiert. Der Glückliche hatte seit einigen Wochen eine Stelle bei einem Mailänder Verlag. Da seine Freundin Raffaella noch in Rom studierte, tuckerte Carmine alle vier Wochen mit seiner grauen Nuckelpinne, die bereits in den Siebzigerjahren das Licht der Welt erblickt haben musste, von Mailand in die Ewige Stadt. Dann sah er es sozusagen als seine Mission an, Emilio samstagabends zu nötigen, mit ihm und Raffaella das Nachtleben zu genießen. Nur, dass es für Emilio kein Genuss war.

»Steh nicht so sauertöpfisch rum!«, schimpfte Carmine dann. »Hier stehen lauter schöne Mädchen, mit denen du flirten kannst. Du musst mal wieder aktiv werden!«

Er hatte gut reden. Er hatte eine Freundin. Raffaella war nett, hübsch und sagte, was sie dachte. Aber mindestens eine dieser drei Komponenten fehlte den meisten anderen Mädchen, die Emilio begegneten, und er war nicht gewillt, Kompromisse einzugehen und noch eine Chiara-Erfahrung zu machen. So weit hatte er Signora Annas Ratschläge verinnerlicht.

Er legte zwei Löffel auf die Untertassen und drehte sich wieder zur Kaffeemaschine um. An die alte Dame hatte er den ganzen Winter über immerzu denken müssen. *Ich hätte direkt am Morgen, nachdem ich mit Chiara gebrochen hatte, zu ihr fahren sollen.* Doch damals war er nach seiner Nacht auf dem Mailänder Hauptbahnhof so müde gewesen, dass er nur noch nach Hause fahren wollte.

»Wie lange dauert es noch?«, fragte eine Touristin mit deutlich hörbarem deutschem Akzent. »Wir müssen in fünf Minuten zurück am Reisebus sein.«

Anstatt einer Antwort stellte Emilio die beiden Cappuccini auf die Untertassen und schob ihr und ihrem Mann wortlos den Zucker hin. Wie immer war es ihm unbegreiflich, weshalb so viele Leute in seine Stadt kamen und keine Zeit mitbrachten. Vor allem eine Bar vermittelte seiner Ansicht nach italienisches Lebensgefühl, nicht nur das Kolosseum oder der Petersdom.

Anfang Februar wurde das Wetter etwas freundlicher. Emilio hatte die monatelange Warterei auf einen Doktorandenplatz satt und beschloss, für zwei Tage einen Tapetenwechsel vorzunehmen und Signora Anna in Lecco zu besuchen. Er fragte Carmine, ob er ihn bis Mailand mitnehmen und für eine Nacht beherbergen könne.

»Was willst du in Mailand? Wieder mit Chiara anbändeln?«, neckte er ihn. Emilios und Chiaras spektakuläres Zerwürfnis hatte sich damals schnell herumgesprochen.

»Nein, ganz sicher nicht.«

Carmine schmunzelte. »Wäre auch ungünstig. Sie hat seit Kurzem einen neuen Freund. Einen feschen Banker.«

Diese Information war Emilio neu. Er schwieg eine Weile, um sie sich durch den Kopf gehen zu lassen. Seltsamerweise fühlte er nichts.

»Entschuldige, ich wollte dir nicht zu nahe treten«, sagte sein Freund.

»Schon gut, es geht mich nichts mehr an. Ich war derjenige, der sie verlassen hat.«

»Also, was willst du in Mailand?«, fragte Carmine, als sie auf der Autobahn waren.

»Ich will nach Lecco.«

»Lecco? Auf den Spuren Manzonis wandeln oder was?« Er klang amüsiert.

Aber das war Emilio gewohnt. Bislang hatte keiner seiner Freunde verstehen können, dass er nach dem Studium an der Universität bleiben, eine akademische Laufbahn einschlagen und sich weiter mit alter Literatur beschäftigen wollte. Er zuckte mit den Schultern. »Ja, warum nicht?«

Carmine sah ihn von der Seite an. »Jetzt rück mal raus mit der Sprache. Niemand fährt meilenweit in ein langweiliges Provinzstädtchen, wenn er knapp bei Kasse ist, so wie du gerade. Was willst du dort wirklich?«

Emilio seufzte. »Ich will eine Dame ausfindig machen, die eventuell das Buch meines Vaters hat, das ich neulich im Zug liegen gelassen habe.«

»Aha. Das klingt schon besser. Hast du ihre Adresse?«

»Nein.«

»Telefonnummer?«

»Nein. Auch nicht.«

»Na, dann viel Glück! Ist sie hübsch?«

»Wer?«

»Meine Güte, die Dame natürlich!«

»Ach so. Nein. Also das heißt, sie ist fast neunzig.«

»Was?« Carmines Fuß rutschte vom Gaspedal und sein Gesichtsausdruck verriet, dass er an Emilios Verstand zweifelte.

»Pass auf! Da vorne, der LKW!«

*»Scusa«*, er riss das Lenkrad herum. Als sie wieder in der Spur waren, sagte er schließlich: »Das Buch muss wohl sehr wichtig für dich sein.«

»Stimmt.« Mehr wollte Emilio nicht sagen. Schon gar nicht, dass er hoffte, nicht nur das Buch, sondern auch die Adresse einer jungen deutschen Frau zu bekommen. Er musste zugeben, dass Susanna von allen Frauen, die ihm in den vergangenen Monaten über den Weg gelaufen waren, die Einzige gewesen war, für die er eine starke Sympathie empfunden hatte. Trotzdem war es verrückt, sie zu suchen. Völlig hirnrissig sogar! Wie konnte er erwarten, dass sie sich noch an ihn erinnerte? Bestimmt dachte sie nicht mehr an die Zugfahrt zurück. Warum auch?

Auf der weiteren Fahrt sprach Carmine das Thema zum Glück nicht mehr an. Sie redeten über Fußball, seine Arbeit, das Wetter, alles Mögliche, aber im Grunde genommen hing jeder seinen Gedanken nach, und so kamen sie schließlich spätabends in Mailand an.

Am nächsten Morgen ließ ihn Carmine auf dem Weg zu seiner Arbeit in der Nähe des Hauptbahnhofs aussteigen. »Fährst du heute wieder zurück nach Rom oder willst du noch mal bei mir übernachten?«

»Ich versuche, heute wieder nach Rom zu fahren, aber falls es in Lecco länger dauert, rufe ich dich an.«

»Alles klar. Viel Glück!«

»Danke fürs Mitnehmen und die Übernachtung.«

»Keine Ursache. Lass mich wissen, ob du die Dame gefunden hast.« Carmine zwinkerte. »Ich würde sie gern kennenlernen.«

»Wieso?«

Er lachte. »Um mich zu vergewissern, dass sie wirklich neunzig ist. Ich verwette mein heiß geliebtes Auto, dass sie jung und hübsch ist.«

Emilio grinste. »Dann kannst du schon mal deine Sachen aus dem Auto räumen, es gehört bald mir.«

Eine knappe Stunde später stieg er in Lecco aus dem Zug. *Das also ist die Heimat von Renzo und Lucia, Manzonis Romanhelden.* Eigentlich wusste Emilio nicht, was er erwartet hatte, wahrscheinlich, dass alles pittoresker aussehen würde. Doch der Blick über den Comer See war verdorben durch riesige Industrieanlagen. Er versuchte, sie sich wegzudenken, sich vorzustellen, wie es vor hundertfünfzig Jahren ausgesehen haben mochte, als Manzoni seinen Roman geschrieben hatte. Aber das war schwierig. Er war ein wenig enttäuscht.

Er suchte den Ortskern und die Kirche und hoffte, dass ihm Signora Anna früher oder später in die Arme laufen werde. Alte Damen gingen schließlich häufig in die Kirche. Als er aber eine Stunde in einer Bar gegenüber der Kirche gesessen hatte und keine Signora Anna über den Platz gelaufen war, beschloss er, sie aktiv zu suchen. Rund um die Kirche fragte er ein halbes Dutzend Frauen über sechzig, doch keine von ihnen kannte die alte Dame. Schlussendlich ging er in die Kirche hinein.

*Hier hat der legendäre Don Abbondio seine Pfarrei gehabt. Natürlich nur in der Fiktion.* Aber diese Fiktion wurde allen italienischen Schülern derart eingetrichtert, dass auch Emilio es als gegeben ansah, dass hier einmal der feige Don Abbondio gewirkt haben musste, der Renzo und Lucia die Hochzeit verwehrt hatte. Jetzt saßen allerdings nur drei alte Damen zwischen achtzig und neunzig Jahren in der ersten Reihe.

Als die Sakristeitür aufging, hielt Emilio kurz den Atem an. Der heutige Gemeindepfarrer, ein Mann um die vierzig mit dunkelbraunen Locken, betrat die Kirche, machte eine Kniebeuge vor dem Altar und begab sich in Richtung Beichtstuhl.

*Das ist meine Chance!* Emilio eilte ihm entgegen. *»Buongiorno, padre«*, begrüßte er ihn.

Dieser blieb stehen. »Möchtest du beichten?«

Er schüttelte den Kopf. »Nein, ich suche eine Signora Anna, sie ist sieben- oder achtundachtzig Jahre alt und muss hier in der Nähe der Kirche wohnen. Können Sie mir sagen, wo ich sie finden kann?«

Der Pfarrer musterte ihn. »Wer bist du?«

»Mein Name ist Emilio Pavese. Ich komme aus Rom.«

»Und in welcher Beziehung stehst du zu Signora Anna?«

Emilio atmete auf. Also kannte der Pfarrer sie. Er war nicht umsonst gekommen. »Ich habe sie neulich im Zug kennengelernt. Ich hatte gestern in Mailand zu tun und dachte, ich besuche sie einmal.« Das stimmte so natürlich nicht, aber er hatte keine Lust, dem Pfarrer detailliert zu berichten, dass er eigens wegen Signora Anna aus Rom angereist war. »Sie hat mir auf der Zugfahrt einen sehr wertvollen Rat gegeben und ich möchte mich bei ihr bedanken«, sagte er schlicht.

Der Pfarrer sah ihn eine Weile an. »Es ist nett, dass du sie besuchen möchtest«, sagte er dann. »Aber leider habe ich Signora Anna vor ein paar Monaten begraben.«

Emilio erschrak. *Signora Anna ist tot?*

Der Pfarrer deutete auf die Kirchenbänke. »Setzen wir uns kurz.«

Eine der Damen drehte sich um und runzelte die Stirn. Natürlich, er hatte sich vorgedrängelt, sie wollte wahrscheinlich als Erste beichten. Doch der Pfarrer, der rein gar nichts mit Don Abbondio gemein hatte, sagte: »Signora Teresa, ich bin in zehn Minuten für Sie da. Dieser junge Mann hat eine weite Reise hinter sich und ich muss kurz mit ihm sprechen.«

Die alte Dame nickte nun verständnisvoll.

»Wie ist Signora Anna gestorben?«, fragte Emilio.

Der Pfarrer seufzte. »Sie hat letzten Herbst ihre Schwester in Rom besucht und kam sehr glücklich von dieser langen Reise zurück. Ihre Augen leuchteten, als sie am Morgen nach ihrer Rückkehr die Frühmesse besuchte. Sie sagte mir, sie habe wunderschöne Tage mit ihrer Schwester und ihren Großnichten verbracht und auf der langen Reise zwei junge Leute kennengelernt, die sie ins Herz geschlossen habe.« Er machte eine Pause. »Ich nehme an, einer dieser beiden jungen Leute bist du?«

»Ich denke, ja.«

»Es ist schön, dass du vorbeikommst«, sagte er. »Sie hätte sich sehr gefreut, und vielleicht sieht sie dich auch von oben. Wir wissen es ja nicht.« Er lächelte. »Aber auch wenn sie dich nicht sieht, ich freue mich, dass du gekommen bist. Signora Anna war eine einsame Frau, die ein schlimmes Leben hinter sich hatte. Dass sie die Tage unmittelbar vor ihrem Tod mit lieben Menschen verbringen durfte, ist ein Geschenk des Himmels.« Er starrte vor sich hin. »Zwei Tage nach ihrer Rückkehr erschien sie nicht zur Frühmesse, was ich eigenartig fand, denn sie versäumte nie einen Gottesdienst. Deswegen bin ich nach dem Frühstück zu ihrem Haus gegangen und habe geklingelt. Es machte niemand auf.« Er räusperte sich. »Du wirst es gewiss seltsam finden, Emilio, wenn ich dir nun sage, dass ich über die Terrasse eingebrochen bin, doch ich habe mich wirklich gesorgt. Signora Anna hat niemals die Frühmesse versäumt, und immer, wenn sie verreiste, meldete sie sich zuvor bei mir ab. Ich dachte daher, dass sie krank sei, aber …«

»… sie war tot?«

Er nickte. »Sie saß friedlich in ihrem Sessel, in eine Wolldecke gehüllt. Sie sah aus, als ob sie eingeschlafen sei, doch sie atmete nicht mehr.«

Emilio schluckte. »Hat sie Ihnen gegenüber am Tag davor zufällig ein Buch erwähnt, das sie von der Reise mitgebracht hat? Eine Ausgabe von ›I Promessi Sposi‹? Ich habe sie im Zug vergessen und dachte, Signora Anna könne das Buch vielleicht mitgenommen haben. Es war ein Geschenk meines verstorbenen Vaters.«

Der Pfarrer schüttelte den Kopf. »Tut mir leid, sie hat Manzonis Roman nicht erwähnt, auch kein anderes Buch.«

»Was ist mit ihren Sachen geschehen?«

»Die Söhne ihres Mannes haben alles in einen Container geworfen und das Haus verkauft. Es gehört momentan einer Immobiliengesellschaft, soweit ich weiß.«

Emilio seufzte. Er war zu spät gekommen. Zu spät, um die Adresse des deutschen Mädchens zu erfragen, zu spät, um sein Buch zurückzubekommen. »*Grazie, padre.* Liegt Signora Anna auf dem hiesigen Friedhof?«

»Ja, im hinteren Teil, wo die neuen Gräber liegen.«

Er stand auf. »Gestatten Sie mir noch eine Frage: Ist es sehr schwierig für Sie, in der Pfarrei, die alle Welt mit dem Angsthasen Don Abbondio in Verbindung bringt, Seelsorger zu sein?«

Der Pfarrer lachte. »Ja, wenn ich auswärts erzähle, in welcher Gemeinde ich tätig bin, werde ich von allen Seiten mit einschlägigen Kommentaren bedacht.«

Emilio reichte ihm die Hand. »Sie sind nicht so. Signora Anna hatte Glück, dass sie Sie als Pfarrer hatte.«

Er suchte einen Blumenladen, kaufte eine weiße Rose und legte sie auf Signora Annas Grab. *Möge sie in Frieden ruhen nach ihrem tragischen Leben.* Er war froh, dass sie die letzten Jahre ihres Lebens noch hatte genießen können. Und er schätzte sich glücklich, sie noch kennengelernt zu haben.

Aber der Norden brachte ihm kein Glück. Er war ein zweites Mal innerhalb weniger Monate völlig umsonst hierhergereist. Und langsam kam er sich so vor wie Renzo, der Held aus Manzonis Roman: dauernd unterwegs, immer zur falschen Zeit am falschen Ort, provisorische Jobs, keine Aussicht auf ein ruhiges Leben.

Frustriert trat er den Rückweg an. Aus dem Zug schrieb er Carmine eine SMS:

> Ich bin auf der Rückfahrt nach Rom. Wir sehen uns dort, wenn du wieder einmal kommst. Übrigens: Du kannst dein Auto behalten, die alte Dame ist tot.

Keine zwei Minuten später rief sein Freund an. »Wie geht es dir?«

»Gut. Warum?«

»Wirklich?« Er klang nicht überzeugt.

»Meine Güte, die Dame, die ich besuchen wollte, war fast neunzig Jahre alt. Jetzt ist sie tot, was nichts Unübliches ist für ihr Alter. Ich ärgere mich nur über mich selbst, dass ich nicht direkt hingefahren bin, als ich mich von Chiara getrennt hatte. Damals hätte Signora Anna nämlich noch gelebt. Nun habe ich den ganzen Weg umsonst gemacht und bin … einfach zu spät gekommen.«

Carmine sagte ein paar Sekunden gar nichts. Dann fragte er: »Für was genau bist du zu spät gekommen?«

Emilio seufzte. »Vergiss es einfach.«

»Nein, mein Freund. Ich habe dich gestern den langen Weg von Rom nach Mailand kutschiert und mich dabei mit Halbwahrheiten abspeisen lassen. Jetzt will ich die ganze Geschichte hören. Und sag mir nicht, dass es nur das Buch deines Vaters ist, dem du nachtrauerst.«

»Gut, also es steckt natürlich schon eine Frau dahinter.« Er wusste, dass sich Carmine in dem Moment das Grinsen nicht verkneifen konnte.

»Also wie ich vermutet habe.« Sein Freund klang höchst zufrieden. »Dann schieß mal los!«

So blieb Emilio nichts anderes übrig, als ihm von der unvergesslichen Zugfahrt zu erzählen, von seinen Reisegefährtinnen und ihren traurigen Lebensgeschichten. Als er geendet hatte, schwieg er ratlos. Die Geschichte hatte kein Happy End. Er war ein tragischer Held, der es schlicht und ergreifend verbockt hatte.

»Ich begreife das Ausmaß der Misere. Aus dem Stoff könntest du eine wunderbare Geschichte schreiben«, sagte Carmine.

»Wie bitte?« Emilios Stimme überschlug sich fast. Er hatte Carmine gerade sein Herz ausgeschüttet und der dachte nur an eine gute Story? »Du bist wirklich ein Idiot …«

»Lass mich ausreden«, fuhr Carmine fort. »Die Geschichte könnte ein Happy End haben. Der Held verliert Manzonis Roman, und wie Renzo aus ›I Promessi Sposi‹ suchst du als moderner Held die Frau deines Lebens, die aller Wahrscheinlichkeit nach den Roman für dich aufbewahrt und sehnsüchtig an dich denkt, wenn sie darin blättert. Als Nebenstrang erzählst du Signora Annas tragische Geschichte und, schwups, hast du eine Liebesgeschichte par excellence!«

»Ich will keinen Roman schreiben, ich will mein Buch und die junge Frau wiederfinden!«, rief Emilio genervt ins Handy. Zwei ältere Herren aus seinem Abteil sahen ihn mitleidig an. Himmel, warum musste er sein Privatleben nur im Zug ausbreiten? Er hatte nie verstehen können, weshalb dies manche Menschen so machten, aber er war keinen Deut besser.

»Das eine schließt das andere nicht aus«, sagte Carmine. »Such die Frau! Auch wenn es meiner Ansicht nach ein Ding der Unmöglichkeit ist, sie ausfindig zu machen. Es bringt dir auch nichts, wenn ich dir sage, wie dämlich du damals warst. Das weißt du selbst. Also mach wenigstens etwas Gutes aus dem Dilemma und schreib eine Geschichte! Du kannst schreiben, das habe ich während des Studiums gemerkt. Schreib einmal nicht nur Aufsätze und Essays über Geschichten anderer Autoren, schreib selbst eine! Und schick sie mir, vielleicht gefällt sie meinem Chef und du kannst einen Roman veröffentlichen.«

Emilio war müde und wollte sich das Geschwafel seines Freundes nicht länger anhören. »Danke für deine Ratschläge. Ich schreibe die Geschichte, wenn sie wahr werden sollte. Sonst nicht.«

*»D'accordo.«* Carmine schien begriffen zu haben, dass er langsam die Klappe halten sollte. »Ich verlass mich darauf.«

Aber Emilio war klar, dass er eher eine Nadel im Heuhaufen finden würde als Susanna.

Als er nach Hause kam, lümmelte sein Bruder Fabio auf dem Sofa und zupfte auf seiner Gitarre herum. Die langen Haare hingen ihm halb ins Gesicht, er machte dem Image eines angehenden Cantautore alle Ehre. Mit einer Kopfbewegung wies Fabio auf einen Umschlag, der auf der Anrichte stand. »Für dich. Ist heute gekommen.« Er klampfte weiter.

Der Brief sah amtlich aus. Emilios Herz begann zu rasen. Er riss den Umschlag auf und hielt den Atem an. Die Sapienza bot ihm einen Doktorandenplatz an, verbunden mit einer Teilzeitstelle als Assistent. »Juchuuh, ich habe es geschafft! Ich bin unter den drei Auserwählten, die einen Doktorandenplatz bekommen! Und eine Teilzeitstelle gleich dazu!«

Fabio hob den Kopf. »Cool«, sagte er nur.

»Das ist großartig, einfach unfassbar!« Emilio tanzte mit dem Brief in der Hand um den Esstisch herum. Endlich ging etwas weiter in seinem Leben!

»Heißt das, du verdienst jetzt richtig viel Geld?« Fabio legte seine Gitarre beiseite.

»Nein, natürlich nicht, aber viel mehr als bei meinem Job in der Bar.«

»Ziehst du dann von zu Hause aus?«

»Ja, wahrscheinlich schon, aber ich muss erst einmal eine Wohnung finden.«

Sein kleiner Bruder ließ den Kopf hängen.

»Ich bin ja nicht aus der Welt.« Er setzte sich neben ihn.

»Hmm.«

Emilio wusste, dass ihn das nicht tröstete. Fabio war zehn Jahre jünger als er und hatte immer schon sehr an ihm gehangen. Trotzdem würde er sich nicht daran hindern lassen, demnächst auszuziehen, denn er wollte nicht so enden wie viele andere und noch bis zu seinem dreißigsten Lebensjahr bei seiner Mutter wohnen. »Du kannst mich besuchen, sooft du möchtest«, versicherte er seinem Bruder.

»Gehe ich dir nicht auf die Nerven?«

»Natürlich nicht!«

»Ich wollte dich noch etwas fragen.« Fabio zupfte wieder an einer Gitarrensaite herum.

»Was?« Emilio vermutete, dass er ihm bei den Hausaufgaben helfen oder irgendein Referat vorbereiten sollte. Sein Bruder war im Gegensatz zu ihm eher ein Schüler, der sich mit wenig Aufwand durchmogelte.

»Du und Chiara, ihr habt euch doch neulich getrennt. Da weißt du doch sicher, wie sich Liebeskummer anfühlt, oder?«

Das war eine völlig andere Frage, als Emilio erwartet hatte. Er sah Fabio mitleidig an. »Ist deine erste Liebe in die Brüche gegangen?«

Fabio schüttelte den Kopf. »Eben nicht.«

»Warum willst du dann wissen, wie sich Liebeskummer anfühlt?«

»Weil ich keinen vernünftigen Text zu meiner Musik schreiben kann.«

Emilio runzelte die Stirn.

Fabio stöhnte auf. »Mensch, bist du begriffsstutzig! Als Liedermacher kann man nur etwas werden, wenn man von tragischen Liebesbeziehungen singt. Zum Beispiel über eine Frau, die unerreichbar ist, die man niemals haben kann, die einen verlassen hat, die man trotzdem liebt, so etwas eben. Hörst du eigentlich nie hin, wenn du ein Lied hörst?«

»Doch.« Trotzdem verstand Emilio immer noch nicht, worauf sein Bruder hinauswollte.

»Mir fallen viele schöne Melodien ein, aber ich kann keine Texte dazu schreiben. Es klappt nicht.« Fabio sah ihn erwartungsvoll an. »Deswegen dachte ich, vielleicht könntest du …?«

»Was? Die Texte zu deiner Musik schreiben?«

»Bitte!« Fabio sah ihn mit seinen großen dunkelbraunen Augen an wie ein Welpe.

Emilio konnte ihm niemals etwas abschlagen. Dennoch zögerte er. Es lag ihm fern, etwas zu schreiben, was in irgendeiner Weise Emotionen hervorrief. Gefühle in die Welt posaunen, nein, das war wirklich nicht sein Ding.

Fabio ließ nicht locker. »Du hast alle Reimmuster von Dante und Petrarca bis Leopardi gelernt. Du bist älter als ich und hattest eine Freundin, um die dich alle beneidet haben. Du weißt bestimmt, wie sich Liebeskummer anfühlt.«

»Du wirst das eines Tages auch wissen«, wandte er ein. »Muss ein Cantautore nicht seine Texte selbst verfassen?«

»Doch, normalerweise schon. Aber Opernkomponisten wie Puccini haben ihre Texte auch nicht selbst geschrieben, es gab Librettisten. Und wenn ich berühmt werden sollte, würde ich immer auf meine CD-Cover schreiben, dass die Texte von dir stammen und von mir nur die Musik. Ehrlich!«

Emilio lachte. Was Fabio auf seine imaginären CD-Cover schreiben wollte, war ihm, gelinde gesagt, völlig egal. »Wir können es ja versuchen. Allerdings hab ich weder Lust noch Zeit, dass du mir deine Melodien gibst und ich dazu etwas schreiben soll. Dazu brauche ich ewig. Deswegen machen wir es so, dass ich ein paar Texte schreibe und du dann schaust, was du von dem Material gebrauchen kannst. Und wenn etwas nicht passt, musst du den Text für deine Musik halt bearbeiten.«

»Ja, klar. Vielen Dank! Wann bekomme ich die ersten Texte?«

Emilio stand auf. »Nicht so ungeduldig! Ein Dichter braucht erst einmal eine Muse und dann viel Inspiration. Wenn da ein kleiner Bruder herumhetzt, funktioniert gar nichts.«

Fabio grinste. »Die Muse hast du doch schon. Das ist bestimmt die schöne Chiara.«

»Falsch, mein Kleiner. Die blöde Schnepfe kann mir gestohlen bleiben. Sie wird auf keinen Fall meine Muse. Aber ich habe da eine andere Idee …«

»Wie heißt sie? Kenne ich sie? Sag schon!«

Aber Emilio schüttelte den Kopf und lächelte geheimnisvoll. »Großes Dichtergeheimnis.«

# 10

Der Winter hielt sich hartnäckig und die Bäume rings um die Bonner Hofgartenwiese waren selbst Ende Februar noch mit Raureif überzogen. Die Luft im Hörsaal des Juridicums war stickig. Susanna saß neben ihrer Schulfreundin Juliane, die im ersten Semester Jura studierte, und ertappte sich dabei, seit einigen Minuten überhaupt nicht mehr zuzuhören. Wovon sprach die Professorin dort vorn eigentlich? Sie verstand kein Wort und gab sich auch keine gesteigerte Mühe, wieder ins Thema zu finden. Sie kaute an ihrem Bleistift herum. *Was tue ich hier?* Nach Laurenz' Tod war sie einen Monat bei Tante Margit in Koblenz gewesen, aber das Nichtstun linderte ihre Trauer nicht. Daher war sie Anfang Februar wieder nach Bonn gefahren. Tante Margit hatte Juliane gebeten, in Laurenz' Zimmer zu ziehen, damit Susanna nicht allein sei. Daher wohnte sie nun mit ihrer Schulfreundin in der Mansardenwohnung ihres Elternhauses. Juliane überredete sie oft, mit ihr in die Jura-Vorlesungen zu gehen, sodass sie sich, wie ihre Freundin sagte, schon einmal mit der Materie vertraut machen könne. Vor allem war aber wohl ihr Plan, Susanna zu beschäftigen, um sie von ihrer Trauer abzulenken. Ein Gutes hatte diese Resozialisierungsmaßnahme: Susanna erkannte, dass Jura nicht ihr Studienfach werden würde. Sie wusste, dass sie den Stoff, über den die Professoren referierten und den einige der Studenten in den Pausen eifrig weiterdiskutierten, niemals interessant finden würde. Sie warf einen Blick auf die Armbanduhr. Noch weitere vierzig Minuten ödes Dahinvegetieren! Draußen flogen ein paar Amseln umher und suchten nach Würmern, doch dabei würden sie wohl kein Glück haben. Die verbargen sich sicherlich tief in der Erde.

Juliane stieß ihr den Ellbogen in die Rippen. »Nicht träumen!«

Susanna nickte und malte Kreise und Vierecke auf ihren Block.

Als die Vorlesung zu Ende war, nahm sie Juliane beiseite. Sie hatten zu Schulzeiten gemeinsame Pläne geschmiedet. Sie wollten Jura studieren und dann eine eigene Kanzlei eröffnen für kleine Leute. Sie waren idealistisch gewesen, aber diese Träume gehörten einer anderen Zeit an. Und diese Zeit war für Susanna seit Laurenz' Tod vorbei.

»Was ist?«

Aus den Hörsälen strömten Massen von Studenten heraus, die alle den Weg zur Mensa antraten.

»Ich werde nicht Jura studieren.«

»Wie bitte?« Ungläubig starrte Juliane sie an.

»Es tut mir leid, Jura ist einfach nichts für mich. Ich finde es … eintönig, ich kann mich nicht dafür begeistern …«

»Und was ist mit unserem Traum von einer eigenen Kanzlei?«

»Du wirst bestimmt eine nette Kollegin finden, die diesen Traum zusammen mit dir verwirklicht, aber ich werde das nicht sein.«

Juliane sagte nichts. Susanna wusste, dass sie enttäuscht war. »Willst du es dir nicht noch einmal überlegen?«, fragte sie schließlich.

Susanna schüttelte den Kopf.

»Und was willst du stattdessen studieren?«

»Italianistik.«

»Das glaube ich jetzt nicht!« Julianes Augen blitzten auf. »Du willst nicht deine weitere Zukunft auf einer lächerlichen Schwärmerei für einen Italiener aufbauen, dem du einmal im Zug begegnet bist und den du nie wiedersehen wirst!«

Susanna bereute es, Juliane von dieser Zugfahrt erzählt zu haben. Es war ihr vor zwei Wochen abends herausgerutscht, als sie zusammen auf dem Sofa in ihrem Zimmer gesessen und die Fotos ihrer Abifeier einsortiert hatten. Juliane hatte gesagt, sie solle Emilio vergessen, da es rein statistisch betrachtet völlig unwahrscheinlich sei, dass sie ihm jemals wieder begegnen werde. Doch Susanna hatte selbst während Laurenz' Krankheit immer wieder an Emilio denken müssen. *Er würde mich verstehen*, dachte sie. *Er würde mich jetzt genauso in den Arm nehmen, wie er damals Signora Anna in den Arm genommen hat.*

»Ich schreibe mich trotzdem für Italianistik ein.«

»Susanna, hör mir mal zu!« Juliane konnte ihre Empörung kaum verbergen. »Dieser Emilio fuhr damals, wenn ich mich recht an deine Erzählung erinnere, zur Geburtstagsfeier seines Schwiegervaters in spe. Er hat dich und die alte Dame mehr oder weniger links liegen gelassen und ist davongerannt, als seine Verlobte angerufen hat.«

Susanna versuchte, etwas zu erwidern, aber Juliane war jetzt in Fahrt.

»Von italienischer Literatur kann niemand leben, noch nicht einmal Lehrerin kannst du damit werden, weil in den meisten Schulen Italienisch nicht als Fach angeboten wird. Und du wirst ihn nie wiedersehen, deinen Emilio, es sei denn als verheirateten Mann.«

»Ich mache es trotzdem«, sagte Susanna trotzig. »Und außerdem mache ich es nicht, um ihn wiederzusehen, sondern weil mich Literatur interessiert und Italien mich fasziniert und …«

»… und ein gewisser Italiener fasziniert dich am allermeisten, ich weiß. Doch ich lasse nicht zu, dass dieser Nichtsnutz über deine Zukunft bestimmt.«

»Nein, lass mich ausreden! Ich wollte sagen, dass ich Laurenz versprochen habe, das zu studieren, wofür ich brenne. Und das ist nun mal nicht Jura.«

Juliane schwieg. »Gut«, sagte sie schließlich, »wenn Laurenz das gesagt hat.«

Als das geklärt war, machte sich Susanna auf den Heimweg. Auf der Kennedybrücke schlug ihr eisiger Wind entgegen. Sie zog die Kapuze bis tief in die Stirn. Es fing an zu hageln. Sie hob die Arme schützend über den Kopf und rannte los. Als sie endlich vor dem Haus stand, war sie bis auf die Knochen durchnässt und ihre Zähne klapperten aufeinander. Sie kramte die Post aus dem Briefkasten und lief nach oben. Fröstelnd kochte sie heißes Wasser für Tee und Wärmflasche und legte sich unter drei Decken, um wieder warm zu werden. Dann öffnete sie die Post. Eine Stromrechnung, ein Flyer von Julianes Bruder Gerhard, der zu seiner Geburtstagsfeier am Abend einlud, und ihr Brief an Signora Anna, den sie im Januar geschrieben hatte. In den ersten Wochen nach ihrem Italienaufenthalt hatte Susanna nur an Laurenz' Bett gesessen. Im Dezember war sein Zustand so schlecht gewesen, dass ihr nicht der Sinn nach Briefeschreiben stand. Erst vier Wochen nach Laurenz' Tod hatte sie den Mut gehabt, der alten Dame einen Brief zu schreiben. Darin hatte sie alles geschildert, was seit der Reise passiert war. Aber sie hatte wochenlang nichts von ihrer Reisegefährtin gehört. Und nun das: Der Brief war zurückgekommen. *»Deceduta«* stand in großen Lettern neben dem Adressfeld. Susanna zog ihr Italienisch-Wörterbuch aus dem Regal, denn das Wort kannte sie nicht. Als sie es gefunden hatte, stockte ihr der Atem: *Verstorben!* Sie schlug das Wörterbuch zu und warf sich in die Kissen zurück.

Auch Signora Anna lebte nicht mehr. Plötzlich sah sie ihr altes, runzeliges Gesicht vor sich, das ihr zulächelte. Dieses Lächeln gab es nicht mehr. Oder sie lächelte nun im Himmel. Vielleicht hatte sie dort oben bereits Laurenz' Bekanntschaft gemacht.

Susanna zog »I Promessi Sposi« aus dem Bücherregal. »Dann werde ich dich wohl nie wieder deinem rechtmäßigen Besitzer zurückgeben können«, sagte sie zu dem Buch. Mit Signora Annas Tod war auch die Aussicht, Emilio wiederzufinden, endgültig gestorben. Langsam blätterte sie durch den Roman. Bisweilen hatte sie versucht, ihn zu lesen, aber das war zu schwierig bei ihrem rudimentären Italienisch. Doch das würde bald besser werden. Sie würde sich ab jetzt den ganzen Tag Zeit nehmen, diese Sprache zu erlernen. Dann würde sie dieses Buch lesen können! Ebenso die Bleistiftnotizen, die Emilio dort hineingeschrieben hatte. Sie war schon so gespannt darauf.

In den Einband des Buches hatte Susanna einen verschlossenen Briefumschlag von Laurenz gesteckt. »Erst aufmachen, wenn du heiratest«, hatte er ihr gesagt, und sie hatte beschlossen, ihn in Manzonis Roman aufzubewahren; schließlich ging es dort ums Heiraten. Sie legte ihren an Signora Anna adressierten Brief dazu und stellte »I Promessi Sposi« wieder zurück ins Bücherregal.

Wenig später hörte sie, wie Juliane den Schlüssel im Schloss herumdrehte. Susanna stand auf und ging zu ihr, um sich noch einmal mit ihr auszusprechen.

»Bist du mir böse, dass ich etwas anderes studiere als du?«

Juliane stellte ihre Tasche auf den Schreibtisch. »Schon gut.«

»Weißt du, Laurenz hat gesagt, wenn man wie er nur noch wenig Zeit hat, tut es einem leid, so vieles gemacht zu haben, was einen gar nicht interessiert hat. Deswegen sollte ich ihm versprechen, das zu studieren, wofür ich mich begeistere.«

Ihre Freundin räumte die Tasche aus. »Das ist in Ordnung, Susanna«, sagte sie. »Aber wenn du mich schon mit der Kanzlei hängen lässt, dann musst du wenigstens heute Abend mit zu Gerhards Geburtstagsfeier kommen. Acht Uhr.« Sie schlug eins ihrer Bücher auf. Die Sache schien für sie erledigt.

*Sie weiß doch, dass ich nicht auf Partys gehe.* Seit Laurenz gestorben war, mied Susanna derartige Vergnügungen. Sie hasste die laute Musik und die Oberflächlichkeit so mancher Gäste. Eigentlich wollte sie nur für sich sein und höchstens Juliane um sich haben. *Dann ist das also die Buße, die ich tun muss, weil ich nicht Jura studiere*, dachte Susanna. Juliane hatte ihr verziehen.

Am Abend ging Susanna wie versprochen mit Juliane auf die Geburtstagsfeier ihres Bruders, der in einer WG im Stadtteil Kessenich wohnte. Er wurde fünfundzwanzig und hatte gefühlt mindestens doppelt so viele Leute eingeladen. Die Bude platzte aus allen Nähten. Es war heiß, die Musik war laut und aufgrund der vielen Raucher war fast kein Sauerstoff vorhanden. Für Susanna war es wirklich eine Buße, einen langen Abend in dieser verqualmten Wohnung auszuhalten. Irgendwann zwischen zwölf und ein Uhr in der Nacht kämpfte sie sich durch die schwatzenden Grüppchen hindurch in die Küche, weil sie Durst hatte. Dabei trat sie aus Versehen auf die schwarze Katze, die mit einem markerschütternden Kreischen aufsprang und sie schier zu Tode erschreckte. Susanna ließ ihr Glas fallen, stolperte und riss dabei eine Flasche von der Arbeitsplatte, die, ebenso wie ihr Glas, mit großem Getöse auf dem Steinfußboden zerschellte. Susanna stand umgeben von Hunderttausenden Glasscherben in einer Ölpfütze. Es war eine Flasche Olivenöl gewesen, die sie vor Schreck heruntergerissen hatte.

»Ach du liebe Zeit, was ist denn hier passiert?«, fragte ein blonder, kräftiger Mann mit roten Wangen. Irgendwo hatte sie ihn schon einmal gesehen.

»Ich habe die Katze erschreckt, und sie hat mich erschreckt … und dann das.« Susanna schaute resigniert auf die Verwüstung zu ihren Füßen.

»Hast du dir wehgetan?«

Sie schüttelte den Kopf.

»Das ist die Hauptsache.« Er reichte ihr die Hand. »Komm mal von da weg.« Seine Hand war angenehm warm. »Bist du nicht Susanna? Die Schwester von Laurenz?«

Sie nickte.

»Ich heiße Stefan. Laurenz und ich waren zusammen im Fußballverein. Übrigens mein Beileid. Damals auf dem Friedhof warst du so schnell weg.«

»Danke.« *Er war also auf der Beerdigung gewesen.*

»Dann lass uns die kleine Katastrophe einmal beseitigen«, sagte er zu ihr, und zu den anderen Gästen, die in der Küche standen und zurückgewichen waren: »Wer nicht mithilft, geht besser mal raus, damit keiner im Weg ist.«

Während sich die anderen trollten, griffen sie einen Schwamm, zwei Geschirrtücher, Küchenpapier und einen Handfeger und begannen, die Sauerei wegzuwischen. Susanna fand es nett, dass Stefan ihr beim Putzen half. Dabei erzählte er lustige Dinge über Missgeschicke, die er auf anderen Partys schon erlebt hatte. Sie musste fast die ganze Zeit lachen. Es war das erste Mal seit Laurenz' Tod, dass sie wieder lachte.

Stefan studierte Informatik und hatte vor, nach dem Studium mit einem Freund eine Softwarefirma zu gründen. Als er von der Software erzählte, die er entwickeln wollte, verstand Susanna kein Wort. Es klang allerdings so, als ob sie für mittelständische Unternehmen äußerst hilfreich sein könnte.

»Hast du Laurenz gut gekannt?«, fragte sie, denn nur das interessierte sie wirklich.

»Wir haben ab und zu in derselben Mannschaft gekickt, aber richtig gut gekannt habe ich ihn leider nicht. Doch er war allgemein sehr beliebt und es war ein Schock für uns alle, als er starb.«

Susanna hatte nicht aufgepasst und sich an einer Glasscherbe verletzt. Ein Blutstropfen rann ihre rechte Hand hinunter.

»Zeig mal her.« Stefan nahm ihre Hand, tupfte das Blut mit einem Taschentuch weg und fragte wie nebenbei: »Treffen wir uns morgen auf einen Kaffee?«

Am folgenden Tag tranken sie nicht nur gemeinsam Kaffee, sondern gingen danach auch ins Kino. Der Film war ziemlich flach und Stefan sparte nicht an ironischen Kommentaren, die er ihr ins Ohr flüsterte. Susanna musste ständig lachen. Und plötzlich küsste er sie. Als ob es das Natürlichste der Welt wäre. Sie erinnerte sich später, dass sie ihn erst überrascht angesehen und sich dann an ihn gelehnt hatte. Sie waren zusammen. Einfach, schnell, unkompliziert. Ohne Romantik. Aber das war ihr egal. *Laurenz wäre froh, wenn er wüsste, dass ich nicht mehr allein bin.*

Als sie nach Hause kam und »I Promessi Sposi« im Bücherregal sah, fiel ihr Emilio ein, der ihr trotz des Kummers um Laurenz' Tod seit Monaten nicht aus dem Kopf gegangen war. Sie nahm sein Buch aus dem Regal und blätterte darin. Es war Zeit, sich von ihm zu verabschieden. *Vielleicht sehe ich ihn eines Tages als Italienisch-Professor wieder.* Immerhin studierte sie bald dasselbe wie er, so abwegig war der Gedanke also nicht. Sie würde sicherlich ein Auslandssemester in Rom machen und, wer weiß, vielleicht würde sie ihn dort an der Universität treffen. *Wenn ich ihn wiedersehe, werde ich ihm sein Buch zurückgeben und mich bei ihm bedanken, dass er mich auf die Idee gebracht hat, italienische Literatur zu studieren.* Aber ihr Herz würde nicht mehr für ihn schlagen … das schlug jetzt für Stefan.

# 2007/2008

# 11

***Januar/Februar 2007***

»Ein wahrhaft interessanter Ansatz«, nuschelte Professor Dr. Schneidereck und zupfte an seinem grauen Bart, während er die Gliederung ihrer geplanten Dissertation studierte.

Susanna atmete erleichtert auf. Im Vorfeld war sie keineswegs sicher gewesen, dass sie mit ihren Ideen auf Zustimmung stoßen würde. Sie entsprachen nämlich nicht der unter Romanisten aktuell vorherrschenden Meinung über den italienischen historischen Roman des neunzehnten Jahrhunderts.

Professor Schneidereck legte die Blätter ihrer Einleitung zur Seite. »Wirklich sehr interessant, Frau Herz. Das klingt nach einer vielversprechenden Arbeit und ich bin gespannt auf Ihre nächste Lieferung.« Er lächelte und zeigte dabei zwei Goldzähne.

Susanna mochte ihn, sein Lächeln erinnerte sie ein wenig an ihren Vater. Er wäre jetzt ungefähr genauso alt gewesen wie ihr Doktorvater.

»Sie wissen, dass ich aus Altersgründen die Universität nächstes Jahr verlassen werde, nicht wahr?«

Sie nickte.

»Ihre Arbeit betreue ich natürlich noch zu Ende, aber wahrscheinlich sind Sie ohnehin davor schon fertig.« Er beugte sich vor. »Was planen Sie, nach der Dissertation zu tun? Möchten Sie an der Universität bleiben?«

»Ich weiß nicht.« Susanna mochte das Recherchieren, das wissenschaftliche Arbeiten. Doch sie war nicht erpicht darauf, sich vor einen Hörsaal voller Studenten zu stellen und Vorlesungen zu halten. Außerdem gab es unter den jungen Wissenschaftlern nicht selten ein regelrechtes Hauen und Stechen um die raren, heiß begehrten und leider auch befristeten Stellen. »Ich habe eigentlich vor, weiterhin als Übersetzerin zu arbeiten.« Sie arbeitete bereits seit zwei Jahren freiberuflich für mehrere Übersetzungsbüros sowie für Anwälte und Gerichte und hoffte, nach der Dissertation ihr Pensum aufstocken zu können.

»Das können Sie bestimmt hervorragend.« Professor Schneidereck lehnte sich zurück. »Allerdings möchte ich Ihnen noch einen anderen Vorschlag machen: Im nächsten Wintersemester haben wir einen Dozentenaustausch mit der Universität Bologna. Ich soll Vorschläge einreichen, wen unsere Universität für ein Semester nach Italien schickt. Ich habe an Sie gedacht, da Sie nicht nur Italianistin, sondern auch Germanistin sind. Würden Sie das machen? Sie können währenddessen sicher weiter als Übersetzerin arbeiten. Ich würde mich auf jeden Fall für Sie verwenden. Und vielleicht finden Sie Gefallen am Unterrichten und könnten es sich danach auch hier an der Universität vorstellen. Das bedeutet ja nicht, dass Sie ihre Übersetzertätigkeit aufgeben müssen. Zwei Standbeine sind besser als eines.«

Susannas Herz klopfte. Das war eine einzigartige Chance! Es war ein Traum, ein Semester an der ältesten Universität Europas unterrichten zu dürfen. »Ja, sehr gern!«, rief sie.

Er schmunzelte. »Müssen Sie … das zu Hause noch mit jemanden besprechen oder darf ich Sie gleich auf die Liste setzen?«

Susanna wurde rot. In ihrer Freude hatte sie Stefan völlig vergessen. Aber so eine Gelegenheit gab es kein zweites Mal. Sie räusperte sich. »Ich spreche heute Abend mit meinem Freund. Doch es wird kein Problem sein.«

»Lassen Sie sich Zeit. Es reicht, wenn Sie mir im Laufe der beiden nächsten Wochen Bescheid geben, damit ich Sie auf die Bewerberliste setzen kann. Die endgültige Entscheidung trifft dann eine Kommission im Mai. Es würde mich sehr freuen, wenn wir Sie nach Bologna schicken könnten.«

»Das wäre wirklich wunderbar.«

Professor Schneidereck stand auf und reichte ihr die Hand. »Also dann, bis bald, Frau Herz.«

»Danke für Ihre Zeit, Professor Schneidereck.« Sie nahm ihre Unterlagen. »Ich melde mich bald. Auf Wiedersehen.«

Sie ging die Treppe des Hauptgebäudes der Bonner Universität hinab und nahm den Ausgang zur Hofgartenwiese, die in dieser Jahreszeit vollständig von Reif überdeckt war. Sie atmete tief ein. Für ein Semester nach Italien! An die renommierte Universität von Bologna! Das wäre zu schön, um wahr zu sein. Sie blieb stehen und ließ die Sonnenstrahlen auf ihr Gesicht scheinen. Die Hofgartenwiese war die Kulisse gewesen, vor der sie damals, so kurz nach Laurenz' Tod, ihre Entscheidung getroffen hatte, Italienisch zu studieren. Sie sah sich um. Ein Amselpaar pickte einträchtig ein paar Brotkrumen auf. So ähnlich war es damals auch gewesen. Und fast ein Jahrzehnt später würde sie vielleicht als Gastdozentin nach Bologna gehen!

Ihr Handy vibrierte in der Manteltasche und rief sie in die Gegenwart zurück: Es war Stefan.

»Hallo, mein Schatz!«, rief er ins Telefon. »Wie ist es gelaufen bei Professor Schneidereck?«

»Gut. Sehr gut! Du kannst dir nicht vorstellen …«, setzte sie an, aber Stefan unterbrach sie sofort.

»Egal, was du erzählst, ich kann es toppen, denn ich habe soeben den Job bei der Bank in Frankfurt bekommen!«

Bang! Susanna spürte, wie ihre Begeisterung verpuffte. Gerade hatte sie Stefan brühwarm erzählen wollen, dass Professor Schneidereck von ihrer bisherigen Arbeit begeistert war und er sie für einen Dozentenaustausch mit der Universität Bologna empfehlen wollte, doch jetzt stand sie da und wusste nicht, was sie sagen sollte.

»Was ist? Hat es dir Sprache verschlagen?« Er klang verärgert.

»Allerdings.« Sie räusperte sich. »Das ist großartig. Toll! Herzlichen Glückwunsch!«

»Du klingst aber nicht besonders begeistert.«

»Doch, doch«, beeilte sie sich, zu sagen. »Ich bin nur überrascht.«

Stefan hatte sich einen Monat zuvor bei einer Bank in Frankfurt als IT-Spezialist beworben. Sie hatte nicht erwartet, dass er den Job tatsächlich bekommen würde, denn in den letzten Monaten hatte er auf seine Bewerbungen eine Absage nach der anderen erhalten. Nun hatte es jedoch offensichtlich geklappt und er würde bald in Frankfurt arbeiten. Was bedeutete das? Dass sie eine Fernbeziehung führen mussten? Oder sollte sie gar mit ihm dorthin ziehen? Das hätte ihr angesichts ihrer Promotionspläne überhaupt nicht gepasst. Denn die Bibliothek, die für Romanistik hervorragend ausgestattet war und in der sie sich auskannte, war nun einmal in Bonn. Und was würde Stefan zu Bologna sagen? Aber solche Fragen ließen sich nicht am Telefon klären. Sie mussten bis nachher aufgeschoben werden, wenn Stefan wieder zu Hause war. »Bist du noch in Frankfurt oder schon zu Hause?«, fragte sie.

»Ich bin noch in Frankfurt. Ich will gleich eine Wohnung ansehen, die mir ein künftiger Kollege angeboten hat, der demnächst in sein Eigenheim ziehen wird.«

Susanna schluckte. Dann hatte er also alles bereits entschieden. Ohne mit ihr zu sprechen. *Spiele ich jetzt gar keine Rolle mehr? Plant er, allein dort zu wohnen, oder mit mir? Und wie steht es überhaupt mit unserer Beziehung?*

»Bis später, Susi.« Er legte auf.

Sie hasste es, wenn er sie Susi nannte. Ihr Name war Susanna, und so wollte sie genannt werden. Auch von ihm.

Ihre Euphorie war verflogen. Sie setzte sich in die nächstbeste Straßenbahn, die nach Beuel fuhr, und blickte schlecht gelaunt vor sich hin.

Stefan hatte nach dem Studium mit einem Freund ein kleines Softwareunternehmen gegründet, das ein paar Jahre sehr gut lief. Aber dann ging es bergab und er zerstritt sich mit seinem Freund. Vor etwa zwei Jahren verkaufte er seine Firmenanteile. Er hatte versucht, ein neues Unternehmen zu gründen, doch das klappte nicht. Schließlich musste er sich vor einem Jahr arbeitslos melden. Susanna hatte ihm angeboten, zu ihr in die Mansardenwohnung zu ziehen. So konnte er Miete sparen, und sie hatten auch nicht mehr das lästige Hin und Her, wenn sie sich sehen wollten. Juliane war kurz zuvor ausgezogen, um mit ihrem zukünftigen Mann zusammenzuziehen.

Es war bisweilen schwierig gewesen, mit Stefan auszukommen, denn dass er arbeitslos war, wurmte ihn. Doch jetzt hatte eine seiner Bewerbungen offensichtlich gefruchtet und es stand eine Veränderung an. Eine, von der sie nicht wusste, ob sie ihrer Beziehung guttun oder schaden würde.

Stefan kam spät. Sehr spät. Susanna lag schon im Bett, als er in der Tür stand.

»Na, meine Süße, bald sind wir reich! Richtig reich!« Er war sichtlich angetrunken. »Du kannst dir nicht vorstellen, wie gut ich bezahlt werde!«

Sie setzte sich auf. »Schön.« Sie klang nüchterner, als sie es sich vorgenommen hatte. Es ärgerte sie, dass er sie so lange hatte warten lassen. Nachdem er um acht Uhr abends noch nicht zu Hause gewesen war, hatte sie versucht, ihn anzurufen, hatte aber mit seiner Mailbox vorliebnehmen müssen. Kurz vor zehn hatte er endlich zurückgerufen – aus einer lauten Kneipe, in der er wahrscheinlich mit seinen Kumpeln den Erfolg feierte, während sie zu Hause auf ihn wartete, um über ihre Zukunft zu sprechen. Irgendwann hatte sie sich frustriert hingelegt. Doch an Schlaf war nicht zu denken.

Er wankte auf sie zu, ließ sich neben ihr aufs Bett fallen und zog sie an sich. »Was ist denn, Schatz?«

»Es wäre nett gewesen, wenn du angerufen und mir gesagt hättest, dass du dich erst noch mit deinen Freunden triffst. Ich habe stundenlang auf dich gewartet.«

Er lachte. »Hattest du Sehnsucht nach mir?« Er drückte ihr einen schmatzenden Kuss auf die Stirn. »Jetzt bin ich ja da.«

Susanna war noch nicht versöhnt. »Wie machen wir es wohnungstechnisch, wenn du in Frankfurt arbeitest?«

»Wieso?« Er sah sie verwundert an.

Langsam verlor sie die Geduld. »Wieso, wieso?«, äffte sie ihn nach. »Bonn und Frankfurt liegen nun mal hundertachtzig Kilometer weit voneinander entfernt.«

Er lachte wieder. »Ich habe alles perfekt durchdacht, Susi. Mach dir keine Sorgen.« Er schlüpfte unter die Bettdecke und kuschelte sich an sie.

Susanna wartete. Aber seinen perfekt durchdachten Plan behielt er für sich. »Und wie sieht der perfekte Plan aus?«, fragte sie nach einer Weile.

»Morgen, Schatz, morgen«, raunte er in ihren Nacken. Er war bereits halb eingeschlafen.

*Na gut, dann muss ich mich wohl oder übel noch bis morgen gedulden.* Sie starrte die Zimmerdecke an, während sie seinen gleichmäßigen Atemzügen lauschte. Er schlief den Schlaf der Gerechten. Sie lag indes wach. Und kochte vor Wut! Langsam wandte sie den Kopf zu ihm. Der Mond leuchtete ihm direkt ins Gesicht, das im fahlen Licht ganz käsig wirkte. *Hübsch ist er nicht,* dachte sie, *doch er bringt mich oft zum Lachen, allerdings manchmal auch auf die Palme, so wie heute.* Trotzdem liebte sie ihn. Schließlich hatte er sie aus dem Loch, in das sie nach Laurenz' Tod gefallen war, wieder herausgezogen. Wäre er nicht gewesen, hätte sie wohl nicht so bald wieder am normalen Leben teilnehmen können. Susanna seufzte. *Ich sollte nicht undankbar, sondern froh sein, dass er endlich einen Job gefunden hat. Seine schlechte Laune war in den letzten Monaten wirklich unerträglich geworden.* Aber wie wird wohl sein perfekt durchdachter Plan aussehen? Wie wird es weitergehen? Sie hatte keine Lust auf eine Fernbeziehung. Sie fröstelte und zog die Decke bis zum Hals. Sie hatte sich an Stefan gewöhnt. Er war in den letzten neun Jahren immer für sie da gewesen, und sie wollte ihn nicht verlieren. Sie hatte schon so viele Menschen, die ihr nahestanden, verloren. Vor allem wollte sie nicht mit dreißig, wenn alle eine Familie gründeten, plötzlich allein sein.

# 12

»Heiraten?«, fragte Susanna verblüfft, als Stefan und sie am Frühstückstisch saßen und er ihr soeben seinen genial durchdachten Plan dargelegt hatte. Damit hatte sie im Traum nicht gerechnet.

»Ja, Susi, lass uns heiraten.« Er nahm ihre Hand. »Immerhin habe ich über ein Jahr lang kostenlos bei dir wohnen dürfen und nun, wo ich bald einen Bombenjob habe, möchte ich alles mit dir teilen. So wie du das bislang auch mit mir getan hast.«

Ihr fehlten die Worte. Vergessen war ihre Wut des vorherigen Tages, vergessen die unzähligen Stunden des letzten Jahres, in denen Stefan schlecht gelaunt gewesen war. Er wollte sie tatsächlich heiraten.

»Ja, gern«, sagte sie leise. »Aber ich muss dir auch noch etwas sagen.«

Er zog sie an sich. »Später, Susi, später. Jetzt stoßen wir erst einmal auf uns an.« Stefan ließ sie los und zog eine Champagnerflasche unter dem Küchentisch hervor.

Susanna legte ihre Hand auf seinen Arm. »Nein, ich muss jetzt mit dir sprechen, Stefan. Es ist wichtig.«

Er hielt inne. »Gut. Also was gibt's?«

»Professor Schneidereck möchte mich als Gastdozentin vorschlagen.«

»Aha.«

»Das würde bedeuten, dass ich ab Oktober für ein Semester an der Universität Bologna unterrichten würde.«

Stefan sagte nichts. Sein Gesichtsausdruck verriet nicht, was er dachte.

»Wäre dir das recht?«, fragte sie schließlich. »Ich würde das Angebot sehr gern wahrnehmen.« Sie schwieg ein paar Sekunden. »Oder hast du dir vorgestellt, dass ich mit dir nach Frankfurt ziehe?«

»Nein, nein«, sagte er. »Ich denke, wir sollten hier wohnen bleiben. Ich habe mir gestern in Frankfurt eine Einzimmerwohnung angesehen, in der ich unter der Woche bleiben kann, wenn es spät wird. Aber eigentlich plane ich, jeden Tag mit dem ICE zur Arbeit zu fahren. Es gibt viele Pendler, seitdem es die ICE-Strecke gibt.«

»Ach so.« Dieser Gedanke war ihr noch gar nicht gekommen. Stefan konnte von hier aus bequem die Straßenbahn nach Siegburg nehmen und von dort aus den ICE. Die Fahrtzeit zwischen Siegburg/Bonn und Frankfurt-Flughafen betrug nur achtunddreißig Minuten. Besser ging es gar nicht. »Das klingt gut!«, sagte sie. *Sein Plan ist tatsächlich perfekt durchdacht*, musste sie zugeben. So konnte sie in Bonn bleiben und ihre Dissertation zu Ende schreiben. Doch ihre andere Frage war noch nicht beantwortet.

»Und was hältst du von Bologna?«, fragte sie.

»Nicht viel, wenn ich ehrlich bin.«

Niedergeschlagen starrte sie vor sich hin.

»Zu viele attraktive Italiener, die mir meine Susi wegnehmen könnten«, fügte er hinzu.

Sie hob den Kopf. Stefan grinste von einem Ohr zum anderen. Er hatte nur im Scherz gesagt, dass es ihm nicht recht sei.

»Blödmann!« Sie knuffte ihn in die Seite. »Also darf ich mich bewerben?«

»Klar. Wenn du mich davor heiratest.«

Die darauffolgenden drei Wochen vergingen wie im Flug. Zu ihrer Dissertation kam Susanna kaum, weil sie in Hochzeitsvorbereitungen steckte. Zwar wollte Stefan nur standesamtlich heiraten (sehr zu ihrem Leidwesen, denn sie hatte sich immer eine Hochzeit in Weiß mit Glockengeläut und Blumenmädchen gewünscht). Dennoch waren die Vorbereitungen zeitraubend und er konnte kaum helfen. Er war bereits in Frankfurt und kam nur einmal unter der Woche und an den Wochenenden nach Hause, weil ihn der neue Job so sehr in Beschlag nahm, dass er zu müde war, jeden Tag zu pendeln. Mittlerweile hatte Susanna auch begriffen, dass er nicht nur heiraten wollte, weil er sie liebte, sondern vor allem, um Steuern zu sparen. Sie verdiente nämlich mit ihrer Übersetzertätigkeit nicht viel, sodass das Ehegattensplitting für ihn interessant war; und die Fahrten und die doppelte Haushaltsführung konnte er auch absetzen. Aber es war ihr egal. Ihre Beziehung war immer frei von Romantik gewesen, weshalb sollte das in puncto Hochzeit nun anders sein? Er wollte, dass sie seine Frau wurde. Im Grunde genommen hatte sie auf diese Frage jahrelang gewartet, nun wollte sie sich einfach nur darüber freuen.

In all der Hektik hätte Susanna fast Laurenz' Hochzeitskarte vergessen, die seit Jahren in Manzonis Roman schlummerte. Als sie ihr wieder einfiel, zog sie den mittlerweile ziemlich eingestaubten Roman aus dem Regal und nahm den Umschlag heraus. »Zu öffnen am Tag deiner Hochzeit (oder am besten drei Tage vorher, um meine Wünsche für die Feier noch umzusetzen)«, hatte er darauf geschrieben. Einen Moment lang hielt sie den Umschlag in den Händen. Während sie auf Laurenz' Handschrift starrte, hörte sie in Gedanken die Stimme ihres Bruders: »Mach ihn auf, Susanna, jetzt ist der richtige Zeitpunkt.«

Sie nahm ein Messer und schlitzte den Umschlag auf. Darin lag eine handgezeichnete Karte, auf der zwei kleine Papageien – zwei Unzertrennliche – zu sehen waren. Laurenz war wirklich ein exzellenter Zeichner gewesen. Tränen schossen ihr in die Augen. Diese Vögel hatten sie oft aus dem Fenster seines Krankenzimmers beobachtet. Laurenz und sie waren als Zwillinge unzertrennlich gewesen. Vielleicht hatten sie beide diese Vögel deswegen so geliebt. Susanna wischte sich die Tränen mit dem Handrücken ab, nahm allen Mut zusammen und klappte die Karte auf.

> Liebste Susanna,
> zur Feier des Tages bin ich heute einmal etwas eloquenter und schreibe meine Wünsche nicht in Sprechblasen.
>
> Nun, es wäre meine Pflicht und mein sehnlichster Wunsch gewesen, dich zum Traualtar zu führen. Aber leider kann ich das aus den bekannten Gründen nicht tun. Ich hoffe, sämtliche Kirchenglocken läuten zu Deinen Ehren und Dein Mann schenkt Dir einen prächtigen bunten Blumenstrauß! Bitte trage ein strahlend weißes Kleid. Komm bloß nicht auf den Gedanken, in Schwarz zu heiraten, nur weil unsere Eltern und ich schon tot sind. Sag Deinem Mann, dass er immer gut zu Dir sein soll, sonst braucht er sich hier oben nicht blicken zu lassen. Ich wünsche euch beiden ein glückliches, langes Leben! Seid noch unzertrennlicher, als wir beide es waren.
>
> Dein Laurenz

Sie ließ die Karte sinken. Dicke Tränen tropften auf Manzonis Roman, den sie nicht rechtzeitig zur Seite gelegt hatte. *Wie enttäuscht wäre Laurenz, wenn er wüsste, dass keine Kirchenglocke läuten wird und ich kein weißes Kleid tragen werde!* Sie wünschte, er wäre jetzt bei ihr. Nur kurz, damit sie sich an seine Schulter lehnen konnte, so wie früher, wenn sie traurig gewesen war.

Es war lange her, dass sie das letzte Mal um ihn geweint hatte. In den ersten Jahren nach seinem Tod war das öfter passiert. Vor allem dann, wenn sie einen seiner Umschläge geöffnet hatte, die er ihr für spezielle Anlässe vorbereitet hatte: Da waren die Zeichnungen zu ihrem 21., 22. und 23. Geburtstag gewesen, den ersten Geburtstagen, die sie ohne ihn verbracht hatte; weitere Zeichnungen hatte er für die ersten drei Weihnachtsfeste zu Papier gebracht, die sie ohne ihn verbringen musste. Stets hatte er sich als Engelchen dargestellt, das ihr Blumen oder eine Torte brachte, sie ins Kino schickte oder per Sprechblase nachfragte, ob sie auch schön fleißig studierte. Eine weitere Zeichnung hatte er für den 1. Januar 2001 vorgesehen. Dort hatte er ihr zeichnerisch alles Gute für das neue Jahrtausend gewünscht. Außerdem hatte er Umschläge vorbereitet für ihren dreißigsten und vierzigsten Geburtstag sowie für die Fälle, dass sie eine schwere Entscheidung treffen musste oder die ganze Welt über ihr zusammenbrechen würde. Diese vier Umschläge lagen noch ungeöffnet in der Mappe, die sie unter ihrem Bett versteckt hatte.

Nachdem sie beim Öffnen eines von Laurenz' ersten Umschlägen tagelang in eine Depression verfallen war und Stefan und Juliane gedroht hatten, ihr die Zeichnungen wegzunehmen, hatte sie die noch verschlossenen Umschläge sorgfältig versteckt. Sie waren ihr teuerster Schatz, den sie hütete wie ihren Augapfel.

Sie zog ein Taschentuch aus der Hosentasche und putzte sich die Nase. Wenn Stefan merkte, dass sie wieder einen

Umschlag ihres Bruders geöffnet hatte, würde er zornig werden. Also musste sie sich zusammennehmen und durfte sich nichts anmerken lassen. Sie stand auf. Auch wenn sie nicht alle Wünsche von Laurenz bezüglich der Hochzeitsfeierlichkeiten umsetzen konnte, die Sache mit dem Kleid konnte sie noch ändern. Sie stopfte das schwarze Kleid, das sie für die Hochzeit vorgesehen hatte, in den hintersten Winkel ihres Kleiderschranks und verließ das Haus. Zwar würde sie kein Hochzeitskleid kaufen, das wäre bei einer rein standesamtlichen Hochzeit eher albern und würde Stefan verärgern. Aber sie würde sich etwas Weißes zum Anziehen kaufen, so wie es Laurenz für sie vorgesehen hatte.

Kälter hätte der Samstag Ende Februar nicht sein können, als Susanna in einem weißen Mantel vor dem Beueler Rathaus stand und fror. Ihre ebenfalls weißen Ballerinas waren nicht für diesen Frost geeignet und ihre Füße entsprechend taub vor Kälte. In der rechten Hand hielt sie einen Strauß bunter Rosen, den sie noch schnell in einem nahe gelegenen Blumengeschäft erstanden hatte, nachdem Stefan sie vom Zug aus angerufen und erklärt hatte, dass er es nicht mehr schaffen werde, Blumen mitzubringen. Auch dieser Wunsch ihres Bruders ging also nicht so in Erfüllung, wie er es für sie erhofft hatte. Susanna seufzte leise. *Nun ja, selbst wenn es natürlich schön gewesen wäre, wenn mir mein künftiger Mann Blumen mitgebracht hätte, im Endeffekt ist es auch nicht so wichtig.* Stefan hatte für romantische Konzepte keinen Sinn, dafür würde er ein redlicher Ehemann sein.

Tante Margit, Juliane und ihr Freund Matthias gesellten sich zu ihr, dann kam auch Adelheid Bensig, Susannas künftige Schwiegermutter. Sie war eine streng wirkende Dame mit Perlenkette, bordeauxrotem Kostüm und Pumps, die Susanna immer ein wenig Respekt einflößte. Stefans Vater kam nicht. Er hatte sich vor einigen Jahren von seiner Frau getrennt. Die beiden vermieden es seitdem, sich zu treffen, sodass sogar an

Stefans Hochzeitstag nur seine Mutter da war. Sie warteten. Auf Stefan.

»Ich würde gern sagen, er hat kalte Füße bekommen, aber die kalten Füße haben wohl wir«, sagte Juliane.

»Mein Sohn ist sehr beschäftigt«, fuhr ihr Adelheid Bensig über den Mund.

Susanna warf ihrer Freundin einen warnenden Blick von der Seite aus zu. Konnte sie nicht einfach still sein?

Juliane zog eine Augenbraue hoch und Susanna wusste genau, was sie dachte.

Glücklicherweise kam Stefan in diesem Moment mit wehendem Mantel um die Ecke. »Da bin ich«, er küsste Susanna flüchtig auf die Stirn, »der Zug hatte Verspätung, es tut mir leid, dass ihr warten musstet.«

Die Hochzeitszeremonie, wenn man diesen Verwaltungsakt überhaupt so nennen konnte, war nach einer halben Stunde vorbei. Die Brautleute sagten ihr Ja, steckten sich gegenseitig die Eheringe an den Ringfinger der rechten Hand und unterschrieben. Susanna hatte sich sehr zum Leidwesen von Stefan und seiner Mutter dazu entschieden, ihren Mädchennamen beizubehalten. »Herz« war schöner als »Bensig«. Sie wusste nicht genau, weshalb sie sich nicht davon trennen konnte, wahrscheinlich wollte sie wenigstens noch über diesen Namen mit ihren Eltern und Laurenz verbunden bleiben und ein Doppelname kam für sie nicht infrage. Außerdem hatte sie sich so daran gewöhnt, dass Tante Margit sie »Herzchen« nannte, und wollte nicht, dass dieser Kosename seine »Quelle« verlor. Als Begründung Stefan gegenüber hatte sie das jedoch nicht angegeben, sondern nur gesagt, dass sie bereits wissenschaftliche Artikel unter ihrem Mädchennamen veröffentlicht habe und es deshalb besser sei, bei diesem zu bleiben.

Nach der standesamtlichen Trauung gingen sie in ihr italienisches Stammlokal »Da Francesco«. Susanna traf sich dort fast jede Woche mit ihren früheren Kommilitonen aus dem italienischen Institut, daher fand sie es naheliegend, den netten Wirt auch mit der Verköstigung ihrer Hochzeitsgäste zu betrauen.

Zwei Stunden später löste sich die Familienzusammenkunft wieder auf, und jeder ging seiner Wege. Der schönste Tag ihres Lebens war vorbei.

Susanna hatte keine Lust, Stefan die Hochzeitskarte ihres Bruders zu zeigen. Er hätte Laurenz für verrückt erklärt. Daher rahmte sie die Zeichnung der beiden Unzertrennlichen und stellte sie neben die Fotos ihrer Eltern und ihres Bruders auf den Schreibtisch. *Tut mir leid, Laurenz,* sie strich behutsam über seine Zeichnung, *es lag nicht in meiner Macht, all deine Wünsche zu erfüllen. Ich hoffe, du bist trotzdem nicht enttäuscht.*

# 13

Emilio klappte den Regenschirm zusammen und betrat die Bar seines Freundes Paolo. Vor vier Jahren, nach jahrelangen befristeten Arbeitsverhältnissen an seiner römischen Universität, hatte er eine ordentliche Professorenstelle in Bologna bekommen und war in die norditalienische Großstadt gezogen. Seitdem war Paolos trendige Bar im Universitätsviertel so etwas wie sein zweites Zuhause geworden.

Paolo war in seinem Alter, hatte Philosophie studiert und nebenbei eine Ausbildung zum Barista absolviert. »Ich habe für mich und fürs Leben studiert, bin aber klug genug zu wissen, dass ich von der Philosophie nicht leben kann«, pflegte er zu sagen. Daher hatte er diese Bar eröffnet und bediente nun den ganzen Tag Leute, mit denen er über das Leben und die Liebe philosophierte. Das konnte er gut. Sehr gut sogar. Er war sozusagen ein moderner Sokrates, nur dass er weitaus besser aussah als sein antiker Kollege. Sein Outfit war stets makellos: schwarze Hose, weißes Hemd und darüber eine graue Weste, auf der niemals auch nur ein einziger Kaffeespritzer zu sehen war. Da er nicht nur eine Augenweide war, sondern zudem sehr gut im Zuhören, war er bei Jung und Alt beiderlei Geschlechts der geschätzteste Barista im gesamten Viertel.

»Das Übliche?«, fragte er, als Emilio an den Tresen kam, und stellte bereits eine Espressotasse unter die Kaffeemaschine.

Emilio zog sich die Jacke aus. »Ja, aber ich warte noch auf Carmine, einen früheren Kommilitonen von mir.«

Paolo stellte die Tasse zurück auf den Wasserkessel der Espressomaschine. »Der Lektor?«

»Genau, du merkst dir wirklich alles.«

»Ich behaupte, dass ich mich an achtzig Prozent der Leute erinnere, die jemals meine Bar betreten haben. Und wenn jemand in deiner Begleitung hier hereinmarschiert ist, dann erkenne ich ihn auf jeden Fall wieder. Dieser Carmine kommt doch alljährlich zur *Fiera del Libro*.«

Emilio setzte sich auf einen der Barhocker. »Du hast ein unglaubliches Gedächtnis, wirklich bewundernswert.« In seiner Zeit als Hilfsbarista hatte er sich Gesichter von Kunden niemals gut merken können. Er hatte sich zu sehr auf die Bestellungen konzentrieren müssen und Multitasking war ohnehin nie seine Stärke gewesen.

Paolo wischte mit einem Lappen über den bereits blitzblanken Tresen. »Oh, deine Freunde interessieren mich natürlich brennend. Von ihnen erfährt man so einiges über dich, was du aus freien Stücken niemals erzählen würdest. Daher spitze ich dann immer ganz besonders die Öhrchen.«

Carmine hatte Emilio am Abend zuvor angerufen und mit ihm ausgemacht, wann sie sich auf einen Kaffee treffen wollten, bevor er auf die Buchmesse weitermusste. Diese Verabredung war eine schöne Gewohnheit, die sie seit Jahren pflegten, sonst sahen sich die beiden nämlich kaum noch.

Die Glocke über der Tür ertönte, wie immer, wenn ein Gast die Bar betrat. Es war Carmine. Emilio ging ihm entgegen und umarmte ihn.

»Wie geht es dir?«, fragte sein Studienfreund, als sie an ihren Espressi nippten, die Paolo ihnen in der Zwischenzeit zubereitet hatte. »Vermisst du nicht deinen alten Job als Barista?«

Emilio lachte. »Nein, überhaupt nicht. Das Leben eines Professors ist wesentlich entspannter. Man sitzt den ganzen Tag am Schreibtisch, liest und schreibt, und ab und zu begibt man sich in den Hörsaal und alle hängen an deinen Lippen.«

Carmine lachte. »Schlauer Fuchs. Und gibt es ein bestimmtes Augenpaar, das ganz besonders an deinen Lippen hängt?«

Er schüttelte den Kopf. »Nein, die Studentinnen sind mir alle zu jung.«

»Aber hübsch werden sie doch sein.«

»Klar. Aber du vergisst, dass ich bereits einmal das hübscheste Mädchen der Sapienza zur Freundin hatte, und wie das endete, weißt du ja.«

»Oh ja, ich erinnere mich!« Carmine klopfte ihm auf den Rücken. »Die ganze Mailänder High Society hast du brüskiert.«

Paolo mischte sich ein. »Diese Geschichte kenne sogar ich, obwohl Emilio nicht gerade mit seinen Liebeskatastrophen hausieren geht.«

Carmine grinste. »Nach der Erfahrung mit Chiara bist du hoffentlich kein Eremit geworden, oder?«

»Nein, natürlich nicht.« Emilio strich sich übers Kinn. Solche Fragen mochte er nicht. Er hatte definitiv kein Glück bei Frauen. Seine letzte Freundin – Roberta – eine Archäologin, jettete dauernd in der Weltgeschichte umher, um in anderen Erdteilen im Schlamm herumzuwühlen. Das hatte ihm nichts ausgemacht. Er war schließlich auch karriereversessen. Sie war genauso begeistert von ihrer Arbeit wie er von seiner. Doch dann hatte sie ihn vor zwei Monaten angerufen und mit hörbar schlechtem Gewissen mitgeteilt, dass sie bei einer Ausgrabung den Mann ihres Lebens getroffen habe und in Mexiko bleibe. Nach einer schlaflosen Nacht war es für Emilio in Ordnung gewesen. Er trauerte ihr nicht nach, sie waren gut miteinander ausgekommen, aber die große Liebe war auch sie nicht gewesen.

Carmine schnippte vor seinen Augen. »Aufwachen, Emilio! Ich habe dich was gefragt.«

»Was denn?«

»Du musst aufpassen, dass du nicht bald das Klischee eines zerstreuten Professors erfüllst! Ich will wissen, ob du eine Freundin hast.«

»Nein, momentan hat er keine«, beantwortete Paolo die Frage an seiner Stelle. »Seine letzte Freundin ist kürzlich bei einer Ausgrabung in Mexiko auf ihre große Liebe gestoßen.« Er grinste.

»Tragisch.«

»Quatsch!« Emilio war gewillt, seine eigene Causa selbst darzulegen, bevor Paolo sämtliche Fragen zu seinem Beziehungsstatus beantwortete. »Tragisch ist nur, dass ich fast siebenunddreißig Jahre alt bin und immer weniger Aussicht habe, als alter Mann in den Armen einer fürsorglichen Ehefrau zu sterben.« Wie immer, wenn das Gesprächsthema zu persönlich wurde, versuchte er, ironisch zu sein.

»Was machst du dir denn für düstere Gedanken? Du bist noch jung! Die ganze Welt liegt dir zu Fußen.«

»Nein, die Welt liegt mir nicht zu Füßen, aber ich werde Italien tatsächlich für ein paar Monate verlassen und nach Deutschland gehen.«

»Wirklich?«

»Wie? Du verlässt mich?«, fragte nun Paolo. »Das wusste ich noch gar nicht.«

»Ich habe es selbst gerade erst vom Dekan erfahren«, sagte Emilio. »Als sich Roberta neulich von mir getrennt hat, wollte ich noch einmal etwas anderes sehen und habe mich für einen Dozentenaustausch beworben. Ab Oktober werde ich für drei Monate in Bonn unterrichten.«

»Ach, was du nicht sagst! Gratuliere, das klingt toll!«

»Ja, wirklich großartig«, sagte Paolo trocken. »Und wer ersetzt mir den Ausfall?«

Emilio lachte. »So wie dein Laden brummt, bist du nicht auf einen Literaturprofessor und seine zwei *caffè* am Tag angewiesen.«

Paolo murmelte etwas Unverständliches vor sich hin. Er schien eingeschnappt zu sein, dass er noch nichts von diesen Plänen gewusst hatte. Später würde Emilio ihm noch einmal glaubhaft erklären müssen, dass er diese Information selbst erst drei Stunden zuvor erhalten hatte.

Carmine rührte indes gedankenverloren in seinem Espresso herum. »Sag mal, hattest du nicht früher mal was mit einer Deutschen?«, fragte er plötzlich.

Emilio zuckte zusammen. *Verflixt!* Wie kam Carmine jetzt auf Susanna? Konnte er sich etwa an die Suchaktion von vor zehn Jahren erinnern? Wahrscheinlich. Denn Fabio und seine Band hatten zwar in Eigenregie einige CDs produziert und traten regelmäßig auf, allerdings warteten sie immer noch auf ihren heiß ersehnten Durchbruch. Daher waren die möglicherweise verräterischen Liedtexte, die Emilio seit Jahren für seinen Bruder schrieb, weitgehend unbekannt.

»Ja natürlich, du hattest etwas mit einem deutschen Mädchen!«, rief Carmine. »Was ist eigentlich aus ihr geworden? Wohnte sie nicht in Bonn?«

»Ich hatte niemals etwas mit einem deutschen Mädchen«, brummte Emilio.

»Doch«, insistierte Carmine. »Die aus dem Zug, wegen der du damals nach Lecco gefahren bist und so traurig warst, dass die alte Dame, die die Adresse des Mädchens hätte haben können, gestorben war.«

Paolo hörte auf, den Tresen zu polieren, und sah interessiert auf. Er kannte Fabios Lieder nämlich und bei ihm klingelte nun etwas.

»Ach so, die Geschichte meinst du«, sagte Emilio, als ob sie ihm gerade erst wieder eingefallen wäre.

»Nun offenbart sich vielleicht gleich ein lang gehegtes Geheimnis«, bemerkte Paolo und stützte sich mit beiden Ellbogen auf dem Tresen auf.

»Welches Geheimnis?«, fragte Carmine.

Emilio hätte Paolo erwürgen können.

»Emilios kleiner Bruder Fabio ist Frontman einer Band. Seine Stimme hat Charakter, die Musik ist elegisch und die Liedtexte gehen unter die Haut. Dreimal darfst du raten, wer die Texte schreibt.«

»Du?« Carmine wandte sich erstaunt an Emilio.

Dieser zuckte ergeben mit den Schultern.

»Ja, und von was handeln sie?«, bohrte sein Freund weiter.

»Frag lieber ›Von *wem* handeln die Texte?‹«, verbesserte ihn Paolo. »Sie handeln alle von einem Mädchen, das ein Mann einst in einem Zug traf, das aussieht wie die delphische Sibylle und das ein Buch für ihn aufbewahrt. Und immer fragt sich der Mann, ob sich ihre Wege nochmals kreuzen werden.«

Emilio seufzte innerlich. Seine Muse war enttarnt.

»Aha.« Carmine grinste. »Paolo, kannst du mir eine Aufnahme von der Band besorgen?«

»Klar.« Er griff unter die Theke und reichte Carmine eine CD. »Das ist ein Konzertmitschnitt von letztem Jahr.«

Anders als Emilio war Fabio ein geschickter Verkäufer. Er platzierte bei allen Bekannten und Verwandten seine CDs, in der Hoffnung, dass eines Tages ein Plattenproduzent dort vorbeikommen, seine Songs hören und ihn und seine Band vom Fleck weg engagieren würde. Da er Emilio häufig in Bologna besuchte, kannte er auch Paolo und hatte eine Ladung seiner CDs bei ihm in Kommission gegeben.

»Danke«. Carmine wandte sich Emilio zu, der den Zuckersatz auf dem Grund der Espressotasse studierte. »So, und nun zu dir: Was ist aus dem Mädchen geworden?«

»Keine Ahnung«, sagte er leicht gereizt. »Ich habe damals nach dem idiotischen Trip nach Lecco die Suche aufgegeben. Stattdessen lasse ich sie von Fabio als unerreichbare, unauffindbare Frau besingen, so wie Dante seine Beatrice idealisiert oder Petrarca seine Laura zur Muse erhoben hat. Die Texte, die ich für Fabio schreibe, verfasse ich übrigens rein zu Übungszwecken, um mich selbst an Reimschemata heranzuwagen.«

Seine beiden Freunde kamen aus dem Grinsen nicht mehr heraus. »Ja, wenn das so ist ...«

Emilio resignierte und ließ sich von ihnen durch den Kakao ziehen.

»Und jetzt gehst du für drei Monate nach Bonn.«

Er stöhnte auf. »Ja, aber nicht wegen des Mädchens. Ich habe eine Stelle als Gastprofessor. Nebenher werde ich auf Pirandellos Spuren wandeln, denn wie du weißt, war er ja eine Zeit lang in Bonn, und mein Verlag hat bereits um einen Fachartikel gebeten ...«

Carmine lachte. »Vergiss Pirandello. Such das Mädchen! Ich will immer noch deine Geschichte! Wenn ich mich recht entsinne, habe ich dir damals gesagt, dass du einen Roman à la Manzoni schreiben sollst. Und wenn ich jetzt so ganz nebenbei erfahre, dass du dich seit fast zehn Jahren dichterisch betätigst, dann frage ich mich wirklich, worauf du noch wartest.«

Paolo grinste immer noch wie ein Honigkuchenpferd. Doch immerhin bequemte er sich nun zur Kaffeemaschine und sorgte für Nachschub.

Bislang hatte Emilio den Spaß der beiden Freunde ertragen, aber langsam wurde es ihm zu bunt. Er spürte, wie seine Laune umschlug. »Carmine, ich werde niemals einen Liebesroman schreiben! Außerdem wird Susanna längst verheiratet sein.«

»Susanna. Soso. Ihren Namen hast du also immer noch präsent.«

Emilio rollte mit den Augen.

»Vielleicht ist sie noch nicht verheiratet, sondern war genauso versessen auf die Karriere wie du«, zog Paolo in Erwägung.

»Ich glaube nicht. Sie hat ihre Eltern früh verloren. Ich denke, dass sie eher das Ziel hatte, selbst eine Familie zu gründen, anstatt sich auf den Beruf zu konzentrieren.« Emilio dachte an die Zugfahrt zurück und versuchte, sich Susannas Aussehen in Erinnerung zu rufen. Damals war sie blutjung gewesen. Fast wie ein Küken, das gerade geschlüpft war und die weite Welt erkundete. Keine Ahnung, wie er darauf kam, sie nun in die Familienschublade zu stecken. Vielleicht hatte sie sich auch anders entwickelt. Es war nur der Eindruck, den er damals von ihr gewonnen hatte, der ihn zu dieser Einschätzung veranlasste.

»Vielleicht triffst du sie trotzdem«, sagte Carmine.

Emilio winkte ab. »Red keinen Unsinn. Bonn hat über dreihunderttausend Einwohner. Susanna lebt jetzt vielleicht in einer anderen Stadt. Und ohne Nachnamen habe ich ohnehin keine Chance.«

»Versuch's!« Sein Freund trank den letzten Schluck aus und stand auf. »Ich muss jetzt zur Buchmesse. Es war wie immer schön, dich zu treffen. Dieses Mal war es sogar ein ganz besonderes Highlight meines Aufenthalts in eurer nebligen Stadt. Wann geht's denn genau los mit der Gastprofessur?«

»Im Oktober.«

»Dann sehen wir uns vielleicht im Herbst in Deutschland. Ich werde bestimmt zur Buchmesse nach Frankfurt fahren. Melde dich auf jeden Fall, spätestens von Bonn aus.«

Emilio umarmte ihn. »Mach ich. Und grüß Raffaella.«

Als Carmine weg war, faltete Paolo ein Geschirrtuch akkurat zusammen und legte es über ein anderes. »Eine interessante Geschichte, die du mir jahrelang verschwiegen hast«, bemerkte er.

»Paolo, da war nichts.«

Der Barista zog die Augenbrauen in die Höhe. »Dafür erinnerst du dich aber ziemlich gut an sie.«

Emilio verdrehte wieder die Augen. »Auf einer langen Zugfahrt habe ich mit einem netten, deutschen Mädchen im selben Abteil gesessen; wir haben uns unterhalten, sonst nichts. Die Zugfahrt war zu Ende, jeder ging seiner Wege und das war es.«

»Aha.« Paolo zwinkerte. »Schade eigentlich. Susanna ist ein hübscher Name. Hast du ihn deswegen all die Jahre behalten, zusammen mit den Details eures Gesprächs?«

*Muss ich jetzt bis in alle Ewigkeit aufgezogen werden mit einer Sache, die längst verjährt ist?*

Paolo schob ihm ein Glas Wasser hin. »Ich habe nur eine Bitte: Komm zurück nach Bologna. Ich kann ein paar Monate auf dich verzichten, aber nicht für immer.«

»Dann bist du mir nicht mehr böse, dass ich dir von meiner Bewerbung nach Deutschland nichts gesagt habe?« Die Sache musste noch geklärt werden.

Sein Freund schüttelte den Kopf. »Nein, natürlich nicht. Ich war eben etwas pikiert, dass ich es nicht vor Carmine erfahren habe, denn immerhin sehen wir uns jeden Tag, ihn siehst du nur einmal im Jahr. Aber wenn du es selbst erst kurz, bevor du herkamst, erfahren hast, bin ich wieder versöhnt.«

Emilio grinste und nahm einen Schluck Wasser. Die Welt war wieder in Ordnung. »Natürlich komme ich zurück nach Bologna. Keine Sorge.«

# 14

*April/Mai 2007*

Der Frühling zog mit Dauerregen ins Rheinland ein. Tagelang schüttete es wie aus Kübeln. Doch das störte Susanna nicht, denn sie saß den ganzen Tag am Schreibtisch. Ihr Leben hatte sich nicht nennenswert geändert seit ihrer Hochzeit. Stefan kam einmal unter der Woche nach Hause, meist am Mittwoch, und dann wieder übers Wochenende. Vormittags arbeitete sie an ihren Übersetzungsaufträgen und den restlichen Tag kümmerte sie sich um ihre Dissertation. Wenn sie weiterhin so gut vorankam, würde sie im Sommer fertig sein und konnte im Herbst nach Bologna fahren.

In einer ihrer Teepausen, die sie sich regelmäßig gönnte, nahm sie »I Promessi Sposi« aus dem Bücherregal. Die Jahre, die dieses Buch mittlerweile bei ihr verbracht hatte, hatten es nicht hübscher werden lassen. Sie hatte es mehrmals gelesen – am Schreibtisch, im Zug, im Bett, am Strand –, und das sah man dem armen Buch an: Eselsohren, Kaffeeflecken, ein zerknickter Einband und natürlich immer noch die Bleistiftnotizen eines attraktiven Italieners, dem dieses Buch eigentlich gehörte, den sie aber niemals ausfindig hatte machen können. Als Susanna vor vier Jahren als Erasmus-Studentin nach Rom gegangen war, hatte sie auf allen Dozentenlisten nach einem Emilio gesucht, ihn aber nicht gefunden. Vielleicht war er nach Mailand zu seiner Frau umgesiedelt. Sachte streichelte sie über den Einband. *Wer weiß*, dachte sie, *wenn mir dieses Buch nicht in die Hände gefallen wäre, wenn ich die unvergessliche Zugfahrt nicht erlebt hätte, hätte ich vielleicht nicht Italienisch studiert, sondern würde jetzt etwas ganz anderes machen.*

Am Vortag hatte sie irgendwo auf Seite zweihundertzwölf eine Notiz entdeckt, die sie die halbe Nacht beschäftigt hatte. Dieser Emilio hatte wirklich sehr passable Ideen gehabt, die ihr zum Teil eine ganz andere Sicht auf den Roman und dessen Sprache eröffnet hatten. Was wohl aus ihm geworden war? Wenn er tatsächlich weiter wissenschaftlich tätig war, hatte sie vielleicht sogar den ein oder anderen Fachartikel von ihm gelesen, ohne es zu wissen. Doch da sie seinen Nachnamen nicht kannte, wäre der Versuch, ihn ausfindig zu machen, müßig gewesen. Möglicherweise hatte er aber auch seinen Lebensplan geändert und unterrichtete jetzt Italienisch an einem Gymnasium. Susanna hatte in all den Jahren immer wieder an ihn gedacht und insgeheim gehofft, ihn irgendwann treffen und ihm das Buch zurückgeben zu können. Sie schüttelte den Kopf über sich selbst. *Ich bin eine verheiratete Frau. Ich sollte wirklich nicht mit verklärten Gefühlen an einen Mann denken, mit dem ich einmal im Zug geplaudert habe und der sicherlich seinerseits schon längst verheiratet ist.* Sie stellte das Buch zurück ins Regal und beugte sich wieder über ihre Dissertation, um Professor Schneidereck bald einen nächsten Teil vorlegen zu können.

Plötzlich klingelte das Telefon. Susanna sprang auf und wühlte unter mehreren Papieren, bis sie es fand. »Susanna Herz«, meldete sie sich.

»Guten Tag«, sagte eine raue Männerstimme. »Hier Polizeiobermeister Frank.«

*Polizei?* Ihr wurde flau. Eine lang verdrängte Szene tauchte wie aus dem Nichts vor ihrem inneren Auge auf. Laurenz und sie waren in der Schule und wurden per Lautsprecher aus dem Deutschunterricht zum Rektor ins Büro gerufen. Dort stand ein Polizist und zupfte nervös an seiner Uniform. »Eure Eltern hatten einen Autounfall. Sie hatten keine Chance. Es tut mir sehr leid«, hatte er gesagt und sie hilflos angestarrt. Susanna war daraufhin der Boden unter den Füßen weggeglitten.

»Sind Sie noch da?«, rief die Männerstimme aus dem Hörer.

Sie räusperte sich. »Ja, ich bin noch da. Entschuldigung, die Leitung war gerade gestört. Was ist passiert?« Sie setzte sich. Ihre Beine zitterten. Aber sie musste wissen, was passiert war.

»Frau Adelheid Bensig hatte Ihre Telefonnummer im Portemonnaie. In welcher Beziehung stehen Sie zu ihr?«

»Sie ist meine Schwiegermutter.« *Ist sie tot?*

»Frau Bensig ist von einem Auto angefahren worden. Sie ist auf dem Weg ins Universitätsklinikum. Können Sie kommen?«

Der Text ähnelte auf gespenstische Weise dem damaligen. Nur, dass Stefans Mutter noch zu leben schien.

»Ja, natürlich«, hörte sie sich sagen.

»Ihr Mann auch? Frau Bensig hat am Unfallort immer wieder nach ihm gefragt, bevor sie bewusstlos wurde.«

»Mein Mann arbeitet in Frankfurt. Ich werde ihn verständigen, aber er wird eine Weile brauchen, bis er da ist. Ich mache mich sofort auf den Weg.«

Knapp eine Stunde später ging sie vor dem Operationssaal auf und ab. Der Geruch nach Desinfektionsmittel stach ihr in die Nase, ihr Puls raste. Genauso hatte es gerochen, als sie viele Jahre zuvor täglich an Laurenz' Krankenbett gesessen hatte. Das künstliche Licht erinnerte sie mit einem Mal daran, wie sie kurz nach seinem Tod, halb benommen vor Trauer, aus dem Sterbezimmer herausgekommen war. Dieses Gefühl der Ohnmacht kam jetzt durch das grelle Licht und den Geruchsmix wieder zutage. Susanna rang nach Luft, musste fast würgen.

»Ist Ihnen nicht gut?«, fragte eine Krankenschwester, die gerade vorbeikam.

Schweißperlen standen ihr auf der Stirn. »Ich glaube, ich muss an die frische Luft«, sagte sie. »Kann ich für zehn Minuten von hier weggehen? Meine Schwiegermutter wird dort drin gerade operiert.«

»Natürlich, gehen Sie ein wenig vor die Tür, das kann noch dauern und wir wissen, dass Sie hier sind.«

Auf wackeligen Beinen ging Susanna ins Freie und holte tief Luft. Sie nahm ihr Handy aus der Tasche. Nach dem Gespräch mit dem Polizisten hatte sie Stefan im Büro angerufen und aus einem Meeting herausgeholt. Er hatte versprochen, sofort zu kommen. Gerade eben hatte er ihr geschrieben, dass er im Zug saß und in etwa einer Viertelstunde in der Klinik eintreffen werde.

Hoffentlich würde es seine Mutter schaffen! Susanna konnte den Gedanken nicht ertragen, dass Stefan das Gleiche mitmachen musste wie sie schon zwei Mal in ihrem Leben. Sie ging zurück in den Wartebereich vor dem Operationssaal und setzte sich. Was sollte sie machen? Nervös zupfte sie an einer Franse ihres Schals.

Da öffnete sich plötzlich die Glastür und ein Arzt kam heraus. Er steuerte geradewegs auf sie zu. »Sind Sie eine Angehörige von Frau Bensig?«

Susanna nickte und stand auf. Eine Gänsehaut überzog ihre Unterarme.

Der Arzt kam ohne Umschweife zur Sache. »Die gute Nachricht: Frau Bensig ist außer Lebensgefahr, sie hatte einen Kreislaufzusammenbruch wegen des Schocks, doch sie ist nun auf dem Weg der Besserung. Jetzt die schlechte Nachricht: Die Verletzungen an ihrem rechten Bein sind so schwer, dass sie wahrscheinlich dauerhaft gehbehindert bleiben wird.«

Susanna öffnete den Mund und schloss ihn wieder. Sie wusste nicht, was sie sagen sollte. Sie war unendlich froh, dass ihre Schwiegermutter noch lebte und Stefan nicht bei seiner Ankunft im Krankenhaus die Todesnachricht erhalten würde. »Danke«, flüsterte sie, »vielen Dank.«

In dem Moment kam Stefan den Flur entlanggelaufen. »Was ist mit Mutter?«

»Sie lebt, aber sie wird gehbehindert bleiben«, wiederholte der Arzt. »In ein paar Minuten können Sie zu ihr.«

»Gehbehindert? Was heißt das? Ist sie gelähmt?«

»Das nicht«, sagte der Arzt, »wir müssen weitere Untersuchungen abwarten. Aber sie hat mehrere komplizierte Knochenbrüche und auch die Nerven sind stark geschädigt, sodass wir ihre frühere Beweglichkeit nicht wiederherstellen können. Sie wird künftig auf einen Rollstuhl angewiesen sein. Eine bessere Auskunft kann ich Ihnen leider nicht geben.« In seinem Kittel piepte etwas. Er musste weiter. »Aber das wird man Ihnen alles noch genau erklären. Frau Bensig bleibt ohnehin noch eine Weile hier.« Er lief los.

Stefan fuhr sich durch die Haare. »Was machen wir jetzt?«

Susanna nahm seine Hand. »Erst einmal freuen wir uns, dass sie lebt und so glimpflich davongekommen ist.«

Er nickte. »Ja, aber Mutter wird nicht wieder in ihre Wohnung können. Sie wohnt im dritten Stock ohne Aufzug. Und Hilfe wird sie auch ständig brauchen.«

»Wir haben noch Zeit, uns etwas zu überlegen«, sagte Susanna, denn die Rekonvaleszenz würde mit Sicherheit einige Wochen in Anspruch nehmen. Doch im selben Moment beschlich sie eine Ahnung, dass dieser Unfall ihr ganzes Leben auf den Kopf stellen würde.

# 15

»Kannst du dir vorstellen, dass sie bei uns einzieht?«, fragte Stefan beim Mittagessen. Er hatte zuvor seine Mutter im Krankenhaus besucht. Sie war nun schon das dritte Mal am Bein operiert worden.

Susanna sah auf. Er hatte die Frage gestellt, die sie schon seit Tagen erwartete. Obwohl sie sich darauf vorbereitet hatte, trafen sie die Worte nun mit voller Wucht. Ihr war dieser Gedanke selbst schon gekommen, doch sie hatte gezögert, ihn auszusprechen. In der Gegenwart von Stefans Mutter fühlte sie sich nach wie vor gehemmt. Adelheid Bensig künftig Tag und Nacht, auf unbestimmte Zeit, um sich zu haben, machte ihr Angst.

Sie rührte in der Suppe herum und überlegte, was sie Stefan antworten sollte. Bereits am Tag nach dem Unfall hatten sie begonnen, sich mit Adelheids Unterbringung zu beschäftigen. Sie hatten behindertengerechte Wohnungen angesehen, Pflegedienste kontaktiert und die Möglichkeiten eines Treppenlifts zu ihrer jetzigen Wohnung mit der Hausverwaltung besprochen. Stefan hatte auch in Erwägung gezogen, seine Mutter in einem Heim unterzubringen. Da er keine Zeit hatte, sich darum zu kümmern, hatte Susanna in den letzten Wochen etwa ein Dutzend Heime angerufen und angeschrieben und um einen Platz gebettelt. Stefans Mutter hatte ihr das sehr übel genommen. Tagtäglich, wenn Susanna an ihrem Krankenbett saß, hatte sie ihr gedroht, dass sie sich eher umbringen würde, als in ein Altersheim zu gehen. Susanna konnte sie verstehen, denn wer möchte schon mit siebenundsechzig Jahren in ein Altersheim? Aber Stefan hatte die Drohungen seiner Mutter bislang nicht ernst genommen und war bis zu diesem Tag entschlossen gewesen, sie auf diese Weise unterzubringen. Was mochte wohl passiert sein, fragte sich Susanna, dass er seine Meinung geändert hatte?

»Susi, ich habe dich etwas gefragt.« Stefan klang genervt.

»Entschuldige«, murmelte sie, »ich habe gerade darüber nachgedacht. Es wäre schwierig, weil die Hertwegs doch hier unten wohnen.« Die Hertwegs waren die Mieter, die seit dem Tod ihrer Eltern das Erdgeschoss und den ersten Stock bewohnten. Sie hatten zwei Kinder. Es würde für sie nicht einfach werden, bezahlbaren Wohnraum mit Garten zu finden.

»Meine Güte, dann kündige ihnen wegen Eigenbedarf. Der ist doch in diesem Fall wirklich gegeben.«

»Ja.« Susanna fegte ein paar Brotkrümel zusammen und suchte nach einer anderen Ausrede. »Aber wenn wir eines Tages Kinder haben wollen, dann wird der Platz nicht ausreichen.«

»Darüber brauchen wir uns doch jetzt nicht den Kopf zerbrechen!«

*Warum eigentlich nicht? Wir sind seit fast zehn Jahren zusammen, seit einigen Monaten sogar verheiratet.* Sie sah auf. »Ist es so abwegig über Kinder nachzudenken? Schließlich bin ich fast dreißig …«

Stefan winkte entnervt ab. »Susi, ich hab einen anstrengenden Job, bin die ganze Woche über weg, habe eine pflegebedürftige Mutter. Du kannst nicht ernsthaft an Kinder denken! Nicht jetzt. Wann sollten wir uns denn um sie kümmern?«

Sie biss sich auf die Zunge. *In zwanzig Jahren, wenn seine Mutter vielleicht einmal das Zeitliche segnet, ist es für Kinder zu spät.*

Stefan stellte seinen Suppenteller ins Spülbecken. »Mutter weigert sich, in ein Heim zu gehen. Heute Vormittag hat sie so herzzerreißend geweint, dass ich ihr versprochen habe, sie bei uns aufzunehmen.«

»Ohne das mit mir zu besprechen?«

»Ja, meine Güte! In deinem Haus ist Platz, der Eingang ist ebenerdig, sie könnte mit dem Rollstuhl rein- und rausfahren. Lediglich das Bad müssten wir behindertengerecht umbauen.«

Susanna stand auf. Dann hatte er also alles schon geplant. Was sollte sie jetzt noch einwenden? Sie ließ Spülwasser ein und stellte das restliche Geschirr ins Becken.

»Sei nicht herzlos, Susi. Wenn deine Eltern nach ihrem Unfall pflegebedürftig geworden wären, hättest du das sicherlich auch so organisiert.«

Sein Kommentar traf sie bis ins Mark. Natürlich hätte sie ihre Eltern mit Freuden gepflegt, wenn sie »nur« pflegebedürftig geworden und nicht gestorben wären. Überglücklich wäre sie gewesen, wenn sie den Unfall überlebt hätten. Sie tauchte die Hände ins Spülwasser und begann abzuwaschen. *Ich sollte Stefans Mutter genauso behandeln, wie ich meine eigenen Eltern behandelt hätte. Ihm zuliebe.*

Sie drehte sich um. »Gut. Aber nenne mich nie wieder herzlos. Das war gemein und unfair, zumal ich seit Wochen jeden Tag am Bett deiner Mutter sitze und den ganzen administrativen Kram erledige.«

»Ja, sorry, jetzt werde du bitte nicht auch noch schwierig. Mutter reicht mir diesbezüglich.«

*Ach so. Jetzt bin ich also schwierig!* Kurz überlegte Susanna, ob sie widersprechen sollte, ließ es aber bleiben. Sie waren beide übermüdet. In der Situation noch einen Ehestreit vom Zaun zu brechen, musste wirklich nicht sein.

»Und was mache ich mit Bologna?«, fragte sie nach einer Weile. Sie stand auf der Liste der Kandidaten ganz oben und hatte fest eingeplant, ab Oktober in die norditalienische Universitätsstadt zu gehen.

»Wie Bologna? Hast du das etwa noch nicht abgesagt?«

»Natürlich nicht!« Zornig blickte sie ihn an. »Das war doch fest ausgemacht.«

Stefan fuhr sich durch die Haare. »Ich bin davon ausgegangen, dass du von selbst einsiehst, dass das nicht mehr geht.«

»Wieso nicht? Ich kann deine Mutter ohnehin nicht pflegen, ich bin keine Krankenschwester, ich kann das einfach nicht. Sie …«

»Stopp!« Er hielt einen Arm nach oben und brachte sie zum Schweigen. »Du sagst diesen Italien-Aufenthalt morgen sofort ab, wir können Mutter nicht allein lassen, nach all dem, was sie durchgemacht hat. Und ich kann nicht hier sein, ich habe einen Job, von dem ich uns alle ernähre.«

Susanna rutschte der Teller aus der Hand, den sie gerade abtrocknete. Mit einem lauten Knall traf er auf den Boden und zerbarst in tausend Scherben.

In die Stille, die daraufhin folgte, sagte sie ruhig: »Ich verdiene mein eigenes Geld.«

Ohne ein Wort zu sagen, verließ Stefan die Küche.

Während sie noch mit dem Auffegen der Scherben beschäftigt war, sah sie aus dem Augenwinkel, dass er sich im Flur die Jacke anzog. Sie gab sich einen Ruck. »Fährst du schon nach Frankfurt zurück?« Es war erst zwei Uhr nachmittags.

»Ja, ich muss für morgen noch eine Präsentation vorbereiten.«

»Das kannst du doch auch von hier aus tun.«

Er fuhr herum. »Susi, hör auf, mir Vorschriften zu machen!«

»Ich mache dir keine Vorschriften, ich finde nur, wir müssen noch einiges besprechen.«

»Nein, es ist alles gesagt. Wenn du an dem lächerlichen Bologna-Aufenthalt festhalten willst, dann ist das herzlos und egoistisch, und ich weiß nicht, ob es dann noch mit uns weitergehen kann. Also sag diesen Job ab und kümmere dich schnellstmöglich um einen Termin mit einem Architekten, der den Umbau planen soll. Um die Finanzierung kümmere ich mich, sobald die Pläne vorliegen.« Er nahm seine Reisetasche und ging zur Wohnungstür.

Sie war wie erstarrt. Er hatte ihr soeben die Pistole auf die Brust gesetzt: Entweder sie nahm seine Mutter auf, oder er würde sie verlassen.

»Wird schon alles werden«, sagte er etwas versöhnlicher und rauschte davon.

# 16

Nachdem Susanna den ganzen Sonntagnachmittag weinend in der Küche gesessen hatte, entschied sie, dass nun der Zeitpunkt gekommen war, Laurenz' Umschlag mit der Aufschrift »Wenn du eine schwere Entscheidung treffen musst« zu öffnen. Merkwürdig. Jahrelang hatte sie keinen seiner Umschläge mehr geöffnet und nun war es dieses Jahr bereits das zweite Mal. Als sie die Briefkarte herauszog, sah sie erstaunt, dass er schon wieder einen langen Text verfasst hatte.

> Liebes Schwesterlein,
> leider habe ich keine Ahnung, welche Gedanken dich gerade plagen oder vor welcher Entscheidung du stehst, aber ich hoffe, dass ich dir trotzdem ein wenig helfen kann. Nachstehende Zeichnung verdeutlicht meine Meinung zu deiner derzeitigen Situation: Es bringt nichts, dass du ewig lang grübelst und keine Entscheidung triffst, weil du Angst hast, die falsche zu treffen. Das wäre so, als ob du vor einer Weggabelung stündest und einfach nicht weitergingest. Doch dann kannst du das Ziel überhaupt nicht erreichen.

Entscheide dich für einen Weg! Es kann sein, dass du später merkst, dass du dich für den falschen Weg entschieden hast. Aber dann kannst du über Umwege immer noch auf den rechten Weg gelangen. Das ist zwar nicht so komfortabel, wie wenn du gleich den richtigen Weg genommen hättest, wichtig ist jedoch, dass du jetzt einfach eine Entscheidung triffst und weitergehst. Folge deinem Gefühl – schließlich heißt du »Herz« – und sollte es dich trügen, schlägst du dich später einfach durchs Unterholz und über Seitenpfade zum richtigen Weg durch. Hilft dir das? Ich hoffe sehr! Was auch immer du tust, ich hab dich lieb und würde immer zu dir halten.

Dein Laurenz

Neben seine Nachricht hatte er Susanna, die sich am Kopf kratzt, vor einer Weggabelung karikiert; dahinter sich selbst mit Engelsflügelchen, der mit aller Kraft versucht sie anzuschieben. »Geh endlich weiter!«, ließ er das Engelchen in einer Sprechblase ausrufen.

Susanna schaffte es gerade noch, die Briefkarte zur Seite zu legen, bevor ihre Tränen darauf tropften. *Wenn Laurenz doch noch leben würde!*

Ihr Handy brummte. Eine Nachricht war gekommen.

Hallo Susi, es tut mir leid wegen eben. Ich bin einfach total übermüdet. Also entschuldige, wenn ich dich verletzt habe. Trotzdem bitte ich dich, dass Mutter bei uns einziehen kann und du in Bonn bleibst. Denn ich weiß sonst nicht weiter. Melde dich. Stefan.

Susanna wischte sich mit einem Taschentuch die Tränen aus den Augen. *Stefan tut es also leid,* dachte sie. *Sollte es auch!*

Sie stand auf und nahm die Briefkarte ihres Bruders wieder in die Hand. »Laurenz, du hast einerseits recht mit dem, was du schreibst, aber andererseits auch wieder nicht«, sagte sie laut. »Denn wenn Adelheid Bensig erst einmal in unserem Elternhaus wohnt, bleibt sie dort für immer. Ergo kann ich diese Entscheidung niemals revidieren.«

Sie sah aus dem Fenster und hoffte, dass in diesem Moment einer der bunten Papageien vorbeiflattern würde. Sie bildete sich immer ein, dass Laurenz die Unzertrennlichen schicke, um ihr ein Zeichen zu geben, dass er noch bei ihr war. Sie hatte schon vor Jahren eigens zwei Vogelhäuschen im Garten aufgestellt, um ihre Lieblingsvögel anzulocken. Aber heute waren keine Unzertrennlichen zu sehen.

»Wenn ich Stefan nicht erlaube, dass seine Mutter bei uns einzieht, wird er mich verlassen«, führte sie ihren Monolog fort.

Es war immer noch kein Papagei zu sehen. »Ich habe ein ungutes Gefühl, Adelheid Bensig in unser Elternhaus einziehen zu lassen. Trotzdem werde ich meinem Gefühl zuwiderhandeln und sie hier aufnehmen. Denn ich würde es nicht ertragen, dass Stefan mich verlässt und ich wieder ganz allein bin.« Ihr Blick fiel auf Laurenz' Zeilen. »Ich hoffe, du verstehst das.«

*Was auch immer du tust, ich hab dich lieb und würde immer zu dir halten.*

Das hatte er als letzten Satz geschrieben. Sie atmete tief ein und aus. Langsam erfasste sie eine innere Ruhe. Laurenz würde zu ihr halten, egal wie sie sich entschied. Sie stopfte die Nachricht zurück in den Umschlag und verstaute ihn in der Mappe unter ihrem Bett.

*Und nun genug der Selbstgespräche,* dachte sie. Sie griff zum Telefonhörer und rief trotz Feiertags ihren Doktorvater an.

»Meine liebe Frau Herz, schön, Sie zu hören. Ich kann es kaum erwarten, ein weiteres Kapitel Ihrer Dissertation zu lesen.«

Sie räusperte sich. »Ich rufe wegen einer anderen Sache an«, sagte sie. Ihr Mund war trocken. Sie fuhr sich mit der Zungenspitze über die Lippen.

»Ich bin ganz Ohr.«

»Meine Schwiegermutter hatte neulich einen Unfall. Sie ist stark gehbehindert.«

»Das tut mir sehr leid«, sagte Professor Schneidereck.

»Ich bin gezwungen, meine Bewerbung für Bologna zurückzuziehen.« Sie schluckte, denn ein dicker Kloß blockierte ihren Hals. Aber sie musste weiterreden. Alles hinter sich bringen. Den Weg konsequent gehen, für den sie sich entschieden hatte. »Das wollte ich Ihnen heute schon sagen, denn mein Name steht zuoberst auf der Kandidatenliste. Es wäre nicht gut, wenn sich die Kommission nächste Woche für mich entscheiden würde und ich dann absagen müsste.«

Ihr Doktorvater schwieg. Dann sagte er: »Das ist sehr schade, Frau Herz. Aber ich verstehe das natürlich und bin Ihnen dankbar, dass Sie vor der Entscheidung der Kommission Bescheid gegeben haben.«

»Ich wünschte, es wäre anders.«

»Gibt es nicht die Möglichkeit, dass Ihre Schwiegermutter … anderweitig betreut wird?«

»Nein, sie lehnt es kategorisch ab, in ein Heim zu gehen. Mein Mann hat gerade erst eine neue Stelle in Frankfurt angetreten und kann noch keine Auszeit wegen der Pflege von Familienangehörigen beantragen. Er hat mich gebeten, dass ich in Bonn bleibe, damit seine Mutter unter der Woche nicht allein ist.«

»Ich verstehe«, sagte Professor Schneidereck. »Aber Ihre Dissertation werden Sie schon noch beenden, oder?«

»Ja, natürlich!« Sie zwirbelte sich eine Haarsträhne um den Finger. »Es geht hauptsächlich darum, dass meine Schwiegermutter nicht tagelang allein im Haus ist, zumindest, bis sie sich an ihren Zustand gewöhnt und Techniken erlernt hat, mit denen sie sich selbst helfen kann.« Sie ließ ihre Haare los. »Doch die Möglichkeit, in Bologna zu unterrichten, kann ich nicht wahrnehmen.«

»Ich verstehe.« Ihr Doktorvater räusperte sich. »Wissen Sie, oft stellt sich im Nachhinein heraus, dass eine schlimme Begebenheit für irgendetwas gut ist. Vielleicht ergibt sich dadurch eine andere, viel bessere Chance für Sie. Das sollten Sie sich stets vor Augen halten und nicht allzu traurig sein.«

»Danke«, sagte Susanna. Aber im Grunde genommen hatte sie keine Hoffnung, dass sie eine solche Chance noch einmal bekommen würde.

# 17

*Juni/Juli 2007*

»So, das war es für dieses Studienjahr«, sagte Emilio und klappte das Buch zu, aus dem er gerade zitiert hatte. »Ich wünsche Ihnen allen einen schönen Sommer. Und denken Sie daran: Man kann am Strand eine Menge guter Bücher lesen. Das brauchen Sie nicht aufzuschieben, bis Sie im Oktober wieder in Bologna sind.«

Seine Studenten klopften auf den Tisch. Einige nahmen ihre Rucksäcke und standen auf.

Doch Emilio bat noch einmal um Ruhe. »Ich werde von Oktober bis Dezember als Gastdozent an der Universität Bonn lehren. Nach Weihnachten bin ich wieder hier und werde auch Ihre Prüfungen abnehmen. Sie können mich per E-Mail erreichen, um Ihre Themen mit mir abzusprechen.«

»Oh, das ist ja schade, dass Sie so lange weg sind«, rief eine Studentin.

Emilio lächelte. »Ich bin schneller wieder da, als Ihnen lieb ist.«

Die Studenten drängten nun aus dem Hörsaal hinaus. Emilio steckte seine Unterlagen in die Aktentasche und verließ als Letzter den Raum.

Draußen war es bereits seit drei Wochen fürchterlich heiß. Die Feuchtigkeit, die im Herbst und Winter allen Bewohnern der Emilia-Romagna in die Gelenke kroch und ihre Bronchien angriff, verwandelte sich im Sommer bisweilen in eine unerträgliche Schwüle. Ihm rann der Schweiß den Rücken hinunter. Der Gedanke an kühlere Gefilde jenseits der Alpen tat gut.

Er holte sein Handy aus der Hosentasche, um zu sehen, ob sich sein Bruder schon gemeldet hatte. Fabio wollte ihn für ein paar Tage besuchen, um sich neue Liedtexte abzuholen. In dem Moment hörte er, wie jemand seinen Namen rief. Er sah auf: Sein Bruder stand mit seiner Gitarre auf der anderen Straßenseite und winkte.

»Ich hab einen Zug früher genommen«, rief Fabio.

Emilio überquerte die Straße und umarmte ihn. »Geht es dir gut? Wie geht es Mamma? Und was machen Caterina und ihre Kinder?«

»Müssen deine Studenten auch immer drei Fragen auf einmal beantworten?«, fragte Fabio. »Also ich würde sagen: alles super auf der ganzen Linie.«

»Prima.«

»Hast du neue Texte für mich?« Fabio kam gleich zur Sache.

»Ich habe ein paar Texte geschrieben«, sagte Emilio, »aber mir gehen langsam die Ideen aus. Ich schreibe immer dasselbe.«

Sein Bruder hob die Augenbrauen. »Dann solltest du mal wieder etwas erleben. Die abgestandene Luft in den Hörsälen schadet offenbar deiner Fantasie.«

»Kleine Brüder, die selbst nicht dichten, werden höflichst gebeten, von altklugen Kommentaren abzusehen«, sagte Emilio, lachte aber sogleich. »Du hast ja recht. Deswegen gehe ich auch bald nach Bonn.«

»So weit weg muss es nun auch nicht gerade sein«, maulte Fabio.

»Sehr lang bin ich schließlich nicht weg«, konterte Emilio.

»Aber wenn du nun dort ausgerechnet die Frau deines Lebens triffst, dann bleibst du für immer in Deutschland.«

»Schon mal was von Zügen und Flugzeugen gehört?«

»Hm.«

Emilio knuffte seinen Bruder in die Seite. »Verfügst du nicht bald selbst über so viel Lebenserfahrung, dass du deine eigenen Texte dichten kannst? Als ich für dich mit dem Texten angefangen habe, war ich so alt wie du jetzt.«

»Ja, aber im Gegensatz zu dir habe ich seit meinem siebzehnten Lebensjahr immer noch dieselbe Freundin und auch keine Absichten, sie jemals gegen eine andere einzutauschen. Wir wollen nächstes Jahr heiraten.«

Emilio blieb stehen. Diese Aussage traf ihn aus heiterem Himmel. Sein kleiner Bruder war auf der Überholspur. »Wie schön!«, sagte er. Er freute sich ehrlich für Fabio, trotzdem wurde ihm in diesem Augenblick bewusst, dass sein Leben stagnierte, während sein Bruder vorankam.

»Geschockt?« Fabio lachte.

»Nein«, sagte Emilio. »Ich habe nur festgestellt, dass du mir bald um Meilen voraus bist.«

»Mag sein. Aber deine Liedtexte werde ich immer brauchen, weil ich selbst keinen Liebeskummer kenne. Und du weißt ja: Für Liebesgeschichten, die geradlinig und ohne Probleme verlaufen, interessiert sich kein Mensch.«

»Sei dankbar, dass du so eine Liebe erfahren darfst«, sagte Emilio. »Kein Erfolg der Welt kann das aufwiegen.«

Fabio griff nach seinem Arm. »Ich hab Durst. Hat Paolos Bar noch auf?«

# 18

In Bonn war es drückend heiß. Seit Wochen hatte es nicht geregnet. Susannas Elternhaus war eine einzige Baustelle. Es war ursprünglich ein typisches Reihenhaus gewesen, in dem es unten ein großes Wohnzimmer, eine Küche und ein klitzekleines Gästeklo gab. Auf der ersten Etage befanden sich drei kleine Zimmer und ein Bad. Eine Außentreppe führte zur separaten Mansardenwohnung, in der Susanna seit Jahren wohnte und die aus zwei Zimmerchen mit Dachschräge und einem Bad bestand.

Der Plan war, Adelheid im Parterre unterzubringen, ihr das Wohnzimmer zu überlassen und die Küche zu einem behindertengerechten Badezimmer umzufunktionieren. Die Küche sollte dafür ins Badezimmer in der ersten Etage verlegt werden, auf der ansonsten noch die drei kleinen Zimmer lagen, die Susanna und Stefan als Schlaf-, Ess- und Wohnzimmer nutzen wollten. Anstelle der Außentreppe plante der Architekt eine Wendeltreppe von der ersten Etage bis in die Mansardenwohnung, damit Stefan und Susanna in das dort befindliche Badezimmer gelangen konnten. Wegen dieser Treppe musste auch eines der beiden Mansardenzimmerchen wegfallen. Nur ihr Arbeitszimmer konnte Susanna mit Händen und Füßen gegen die Pläne des Architekten verteidigen.

Sie war nicht gerade glücklich mit dem Vorhaben. *Sollten wir eines Tages Kinder bekommen, wüsste ich nicht, wo ich sie unterbringen sollte,* dachte sie.

Tagein, tagaus wurde gehämmert, wurden Mauern durchbrochen und an anderer Stelle wieder errichtet. Der Staub war unerträglich. Zudem hielt die Hitze gnadenlos Einzug ins Haus, weil den ganzen Tag Türen und Fenster offen standen. Alles war verdreckt und Susanna hatte das Gefühl, eine Staublunge zu bekommen. Wenn sie anfangs gedacht hatte, sie könne im verbliebenen Mansardenzimmer weiter an ihren Übersetzungen oder ihrer Dissertation arbeiten, hatte sie sich gründlich geirrt. Alle naselang musste sie sich etwas ansehen und mit den Handwerkern sprechen. Sie vertrugen sich untereinander nicht, der Maurer stritt sich mit dem Installateur, der Schreiner nahm falsche Maße für die Treppe und die Anschlüsse für die neue Küche passten nicht. Als dann noch eine Wasserleitung falsch gelegt wurde und ins Nirwana führte, regte sich Stefan auf, weil ihr das nicht aufgefallen war. Aber was sollte sie machen? Sie konnte schließlich nicht in die Wände hineinsehen. Nebenbei beschwerte sich auch noch Stefans Mutter, die mittlerweile in eine Rehaklinik verlegt worden war, dass sie zu selten zu Besuch komme.

Nachts, wenn alle Handwerker weg waren und Susanna den Schmutz des täglichen Chaos halbwegs beseitigt hatte, verkroch sie sich in die zusammengeschrumpfte Mansardenwohnung und übersetzte die Klageschriften und Urteile, die sie vom Gericht bekam. Sie war völlig übermüdet. Für ihre Dissertation blieb ihr gar keine Zeit mehr.

Zudem nagte immer noch das schlechte Gewissen an ihr, weil sie den Hertwegs hatte kündigen müssen. Sie waren in all den Jahren immer sehr freundschaftlich miteinander umgegangen. Susanna hatte auf ihre Kinder aufgepasst, wenn sie abends einmal ausgehen wollten, und die Hertwegs hatten sich um ihre Pflanzen gekümmert, wenn sie verreiste. Als sie ihnen vor ein paar Wochen das Kündigungsschreiben vorlegte, waren sie ziemlich verärgert gewesen. Sie hatten sogar mit einem Anwalt gedroht. Susanna hatte Juliane um Intervention gebeten und glücklicherweise hatte ihre Freundin über einen ihrer Bekannten, der bei einer Hausverwaltung arbeitete, zügig eine andere Bleibe für die Familie gefunden, sodass ein langwieriger Rechtsstreit vermieden werden konnte. Von dem ganzen Ärger war Stefan natürlich verschont geblieben. Er weilte unter der Woche in Frankfurt.

»Wann zieht die Grande Dame ein?«, fragte Juliane eines Abends, als sie Susanna besuchte.

Die beiden Frauen setzten sich in den Garten. Das Haus war zu unwirtlich.

»Nächste Woche.« Sie schenkte ihrer Freundin ein Glas Wasser ein.

»Wirst du mit deiner Schwiegermutter im Haus glücklich sein?« Eine tiefe Falte auf Julianes Stirn zeigte deutlich, wie wenig sie es sich vorstellen konnte.

Susanna zuckte mit den Achseln. »Ich wäre so froh gewesen, wenn ich Mama und Papa im Rollstuhl wiederbekommen hätte. Stefan ist mein Mann, ich will, dass er glücklich ist.«

»Und wirst *du* glücklich sein?«, bohrte Juliane weiter.

»Ich habe mich entschieden«, sagte Susanna und nahm einen großen Schluck Wasser. »Ob ich glücklich damit werde, kann ich erst später sagen.« Doch insgeheim graute ihr vor dem Tag, an dem Adelheid Bensig einziehen würde.

# 19

***Oktober 2007***

Emilio hatte seine Reisevorbereitungen erledigt. Sein Koffer war gepackt, seine Wohnung ordentlich aufgeräumt. Nun stand er bei Paolo in der Bar und nippte an einem Espresso.

»Dann fährst du also morgen in den hohen Norden, um dort dein Winterlager aufzuschlagen?« Aus Paolos Bemerkung klang Bedauern über die Abwesenheit des Freundes. Bei Emilios Familie in Rom dagegen hatte seine Entscheidung, ausgerechnet in der nasskalten Jahreszeit nach Deutschland zu gehen, eine große Mitleidswelle ausgelöst. Seine Mutter hatte ihm sogar eine Mütze gestrickt und mit Schaffell gefüttert, als ob er zu einer Polarfahrt aufbrechen würde.

»Ich bin ja nicht aus der Welt. Auch in Deutschland gibt es Telefon und Internet.«

»Na hör mal, mir entgeht durch dein Fernbleiben ein nicht unbeachtlicher Teil meines Umsatzes: eine Brioche und zwei *caffè* pro Tag sowie mindestens drei Mittagsgerichte pro Woche.«

Emilio lächelte. »Da kannst du mal sehen, was für ein guter Kunde ich bin. Ich hoffe doch sehr, dass du während meiner Abwesenheit nicht bankrottgehst. Trotzdem schmerzt es mich, dass du mich offensichtlich bloß aus pekuniärer Sicht vermissen wirst.«

»Nun, wenn ich es recht bedenke, muss ich einräumen, dass mir auch unsere geistreiche Konversation fehlen wird.« Paolo warf sich elegant ein Tuch über die Schulter, mit dem er gerade eine Milchkanne abgetrocknet hatte.

»Da bin ich aber beruhigt! Und weißt du was? Ich nehme gleich noch einen *caffè*, das entschädigt dich dann für einen meiner Fehltage.«

Paolo grinste und klopfte Kaffeesatz aus dem Siebträger, um einen neuen Espresso zuzubereiten. »Geht aufs Haus, Emilio. Schließlich bist du es, der monatelang ohne anständigen Kaffee auskommen muss.« Er schob ihm die gefüllte Tasse hin. »Und? Wirst du sie suchen?«

»Wen?«

»Na, jetzt tu nicht so. Als dein Freund Carmine neulich hier war, haben wir festgestellt, dass es eine deutsche Frau gibt, für die du seit Jahren Liebesgedichte schreibst, die Fabio vertont.«

Emilio winkte entnervt ab. »Lass die alberne Geschichte und erzähl sie bloß nicht Fabio.«

»Nein, natürlich nicht. Die größte Tugend eines Baristas ist seine Verschwiegenheit. Meine Kunden erzählen mir alles, sie brauchen meinen Trost, meine Weisheit und Lebenserfahrung, daher fühle ich mich auch wie ein Therapeut zur Verschwiegenheit verpflichtet.«

»Was du nicht sagst. Und dein Spezialgebiet ist die Therapie von Liebeskummer, oder was?«

»Selbstverständlich. Aber nicht nur den Kummer, sondern auch das Entstehen von Liebe habe ich viele Jahre studiert.«

»Daran besteht kein Zweifel«, sagte Emilio trocken.

Paolo nahm eine Ladung Untertassen aus der Geschirrspülmaschine. »Du nimmst deinen Beruf ernst, ich den meinen.«

Emilio nickte. Er sollte wirklich nicht überheblich sein. Paolo schuftete sechs Tage die Woche. Er hatte selbst erlebt, wie anstrengend es ist, den ganzen Tag in einer Bar zu arbeiten. Anstrengender als alles, was er danach gemacht hatte. »Entschuldige, du hast natürlich recht.«

Sein Freund grinste. »Während du versuchst, die Liebe in der Literatur zu analysieren, kann ich dies tagtäglich an lebenden Subjekten tun. Denn wo treffen sich zwei Menschen, die einander zugetan sind, als Erstes?« Er sah Emilio herausfordernd an. »Genau, in einer Bar – in meiner Bar! Und was muss ich dann machen, damit der Funken überspringt?«

Emilio zuckte mit den Achseln.

»Ich muss den besten *caffè* zubereiten, den es gibt. Die *crema* muss perfekt sein, und beim Cappuccino zeichne ich ein Herz oder Blatt in den Milchschaum. Dann muss ich die Tassen auf die richtige Temperatur vorheizen. Angenehm warm, aber nicht zu heiß müssen sie sein, denn die Liebenden dürfen sich nicht die Zunge oder gar die Lippen verbrennen, denn diese werden sie danach noch brauchen.«

»Aha.«

»Sie müssen sich hier wohlfühlen, sich entspannen, denn natürlich sind sie nervös und aufgeregt, da darf ich nicht dauernd stören. Sie dürfen sich nicht beobachtet fühlen, verstehst du?«

»Natürlich.« Emilio schleckte die *crema* vom Löffel.

»Ich kann dir mit neunundneunzigprozentiger Sicherheit sagen, ob sie füreinander geschaffen sind oder nicht. Ich merke so etwas.«

»Wie?«

»Meine Güte, wie kannst du nur solche Fragen stellen? Anstatt deine Nase in alte Bücher zu stecken, solltest du lieber deine Mitmenschen beobachten. Dann würdest du das auch wissen.« Er seufzte. »Aber um deine Frage zu beantworten: Es liegt in der Luft, ich fühle es. Wenn sie füreinander geschaffen sind, sehen und hören sie nichts von dem, was um sie herum passiert. Aber wenn ein Mann beispielsweise die ganze Zeit redet und sich brüstet, was er für einen tollen Job hat, sitzt die Frau meist höflich lächelnd daneben und ich kann förmlich lesen, was sie denkt.«

»Was denkt sie denn?« Emilio war es von jeher ein Rätsel gewesen, die Gedanken von Frauen zu lesen.

»Sie denkt: Hoffentlich ist das Treffen bald vorbei.«

»Und was machst du dann?«

»Ich helfe ihr. Ich kann so laut mit den Tassen und Untertassen klappern, dass es nervig wird. Dann stehen sie auf und gehen, und die Frau ist erlöst.«

Emilio lachte. »Und wie zeigt sie dir ihre Dankbarkeit?«

»Du wirst es nicht glauben, aber einige dieser Frauen kommen ein paar Tage später wieder und bedanken sich.«

»Ehrlich?« Jetzt verstand er, weshalb Paolo trotz der harten Arbeit seinen Job heiß und innig liebte.

»Ja, manche ganz explizit, andere eher versteckt, durch ein Lächeln zum Beispiel. Viele schütten mir auch ihr Herz aus. Und ich bin ein guter Zuhörer. Viel diskreter als Familienangehörige und wesentlich billiger als ein Therapeut. Denn ein *caffè* kostet nur achtzig Cent, eine Sitzung beim Therapeuten bestimmt hundert Euro. Ich sage dir, es gibt keinen schöneren Beruf als den eines Baristas. Jeden Abend habe ich das Gefühl, dass ich etwas Gutes getan habe.«

»Das ist schön«, sagte Emilio. Sein Freund hatte nicht nur einen Beruf, sondern seine Berufung gefunden.

Paolo wischte mit einem feuchten Tuch über die Theke. »So, und jetzt zu dir.«

»Zu mir? Wieso? Ich brauche keinen Therapeuten.«

»Was macht deine Archäologin?«

»Gräbt mit ihrem neuen Mann halb Mexiko um, nehme ich an.«

»Bedauerlich. Hast du schon andere Aussichten?«

»Nein, sonst würde ich wohl kaum nach Deutschland gehen.«

»Ja, aber genau das ist es doch. Willst du nicht deine Bekanntschaft zu der jungen Frau aus dem Zug auffrischen?«

Emilio stöhnte entnervt auf. »Paolo, ehrlich! Das ist lange her. Außerdem hatte ich schon damals keine Ahnung, wo ich sie finden kann, und habe heute erst recht keine. Abgesehen davon ist das alles längst verjährt. Suchst du etwa nach einem Mädchen, das du vor zehn Jahren mal für drei Stunden nett gefunden hast?«

»Ich hoffe, du findest sie.«

Emilio rollte mit den Augen. »Auch wenn du es nicht für möglich halten wirst, ich gehe nach Deutschland, um dort zu arbeiten, um den deutschen Studierenden die italienische Kultur nahezubringen. Ganz sicher gehe ich nicht dorthin, um eine Frau wiederzufinden, die ich einmal im Zug getroffen habe.«

»Abwarten, mein Freund, abwarten. Ich bin gespannt, was du in ein paar Monaten erzählst, wenn du wieder hier bei mir in der Bar stehst.«

»Du bist unverbesserlich.« Emilio schüttelte den Kopf. »Komm mich mal besuchen im hohen Norden.«

»Danke, aber du weißt, dass ich kaum Urlaub machen kann.«

Ja, das wusste er. Emilio sah auf die Uhr und stellte fest, dass er sich langsam verabschieden sollte. Er ging um den Tresen herum. »Mach es gut, Paolo, ich freu mich auf den nächsten *caffè* bei dir.«

»Ich mich auch.« Paolo griff unter die Theke. »Hier, nimm das mit.« Es war ein Päckchen Kaffee. »Wenn du das Mädchen triffst, dann bereite ihr einen *caffè* zu, so wie du es vor vielen Jahren gelernt hast. Sie wird dich dafür lieben. Das kann ich dir versichern. Dieser Kaffee wirkt wie ein Liebestrank.«

Emilio steckte das Präsent ein. Er glaubte nicht an solche Rituale, aber trotzdem freute er sich über Paolos Kaffee, denn er war der beste. »*Grazie!*«

Auf dem Weg nach Hause machte er noch einen Umweg durch die Innenstadt. Er warf einen letzten Blick auf die Torre Asinelli, die Torre Garisenda, auf San Petronio und die breiten Treppen davor, auf denen Dutzende von Studenten saßen und die spätsommerliche Abendsonne genossen. Die Luft war noch warm, aber die Sonne stach nicht mehr so sehr wie im Juli und August. Der Herbst lag bereits in der Luft, in Bonn würde er ihn am nächsten Tag sicher schon begrüßen dürfen. Langsam schlenderte er zu seiner Wohnung. Der Herbst machte ihn immer ein wenig schwermütig, vielleicht, weil ihm in dieser Jahreszeit am ehesten bewusst wurde, dass das Leben vergänglich war.

# 20

»Morgens musst du essen wie ein Kaiser, mittags wie ein König und abends wie ein Bettler«, predigte Adelheid. Susanna hatte diesen Satz während der letzten zwei Monate gefühlt sechzig Mal gehört. Sie saß mit Adelheid am Esstisch und wartete ungeduldig darauf, dass ihre Schwiegermutter endlich ihr Frühstück beendete. Sie selbst hatte nur eine Scheibe Brot gegessen. Morgens bekam sie einfach noch nichts runter. Sie verspürte immer erst mittags und dann wieder am Abend Hunger.

»So wirst du bald Gewichtsprobleme bekommen«, sagte Adelheid.

Susanna ärgerte sich. Gewichtsprobleme zeichneten sich bei ihr nämlich überhaupt nicht ab. Noch nie hatte sie für ihre schlanke Figur kämpfen müssen. Im Gegenteil: In diesem Sommer hatte sie während der Umbauarbeiten zwei Kilo abgenommen, da sie wochenlang wegen der fehlenden Küche nichts kochen konnte.

*Übe dich in Geduld*, beschwor sie sich und versuchte in Gedanken zu planen, was sie an diesem Tag alles erledigen musste.

»Und was sagst du dazu?«, fragte Adelheid plötzlich.

»Wozu?« Susanna fühlte sich ertappt. Sie hatte ihrer Schwiegermutter minutenlang nicht zugehört. Sie wusste nur noch vage, dass Adelheid über irgendeine frühere Nachbarin gesprochen hatte.

»Langweile ich dich etwa?«

»Nein, keineswegs, ich habe nur gerade überlegt, was ich heute alles tun muss.« Susanna stand auf. »Es ist schon zehn Uhr. Höchste Zeit, mich an den Schreibtisch zu begeben, denn ich muss noch eine Klageschrift übersetzen, die bis übermorgen bei Gericht benötigt wird.« Sie hatte wirklich keine Zeit, den ganzen Tag wie eine Gesellschafterin bei ihrer Schwiegermutter zu sitzen. Seitdem die Mieteinnahmen wegfielen, musste sie mehr Übersetzungsaufträge annehmen, denn Stefan war es bislang noch nicht eingefallen, sein Gehalt auch ihr zugänglich zu machen oder ihr zumindest Haushaltsgeld zu geben. Da sie mehr übersetzen musste, hatte sie kaum noch Zeit für ihre Dissertation, und Adelheid beanspruchte sie auch dauernd. Sie war nur froh, dass sie dank Juliane, die sie in ihrem gesamten Kollegenkreis als Übersetzerin empfahl, überhaupt genügend Aufträge bekam.

»Tja, als Rollstuhlfahrerin ist man halt nur Ballast«, sagte Adelheid.

Ihr Kommentar versetzte Susanna einen Stich. Sie ging nach oben in ihr Arbeitszimmer und beugte sich über ihre Übersetzung. Aber sie konnte sich nicht recht konzentrieren. *Das war unfair, was Adelheid gesagt hat!* Sie knabberte an ihrem Stift. *Ich helfe doch, so gut ich kann.*

Das Telefon riss sie aus ihren Gedanken.

Es war Stefan. »Muss das sein, dass du Mutter immer in die Ecke schiebst?«

»Wie bitte?« Besaß seine Mutter etwa die Frechheit, sich bei ihm über sie zu beschweren? Und das, nachdem sie sie seit Wochen bespaßte, ihre Dissertation links liegen ließ und nicht nach Bologna fahren konnte? »Ich sitze den lieben, langen Tag bei deiner Mutter, koche das, was sie gerade gemäß ihrer Kaiser-König-Bettler-Theorie haben möchte, lese ihr die Zeitung vor, obwohl ihre Augen durch den Unfall nicht in Mitleidenschaft gezogen worden sind, bringe sie an die frische Luft, fahre mit ihr in die Stadt – und das ist wahrlich kein Spaß bei der Parkplatzsituation und dem Rollstuhl –, und nun soll ich mir von dir, der du die ganze Woche nicht da bist, sagen lassen, dass ich sie in die Ecke schiebe?«

»Nein, reg dich bitte nicht auf«, sagte Stefan beschwichtigend. »Ich werfe dir nichts vor, aber vielleicht kannst du ein wenig mehr Zeit mit Mutter verbringen, damit sie nicht depressiv wird. Die Ärzte hielten es für sehr wichtig, dass sie weiterhin am Leben teilnimmt, in Museen und Konzerte geht, Freundinnen besucht, shoppen geht.«

»Vielleicht denkst du dann auch einmal daran, dass ich viel mehr Geld verdienen muss, seitdem ich den Hertwegs kündigen musste. Momentan bestreite ich alle Einkäufe nämlich aus meinem zusammengeschrumpften Geldbeutel.«

»Sag das doch früher, anstatt beleidigt zu sein.«

Sie fand, er hätte auch von selbst darauf kommen können.

»Und wo wir gerade beim Geld sind«, fuhr sie fort: »Ich möchte, dass Adelheid einen Kühlschrank, eine Kaffeemaschine und eine Mikrowelle in ihrem Zimmer aufstellt, damit ich nicht wegen jeder Tasse von der Mansarde nach ganz unten rennen muss, sondern sie sich selbst das Nötigste zubereiten kann. Das ist meiner Meinung nach nämlich auch ein wichtiger Schritt, damit sie wieder am normalen Leben teilnehmen kann.«

»Meine Güte, sind wir heute empfindlich«, sagte Stefan. »Ja gut, dann kauf diese Geräte. Das ist zwar teuer, aber darauf kommt es nun auch nicht mehr an. Nur hör bitte auf, so aggressiv zu sein. Die Situation ist für uns alle nicht leicht.«

*Nein, vor allem für mich nicht*, dachte Susanna schmollend.

# 21

Nach dem Telefonat mit Stefan war Susanna so geladen, dass sie zwar ihre Übersetzung fertigstellte, danach aber zu aufgewühlt war, um sich ihrer Dissertation widmen zu können. Es war ohnehin hoffnungslos. Zu viele neue Fachartikel waren in der Zwischenzeit veröffentlicht worden, die sie berücksichtigen musste. Sie hatte sich noch gar keinen Überblick verschafft.

Mittags stellte sie Adelheid einen Teller mit Kartoffeln, Erbsen und Rührei ins Zimmer. »Ich muss in die Stadt«, erklärte sie ihrer Schwiegermutter.

»Warum?«

*Ich halte es bei dir nicht mehr aus*, antwortete sie in Gedanken. Immerhin hatte sie sie eben bei Stefan schlechtgemacht. Laut sagte sie jedoch: »Ich muss die Übersetzung beim Gericht abgeben.«

»Geht das nicht per Post?«

»Doch, das geht auch, aber der persönliche Kontakt ist nicht zu unterschätzen, um langfristig Aufträge zu bekommen.«

*Stimmt ja auch.* Warum musste sie ihrer Schwiegermutter eigentlich immer Rede und Antwort stehen? Das musste ein Ende haben!

»Könntest du davor bitte noch die Kekse herunterbringen? Isolde kommt nachher.«

*Aha. Diese Schreckschraube kommt schon wieder.* »Ja, natürlich«, sagte Susanna, holte die Keksdose aus der Küche und verabschiedete sich.

*Endlich draußen!* Sie atmete die frische Herbstluft ein und fühlte sich frei wie ein Vogel. Heute Nachmittag würde sie es sich gut gehen lassen. Adelheid hatte Unterhaltung und war versorgt, und dieser Isolde wollte Susanna nicht begegnen. Das war eine pensionierte Oberschulrätin, die alle behandelte, als wären sie dumme Schüler.

Nachdem sie ihre Übersetzung abgegeben hatte, schlenderte sie durch die Innenstadt, betrachtete die neuen Auslagen in den Schuhgeschäften, die sich für den Winter rüsteten, und kaufte in der Post ein paar Sonderbriefmarken. Auf dem Münsterplatz traf sie unerwartet Professor Schneidereck mit seiner Frau.

»Frau Herz, das ist ja schön, dass wir Sie hier treffen«, sagte ihr Doktorvater. »Meine Frau und ich wollten gerade ein Stück Kuchen essen gehen. Begleiten Sie uns doch.«

Eigentlich wollte Susanna das nicht so gern, aber ihr fiel zum einen keine Ausrede ein, zum anderen konnte sie sich dadurch vielleicht einen Besuch in seiner Sprechstunde ersparen, denn das, was sie ihm langsam einmal sagen musste, konnte sie auch in einem Café tun.

»Wie geht es Ihnen?«, fragte er, als Kaffee und Kuchen serviert waren. »Wir haben uns schon so lange nicht mehr gesehen.«

Sie zögerte. »Ja, das stimmt. Ich hätte schon längst wieder einmal in Ihre Sprechstunde kommen sollen. Aber ich habe noch keine weiteren Kapitel geschrieben, die ich Ihnen zeigen könnte.«

»Sind Sie auf Schwierigkeiten gestoßen?«

Sie schüttelte den Kopf. »Nein, meine Schwiegermutter hatte im Frühjahr einen Unfall, deswegen musste ich ja auch Bologna absagen.«

Professor Schneidereck nickte. »Das hatten Sie mir erzählt. Geht es ihr jetzt besser?«

»Ja, aber ich muss trotzdem immer noch viel organisieren. Da wir das Haus behindertengerecht umbauen mussten, muss ich jetzt viel mehr Übersetzungsaufträge annehmen, weil das Geld sonst nicht reicht.« Sie räusperte sich vor dem alles entscheidenden Satz. »Ich glaube, dass ich meine Dissertation nicht fertigstellen kann.«

Professor Schneidereck entgleisten sämtliche Gesichtszüge. »Aber, warum das? Bitte, liebe Frau Herz, dieses Ziel dürfen Sie trotz allem nicht aus den Augen verlieren! Wir können Ihnen die Frist verlängern«, sagte er. »Selbst wenn ich emeritiert bin, kann ich noch eine Dissertation zu Ende betreuen.«

Susanna zuckte mit den Achseln. »Aber ich habe fast ein halbes Jahr nicht mehr daran gearbeitet. In der Zwischenzeit haben andere über ähnliche Themen geforscht, das müsste ich alles noch berücksichtigen. Ich bin nicht mehr auf dem aktuellen Stand der Forschung. Es ist … hoffnungslos.«

Seine Frau beugte sich vor. »Gibt es keine anderen Familienmitglieder? Oder die Möglichkeit einer Heimpflege?«

Susanna schüttelte den Kopf. »Meine Schwiegermutter lehnt das ab, außerdem hätte ich niemanden, der mir helfen könnte.«

Die beiden Eheleute warfen sich einen Blick zu. Susanna wusste, dass sie sich gerade fragten, was mit Stefan sei. Zum Glück waren sie so höflich, diesen Gedanken nicht in Worte zu fassen. Aber ihr wurde heiß. Es war alles sehr unangenehm.

Professor Schneidereck strich sich über den Bart. »Machen Sie eine Pause, wenn es sein muss, aber geben Sie nicht auf, Frau Herz, bitte versprechen Sie mir wenigstens das.«

Sie nickte langsam. »Gut, ich versuche es, aber seien Sie nicht böse, wenn ich es nicht schaffe.« Sie bückte sich nach ihrer Handtasche. Hinter ihren Augen bildete sich eine Tränenfront und sie wollte weg, bevor sie weinend vor ihrem Doktorvater und seiner Frau zusammenbrechen würde. Sie winkte der Bedienung, um zu zahlen.

»Gestatten Sie uns wenigstens, Ihren Kuchen zu bezahlen.«

»Aber nein …«, wandte sie ein.

Er lächelte. »Ich bin Ihr Doktorvater und wenn ein Vater sieht, dass es seiner Tochter schlecht geht, dann versucht er, sie mit Kuchen aufzumuntern. Und so viel Kuchen haben Sie nicht gegessen, dass es meinen Geldbeutel überstrapazieren würde.«

»Also gut.« Susanna lächelte nun auch. »Vielen Dank.« Sie gab den beiden die Hand und stand auf.

»Übrigens«, sagte Professor Schneidereck, »bald kommt Professor Pavese, ein Gastdozent aus Bologna. Ich habe schon ein längeres Telefonat mit ihm geführt. Er forscht auf ähnlichen Gebieten wie Sie. Sie sollten sich mit ihm austauschen und seine Vorlesungen besuchen. Vielleicht bekommen Sie durch ihn einen neuen Impuls. Er kann Ihnen sicherlich auch eine Menge über die jüngst erschienenen Fachartikel sagen, die Sie eventuell noch berücksichtigen müssten.«

Susanna seufzte leise. Das Thema Bologna hatte ihr gerade noch gefehlt. Da wurde ihr wieder bewusst, welche Chance sie verpasst hatte. »Ich werde versuchen, seine Vorlesungen zu besuchen«, sagte sie, wusste aber sofort, dass sie nicht hingehen würde. Sie könnte den Dozenten aus Bologna nicht ertragen, weil sie wusste, dass sie genau in diesem Augenblick in Bologna hätte sein sollen. Aber dorthin war nun eine andere Doktorandin gefahren.

# 22

Nach ihrem Gespräch mit Professor Schneidereck hatte Susanna immer noch keine Lust, nach Hause zurückzukehren. *Morgen ist mein dreißigster Geburtstag,* dachte sie. *Ich sollte diesen letzten Tag meiner Jugend genießen.* Sie rief zu Hause an und bat Isolde, Adelheid die Suppe für das Abendessen aufzuwärmen. Danach ging sie zu Juliane in die Kanzlei und fragte sie, ob sie Zeit für Pizza und Problemgespräche habe.

Ihre Freundin lachte. »Ich habe nicht nur Zeit, sondern sogar schon einen Tisch bei Francesco reserviert.«

»Wie das?« Susanna war baff.

»Morgen ist doch dein dreißigster Geburtstag! Wenn du nicht gekommen wärst, hätte ich dich gleich angerufen und dich aus dem Haus gelockt. Zwar habe ich gehofft, dass sich Stefan freinimmt, um mit dir reinzufeiern, aber …«

»Er hat momentan wahnsinnig viel Stress auf der Arbeit«, sagte Susanna schnell.

»Das dachte ich mir.« Juliane stand auf. »Deswegen habe ich in weiser Voraussicht bei Francesco angerufen und uns für heute Abend angekündigt.« Sie suchte nach ihren Schlüsseln. »Lass uns gehen, dann kannst du mir in Ruhe von deinen Problemen mit Adelheid erzählen.«

Eine halbe Stunde später saßen die beiden Frauen in Francescos Restaurant. Susanna hatte ihrer Freundin alles erzählt und starrte nun gedankenverloren auf ihr Essen.

»Du musst deiner Schwiegermutter klar machen, dass du nicht ihr Dienstmädchen bist.« Juliane säbelte wild an ihrer Pizza herum. Ihre Augen funkelten und die Pizza konnte einem fast schon leidtun.

»Aber wenn ich ihr sage, dass ich meine Arbeit erledigen muss, so wie heute, beschwert sie sich bei Stefan. Dann bin ich wieder der Buhmann.«

»… und das Dienstmädchen«, ergänzte Juliane. »Hat sie jetzt endlich mal einen Kühlschrank und eine Mikrowelle im Zimmer?«

»Das habe ich Stefan heute gesagt und auch gleich bestellt. Die Geräte werden in den nächsten Tagen angeliefert.«

Juliane legte Messer und Gabel beiseite. »Jetzt ist ein halbes Jahr seit diesem Unfall vergangen. Du hast auf Bologna verzichtet, damit Stefan seinen Job weiter ausüben kann. Du hast deine Dissertation immer noch nicht fertig, obwohl du mir im März genau hier bei Francescos Pizza berichtet hast, dass du sie spätestens in drei Monaten abgeben würdest. Du hast dein Elternhaus umgebaut – und zwar gewiss nicht so, wie du es dir im Hinblick auf eine künftige Familie vorgestellt hättest, sondern so, wie es auf die Bedürfnisse deiner Schwiegermutter passte. Welchen Beitrag hat dein Mann genau geleistet?«

Susanna sah auf. »Nun ja, er zahlt den Kredit für den Umbau ab.«

»Großartig! Und als Sicherheit hat er dein Haus angegeben.« Juliane nahm einen Schluck Rotwein. »Kommt dir irgendetwas komisch vor, Susanna? Nein? Dann sage ich dir mal was: Es herrscht eine ziemlich ungleiche Lastenverteilung zwischen euch beiden, wenn ich das als Außenstehende einmal sagen darf.«

Juliane hatte recht. Das empfand Susanna genauso. Aber trotzdem stand es ihrer Freundin nicht zu, das zu sagen. Das waren interne Angelegenheiten zwischen Stefan und ihr.

»Gut, lassen wir meine Beobachtung erst einmal beiseite und wenden uns praktischen Dingen zu: die Fahrerei zur Krankengymnastik und zu den Ärzten zum Beispiel. Kann das nicht jemand anderes machen? Stefan verdient doch genug Geld, oder?«

Susanna zuckte mit den Achseln. »Ja, schon, aber der Umbau war ziemlich teuer, das neue Auto … da möchte er Geld sparen.«

»Klar!« Juliane warf ihre Serviette auf den leeren Teller. »Auf Kosten seiner gutherzigen Frau. Das ist ja auch wahnsinnig praktisch.«

»Juliane, ehrlich …«

»Nein, nein, nein, du brauchst mir jetzt nicht zu sagen, dass ich so etwas nicht sagen soll, denn du weißt: Ich sage es trotzdem! Ich habe tagtäglich gescheiterte Eheleute in der Kanzlei sitzen und die Frauen, die ich vertrete, waren alle einmal so wie du.«

*Wieso sagt sie so etwas?*, dachte Susanna verärgert. Stefan und sie würden sich doch nie trennen. Sie liebten sich doch. »Er kann sich wegen seiner neuen Stelle nicht so viel um seine Mutter kümmern.«

»Warum hat er nicht in Frankfurt eine behindertengerechte Wohnung für euch alle gesucht? Du hättest ja in der Mansardenwohnung deines Elternhauses noch so lange wohnen können, bis du deine Dissertation zu Ende geschrieben hättest. Den Hertwegs hättest du nicht kündigen müssen. Außerdem hättest du nach Bologna gehen und danach von Frankfurt aus weiter deine freiberufliche Übersetzertätigkeit ausüben können. Stattdessen lässt dich Stefan mit seiner biestigen Mutter und unzähligen Handwerkern auf einer Baustelle sitzen und ist nur von Samstagmittag bis Sonntag nach dem Kaffeetrinken präsent. Zumindest könnte er freitags schon abends kommen und erst montags in der Früh fahren.«

Susanna schluckte. Juliane hatte auch diesbezüglich recht. Schon viele Male hatte sie sich dasselbe gefragt. »Er muss halt viel arbeiten«, sagte sie kleinlaut.

»Das Arbeiten kann auch eine Erholung sein«, konterte Juliane.

Susanna traten Tränen in die Augen. Der ganze Tag hatte sie in die Knie gezwungen und nun mischte sich Juliane auch noch in ihr Eheleben ein, was sie nichts anging. Am ärgerlichsten war, dass sie recht hatte. Sie hatte schon als Jugendliche immer den Nagel auf den Kopf getroffen und nie Angst gehabt, das in Worte zu fassen, was auf der Hand lag. Aber was half das jetzt?

Juliane machte Francesco ein Zeichen und bestellte zwei Espressi. Dann beugte sie sich vor. »Susanna, setze jetzt deine Grenzen – Adelheid und Stefan gegenüber. Wenn du wartest, wird es immer schwerer. Wenigstens mit deinem Mann musst du Klartext reden, und dies sehr bald. Sag ihm, was du von ihm erwartest und warum du es erwartest. Von selbst kommt er nämlich nicht darauf. Manche Männer sind diesbezüglich extrem schwer von Begriff.«

Der Kaffee kam und mit ihm stellte Francesco auch ein kleines Stück Tiramisu auf den Tisch. Susanna sah ihn fragend an. Sie hatte keinen Nachtisch bestellt.

»Geht aufs Haus. Wenn eine hübsche Frau weint, dann muss man sie aufheitern.« Er zwinkerte. »Sonst ist sie eines Tages keine hübsche Frau mehr.«

Susanna lachte, wischte ihre Tränen weg und stach die Gabel in das wunderbar duftende Tiramisu.

»Für heute Abend vergisst du Adelheid«, sagte Juliane. »Du wirst nur einmal dreißig. Und das feiern wir!«

Francesco schien mitgehört zu haben, denn zwei Minuten später brachte er Cantuccini und zwei Gläser Dessertwein an ihren Tisch.

# 23

Die Zugfahrt auf die andere Seite der Alpen dauerte lang. In der Schweiz döste Emilio dauernd weg, obwohl er sich vorgenommen hatte, die einzigartige Landschaft zu betrachten. Aber das frühe Aufstehen am Morgen sowie der Höhenunterschied ließen ihm die Augen immer wieder zufallen. Als er am frühen Nachmittag aus seinem komatösen Schlaf erwachte, fuhr der Zug gerade in Basel ein, und er hatte von der Alpenlandschaft so gut wie nichts gesehen.

In Deutschland vernahm er an jedem Bahnhof einen anderen Dialekt. Das gefiel ihm, auch wenn er nicht viel verstand. Zwar bemühte er sich seit einigen Monaten, sein eingerostetes Deutsch wiederaufzufrischen, aber vor allem, was den aktiven Wortschatz anbelangte, war er nicht weit gekommen. Der Deutschunterricht an seiner Schule war nicht gut gewesen, er hatte auch keine besondere Begabung für germanische Sprachen. Das würde also noch heiter werden, sich in Bonn zu verständigen.

Als der Zug ein paar Stunden später die Schleifen des Mittelrheins entlangfuhr, an dessen Ufern sich der Wein schon rotgolden färbte, war er hin und weg und plötzlich froh, dass er sich mittags in der Schweiz ausgeruht hatte und nun diesen prächtigen Ausblick auf das Weltkulturerbe genießen konnte.

Der Zug fuhr langsam, als ob er den Reisenden Gelegenheit geben wollte, die Schönheit der Landschaft in sich aufzusaugen. Eine ältere Dame, die ihm gegenübersaß, bemerkte seine Faszination und fühlte sich berufen, ihm die Geschichten und Erzählungen der Rheinburgen nahezubringen. So hörte er die Nibelungensage und die Legenden um die mittelalterlichen Burgherren, die sich bekriegten und wieder versöhnten, vor der einzigartigen Kulisse des Mittelrheins. Ein wenig erinnerte ihn die Zugfahrt an jene zehn Jahre zuvor, als eine andere alte Dame, ein junges Au-pair-Mädchen und er gemeinsam durch halb Italien gefahren waren und er versucht hatte, dem deutschen Mädchen die Literatur Italiens nahezubringen. Es freute ihn, dass nun er in den Genuss kam, von einer Einheimischen mit landeskundlichen Informationen versorgt zu werden. Schade nur, dass nicht das junge Mädchen von damals mit im Abteil saß.

Am frühen Abend kam er am Bonner Hauptbahnhof an. Dort hielt er Ausschau nach Professor Schneidereck, mit dem er bereits telefonisch Kontakt gehabt hatte. Tatsächlich fanden sie sich schnell, denn sein deutscher Kollege hielt einen riesigen Zettel mit der Aufschrift »Emilio Pavese« in die Höhe.

»Schön, dass Sie da sind. *Benvenuto a* Bonn!« Professor Schneidereck war ein freundlicher älterer Herr mit grauem Bart und Nickelbrille.

Eine Woche zuvor hatte er Emilio per Mail mitgeteilt, dass ein mit ihm befreundeter Biologieprofessor für ein Jahr in Amerika forsche und Emilio dessen Wohnung günstig mieten könne, unter der Bedingung, dass er sich um drei Aquarien kümmere. Emilio hatte ziemlich viel Respekt vor dieser Aufgabe, weil er in seinem bisherigen Leben niemals Fische oder andere Haustiere gehabt hatte. Aber die Aussicht, eine richtige Wohnung in der Nähe der Universität beziehen zu können und nicht in einem Zimmer im Studentenwohnheim weitab wohnen zu müssen, hatte ihn dazu bewogen, sich diese Aufgabe zumindest einmal anzusehen.

»Wir sind alle schon so gespannt auf Ihre Vorlesungen«, sagte Professor Schneidereck. »Es ist immer wieder bereichernd, Gastdozenten aus dem Ausland bei uns zu haben.«

Während Emilio seinen überdimensionalen Koffer hinter sich her zog und hoffte, dass die Achse nicht brechen würde, stand er Professor Schneidereck Rede und Antwort über seine geplante Manzoni-Vorlesung.

Schließlich bogen sie in eine Allee ein, in der sich ein Gründerzeithaus an das andere reihte. *Schön ist es hier*, dachte er.

Plötzlich stoppte Professor Schneidereck vor einem Haus mit einer Jugendstil-Fassade. »Da sind wir.« Er schloss die Haustür auf.

*Hier soll ich wohnen?* Emilio vergaß seine Skepsis bezüglich der Aquarien und entschied schon im Treppenhaus, dass er dieser Aufgabe auf jeden Fall gewachsen war, denn eine solche Wohngegend wollte er um nichts in der Welt ausschlagen.

Die Wohnung des Biologieprofessors und seiner Familie befand sich im ersten Stock. Emilio traute seinen Augen kaum, als er die geschätzt zweihundert Quadratmeter große, lichtdurchflutete Wohnung mit gewienerten Holzböden, hohen Räumen und Stuckdecken betrat. Im Wohnzimmer waren drei riesige Aquarien mit bunt schillernden Fischen in Wandnischen eingebaut. Zahlreiche Palmen, Orchideen und andere Gewächse zierten den Raum. Emilio kam sich vor wie in den Tropen. An jedem Blumentopf war ein Zettel angebracht mit der Gießanleitung. Vor den Aquarien lag jeweils ein Kurzreferat mit der Pflegeanweisung. Außer dem Wohnzimmer gab es noch ein Arbeitszimmer, ein Gästezimmer und drei Schlafzimmer, denn der Biologieprofessor hatte zwei Kinder.

»Gefällt Ihnen die Wohnung?«, fragte Professor Schneidereck.

Emilio blickte immer noch ehrfürchtig um sich. »Ja, sehr sogar, aber sie ist viel zu groß für mich allein.«

»Mein Kollege sagte, Sie können auch mit Frau oder Freundin einziehen, wenn Sie möchten. Sie können sich im Wohnzimmer, Arbeitszimmer, in der Küche, im Bad und im Gästezimmer ausbreiten. Lediglich die drei Schlafzimmer sind tabu. Sie sind zwar nicht abgeschlossen, aber dort hat die Familie all ihre Sachen verstaut, die sie nicht mit nach Amerika nehmen konnte.«

»Und wie hoch ist die Miete?«, fragte Emilio, denn er konnte sich nicht vorstellen, dass er sich diese erlesene Altbauwohnung leisten konnte.

»Nicht höher als im Studentenwohnheim.« Professor Schneidereck zwinkerte. »Allerdings müssen Sie genau nach Anleitung die Pflanzen gießen und die Aquarien versorgen. Professor Cornelius und seine Familie sind bereits seit August in den USA und meine Frau und ich hatten in den letzten beiden Monaten das Vergnügen, uns um seine Flora und Fauna zu kümmern.« Er lächelte. »Ich kann Ihnen versichern, dass ich wirklich froh wäre, wenn ich diese Aufgabe an Sie übertragen dürfte. Sie nimmt nämlich mehrere Stunden in der Woche in Anspruch.«

Emilio nahm die Arbeitsanweisung des ersten Aquariums in die Hand. »Was passiert, wenn ein Fisch stirbt oder eine Pflanze eingeht?«, fragte er. »Wie viel Miete muss ich dann mehr entrichten?«

Professor Schneidereck lachte. »Machen Sie sich keine Sorgen, Sie schaffen das schon. Professor Cornelius sagte, es sei normal, wenn ab und zu ein Fisch stirbt. Sie leben im Allgemeinen nicht lang. Wichtig ist nur, dass Sie sich bemühen, alles nach Anleitung zu machen. Das war meinem Kollegen wichtig.«

»Gut«, sagte Emilio, »ich nehme die Herausforderung an.«

»Hervorragend. Dann lasse ich Sie jetzt allein. Die Schlüssel habe ich im Flur auf die Kommode gelegt. Meine Frau hat Ihnen etwas gekocht und in die Küche gestellt, Sie brauchen es nur aufzuwärmen. Für heute dachten wir, dass Sie sich nach der langen Reise vielleicht erst erholen möchten. Morgen Abend sind Sie bei uns zum Essen eingeladen.«

»Vielen Dank für den herzlichen Empfang.« Emilio schüttelte dem älteren Professor die Hand. »Bis morgen.«

Als Professor Schneidereck gegangen war, ließ er sich auf dem Sofa nieder und starrte immer noch überwältigt auf die tropische Kulisse, die sich ihm bot. *Emilio, wenn du dich da nicht übernommen hast*, schalt er sich. Er zog sein Handy aus der Hosentasche und schrieb Paolo eine SMS:

> Du kannst dir nicht vorstellen, in welch herrschaftlichem Haus ich untergebracht bin. Allerdings werde ich nach Ablauf meiner Gastprofessur noch in Biologie promoviert haben.

Dann packte er seine Sachen aus. Das Gästezimmer wurde sein Schlafzimmer, das Arbeitszimmer okkupierte er mit diversen Büchern und Skripten. Schließlich ging er in die Küche und wärmte das Ragout von Frau Schneidereck auf. Als er gegen Mitternacht ins Bett fiel, starrte er die weit über ihm liegende Stuckdecke an. Er hatte ein gutes Gefühl. Bonn gefiel ihm schon jetzt, obwohl er fast noch nichts von der Stadt gesehen hatte.

# 24

»*Happy birthday*, Susanna. Jetzt bist du genauso alt wie ich.« Laurenz stand vor ihrem Bett und lächelte verschmitzt.

Mit einem Ruck fuhr Susanna aus dem Schlaf hoch. Ihr Herz raste. Tatsächlich! Es war kurz nach halb fünf. Ihre Geburtsstunde. Draußen war es noch stockdunkel. Sie griff nach dem Wasserglas auf ihrem Nachttisch und trank es in einem Zug leer. Dann rieb sie sich die Schläfen. Laurenz hatte sich fast jedes Jahr an ihrem Geburtstag denselben Spaß erlaubt und sie am frühen Morgen geweckt und darauf hingewiesen, dass sie eine Stunde jünger war als er. Als Kinder hatten sie dann zusammen unter der Bettdecke gesessen und ihren Geburtstag mit Salzstangen und Schokolade gefeiert, die Laurenz am Abend zuvor aus der Küche stibitzt hatte. Das war jedes Jahr ihre ganz persönliche, geheime Geburtstagsfeier gewesen, ohne Eltern, ohne Freunde, nur sie beide …

Wieso träumte sie plötzlich von diesem Ritual aus ihrer Kindheit? Sie schwang die Beine aus dem Bett und stand auf. *Vielleicht herrscht noch so eine starke Verbindung zwischen Laurenz und mir, dass er mir wirklich gerade zum Geburtstag gratuliert hat, von wo aus auch immer.* Sie band sich die Haare zu einem Pferdeschwanz zusammen. *Wenn er doch nur hier wäre! Wenn wenigstens Stefan jetzt hier wäre.* Dann hätte er sie in die Arme nehmen können. Aber sie war allein. Stefan würde erst am Abend kommen.

Susanna kroch unters Bett und tastete nach der Mappe mit Laurenz' Zeichnungen. Sie zog sie hervor und knipste das Licht an. Sie wusste, dass es einen Umschlag gab, den Laurenz für ihren dreißigsten Geburtstag vorgesehen hatte. Sie nahm alle Zeichnungen heraus und suchte nach dem Umschlag, der für den heutigen Tag bestimmt war. Es war bereits das dritte Kuvert, das sie in diesem Jahr öffnete, denn seltsamerweise fielen in dieses Jahr drei Ereignisse, für die Laurenz Zeichnungen und Nachrichten vorgesehen hatte (Hochzeit, schwere Entscheidung und dreißigster Geburtstag). *Schlechte Verteilung*, dachte Susanna. *Ich muss noch eine Weile leben, seine Zeichnungen und Nachrichten müssen bis an mein Lebensende reichen.* Doch wenn sie Laurenz' Geburtstagswünsche für ihren Dreißigsten geöffnet haben würde, gab es nur noch das Kuvert mit der Aufschrift »Wenn die ganze Welt über dir zusammenbricht« und ein weiteres mit der Widmung »Für deinen Vierzigsten«.

*Kann ich nicht ändern*, entschied sie und schlitzte den für den heutigen Tag vorgesehenen Umschlag mit ihrer Nagelfeile auf.

Was sie sah, raubte ihr fast den Atem: Laurenz hatte die Szene ihres Traumes skizziert: Sie beide waren als Kinder dargestellt, saßen unter der Bettdecke und futterten Salzstangen.

> Liebe Susanna,
> erinnerst du dich, wie wir als Kinder immer unter der Bettdecke unseren Geburtstag gefeiert haben? Das war lustig, nicht wahr? Das wirst du in deinem – verzeih – hohen Alter nun nicht mehr machen. Aber ich hoffe doch, dass dir am Morgen jemand Kaffee ans Bett bringt. Wenn nicht, dann bin ich ja jetzt da. Zumindest kurz. Um dir ganz herzlich zu gratulieren! Es ist nämlich jetzt Halbzeit. Nun bist du schon halb so lang ohne mich durchs

Leben gegangen wie mit mir zusammen. Und du machst dich nicht schlecht.

Wie kannst du das wissen?, wirst du nun fragen.

Ganz einfach: Wenn du diese Zeilen tatsächlich an deinem dreißigsten Geburtstag liest, dann hast du dich tapfer geschlagen. Egal, wie dein Leben momentan aussieht. Egal, mit welchen Schwierigkeiten du gerade kämpfst. Du wirst damit fertig werden, denn du hast schon so viele Verluste erlitten, es kann gar nicht schlimmer kommen. (Ich hoffe, ich nehme mich selbst gerade nicht zu wichtig :-))

Eine kleine Frage habe ich bezüglich unserer *Life List*, die wir zusammen erstellt hatten. Fehlen noch viele Punkte? Du brauchst dich natürlich nicht verpflichtet zu fühlen, die Punkte abzuarbeiten, die nur meine Punkte waren (Vietnamreise), denn du hast ein eigenes Leben und musst deine Schwerpunkte selbst setzen. Aber da alle anderen Punkte unsere gemeinsamen Punkte waren, würde mich interessieren, was du davon bis zu deinem dreißigsten Lebensjahr geschafft hast und was nicht. Wenn es noch viele unerledigte Punkte gibt, überleg, ob du sie bald angehen kannst oder sie streichen solltest. Aber streich nicht das, was dir wirklich einmal wichtig war.

Ich fürchte, nun muss ich wieder in höhere Sphären entschwinden. Ich hab dich lieb. Mach es gut, Schwesterlein, und lass dich heute von denen feiern, die dir nahestehen.

Herzlichst, Dein Laurenz

Einige Minuten lang saß Susanna regungslos auf dem Boden vor ihrem Bett. Deswegen hatte sie vorhin von Laurenz geträumt, weil sich sein Bild und seine Worte, auf denen sie buchstäblich geschlafen hatte, einen Weg in ihr Unterbewusstsein gebahnt hatten. Er hatte ihre nächtlichen Kindergeburtstagsfeiern zeichnerisch dokumentiert. Doch abgesehen davon hatte er sie auch deutlich daran erinnert, dass sie noch einiges zu tun hatte im Leben.

Sie nahm die zerknitterte *Life List*, die sie und Laurenz in seinen letzten Wochen erstellt hatten, aus der Mappe: studieren, heiraten, Kinder bekommen, für eine Weile ins Ausland gehen (sie nach Italien, er nach Vietnam), ein Buch schreiben. Abhaken konnte sie zweieinhalb Punkte: studieren, heiraten, ins Ausland gehen. *Der letzte Punkt ist nur zur Hälfte erfüllt*, dachte sie. Sie war lediglich für ein Erasmus-Semester in Rom gewesen, mal abgesehen von dem abgebrochenen Aufenthalt als Au-pair-Mädchen. Sie hätte gern länger in Italien gelebt. *Also fehlen noch zweieinhalb Punkte:* Kinder bekommen, ein Buch schreiben, (noch mal) ins Ausland gehen. Das Buch konnte sie bald fertig haben, denn eine Dissertation galt als Buch. Aber dafür musste sie langsam wieder in die Gänge kommen und daran arbeiten. Die anderen beiden Punkte waren schwieriger zu erreichen. Den Punkt »Ausland« musste sie wohl oder übel streichen. Mit Adelheid war das unmöglich. Der Punkt »Kinder bekommen« war ohne Stefan nicht zu realisieren, und er hatte seine Meinung diesbezüglich klipp und klar dargelegt. Leider war das auch genau der Punkt, auf den sie am wenigsten verzichten wollte.

Bestimmt würde Laurenz sie in seiner letzten Nachricht »Für deinen Vierzigsten« noch einmal danach fragen. *Ich werde mal sehen, was ich bis dahin machen kann.* Sie legte seine Geburtstagswünsche zurück in die Mappe und schob sie unters Bett. Wichtig war, dass Stefan sie nicht entdeckte!

# 25

Stefan kam bereits gegen fünf Uhr am Nachmittag, als sie noch gar nicht mit ihm gerechnet hatte.

»Ich habe extra früh Feierabend gemacht, weil du Geburtstag hast«, sagte er und drückte ihr einen gigantischen Blumenstrauß in die Hand.

»Danke.« Susanna konnte es kaum fassen. »Das ist aber lieb von dir.«

»Ja, so bin ich.« Er grinste. »Ich habe für heute Abend einen Tisch bei Francesco reserviert.« Dort waren sie seit ihrer Hochzeit nicht mehr zusammen gewesen.

Susanna hatte sich von ihrer frühmorgendlichen Geburtstagsfeier mit Laurenz, wenn man es so nennen möchte, mittlerweile etwas erholt, auch wenn sie den ganzen Tag nah am Wasser gebaut hatte und immerzu daran denken musste, was sie vor zehn Jahren mit ihrem Bruder unternommen hatte. Da es klar gewesen war, dass ihr zwanzigster Geburtstag ihr letzter gemeinsamer Geburtstag sein würde, hatte Laurenz bei seinen Ärzten um »Ausgang« gebeten. Susanna hatte ihn am Vormittag abgeholt. Sie waren zuerst im naturkundlichen Museum Alexander Koenig gewesen und danach in Beuel in ihrer Mansardenwohnung, wo sie Kaffee und Kuchen aufgetischt hatte. Laurenz hatte zwar nicht viel essen können und während des Museumsbesuchs hatte er sich oft auf Susanna stützen müssen, aber es war ein wunderschöner Tag gewesen. Einer, den sie nie vergessen würde.

Um kurz vor sieben, als sie sich für den Restaurantbesuch umzog, hörte sie, wie Adelheid unten im Flur mit dem Rollstuhl gegen das Geländer stieß. Was machte sie da?

Sie hörte Stefan mit seiner Mutter sprechen, und als sie kurz darauf die Treppe heruntergging, fand sie beide Bensigs ausgehfertig vor der Haustür.

»Du kommst auch mit?«, fragte sie ihre Schwiegermutter.

»Ja, natürlich!«, rief Adelheid. »Es ist schließlich dein dreißigster Geburtstag!«

»Klar, natürlich«, sagte Susanna und schluckte ihre Enttäuschung hinunter. *Ich dachte, Stefan und ich gehen alleine aus.*

Trotz allem wurde es ein kurzweiliger Abend. Francesco servierte ihnen einen wunderbaren Rotwein, und Susanna wunderte sich, dass Stefan vor dem Preis der Weinflasche nicht zurückschreckte. Ein wenig beschwipst liefen und rollten sie dann zurück über die Kennedybrücke und betrachteten die Lichter an beiden Seiten des Rheins. »Schön war es«, sagte Susanna und lehnte den Kopf an Stefans Schulter. »Das sollten wir öfters machen.«

Er küsste sie.

*Ich müsste mit ihm noch ein paar Dinge wegen Adelheid besprechen,* dachte Susanna am nächsten Tag. *Ich muss ihm sagen, dass ich mehr Zeit für meine Übersetzungen und die Dissertation brauche und daher jemanden benötige, der Adelheid zu all ihren Terminen fährt.* Aber sie wollte die seltene Harmonie zwischen Stefan und ihr um nichts in der Welt zerstören. Sie genoss es, ihn so entspannt und lustig zu sehen wie früher. *Vielleicht lösen sich die Schwierigkeiten von allein,* dachte sie. *Jetzt ist Adelheid ja auch ganz friedlich.*

Als Stefan am Sonntagnachmittag wegfuhr, setzte sich Susanna über ihre Skizzen zum letzten Teil der Dissertation, aber ihr fiel nichts ein. *Keine Ahnung, ob ich sie jemals fertigstellen werde.* Aber sofort fielen ihr Laurenz' Worte wieder ein. Sie sollte die Punkte auf ihrer *Life List* erledigen. Zumindest diejenigen, die sie ohne Stefan schaffen konnte. Das war streng genommen nur der Punkt »ein Buch schreiben«. *Wenigstens das bin ich Laurenz schuldig.*

Aus einer Laune heraus zog sie »I Promessi Sposi« aus dem Regal. Dieses Buch hatte sie damals so begeistert, vielleicht würde es ihr auch jetzt, wo sie geistig wie vor einer Wand stand, weiterhelfen. Sie blätterte darin herum. Lauter Post-its hatte sie in das Buch geklebt, um schneller bestimmte Passagen wiederfinden zu können. Zum wiederholten Mal fragte sie sich, was wohl aus dem attraktiven Emilio geworden war. Zu gern hätte sie sich mit ihm über die italienischen Romane ausgetauscht. Er hatte einen solchen Enthusiasmus versprüht, als sie vor zehn Jahren miteinander durch halb Italien gereist waren, vielleicht hätte er nun ein paar Ideen gehabt, die sie aus ihrer Sackgasse wieder hinausführen konnten. *Was denke ich denn da?*, schalt sie sich. *Emilio gibt es nur noch in meiner Erinnerung. Genau wie Laurenz.*

# 26

Wie immer, wenn Susanna mit Adelheid in der Stadt unterwegs war, war sie fix und fertig. Das fing schon vor der Haustür an. Bis ihre Schwiegermutter im Auto saß und der Rollstuhl im Kofferraum verstaut war, war sie schon schweißgebadet. Die Autofahrt durch den mörderischen Verkehr und die vielen Baustellen sowie die Parkplatzsuche und die Aussteigeprozedur taten dann ihr Übriges, sie in die Knie zu zwingen. Als Susanna Adelheid endlich beim Physiotherapeuten abgeliefert hatte, ging sie in die Bibliothek, um sich eine halbe Stunde im Lesesaal auszuruhen und einen Fachartikel durchzulesen. Denn langsam sollte sie wieder ins Thema ihrer Dissertation hineinfinden.

»Frau Herz, wie schön, dass Sie mal wieder da sind«, begrüßte sie eine der Bibliothekarinnen, die ihr im Laufe des Studiums unzählige Bücher herausgesucht hatte. »Sie waren schon so lange nicht mehr hier. Sind Sie mit Ihrer Dissertation fertig geworden?«

Die Frage erwischte Susanna eiskalt. Eigentlich wussten Bibliothekarinnen, die tagtäglich mit Doktoranden zu tun hatten, dass die Frage nach dem Stand der Arbeit tabu war. Denn eine solche Frage konnte einen Heulanfall oder gar Depressionen auslösen oder zum Bruch von jahrelangen Freundschaften führen.

Susanna stiegen Tränen in die Augen. Sie wäre jetzt mit der Dissertation fertig gewesen, wenn Adelheids leidiger Unfall nicht gewesen wäre. Aber so wie die Dinge lagen, war es mehr als ungewiss, dass sie überhaupt jemals fertig werden würde. Das war bitter, zumal sie eben kurz vor Abschluss der Arbeit gewesen war.

»Oh, entschuldigen Sie.« Die Bibliothekarin reichte ihr ein Papiertaschentuch, als sie sah, dass Susanna vergeblich eines in ihren Jackentaschen suchte. »Ich dachte nur … Ich weiß, dass ich das nicht hätte fragen sollen, aber Sie waren immer so fleißig. Sind Sie … mit ihren Forschungen in eine Sackgasse geraten?«

Susanna schüttelte den Kopf. Nein, sie war nicht in eine Sackgasse geraten. Sie hatte weder eine Schreibblockade noch das Gefühl gehabt, jahrelang in die falsche Richtung geforscht zu haben. Sie steckte das Taschentuch in die Hosentasche. »Meine Schwiegermutter hatte einen Unfall und sitzt seitdem im Rollstuhl. Und da Leute wie ich in den Augen der Umwelt sowieso nur unnütze Dinge tun, namentlich die Nase in steinalte Bücher stecken, obliegt es mir, mich um alles kümmern, von den Krankenhausbesuchen, der Organisation der Pflege, den Fahrten zu Ärzten bis hin zum Umbau des Hauses.« Mit Schrecken realisierte sie, wie verbittert sie klang.

Die Bibliothekarin rückte ihre Brille zurecht. »Sie sind ein guter Mensch. Aber auch Ihre wissenschaftliche Arbeit ist nicht unnütz. Wo wäre die Menschheit, wenn niemand forschen würde? Egal über welches Thema. Sie sollten Ihre Dissertation wieder aufnehmen. Sie wissen ja: Ich suche Ihnen jedes Buch, das Sie brauchen.«

Susanna lächelte. »Danke, das weiß ich, ohne Sie wäre ich aufgeschmissen.« Sie strich sich eine Haarsträhne aus dem Gesicht. »Heute habe ich eine halbe Stunde Zeit, bevor ich meine Schwiegermutter wieder von der Krankengymnastik abholen muss.«

»Dann machen Sie, dass Sie in den Lesesaal kommen. Die Aussicht ist heute ganz wunderbar.«

Susanna ging in den Lesesaal, wählte einen Fensterplatz und legte den Fachartikel vor sich hin, den sie lesen wollte. Aber sie starrte nur aus dem Fenster. Von allen Universitätsbibliotheken der Welt war Bonn wohl diejenige mit dem schönsten Ausblick. Es hatte zuvor geregnet, doch jetzt kam gerade die Sonne zwischen den Wolken hervor und sandte ihre Strahlen auf die golden leuchtenden Laubbäume auf der anderen Rheinseite, die sich im Wasser spiegelten. Über dem Siebengebirge in der Ferne spannte sich ein schillernder Regenbogen. Susanna sog das Naturereignis, das sich vor ihren Augen abspielte, auf wie ein trockener Schwamm die Feuchtigkeit. Auch die Studenten um sie herum starrten aus dem Fenster, als ob sie alle auf einer gigantischen Kinoleinwand einen Film verfolgten. Langsam, ganz langsam verblich der Regenbogen am Himmel. Susanna wollte sich gerade auf den Fachartikel konzentrieren, als ihr Blick einen dunkelhaarigen Mann streifte, der schräg gegenüber von ihr einen Berg von italienischen Enzyklopädien und anderen Büchern aufgetürmt hatte. Auch er arbeitete gerade nicht, sondern blickte nach draußen. Normalerweise starrte sie fremde Männer nicht an, doch zum einen fiel es ihr immer auf, wenn sie italienische Bücher bei anderen Bibliotheksbenutzern sah, denn dann wusste sie, dass sie »artverwandt« waren, zum anderen kam ihr auch irgendetwas an ihm bekannt vor. Sie wusste nicht, ob es seine Bewegungen waren oder sein Gesicht an sich, das sie nur im Profil sah. Als er den Kopf wandte und wieder in seinen Büchern blätterte, sah sie, dass er hinter sein rechtes Ohr einen Bleistift geklemmt hatte. Es war, als ob sie ein Blitz durchfuhr: Es war – Emilio! Der junge Mann aus dem Zug zehn Jahre zuvor, dessen Buch sie immer noch besaß. Damals hatte er sich auch einen Bleistift hinters Ohr geklemmt. Das hatte sie so bemerkenswert gefunden, weil sie es bis dahin noch nie gesehen hatte. Ihr Herz hämmerte, ihre Hände wurden feucht. Emilio blätterte schnell in einem Wörterbuch.

*Gleich hebt er den Kopf.* Sollte sie hingehen und ihn ansprechen? Ihm sagen, dass sie noch sein Buch hatte? *Aber wenn ich mich irre und er gar nicht Emilio ist? Das wäre wirklich peinlich.* Sie raschelte mit den Blättern ihres Artikels. *Vielleicht sieht er zu mir herüber und erkennt mich?* Doch aus dem Augenwinkel beobachtete sie, dass er seinen Kopf überhaupt nicht hob, er war völlig vertieft in seine Arbeit. Der Zeiger auf ihrer Armbanduhr schritt erbarmungslos voran, ohne dass sie eine Entscheidung traf. Der Moment, den sie Jahre zuvor im Geiste immer wieder herbeigesehnt hatte, war jetzt da. Aber es war so viel Zeit vergangen. Sollte sie die Gelegenheit nicht lieber verstreichen lassen? Doch da fiel ihr die Widmung seines Vaters ein. Sie war moralisch verpflichtet, ihm das Buch zurückzugeben. Plötzlich stand er auf und verließ seinen Platz. Da er all seine Bücher liegen ließ, ging Susanna davon aus, dass er gleich wiederkommen würde. Sie sah auf die Uhr. Verflixt! Es war Zeit, dass sie Adelheid abholte, sie war schon fünf Minuten zu spät. Hastig nahm sie ein Blatt ihres Fachartikels und schrieb auf Italienisch:

> Wenn Du Emilio heißt und vor zehn Jahren eine Ausgabe von »I Promessi Sposi« im Zug von Rom nach Mailand liegen gelassen hast, dann sei nächste Woche Dienstag um dieselbe Zeit vor dem Eingang der Bibliothek. Dann bringe ich Dir Dein Buch zurück.

Sie stand auf, ging hinüber zu seinem Arbeitsplatz und legte ihre Nachricht auf das Buch, das aufgeschlagen neben einem Notizblock lag. Sie erkannte seine klitzekleine, fast unleserliche Handschrift, die ihr von den zahlreichen Kommentaren in »I Promessi Sposi« vertraut war. *Er ist es wirklich*, dachte sie und verließ schnell die Bibliothek, damit er sie nicht sehen würde.

# 27

»Meine Güte, wo bleibst du denn?«, schimpfte ihre Schwiegermutter, als Susanna fünf Minuten zu spät in die Physiotherapiepraxis stürmte.

Der Therapeut machte hinter Adelheids Rücken eine beschwichtigende Handbewegung und zwinkerte Susanna zu.

»Tut mir leid, es war Stau.« Susanna drapierte eine Wolldecke über Adelheids Knie und löste die Feststellbremse des Rollstuhls.

»Dann bleib doch das nächste Mal einfach hier im Wartezimmer.«

*Einen Teufel werde ich tun*, dachte sie, sagte aber gut gelaunt: »Das geht nicht, ich muss Wartezeiten so gut wie möglich nutzen, um mit meiner Arbeit voranzukommen, und ich brauchte heute etwas aus der Bibliothek.«

»Du hast aber keine Bücher dabei«, bemerkte Adelheid spitz. Ihr fiel wirklich alles auf.

»Ich habe einen Fachartikel durchgearbeitet.« *Nun ja, eigentlich nicht wirklich*, dachte Susanna.

Adelheid schnaubte. »Hoffentlich ist diese Arbeit bald einmal fertig. Aber dann wirst du wahrscheinlich eine andere Ausrede finden.«

Susanna atmete tief ein. Langsam strapazierte Adelheid ihre Nerven. So wie sie selbst die Dinge verstand, brauchte sie nämlich gar keine Ausrede. Auch sie hatte ein Recht darauf, ihre Angelegenheiten zu erledigen. Diese bestanden nun einmal darin, Dinge zu erforschen und in Worte zu fassen, die außer einer kleinen Zielgruppe niemanden interessierten. Manche würden sagen, das sei idiotisch. Aber sie hatte sich dafür entschieden. Das war ihr Leben.

Während sie Adelheid nach Hause fuhr, war sie gedanklich schon bei ihrem nächsten Bibliotheksbesuch. *Ob Emilio kommen wird?* Hoffentlich war ihr Zettel bis zu seiner Rückkehr dort liegen geblieben. Was er wohl in Bonn machte? Die Bonner Universitätsbibliothek war zwar die für Romanistik am besten bestückte Deutschlands. Aber als Italiener hatte er es eigentlich nicht nötig, über die Alpen zu kommen, um hier etwas über seine Landessprache zu erfahren. Hoffentlich würde er sich überhaupt an die Episode im Zug vor so vielen Jahren erinnern. Und was sollten sie sich sagen?

»Du bist so schweigsam«, sagte ihre Schwiegermutter plötzlich.

»Ich habe gerade über meine Dissertation nachgedacht«, erwiderte Susanna.

»Aha.«

Dieses »Aha« konnte sie nicht ertragen. Diese drei Buchstaben vermochten es, Adelheids Missbilligung ihrer Person, ihrer Arbeit, ihres ganzen Seins auf den Punkt zu bringen. Sie verfiel wieder in Schweigen. Und dieses Mal war es ein beleidigtes Schweigen.

»Was hast du vor, wenn wir zu Hause sind?«, fragte Adelheid nach ein paar Minuten.

Susanna manövrierte das Auto gerade hoch konzentriert um einen parkenden LKW. Sie antwortete nicht sofort, weil sie sich auf die Millimeterarbeit konzentrierte.

»Hallo? Ist das ein solches Geheimnis?«

In diesem Moment preschte ein Fahrradfahrer mit einem Affenzahn aus einer Einfahrt heraus. Susanna trat mit voller Wucht auf die Bremse.

Adelheid flog nach vorn in ihren Gurt. »Du liebe Zeit, kannst du nicht vorausschauender fahren?«, keifte sie.

Susanna rann ein Schweißtropfen zwischen den Schulterblättern hinunter. Sie zog die Handbremse an. »Ich habe wenig Fahrpraxis. Ich muss mich darauf konzentrieren, dass ich an dem LKW vorbeikomme, ohne ein anderes Auto zu beschädigen, und du siehst selbst, wie kamikazemäßig einige Radfahrer durch die Gegend rasen. Ich kann dann nicht gleichzeitig Konversation führen.« Sie hörte selbst, wie genervt sie klang. Normalerweise bemühte sie sich Adelheid gegenüber immer um einen höflichen Ton, aber in Autofahrsituationen, die sie per se schon stressten, konnte sie ihre Oberschullehrerinnenart nicht ausstehen.

»Entschuldige, ich wollte dir nicht zu nahe treten«, antwortete Adelheid düpiert, drehte den Kopf zur Seite und starrte aus dem Fenster.

Susanna stöhnte innerlich auf. Sie hatte es mal wieder geschafft: Ihre Schwiegermutter war eingeschnappt! *Alles mache ich falsch,* dachte sie frustriert, *und das, obwohl ich eine wirklich erholsame halbe Stunde in der Bibliothek verbracht habe.*

Als sie zu Hause angelangt waren, rollte Adelheid gleich in ihr Zimmer.

»Soll ich dir einen Tee kochen?«, fragte Susanna und versuchte, wieder gut Wetter zu machen.

»Nein, danke.« Energisch schloss Adelheid die Tür hinter sich und Susanna stand davor wie ein ungezogenes Schulmädchen, das zur Strafe draußen bleiben musste.

Sie hätte eigentlich froh sein können, Zeit für sich zu haben, doch das schlechte Gewissen nagte an ihr. Sie setzte sich an ihre Dissertation und begann, das Kapitel, an dem sie die vergangenen Wochen immer mal wieder gearbeitet hatte, Korrektur zu lesen. Aber in Gedanken war sie bei Adelheid und ihrer Auseinandersetzung. Sie konnte sich überhaupt nicht konzentrieren.

# 28

Als Emilio zurück in den Lesesaal kam, sah er den Zettel auf seinem Platz.

> Wenn Du Emilio heißt und vor zehn Jahren eine Ausgabe von »I Promessi Sposi« im Zug von Rom nach Mailand liegen gelassen hast, dann sei nächste Woche Dienstag um dieselbe Zeit vor dem Eingang der Bibliothek. Dann bringe ich Dir Dein Buch zurück.

Ungläubig starrte er auf den Zettel. Sein Herz schlug schneller. Es war, als ob er eine Schatzkarte gefunden hatte. Die Nachricht musste von der jungen Frau aus dem Zug sein, Susanna, seiner heimlichen Muse. Er blickte sich um. Es waren viele Leute im Lesesaal, aber Susanna, die ihm all die Jahre nicht aus dem Kopf gegangen war, war nicht darunter – oder sie hatte sich so verändert, dass er sie nicht erkannte. Immerhin waren zehn Jahre verstrichen und er hatte Mühe, sich ihr exaktes Aussehen in Erinnerung zu rufen. Lediglich ihre unschuldigen, erstaunten Augen sah er noch so vor sich, als ob er gestern erst in sie hineingeblickt hätte. Sie musste jetzt Ende zwanzig oder sogar schon dreißig sein. Damals war sie neunzehn gewesen. Wie sie heute wohl aussah? Viele Male hatte er sich das schon gefragt, wenn er für Fabio Liedtexte geschrieben hatte. Jetzt war die Gelegenheit, seine heimliche Muse wiederzusehen, tatsächlich gekommen. Emilio musterte erneut jedes weibliche Wesen. Doch Susanna musste den Lesesaal schon verlassen haben. Er ging hinaus. Jetzt verwünschte er sich, dass er immer nur seine Arbeit vor Augen hatte und nicht auch einmal nach links und rechts geschaut hatte. Seine früheren Kommilitonen hatten sich schon zu Studienzeiten darauf spezialisiert, Frauen in der Bibliothek anzusprechen, während er immer nur in die Texte versunken war, an denen er gearbeitet hatte. *Zu dumm! Jetzt muss ich noch eine Woche warten.*

Mit dem Arbeiten war es vorbei. Emilio packte seine Sachen und verließ die Bibliothek. Jetzt, nachdem der Regenguss vorbei war und die Sonnenstrahlen auf den Asphalt stachen, dampften die Straßen regelrecht und er fühlte sich wie im Tropenhaus. Er ging zum Rathaus und schlenderte über den Markt.

»Frische Möhrchen zum halben Preis«, dröhnte eine penetrante Altstimme in sein linkes Ohr. Es war ihm ein Rätsel, weshalb die Karotten in der Verkleinerungsform feilgeboten wurden, denn es waren gewaltige Exemplare. »Frische Möhrchen«, krächzte die Marktfrau schon wieder und Emilio kaufte ein Pfund davon, nur um die Verkäuferin zum Schweigen zu bringen. Dann erstand er noch Äpfel, Birnen, Tomaten und Salat und trat schließlich den Heimweg an. Seine Bücher und Unterlagen wogen schwer, sodass er fast dankbar war, dass die Tasche mit den Einkäufen, die er in der anderen Hand hielt, eine Art Ausgleich schaffte. Doch als er vor dem Hauptgebäude der Universität angelangt war, rann ihm derart der Schweiß den Rücken hinunter, dass er beschloss, eine Haltestelle mit der U-Bahn zu fahren.

Als er »seine« riesige Wohnung betrat, widmete er sich als Erstes der Fütterung der Fische. Mit den tier- und pflanzenpflegerischen Aufgaben hatte er sich bereits gänzlich vertraut gemacht. Diese Tätigkeiten waren nicht zu unterschätzen. Auf den Blumentöpfen stand nicht nur, wie oft und mit wie viel Wasser diese zu gießen waren, sondern auch, ob sie Zugluft vertrugen oder nicht, und wann sie gegebenenfalls gedüngt werden mussten. Die aquaristischen Vorgaben waren sogar noch weitaus diffiziler. Es gab ein großes Süßwasseraquarium ohne Pflanzen, nur mit einer Felslandschaft, in der afrikanische Buntbarsche schwammen. In einem weiteren Süßwasseraquarium tummelten sich inmitten von vielen Pflanzen lauter Schwarmsalmler aus Südamerika. Beim Wasserwechsel, der alle zwei Wochen durchzuführen war, musste Emilio vor allem auf die richtige Wassertemperatur achten. Bei dem Salzwasseraquarium hingegen, das sein Lieblingsaquarium war, weil es so herrlich bunte Rifffische und Seeigel beherbergte, war der Wasserwechsel geradezu ein Staatsakt, denn man musste nicht nur auf die Temperatur achten, sondern auch den Salz- und Mineralgehalt minutiös prüfen und für die richtige Strömung sorgen. Damit er keinen Fehler machte, hatte er die Arbeitsanweisung dafür in den ersten Tagen ins Italienische übersetzt und Professor Schneidereck gebeten, seine Übersetzung auf inhaltliche Fehler hin zu prüfen. Glücklicherweise hatte sich sein älterer Kollege bereit erklärt, ihm letztes Wochenende beim ersten Wasserwechsel beizustehen. Emilio war heilfroh, dass ihm bislang weder ein Fisch noch eine Pflanze eingegangen war.

Er hatte es sich zur Gewohnheit gemacht, die Pflanzen zu versorgen, bevor er das Haus verließ, und die Fische gleich, wenn er heimkam. Denn er kannte sich. Sobald er sich in seine Bücher vertiefte, vergaß er die Welt rings um sich herum. Nicht auszudenken, wenn er in einem solchen Moment vergessen hätte, die Fische zu füttern, und diese dann am nächsten Tag mit silbrig schimmernden Bäuchen an der Wasseroberfläche getrieben wären.

Als er jetzt das Fischfutter ins Aquarium bröselte, kamen seine kleinen Mitbewohner mit geöffneten Mäulern an die Wasseroberfläche.

»Ich habe eine Nachricht von Susanna bekommen«, erzählte er ihnen und summte beschwingt eines von Fabios Liedern vor sich hin, das von seiner heimlichen Muse handelte. »Nächste Woche werde ich sie treffen.« Gleich darauf fragte sich Emilio, ob er nach nur wenigen Tagen in der Einsamkeit schon Anzeichen von Schwachsinn aufwies, dass er sich schon mit Fischen unterhielt.

# 29

Als es draußen dämmerte, schaltete Susanna den Computer aus und ging nach unten, um das Abendessen vorzubereiten und Adelheid zu fragen, ob sie etwas brauchte.

Als sie an ihre Zimmertür trat, hörte sie ihre Schwiegermutter drinnen schluchzen. Sie wollte schon die Tür öffnen, als sie Adelheids Stimme vernahm. Offenbar war sie am Telefon.

»Sie ist immer so ungehalten«, hörte sie Adelheids lamentierende Stimme. »Ich stelle eine harmlose Frage und entweder antwortet sie nicht oder fährt mich an. Ich wünschte, Stefan würde jeden Tag kommen, aber so muss ich die ganze Woche mit meiner Schwiegertochter auskommen, die nichts anderes im Kopf hat als ihre dämliche Dissertation.«

Susannas Magen krampfte sich zusammen. Wahrscheinlich telefonierte ihre Schwiegermutter mit einer ihrer Etepetete-Bridge-Freundinnen. Es waren vier Damen zwischen sechzig und siebzig, die alle auf ihre Linie achteten, pastellfarbene Kostüme und Pumps trugen und nach süßen Parfums dufteten, die sich trotz Lüftens penetrant noch den ganzen nächsten Tag über im Haus hielten. Isolde war die ungekrönte Königin dieser Truppe.

»Sie promoviert über irgendwelche italienischen Romane des letzten und vorletzten Jahrhunderts. So etwas Unnützes.

Darauf hat die Welt bestimmt nicht gewartet. Aber wahrscheinlich wird sie ohnehin niemals fertig werden. Sie ist diesen Monat dreißig geworden und hat noch keine vernünftige Arbeit ausgeübt. Stattdessen steckt sie mit Hingabe ihre Nase in alte Bücher – ohne Ergebnis. Da hat sich Stefan wirklich etwas zusammengeheiratet, und ich kann es jetzt ausbaden.«

Susanna ging in die Küche. Ihre Beine zitterten. Adelheid sprach über sie, als sei sie ein Schmarotzer. Und das, obwohl sie ihre Schwiegermutter mietfrei in ihrem Elternhaus wohnen ließ. *Ich bediene sie den ganzen Tag und chauffiere sie durch die Stadt, kann meine Übersetzungen deswegen erst mitten in der Nacht machen und komme mit meiner Dissertation überhaupt nicht mehr voran. Zum Dank stellt sie mich nun als egoistisches Ungeheuer hin!*

Sie nahm einen Joghurt aus dem Kühlschrank. *Abends essen wie ein Bettler*, repetierte sie die Worte ihrer Schwiegermutter in Gedanken. Sie stellte den Joghurtbecher auf ein Tablett, legte eine Scheibe Knäckebrot dazu und kochte einen Kamillentee. Dann trug sie alles zu Adelheids Zimmer, klopfte und trat ein. »Dein Abendessen.«

Ihre Schwiegermutter hatte aufgehört zu telefonieren. Sie saß in ihrem Rollstuhl am Fenster, hatte das Licht aber nicht eingeschaltet. Susanna spürte, wie sie sie aus dem Dunkeln heraus beobachtete. Sie stellte das Tablett auf dem Tisch ab. Sie kam sich vor wie ein Dienstmädchen. *Ich sollte nun knicksen und der gnädigen Frau einen guten Appetit wünschen,* dachte sie. Stattdessen sagte sie nur: »Ich habe Migräne und möchte jetzt ins Bett gehen. Brauchst du mich noch?«

»Nein, geh nur«, sagte Adelheid weinerlich. »Ich werde schon irgendwie zurechtkommen.« Mittlerweile konnte sich Adelheid sehr gut allein an- und ausziehen, aber natürlich versetzte ihr leidender Kommentar Susanna wieder einen Stich.

»Soll ich dir noch etwas bringen?«

»Nein, nein, ich will dich nicht aufhalten.«

Susanna wünschte ihr eine gute Nacht und verließ das Zimmer. Draußen presste sie die Hände an die Schläfen. Die Situation war verfahren. Warum hatte sie es nicht geschafft, sich wegen ihres Ausbruchs vom Nachmittag zu entschuldigen? Am nächsten Tag würden Adelheids Freundinnen kommen und sie strafend ansehen.

*Wenn ich das nicht aus der Welt räume, kann ich die ganze Nacht nicht schlafen.* Sie holte ein Glas Wasser, straffte die Schultern und ging zurück. »Hier ist noch dein Glas Wasser, Adelheid, das du nachts immer ans Bett stellst.« Sie brauchte diese Ausrede, um nochmals zu ihr ins Zimmer zu gehen.

Adelheid knabberte schon an ihrem Knäckebrot.

»Übrigens«, sagte Susanna, »es tut mir leid, dass ich heute Nachmittag im Auto etwas ungehalten war. Es ist nur so, dass ich als ungeübte Autofahrerin nicht gleichzeitig reden und den Verkehr bewältigen kann.«

Adelheid sah sie gar nicht an. »Das sagtest du bereits.« Sie aß weiter.

Susanna verließ das Zimmer, in dem die Luft so dick war, dass man sie hätte zerschneiden können. Ihr Versöhnungsversuch war fehlgeschlagen. Vielleicht hätte sie die Rechtfertigung weglassen sollen. Vielleicht hätte sie mit Adelheid zu Abend essen sollen. Hätte, hätte, hätte … *Ich bin einfach nicht die richtige Schwiegertochter für sie.*

# 30

Als Emilio seine Tierpflegearbeiten erledigt hatte, verstaute er die Einkäufe in der Küche. Am Abend erwartete er Carmine, der vor der Frankfurter Buchmesse noch einen Abstecher nach Bonn machen wollte. Emilio freute sich sehr auf diesen Besuch, denn trotz Fischen und Pflanzen kam er sich in der großen Wohnung ein wenig verlassen vor.

Er wusch die Tomaten, zerkleinerte sie und gab sie in den größten Topf, den er finden konnte. Zu Carmines Ehren wollte er heute frische Tomatensoße kochen. Währenddessen schweiften seine Gedanken hin zu Susanna und ihrer Nachricht von heute. *Habe ich geträumt? Hat sie mir wirklich einen Zettel hingelegt?* Emilio ging ins Wohnzimmer und holte den Zettel aus seiner Aktentasche. Ja, tatsächlich, sie hatte ihm geschrieben, er hatte nicht geträumt. Er wendete das Blatt. Auf der anderen Seite waren italienische Texte abgedruckt. Er erkannte Teile eines Aufsatzes über eine frühe Fassung von Manzonis »I Promessi Sposi«. Er setzte sich. Was war jetzt das? Warum trug Susanna einen italienischen Fachartikel mit sich herum? Sie hatte zwar damals Italienisch gelernt, aber solche Artikel waren eher etwas für Fortgeschrittene.

Ein Zischen aus der Küche verriet, dass die Tomatensoße gerade übergekocht war. *So ein Mist!* Emilio warf den Zettel auf den Tisch und rannte in die Küche. Der Herd war blutrot wie ein Schlachtfeld. Er unterdrückte einen deftigen Fluch und begann die Soße von den Platten wegzukratzen. Indes klingelte sein Handy. Carmine teilte mit, dass er einen früheren Zug erwischt habe und bereits im Taxi zu Emilios Wohnung sitze. Plötzlich war Emilio im Vollstress. Er krempelte die Ärmel hoch und rubbelte wie ein Wahnsinniger die verbrannte Soße weg. *Hoffentlich schmeckt sie wenigstens gut*, dachte er und probierte einen Löffel. Augenblicklich verzog er das Gesicht. *Was ist denn das?* Hatte er etwa das Kochen verlernt? So fad konnte die Soße doch gar nicht schmecken, und das, wo er eigens frische Tomaten gekauft hatte. Er schnitt die letzte Tomate auf, die er eigentlich für den Salat hatte nehmen wollen, und probierte ein Stück. Sie schmeckte nach nichts. Nur nach Wasser. *Das kann doch nicht wahr sein! Wieso ist kein Geschmack darin?* Sie war doch genauso rot wie die italienischen Tomaten. Frustriert warf er den Löffel in die Spüle.

»Wir gehen essen«, eröffnete er Carmine, als er ihm zwanzig Minuten später die Wohnungstür öffnete. Der Geruch nach verbrannter Soße hing noch in der Luft.

Carmine lachte. »Warum? Hast du das Kochen verlernt? Geht das so schnell?« Doch er ritt nicht weiter auf dem Malheur herum, sondern bestaunte stattdessen die hohen, stuckverzierten Räume samt Flora und Unterseefauna, die diese prächtige Wohnung zu bieten hatte. »Wow, so feudal wirst du in deinem Leben nicht mehr wohnen«, sagte er.

»Das glaube ich auch.« Emilio schenkte ihm Wasser ein. »Wie war die Fahrt?«

»Prima.« Carmine setzte sich. »Von Mailand bis Frankfurt bin ich geflogen – auf Geschäftskosten. Dann habe ich privat einen Zug genommen und war schneller hier, als ich noch das Handy zücken konnte, um dich anzurufen.«

»Ich bin froh, dass du da bist.« Emilio ließ sich in den Sessel ihm gegenüber fallen.

Sein Freund musterte ihn. »Geht es dir gut? Mal abgesehen von der kleinen Kochkatastrophe, die du gerade angerichtet hast.«

Emilio lachte. »Sag meiner Mutter nichts davon.«

»Natürlich nicht.« Carmine wurde wieder ernst. »Aber mal ehrlich. Bist du nicht ein wenig einsam hier? In dieser riesigen Wohnung?«

Emilio zuckte mit den Achseln. Wahrscheinlich hätte er sich tatsächlich wohler gefühlt, wenn er in einer Anderthalb- bis Zweizimmerwohnung hätte wohnen können, so wie in Italien auch. Er nahm einen Schluck Wasser. »Es ist anders hier. Die Leute treffen sich nicht draußen auf den Plätzen, weil es so kalt und nass ist. Es gibt auch keine Bars und die letzte Eisdiele hat vor ein paar Tagen ihre Winterpause eingeläutet und den Laden an einen Karnevalsausstatter untervermietet. Ich muss noch herausfinden, wo hier das soziale Leben stattfindet.«

»Hm.« Carmine strich nachdenklich über seinen Dreitagebart. »Wenn du magst, kannst du Raffaella und mich jederzeit in Mailand besuchen. Mit dem Nachtzug bist du am nächsten Morgen da.«

»Danke.« Emilio lächelte. »Machst du dir Sorgen, dass ich hier vor die Hunde gehe?«

Carmine wiegte den Kopf hin und her. »Nun ja, ein wenig schon. Für mich wäre das nichts. Ich verreise gern, dienstlich wie privat, aber ich könnte niemals für einen längeren Zeitraum von zu Hause weggehen, ich würde zu vieles vermissen.«

Natürlich. Er hatte auch eine nette Familie. Im Gegensatz zu ihm irrte Emilio in gewisser Weise immer noch durchs Leben, auf der Suche nach dem richtigen Weg, oder vielmehr nach der richtigen Weggefährtin. Aber das sagte er seinem Freund nicht. Stattdessen lachte er, um die schwermütige Stimmung zu verscheuchen. »So lang ist es nun auch wieder nicht, wenn man drei Monate seines hoffentlich neunzig Jahre andauernden Lebens mal woanders verbringt.«

»Hast du eigentlich die Suche nach dem Mädchen aufgenommen?«, fragte Carmine unvermittelt.

»Nein«, log er. Doch eigentlich war es gar keine Lüge, denn *er* hatte schließlich keine Suche aufgenommen. Dass er offensichtlich gefunden worden war, brauchte er Carmine zu diesem Zeitpunkt noch nicht auf die Nase zu binden. Denn wer wusste schon, wie das Treffen mit Susanna verlaufen würde. Wohlweislich hatte Emilio noch rechtzeitig daran gedacht, ihren Zettel zu verstecken.

Er stand auf. »Komm, ich zeige dir die Stadt. Und dann gehen wir zu Francesco, er besitzt ein italienisches Ristorante und kommt aus demselben Ort wie meine Großmutter. Ich habe ihn am Wochenende kennengelernt.«

# 31

Bewaffnet mit Stefans Lieblingskuchen saß Susanna am nächsten Tag im ICE nach Frankfurt. Ihre Differenzen mit Adelheid konnte sie nicht weiter schlucken. Sie musste jetzt wirklich mit Stefan sprechen. Da er am Wochenende zuvor so gut gelaunt und zuvorkommend gewesen war, würde er ihr sicher zuhören und gemeinsam mit ihr eine Lösung finden. Vielleicht war es wirklich besser, dass sie nach Frankfurt zu ihm fuhr. Denn immer, wenn Stefan am Wochenende nach Bonn kam, nahm ihn Adelheid völlig in Beschlag. Susanna konnte sich nicht erinnern, wann sie Stefan das letzte Mal für mehr als eine Viertelstunde unter vier Augen gesprochen hatte. Wenn sie telefonierten, sprachen sie nur über Adelheids Befinden und das liebe Geld. Alle anderen Themen schienen versiegt zu sein. Das konnte nicht so weitergehen! Susanna war gewillt, ihr Eheleben wieder auf die richtige Spur zu bringen. Angesichts der Harmonie, die letztes Wochenende zwischen ihr und Stefan geherrscht hatte, würde das ja auch zu machen sein.

Lydia, eine von Adelheids netteren Freundinnen, hatte sich kurzfristig bereit erklärt, über Nacht bei Adelheid zu bleiben, damit sie nicht allein im Haus sein würde.

Der ICE war nicht voll besetzt. Die wenigen Fahrgäste dösten vor sich hin oder blätterten in Zeitschriften. Susanna beugte sich über ein Blatt Papier, auf dem sie sich Stichpunkte gemacht hatte. Im Stillen übte sie das Gespräch, das sie mit Stefan führen wollte. *Es ist schon seltsam*, dachte sie, *dass ich mir meine Worte zurechtlege wie vor einem Referat an der Universität, obwohl ich nur mit meinem Mann sprechen will, mit dem ich seit zehn Jahren zusammen bin.*

Aber trotz all der gemeinsamen Jahre schienen sie sich immer dann fremd zu sein, wenn es Probleme gab. Das war schon so gewesen, als sie erst kurze Zeit ein Paar gewesen waren. Stefan hatte sich aufgeregt, dass sie noch Monate nach Laurenz' Tod um ihren Bruder geweint hatte. »Das Leben geht weiter. Vergiss ihn endlich«, hatte er gesagt. Aber sie konnte es nicht. Um Stefan nicht zu verlieren, hatte sie fortan ihre Trauer vor ihm geheim gehalten. Sie hatte im stillen Kämmerlein geweint und war nur dann zum Friedhof gegangen, wenn sie wusste, dass Stefan beim Fußball war.

Jetzt wollte ihr Mann von ihren Problemen mit seiner Mutter nichts hören. Wenn sie am Telefon damit anfing, verharmloste er alles. »Es wird schon werden. So schlimm ist es ja nicht.« Das waren seine Standardphrasen.

Als Susanna in der Ferne den Limburger Dom sah, stopfte sie ihre Notizen in die Jackentasche. Die verbleibende Zeit bis Frankfurt würde sie sich erholen und Kräfte sammeln. Sie schloss die Augen und konzentrierte sich auf das Rauschen des Zugs, der in diesem Abschnitt besonders schnell fuhr. Wie häufig in den vergangenen Tagen sah sie plötzlich Emilio vor sich, wie er ihr gegenüber in einem Zugabteil saß. Sie öffnete die Augen und rieb sich die Schläfen. *Wieso muss ich ständig an ihn denken?* Erst in ein paar Tagen würde sie ihn treffen, ihm das Buch zurückbringen und ihn danach wohl nie wiedersehen. Jetzt hatte sie weiß Gott Wichtigeres zu tun, als von einer Zugfahrt von vor zehn Jahren zu träumen. Aber als sie die Augen erneut schloss, tauchte sein Bild wieder vor ihr auf und dieses Mal scheuchte sie es nicht mehr fort, denn der Gedanke an ihn beruhigte sie und lenkte sie von dem bevorstehenden Gespräch mit Stefan ab.

Susanna hatte Stefan am Vormittag eine SMS und eine E-Mail geschrieben, dass sie am Abend nach Frankfurt kommen werde. Ihn ans Telefon zu bekommen hatte sich als unmöglich erwiesen, weil er ständig in irgendwelchen Meetings gewesen war.

Als sie nun in Frankfurt ausstieg, versuchte sie wieder, ihn telefonisch zu erwischen. Dieses Mal hatte sie Glück. Stefan nahm ihren Anruf entgegen.

»Ich bin gerade am Hauptbahnhof eingetroffen«, sagte sie. »Soll ich dich im Büro abholen oder bist du schon in deiner Wohnung?«

»Bin auf dem Weg dorthin.«

*Verflixt! Da war er wieder, der gereizte Unterton in seiner Stimme.* »Gut, dann fahre ich direkt zu dir.«

Sie hatte gehofft, dass er sich über ihren spontanen Besuch freuen würde. Aber der Eindruck, dass sie ihn störte, bestätigte sich bereits, als er ihr die Tür öffnete. Er küsste sie nur flüchtig auf die Wange und geleitete sie in die winzige Küche. Während sie auf der Arbeitsplatte den Kuchen auspackte, verschwand er im Bad. Ein lautes Klirren verriet, dass ihm gerade etwas auf den Steinfußboden gefallen war.

»Brauchst du einen Besen?«, rief sie durch die geschlossene Tür.

»Nein, alles unter Kontrolle.«

Sie hörte, dass Stefan hastig aufräumte. Dann öffnete er die Tür mit hochrotem Kopf. »Was ist?«, raunzte er sie an.

»Nichts«, sagte sie, »ich wollte helfen. Ist dir was runtergefallen?«

»Ja, natürlich. Wenn du so unerwartet herkommst, wollte ich dich wenigstens nicht im Saustall einquartieren.«

Susanna lachte. »So schlimm?«

»Ich habe keine Zeit, jeden Tag zu putzen. Du hättest wenigstens früher Bescheid geben können.«

»Entschuldige«, antwortete sie beleidigt. »Ich konnte es nicht früher absehen, weil Adelheids Freundin erst heute Vormittag zusagen konnte, ob sie bei uns über Nacht bleiben kann. Mir macht es auch nichts aus, wenn deine Wohnung unordentlich ist. Ich bin nicht gekommen, um deine Wohnung zu sehen, sondern dich.«

Er unternahm den Versuch eines Lächelns. »Sorry«, sagte er. »Der Job macht mich fertig. Es ist wirklich besser, dass ich nicht jeden Tag zu dir heimkomme, denn zurzeit bin ich kein besonders freundlicher Zeitgenosse.«

Sofort meldete sich Susannas schlechtes Gewissen. Er musste viel arbeiten. Selbst die Zugfahrten am Wochenende strengten ihn sicherlich über die Maßen an. *Und jetzt komme ich auch noch mit meinen Problemen daher.*

»Sollen wir Pizza bestellen?«, schlug sie vor, denn Stefans Kühlschrank enthielt so gut wie nichts, aus dem sie hätte ein Abendessen zaubern können. Und in ein Lokal wollte sie nicht gehen, sondern lieber in Ruhe mit ihm sprechen.

Susanna wusste, dass sie zum Punkt kommen musste, als sie vor den Pizzakartons saßen. »Stefan, ich möchte ein paar Dinge wegen Adelheid mit dir besprechen.«

Er wischte sich den Mund ab. »Was ist denn nun schon wieder?«

Eine Gänsehaut überzog ihre Unterarme, aber sie fuhr fort. »Ich brauche wirklich Unterstützung. Deine Mutter sieht mich als ihre Gesellschafterin an, aber ich habe einen Haufen Übersetzungen zu erledigen und muss die Dissertation zu Ende schreiben.«

Er rollte mit den Augen. »Meine Güte, diese Dissertation. Ich kann es schon nicht mehr hören. Was hast du denn davon? Meinst du, du bekommst deswegen einen Job?«

Susanna wurde flau im Magen. »Professor Schneidereck sagt, dass ich hervorragende Chancen auf eine Stelle im Universitätsbetrieb hätte, wenn …«

»Bla, bla, bla. Jeder weiß, dass das nicht stimmt. Die meisten geben auf und machen etwas anderes. Du als Geisteswissenschaftlerin bist natürlich total angeschmiert, noch nicht einmal Taxifahren könntest du, so wie du fährst.«

Ihr stiegen Tränen in die Augen. »Du bist wirklich gemein. Ich kümmere mich den ganzen Tag um deine Mutter, da brauchst du mich nicht zu beleidigen. Außerdem arbeite ich als Übersetzerin. Nur weil es eine freiberufliche Tätigkeit ist, die ich zu Hause ausübe, heißt das noch lange nicht, dass ich das Übersetzen zum Zeitvertreib mache.«

»Sorry, sorry.« Er lehnte sich zurück. »Ich hab doch gesagt, dass ich momentan viel um die Ohren habe und deswegen leicht gereizt bin. Das kannst du gar nicht nachvollziehen.«

Susanna warf das Stück Pizza, an dem sie gerade knabberte, zurück in die Pappschachtel. Das musste sie sich nicht länger bieten lassen. »Du weißt nicht, wie anstrengend es zu Hause ist!« Ihre Stimme überschlug sich. »Du tust so, als ob ich auf der faulen Haut liege, aber das stimmt nicht. Ich würde gern mit dir tauschen.«

Stefan legte die Hände in den Nacken und grinste. »Das würdest du nicht zwei Tage aushalten.«

Sie kochte vor Wut, am liebsten hätte sie ihn geschüttelt. Doch ihn schien ihr Zorn ausnahmsweise nur zu belustigen. Sie änderte die Taktik. »Dann will ich dich nicht weiter in deiner Erholungsphase stören.« Sie stand auf, nahm ihre Handtasche und verließ seine Wohnung. Unten sah sie sich um. Sie hatte erwartet, dass Stefan ihr folgen oder wenigstens hinter ihr herrufen würde. Aber nichts passierte. Er ließ sich nicht blicken. *Bin ich ihm wirklich so egal?*

Blind vor Tränen setzte sie sich in die nächste Straßenbahn und fuhr zum Hauptbahnhof. Dort holte sie ihr Handy aus der Tasche. Er hatte weder geschrieben noch angerufen. Wieso hatte sie nur so unbedacht reagiert? Wieso war sie aus seiner Wohnung gelaufen wie ein trotziges Kind? *Die Reise nach Frankfurt war eine Schnapsidee gewesen.*

# 32

Da Susanna nicht von Adelheid und Lydia gefragt werden wollte, weshalb sie nun doch nicht über Nacht in Frankfurt blieb, fuhr sie nicht nach Hause, sondern zu Tante Margit nach Koblenz.

Ihre Tante fiel aus allen Wolken, als sie Susanna nach zweiundzwanzig Uhr die Tür öffnete. Seit Wochen hatten sie sich nicht mehr gesehen. »Herzchen, das ist ja eine Überraschung!«, rief Tante Margit. »Ist alles in Ordnung?«

»Ja, alles bestens«, log Susanna. »Ich habe heute Abend frei. Eine Freundin von Adelheid bleibt über Nacht bei ihr, daher dachte ich, ich besuche dich spontan.«

Ihre Tante drückte sie. »Wie schön! Hast du schon gegessen?«

»Ja, aber nicht viel.« Die Pizza bei Stefan hatte sie kaum angerührt.

»Dann komm in die Küche, es ist noch Suppe da.«

Während Susanna die warme Suppe löffelte, fiel ihr auf, wie blass Tante Margit aussah. Als sie noch im Krankenhaus gearbeitet hatte, hatte sie oft müde ausgesehen. Aber seit letztem Sommer war sie im Ruhestand, eigentlich sollte sie nun schlafen können, so viel sie wollte.

»Geht es dir nicht gut?«, fragte Susanna.

»Ach, Herzchen, es ist seltsam, wenn man nicht mehr gebraucht wird.«

»Wie meinst du das?«

Ihre Tante zuckte mit den Achseln. »Mein ganzes Leben habe ich Alte und Kranke versorgt, meine Eltern gepflegt, dich und Laurenz bemuttert und jetzt bin ich plötzlich in Rente und … niemand braucht mehr meine Hilfe.«

»Aber Tante Margit, jetzt musst du es dir gut gehen lassen! Hast du genügend Geld?«

»Natürlich. Ich habe doch meine Rente und das Häuschen.«

Dass die Rente einer Krankenschwester alles andere als hoch sein konnte, war Susanna klar. »Wenn du Geld brauchst, kann ich dir welches geben«, sagte sie. »Du solltest einmal verreisen, dich verwöhnen lassen.«

»Mir geht es gut, Herzchen. Mach dir keine Gedanken. Ich liebe das Häuschen, ich will gar nicht wegfahren und außerdem hast du selbst kaum Geld.«

Susanna nahm drei Löffel Suppe und wusste nicht weiter. »Bist du krank? Du siehst so blass aus.«

Tante Margit schüttelte den Kopf. »Mein Rücken macht mir Probleme, aber das ist nichts Neues. Wie gesagt, ich muss mich nur auf meine neue Situation einstellen.«

»Was ist mit deinem Rücken? Du würdest mir sagen, wenn du ernsthaft krank wärest, nicht wahr?« Ihre Stimme zitterte. Eine eisige Faust schien sich um ihr Herz zu legen. Wenn sie Tante Margit verlöre, hätte sie niemanden mehr, auf den sie sich uneingeschränkt verlassen konnte.

Tante Margit streckte die Hand aus und strich ihr sachte übers Gesicht. »Sorg dich nicht, ich bin hart im Nehmen und für dich werde ich noch ein paar Jahre leben.«

Plötzlich liefen Susanna Tränen über die Wangen. Das Fiasko mit Stefan und jetzt noch die Angst um Tante Margit raubten ihr den Appetit. Die Suppe bekam sie nicht mehr hinunter. Tante Margit stand auf, nahm sie in die Arme und wiegte sie hin und her wie ein kleines Kind. Aber Susanna konnte ihr nicht von Stefan erzählen. Nicht jetzt. Nicht hier. Nicht, wenn es ihrer Tante selbst so schlecht ging.

Als sie sich wieder beruhigt hatte, sagte Tante Margit: »Du hast etwas auf dem Herzen, stimmt's?«

Susanna schluckte. Das war wohl offensichtlich. »Nichts Wichtiges.«

»Erzähl's mir!«

»Adelheid strengt mich an. Ich weiß nicht, wie du es immer gemacht hast mit all den Menschen, die du gepflegt hast. Ich schaffe es nicht.«

Tante Margit tätschelte ihr die Wange. »Adelheid hat sicher oft Schmerzen. Viele Leute verkraften es auch nicht, plötzlich auf die Hilfe anderer angewiesen zu sein. Du musst dir immer sagen, dass sie alles nicht so meint, wie sie es sagt. Ich bin mir sicher, dass sie dich liebt. Jeder tut das. Selbst wenn sie sich nicht erkenntlich zeigt, du weißt, dass du Gutes tust.« Sie küsste Susanna auf die Stirn. »Für mich war es immer eine Erfüllung, anderen zu helfen. Und wenn einer der Kranken einmal gelächelt hat, so hat mich das für all meine Mühen entschädigt.«

»Adelheid lächelt nie«, sagte Susanna dumpf.

»Aber Stefan ist dir sicher sehr dankbar, dass du dich um seine Mutter kümmerst.«

Sie zögerte. Jetzt hätte sie reden sollen. Aber sie tat es nicht. Ehekrisen sollte man allein bewältigen. Ohne die Hilfe von unverheirateten Tanten.

# 33

Komme dieses Wochenende nicht, habe noch im Büro zu tun.

Als Susanna am Freitagnachmittag Stefans Kurznachricht las, hätte sie das Handy am liebsten gegen die Wand geschleudert. *So ein blöder Kerl!* Was erlaubte er sich eigentlich? Erwartete er, dass sie sich nun auch das ganze Wochenende allein mit Adelheid beschäftigte? Sie hatte einen Berg Arbeit auf dem Schreibtisch. Die Dissertation schrieb sich nicht von allein und zwei Tage zuvor hatte das Amtsgericht eine umfassende Klageschrift geschickt, die sie in den nächsten Tagen übersetzen musste. Dazu hätte sie das Wochenende dringend gebraucht. Schäumend vor Wut verbarrikadierte sie sich im Schlafzimmer und warf sich aufs Bett. Sie war natürlich selbst daran schuld. Hätte sie in Frankfurt besonnener reagiert, wäre Stefan bestimmt gekommen. Noch vor einer Woche war er der Gentleman in Person gewesen und hatte ihr sogar Blumen geschenkt.

Dicke Regentropfen hämmerten gegen die Fensterscheibe. Wenn das Wetter nicht so scheußlich gewesen wäre, hätte sie in die Stadt gehen und sich ein riesiges Stück Kuchen als Entschädigung für den ganzen Verwandtschaftsfrust genehmigen können. Griesgrämig blickte sie nach draußen. Auf der Fensterbank saß ein aufgeplusterter Spatz, der Schutz vor dem

Regen suchte. *Er ist genauso durchgefroren und verlassen wie ich*, dachte sie. Behutsam öffnete sie das Fenster eine Handbreit und ehe sie sichs versah, flog der Spatz ins Zimmer und tschilpte.

Susanna lächelte. »Willst du dich ein wenig bei mir aufwärmen?«

Tatsächlich setzte er sich vor die Heizung. Er hatte keine Angst.

»Ich fürchte, dieser Ort ist auch nicht viel wirtlicher als der Garten. Hier regnet es zwar nicht, aber das Klima ist eisiger als am Nordpol.«

Ihr kleiner Gast tschilpte wieder und schaute Susanna mit seitlich geneigtem Köpfchen keck an.

»Wenn ich Flügel hätte, würde ich gleich mit dir mitfliegen.«

Er hüpfte ein paar Minischritte auf sie zu.

»Aber ich habe leider keine Flügel«, sagte sie und seufzte.

Das schien der Spatz nun auch zu begreifen. Er flog auf die Fensterbank, drehte sich noch einmal um und zwitscherte sein Adieu. Dann flog er hinaus in den Garten.

Susanna schloss das Fenster hinter ihm und sah ihm nach. Ein paar Minuten hatten ausgereicht, um die Lebensgeister des Vögelchens wieder zu wecken. Wie lang würde es bei ihr dauern?

Ihr Blick fiel auf den Wäscheberg neben dem Bett. Da sie zu aufgewühlt war, um irgendeine geistige Arbeit zu verrichten, machte sie sich daran, die gewaschenen Socken zu sortieren. Das war wie immer eine mühsame Arbeit, vor allem, weil die Socken fast alle dieselbe Farbe hatten – dunkelblau oder schwarz. *Im Grunde genommen gleicht diese Tätigkeit der Kuppelei*, dachte Susanna und schmunzelte. Man suchte zu einem Socken einen anderen, der perfekt passte. Aber am Ende blieben doch immer Socken übrig, zu denen es kein Pendant gab. *Warum eigentlich?* »Solisten« hatte ihre Mutter diese Socken genannt, aber sie nannte sie »Singles«, und derer wurden es immer mehr. *Auch wenn die einzelnen Socken hübsch sind, ihre Schönheit bringt ihnen nichts. Allein können sie nichts ausrichten, sie liegen nutzlos herum. Sie leben – aber nicht richtig, denn sie können am wahren Sockenleben nicht teilhaben, können nicht mehr in die weite Welt hinausspaziert werden, können nicht mehr gewaschen werden und weitermarschieren.* Sie legte die Singles auf einen separaten Haufen und hoffte, dass es nach einem der nächsten Waschgänge zu einer wundersamen Zusammenführung oder glücklichen Wiedervereinigung der Paare kommen würde. Doch meist blieb diese aus. Der Berg an nicht vermittelbaren Einzelgängern wuchs von Woche zu Woche. Die Singles vegetierten vor sich hin ohne jede Funktion. Sie warteten und warteten und setzten Staub an. Eines Tages, wenn es keine Hoffnung mehr gäbe, dass der passende Partner noch einmal auftauchte, würden sie im Müll landen und sterben. Nur ab und zu gelang es Susanna, zwei gleiche Socken zusammenzuführen. Das war wie ein Fest und sie erlebte ein kurzes Glücksgefühl. Manchmal war der eine davon allerdings schon deutlich abgenutzter als der andere.

Es gab auch den Fall, dass man zwei falsche Socken zusammenlegte, entweder weil das Licht schlecht war, weil man nicht aufpasste oder weil die Tätigkeit so nervtötend war, dass man einfach beschloss, dass zwei »fast« gleiche Socken zusammenpassen müssen. Stefan machte das so. Er maß der Tätigkeit des korrekten Sockenzusammenlegens keinerlei Bedeutung bei. Wenn er sich überhaupt damit beschäftigte, schob er sie einfach achtlos ineinander, frei nach dem Motto: Das passt schon. Aber es passte eben nicht. Zumindest nicht immer. Und sind Sockenpaare erst einmal entzweit, finden sie in der Regel nicht wieder zueinander. *Man muss eben aufpassen und achtgeben – auch bei Kleinigkeiten –, sonst vollzieht man klammheimlich die Trennung eines Paares, das zwar im selben Haushalt weiterlebt, wobei aber jeder in getrennten Ecken vor sich dahinvegetiert. Vielleicht ist das auch bei menschlichen Paaren so.*

Das dumpfe Gefühl beschlich Susanna, dass Stefan und sie bereits jeder auf einem Single-Berg gelandet waren. *Vielmehr liege ich auf dem Single-Berg und er kurvt in der Weltgeschichte herum.* Irgendwann hatten sie nicht aufgepasst und, schwups, war es passiert. Sie hatten sich einander entfremdet. Sie lebten zwar noch in derselben Wohnung (teilweise zumindest), fanden aber nicht mehr zusammen. Susanna seufzte. *Vielleicht kommen wir ja irgendwann wieder zusammen, so wie das Paar Socken, das ich heute wieder zusammenführen konnte.* Einer der beiden Socken hatte über ein halbes Jahr lang auf dem Single-Haufen gelegen, während der andere irgendwo in der Wäschetonne oder im Schrank unterwegs gewesen war. *Nun ist es aber genug mit der Hausfrauenphilosophie*! Sie stellte den Wäschekorb beiseite und räumte die Socken in den Schrank. Hoffentlich würde es bei Stefan und ihr nicht so lang dauern, bis sie einander wiederfänden und ihr Leben wieder zu zweit lebten.

# 34

Der darauffolgende Dienstag, an dem Susanna »I Promessi Sposi« ihrem rechtmäßigen Besitzer zurückgeben wollte, begann mit einer ziemlichen Aufregung, die es ihr fast unmöglich machte, in die Bibliothek zu gehen. Adelheids Physiotherapeut sagte in der Früh den Termin ab, weil er sich am Vorabend den Arm gebrochen hatte. Adelheid sollte von seiner Kollegin behandelt werden, was ihre Schwiegermutter jedoch ablehnte. Sie habe sich so an den netten jungen Mann gewöhnt und dessen Kollegin sei so garstig. Das konnte Susanna absolut nicht nachvollziehen und angesichts ihrer »Verabredung« mit Emilio musste sie Adelheid unter allen Umständen davon überzeugen, den Termin wahrzunehmen.

»Ich gehe nicht zu seiner Kollegin«, erklärte Adelheid bestimmt. »Ich mache dann eben erst mit den Übungen weiter, wenn Herr Brieger wieder fit ist.«

»… was jedoch erst in einigen Monaten der Fall sein wird.« Susanna war nicht gewillt, klein beizugeben. Und zwar nicht nur wegen ihres geplanten Treffens mit dem immer noch gut aussehenden Italiener, sondern vor allem, weil sie befürchtete, dass Stefan ihr Vorwürfe machen würde, wenn sie seine Mutter nicht zur Therapie fuhr. »Was glaubst du wohl, würde Stefan dazu sagen, dass du die Therapie abbrechen willst?«

»Er würde mich verstehen«, sagte Adelheid weinerlich.

»Nein, das würde er ganz bestimmt nicht«, konterte Susanna. »Ich fahre dich jetzt zur Krankengymnastin.«

Ihre Schwiegermutter bedauerte sich die ganze Zeit, während Susanna sie in den Mantel hüllte und aus dem Haus schob.

»Man wird behandelt wie ein unmündiges Wesen.«

Susanna antwortete nicht. Es stimmte natürlich, was sie sagte. Teilweise. Aber sie hatte wirklich keine Lust auf Stefans Vorhaltungen, wo ihre Beziehung ohnehin gerade mehr als schwierig war.

Vor der Praxis war kein Parkplatz frei. *Auch das noch!* Susanna parkte in der einzigen freien Parklücke etwa zweihundert Meter von der Praxis entfernt, holte den Rollstuhl aus dem Kofferraum und klappte ihn draußen neben dem Beifahrersitz auf.

Doch Adelheid bockte wie ein kleines Kind. »Ich steige nicht aus«, erklärte sie und verschränkte die Arme vor der Brust.

Susanna riss der Geduldsfaden. Wütend warf sie die Autotür zu und kramte ihr Handy aus der Tasche. Jetzt musste Stefan auch einmal etwas tun! Er nahm das Gespräch nicht entgegen. Sie wählte die Nummer des Sekretariats und erklärte, dass sie ihren Mann dringend wegen seiner Mutter sprechen müsse. Das wirkte. Nach einer halben Minute nahm Stefan den Hörer ab. »Was ist? Ist Mutter etwas zugestoßen? Ist sie krank?«

»Nein, aber sie will ihre Therapie abbrechen, weil der Physiotherapeut bis auf Weiteres ausfällt und sie von seiner Kollegin behandelt werden soll.«

»Deswegen rufst du mich an und holst mich aus einer Besprechung?« Er war hörbar erzürnt.

»Ja, genau deswegen«, sagte Susanna. »Damit du ihr ins Gewissen redest, denn auf mich hört sie nicht, und ich habe keine Lust, mich demnächst von dir beschimpfen zu lassen, nicht alles für ihre Rekonvaleszenz getan zu haben.«

Sie wartete seine Antwort nicht ab, sondern riss die Autotür wieder auf und presste das Handy an Adelheids Ohr.

»Du brauchst mich nicht so anzuschreien«, sagte diese nach einer Weile ins Handy, »ich bin nicht Susanna, sondern deine Mutter.«

Er dämpfte seine Stimme, denn nun hörte Susanna ihn nicht mehr. Offenbar schien er seine Mutter zu überreden, die Therapie fortzusetzen. Nachdem Adelheid mit erstickter Stimme »Machs gut« ins Telefon geflüstert hatte, zog sie sich an den Armen hoch und ließ sich auf den Rollstuhl fallen.

Wortlos lieferte Susanna sie bei der Physiotherapeutin ab.

Der Streit hatte ihren Terminplan völlig durcheinandergebracht, eigentlich lohnte es sich nicht mehr, noch in die Bibliothek zu gehen. Aber wenn sie nicht hinging, würde sie Emilio vermutlich nie wieder treffen und ihm sein Buch zurückgeben können. Denn wie sollte sie ihn erreichen? Daher raste sie zum Auto, kämpfte sich durch den Verkehr, und parkte zehn Minuten später mehr schlecht als recht auf einem der Behindertenparkplätze in der Marktgarage. Dann nahm sie die Beine unter die Arme und rannte zur Bibliothek.

Vor der Tür standen einige Leute, rauchten und unterhielten sich. Etwas abseits stand Emilio und tippte etwas in sein Handy. Gut, dass er draußen war. Somit brauchte sie nicht noch Zeit für das Einschließen ihrer Tasche zu vertun, sondern konnte ihm gleich hier draußen das Buch geben. Sie blieb stehen und betrachtete ihn einen Moment lang. Er sah noch so aus wie zehn Jahre zuvor. Kein dicker Bauch, keine schimmernde Glatze, wie bei vielen anderen Männern seines Alters. Nur an seinen Schläfen waren ein paar vereinzelte graue Haare zu sehen. Er trug ein weißes Hemd, ein dunkelblaues Sakko und eine Jeans. Legerer, eleganter Stil. Wie sie selbst aussah, vermochte Susanna in diesem Augenblick nicht zu sagen. Ihr eingeflochtener Zopf hatte sich mit ziemlicher Sicherheit halb aufgelöst. Sie war abgehetzt und völlig außer Atem. Plötzlich hob Emilio den Kopf und sah in ihre Richtung. *Hat er mich erkannt?* Er winkte nicht, er rührte sich nicht, blickte aber weiter auf sie. Susannas Herz klopfte. Sie holte tief Luft und ging auf ihn zu. Ein paar Schritte vor ihm blieb sie stehen.

Er lächelte und kam ihr nun entgegen. »Susanna, nicht wahr?«

*Er erinnert sich an meinen Namen, obwohl ich ihn nicht auf den Zettel geschrieben habe. Unglaublich!* Erleichtert reichte sie ihm die Hand. »*Buongiorno* Emilio, ich bin froh, dass wir uns noch einmal über den Weg laufen und ich dir dein Buch zurückgeben kann.«

Er hielt immer noch ihre Hand. »Es tut mir leid, dass ich dich letzte Woche nicht erkannt habe. Warum hast du mir einen Zettel hingelegt und hast mich nicht gleich angesprochen?«

Sie zuckte mit den Schultern. »Ich wäre mir dämlich vorgekommen, wenn ich mich geirrt und einen anderen angesprochen hätte.« In diesem Moment spürte sie, wie sie rot anlief.

Er lachte und ließ ihre Hand los. »Darf ich dich auf einen Kaffee einladen, als kleines Dankeschön, dass du mein Buch zehn Jahre lang gehütet hast?«

»Gern. Aber ich habe nicht viel Zeit, ich muss in einer halben Stunde meine Schwiegermutter abholen.«

»Wo?«

»Ich habe das Auto in der Marktgarage geparkt.«

»Dann lass uns dort in der Nähe einen Kaffee trinken.«

»Was machst du in Bonn?«, fragte sie ihn, als sie neben ihm die Hofgartenwiese entlangging.

»Ich bin seit Kurzem als Gastdozent hier.«

»Oh«, sagte sie. Dann war er wohl Professor Pavese, dessen Vorlesungen ihr Professor Schneidereck neulich so sehr ans Herz gelegt hatte.

Er sah sie an. »Wieso sagst du ›Oh‹«?

»Weil … weil mir Professor Schneidereck neulich nahegelegt hat, deine Vorlesungen zu besuchen, um neuen Input für meine Dissertation zu bekommen. Und ich bin bislang nicht erschienen. Wenn ich gewusst hätte, dass du es bist, hätte ich dir natürlich dein Buch schon früher vorbeigebracht.«

»Du promovierst in italienischer Literatur?« Er zog erstaunt die Augenbrauen hoch.

»Ja.«

»Dann sind wir Kollegen«, stellte er fest. »Und was ist mit der Dissertation? Erzählst du mir davon? Über was schreibst du?«

Das war ihr wunder Punkt. Darüber wollte sie überhaupt nicht reden. Schon gar nicht mit ihm. Krampfhaft suchte sie nach einer Möglichkeit, das Thema zu wechseln.

»Also?«, fragte er, nachdem sie eine Weile nichts gesagt hatte.

»Ich weiß nicht, ob ich … die Arbeit fertigstellen kann.« Ein dicker Kloß bildete sich in ihrem Hals.

Emilio zog wieder die Augenbrauen hoch. »Wieso?«

»Familiäre Probleme«, antwortete sie knapp.

Er sagte nichts. Schweigend gingen sie ein paar Meter weiter. Dann räusperte er sich. »Nun, es geht mich absolut nichts an, aber ich denke, man sollte ein so wichtiges Ziel nicht aus den Augen verlieren.«

Susanna schluckte. »Ja, das sagte Professor Schneidereck auch. Aber ich schaffe es momentan nicht.«

Mittlerweile hatten sie das Koblenzer Tor passiert. Sie gingen in ein Café hinein.

»Was sind es denn für familiäre Probleme?«, fragte Emilio, als sie beide vor einer Espressotasse saßen. »Eine schlimme Krankheit?«

Susanna schüttelte den Kopf. Dann begann sie zu reden. So wie vor vielen Jahren, als sie nebeneinander im Zug gestanden hatten und sie plötzlich über den Tod ihrer Eltern gesprochen hatte, was sie bis dahin immer vermieden hatte. Aber in seiner Gesellschaft löste sich ihre Zunge. Damals wie heute. Sie erzählte ihm, dass sie ihre Dissertation über italienische Romane des neunzehnten Jahrhunderts fast fertiggestellt hatte, dann jedoch Adelheids Unfall dazwischengekommen war und sie seitdem allenfalls eine Stunde am Tag Zeit hatte, daran zu arbeiten, und nicht mehr auf dem aktuellen Stand der Forschung war.

Als sie geendet hatte, strich er nachdenklich über sein Kinn. »Weißt du, bevor mein Vater starb, wollte ich ein Jahr an der Universität aussetzen, um arbeiten zu gehen. Ich war der Älteste und fühlte mich dazu verpflichtet. Doch mein Vater bestand darauf, dass ich weiterstudierte. Auch meine Mutter wollte das, obwohl das Geld knapp war.« Er nippte an seinem Espresso. »Dein Mann müsste mit seiner Mutter sprechen und ihr klar machen, dass du nicht wegen ihr alles aufgeben kannst. Denn denk doch einmal weiter. Es ist nicht nur die Dissertation, die du nach all den Jahren Arbeit, die du hineingesteckt hast, nicht fertigschreiben kannst. Es wird auch schwierig werden, eine Arbeit aufzunehmen, Kinder zu bekommen, einfach alles. Das darf sie dir aber nicht verwehren.«

Susanna nickte. »Meine Bewerbung für den Dozentenaustausch mit der Universität Bologna musste ich schon zurückziehen«, sagte sie traurig.

»Bologna? Heißt das, du würdest jetzt dort als Austauschdozentin an meiner Stelle lehren?«

»Vermutlich ja.« In dem Moment realisierte sie, dass sie Emilio niemals wiedergesehen hätte, wenn alles nach Plan verlaufen und sie nach Bologna gefahren wäre. Dann hätten sie sich nämlich verpasst.

»Nun«, er räusperte sich, »der Unfall deiner Schwiegermutter ist gewiss eine Tragödie, aber ich freue mich, dass wir uns auf diese Weise noch einmal begegnet sind.«

Sie lächelte. Professor Schneidereck hatte recht gehabt, als er neulich sagte, dass etwas Schlimmes manchmal auch zu etwas gut sein könne.

Die Wanduhr im Café zeigte deutlich, dass sie schon zehn Minuten zu spät war. Langsam zog sie »I Promessi Sposi« aus der Handtasche. »Dein Buch«, sagte sie und reichte es ihm. Es war, als gäbe sie ihr Herz weg.

Emilio nahm das Buch und schlug die erste Seite auf. Er schien die Widmung seines Vaters zu lesen, denn er berührte den Schriftzug sachte mit dem Zeigefinger.

»Ich hoffe, es ist wahr geworden, was er dir gewünscht hat«, sagte Susanna.

Er blickte auf, etwas irritiert, vielleicht, weil sie auf die persönliche Widmung Bezug genommen hatte. Aber wie hätte sie diese in all den Jahren überlesen können? Dann seufzte er plötzlich. »Nein«, sagte er nur und ließ das Buch in seiner Aktentasche verschwinden.

Merkwürdigerweise stimmte seine Antwort Susanna fast fröhlich. Seine Beziehung mit der hübschen Chiara war demnach wohl zerbrochen.

»Ich muss meine Schwiegermutter abholen«, sagte sie und stand auf. Es war jetzt wirklich allerhöchste Eisenbahn! Adelheid würde schon äußerst ungehalten sein.

Er stand auch auf und reichte ihr die Hand. »Danke, dass du das Buch so viele Jahre für mich aufbewahrt hast, Susanna.«

Ihr Name klang wieder samtweich aus seinem Mund. Genau wie zehn Jahre zuvor. Sie wusste nicht, was sie sagen sollte, wollte aber noch einen Augenblick bei ihm verweilen.

»Ich gebe dir nächste Woche das Skript meiner Vorlesung«, sagte Emilio plötzlich, »dann kannst du alles daraus entnehmen, ohne die Vorlesung zu besuchen. Und wenn du möchtest, bring mir deine Dissertation mit.«

Susanna sah überrascht auf.

»Wenn es dir recht ist, natürlich nur. Aber ich habe Zeit und lese sie gern. Eventuell kann ich dir etwas zu den jüngsten Veröffentlichungen in dem Bereich sagen. Und wer weiß, vielleicht ist es eine Sache von einem Monat, dass du fertig werden kannst. Manchmal ist es so, nur man selbst sieht das nicht.«

»Gern, vielen Dank«, stammelte sie. Sie zögerte. »Falls bei mir etwas dazwischenkommt, wie erreiche ich dich?«

Er lächelte und zückte einen Kugelschreiber, nahm ihren Arm und schrieb seine Handynummer auf ihr Handgelenk.

Sie wurde rot. »Danke, ich werde alles daran setzen zu kommen.«

Als sie im Auto saß, musste sie erst einmal tief durchatmen. Ihr Puls raste und im Rückspiegel sah sie, dass ihre Wangen rot gefleckt waren. *Susanna, reiß dich zusammen*, schalt sie sich. Was war bloß los mit ihr? Dieses Treffen hatte sie völlig aus dem Konzept gebracht. Hektisch suchte sie im Handschuhfach nach der Wasserflasche, die sie dort immer aufbewahrte. Sie nahm drei große Schlucke und wagte wieder einen Blick in den Rückspiegel. Aber die skandalöse Farbe war immer noch nicht aus ihrem Gesicht gewichen. So konnte sie Adelheid unmöglich unter die Augen treten. Sie schraubte die Flasche zu und startete den Motor. *Bis zur Physiotherapiepraxis werde ich schon wieder normal aussehen,* sagte sie sich, *ansonsten schiebe ich mein erhitztes Gesicht auf den mörderischen Verkehr.*

Doch als sie zehn Minuten später völlig außer Atem in der Praxis ankam, erwartete sie dort – niemand.

# 35

»Ihre Schwiegermutter ist gerade abgeholt worden«, sagte die Krankengymnastin. »Sie hat eine Freundin angerufen, weil sie dachte, Sie kämen nicht mehr.«

»Als ob ich sie hier sitzenlassen würde!«

Die Physiotherapeutin lächelte. »Ein schweres Los haben Sie mit der gnädigen Frau Schwiegermutter.«

Susanna fiel die Kinnlade herunter. Bislang hatte niemand aus Adelheids Umfeld Mitleid mit ihr gehabt.

Die Therapeutin lachte auf. »Sie brauchen bei mir nicht auf heile Welt zu machen, Frau Herz, ich behandle seit Jahren ähnliche Fälle, ich sehe auf den ersten Blick, wie die familiäre Situation ist.«

Susanna nickte. »Ja, dann fahre ich jetzt mal nach Hause und lasse das Donnerwetter über mich ergehen.«

»Sie brauchen Hilfe, Frau Herz. Auf Dauer halten Sie es nicht durch, alles allein zu machen. Niemand würde das. Denken Sie an meine Worte. Nehmen Sie sich regelmäßig Ihre Auszeiten.«

*Nichts lieber als das,* dachte Susanna, *aber wie?*

Zu Hause erwartete sie schon das hohe Gericht. Isolde, Adelheids beste Freundin, stand in ihrem blassrosafarbenen Kostüm im

Wohnzimmer. Neben ihr saß eine verheulte Adelheid. »Es ist mir unbegreiflich, wie Sie Ihre liebe Schwiegermutter derart vernachlässigen können, Frau Bensig.«

»Mein Name ist Herz, nicht Bensig«, sagte Susanna. Damit machte sie alles nur schlimmer, denn nun folgte eine Litanei, wie es sein könne, dass eine Frau nicht den Namen des Ehemannes annehme, sondern für alle Welt so tue, als sei sie frei.

»Die arme Adelheid saß mutterseelenallein in der Physiotherapiepraxis wie auf dem Abstellgleis.«

»Dann können Sie sie ja demnächst immer dorthin bringen und abholen. Vielleicht stellt sie sich bei Ihnen auch nicht so an wie bei mir.« Susanna verließ das Wohnzimmer und verkniff es sich gerade noch, die Tür zuzuknallen.

Sie verzog sich ins Dachgeschoss und setzte sich auf den Boden. *Jetzt muss ich mich schon in meinem eigenen Elternhaus in den letzten Winkel verkriechen, um nicht angefeindet zu werden,* dachte sie frustriert. Draußen zogen dunkle Wolken auf. Ein Gewitter braute sich zusammen. Isolde war immer noch unten bei Adelheid.

Susanna sah auf das gerahmte Bild, auf dem ihre Eltern wenige Wochen vor ihrem Unfall zu sehen waren. Sie hatten damals Mamas vierzigsten Geburtstag im Garten gefeiert. Ihre Eltern lachten unbeschwert in die Kamera. *Ach, Mama und Papa, was soll ich bloß tun? Jetzt habe ich auf ewig diesen Drachen im Haus und Stefan regt sich auch noch fürchterlich über mich auf.* Sie starrte einige Minuten auf das Foto ihrer Eltern. Aber was erwartete sie? Natürlich konnten sie ihr nicht antworten, sie waren schließlich tot. Genau wie Laurenz. Eine Träne lief ihre Wange hinunter. Jeder andere hatte Eltern oder Geschwister, die einem in schwierigen Situationen beistanden. *Nur ich habe niemanden mehr.* Sie ließ ihren Kopf in den Schoß fallen und weinte.

Ein Zweig wurde durch den Wind gegen das Dachfenster gepeitscht. Susanna zuckte zusammen. *Ich habe ja Tante Margit,* fiel ihr plötzlich ein. Vielleicht konnte sie sie ins Vertrauen ziehen? Aber sie verwarf diesen Gedanken gleich wieder, als sie sich an ihren letzten Besuch bei ihr erinnerte. Ihre Tante würde erwarten, dass sie sich weiterhin aufopferungsvoll um Adelheid kümmerte.

Es gab also keinen Ausweg aus dieser Situation, sie hatte sich selbst ihr Los auferlegt. Sie musste nun bis an ihr Lebensende oder zumindest bis an Adelheids Lebensende mit ihrer fatalen Fehlentscheidung leben, ihre Schwiegermutter ins Haus geholt zu haben.

*Und leider gibt es keine kleinen Seitenwege, über die ich mich doch noch zum richtigen Weg durchschlagen kann,* dachte sie und betrachtete Laurenz' Bild der Unzertrennlichen. Er hatte nicht lang genug gelebt, um zu verstehen, dass es manchmal eben keinen Ausweg gab und eine Entscheidung nicht revidiert werden konnte.

»Frau Herz?«, ertönte Isoldes schrille Stimme.

*Was ist nun schon wieder?* Susanna stand auf und öffnete die Tür. Da hörte sie, wie Adelheids Freundin bereits die Treppe hinaufkam.

*Was erlaubt sie sich?,* dachte sie erbost. *Das ist mein Territorium hier oben.* Sie lief die Treppen hinunter und traf auf halber Höhe mit Isolde zusammen, die das tragbare Telefon an ihr Ohr gepresst hatte.

»Da kommt sie gerade. Sie hat sich die letzte Stunde zurückgezogen und hätte Ihre arme Mutter ganz allein gelassen, wenn ich nicht gewesen wäre.«

Am anderen Ende musste also Stefan sein. *Hat diese Schlange ihn angerufen und gepetzt?* Susanna würdigte Isolde keines Blickes. Kühl griff sie nach dem Hörer. »Hallo Stefan?«

»Sag mal, bist du noch bei Trost?«, schrie er ihr ins Ohr, ohne sie zunächst zu begrüßen. »Du verhältst dich wirklich unmöglich. Wie kannst du es Mutter antun, sie einfach zu vergessen?«

»Ich habe sie nicht vergessen, es war Stau und ich konnte nicht schneller dort sein.«

Aber er ließ sie gar nicht weiterreden. »Ich bekomme den ganzen Tag Anrufe wegen Lappalien, die erwachsene Menschen eigentlich unter sich regeln sollten. Von dir, von Mutter, und dann noch von dieser Isolde. Dafür riskiere ich riesigen Ärger im Büro.«

Susanna begann zu zittern. »Du wüsstest, wie es ist, wenn du häufiger zu Hause wärest. Ich kann bald nicht mehr, ich habe auch Verpflichtungen ...«

»Ach, sei still.« Seine Stimme klang jetzt kalt und abweisend. »Ich kann mich nicht um einen solchen Kindergartenkram kümmern. Sieh zu, wie du mit Mutter zurechtkommst, alle anderen Leute kommen ja auch mit ihr klar. Und was deine Verpflichtungen anbelangt: Deine albernen Übersetzungen halten uns nicht über Wasser, und deine Dissertation ist ein egoistisches Hobby, das mich bald in den Wahnsinn treibt.« Er legte auf ohne ein Wort des Abschieds.

Aus. Schluss. Er hatte gesprochen. Nun würde er sich um nichts mehr kümmern. Ihr Wohlergehen war ihm offensichtlich egal. Er interessierte sich nur noch für seine Karriere.

Isolde war die ganze Zeit auf der Treppe stehen geblieben. »Wenigstens scheint Ihr Mann vernünftig zu sein.« Sie lächelte süffisant. »Ich hoffe, er bringt Sie wieder zur Raison. Das wäre meiner lieben Adelheid wirklich zu wünschen.«

In diesem Moment verspürte Susanna große Lust, der dürren Hexe ein Messer zwischen die Rippen zu rammen. Aber es lag glücklicherweise keines herum. Sie richtete sich auf. »Wenn Sie dieses Haus noch einmal betreten wollen, enthalten Sie sich ab sofort solcher Kommentare!«

Dann machte sie auf dem Absatz kehrt und ging in die Küche, um das Abendessen herzurichten. Adelheid aß immer schon um fünf Uhr nachmittags, damit sie vor dem Zubettgehen noch möglichst viele Kalorien verbrennen konnte und nur ja kein Gramm ansetzte.

Während Susanna mit dem Abendbrot beschäftigt war, hörte sie, wie Isolde das Haus verließ. Sie nahm das Tablett und trug es nach unten.

Adelheid starrte aus dem Fenster in die Dämmerung.

*Wahrscheinlich erwartet sie eine Entschuldigung*, dachte Susanna, aber sie war dieses Mal nicht gewillt, klein beizugeben. Sie schenkte ihrer Schwiegermutter eine Tasse Tee ein und stellte den Brotkorb auf den Tisch.

»Setzt du dich nicht?«, fragte Adelheid.

»Nein.« Mehr sagte sie nicht. Jetzt würde sie sie spüren lassen, was sie ihr angetan hatte.

»Kommt Stefan am Freitag oder erst am Samstag?«

»Weiß ich nicht.«

»Hat er nichts gesagt?«

»Nein.«

Außer dem leisen Klirren des Bestecks war nichts zu hören.

Susanna hatte den Tisch nun fertig gedeckt. »Guten Appetit, Adelheid, solltest du noch etwas brauchen, kannst du klingeln.« Sie stellte ein Glöckchen auf den Tisch und verließ das Zimmer.

Das Brot, das sie für sich in der Küche belegt hatte, rührte sie nicht an. Ihre Kehle war wie zugeschnürt. Stattdessen verzog sie sich wieder in die Mansarde und klappte ihr Handy auf. Vielleicht hatte ihr Stefan eine Nachricht geschrieben? *Bestimmt tut es ihm leid, mich eben abgekanzelt zu haben.* Aber er hatte nicht geschrieben und auch nicht noch einmal angerufen. Susanna schaltete den Computer ein und rief das E-Mail-Programm auf. Vielleicht hatte er eine E-Mail geschrieben. Aber nichts. Gar nichts.

# 36

Beladen mit zehn Büchern und einer Einkaufstasche schloss Emilio die Wohnungstür auf und pfiff dabei Fabios Lied von dem Mann, der einst eine junge Frau im Zug getroffen hatte. Er konnte sein Glück kaum fassen. Er hatte nicht nur das Buch seines Vaters zurückbekommen, er hatte auch Susanna, seine heimliche Muse der letzten zehn Jahre, wieder getroffen. Wie gut ihr Italienisch geworden war! Damals auf der Zugfahrt hatte sie sich redlich geschlagen, mit ihrem rudimentären Italienisch dem Gespräch zu folgen, aber heute sprach sie fließend. So manches Mal hatte sich Emilio in Gedanken ausgemalt, wie es wohl wäre, sie wieder zu treffen. Als er sich für den Dozentenaustausch beworben hatte, hatte er sogar heimlich die Hoffnung gehegt, Susanna in Bonn wiederzusehen. Das war zugegebenermaßen ein idiotischer Wunsch, denn die Stadt war nicht so klein, dass man sich zufällig über den Weg laufen würde. Aber nun war genau das passiert.

Er legte die Bücher im Arbeitszimmer ab und ging in die Küche, um seine Einkäufe zu verstauen. Susanna hatte sich äußerlich kaum verändert seit damals. Nur ihre Augen waren anders. Traurig. Auch ihr Lächeln war nicht mehr unbeschwert. Die letzten zehn Jahre schienen schwer für sie gewesen zu sein. Ob es nur an der Schwiegermutter lag? Er würde es herausbekommen. In einer Woche waren sie wieder miteinander verabredet.

Plötzlich hielt er inne. Sie war verheiratet! *Lass es, Emilio*, sagte eine innere Stimme. *Lass die Finger von ihr*! Er strich sich übers Kinn. Es war müßig, sich einzureden, sie nur wegen der guten alten Zeiten wiedersehen zu wollen. Er war auf etwas anderes aus. So gut kannte er sich inzwischen. Sie war rot geworden, als er ihr seine Telefonnummer auf den Unterarm geschrieben hatte. Also gefiel er ihr wohl auch.

Er setzte sich vor das Salzwasseraquarium und betrachtete die bunten Rifffische. Sie beruhigten ihn. Er konnte ihnen stundenlang zusehen. »Wenn ihr wüsstet, wen ich heute gesehen habe«, erzählte er ihnen. Sie stießen mit ihren Mäulern an die Glasscheibe, so als ob sie ihn küssen wollten. »Das Mädchen, das ich vor zehn Jahren im Zug getroffen habe! Doch leider ist sie verheiratet.« Er böselte Fischfutter ins Aquarium.

Verheiratete Frauen waren noch nie sein Ding gewesen. Zu viele Probleme. Aber an Susanna musste er fortwährend denken. Sie hatte von dem Unfall ihrer Schwiegermutter erzählt, aber das, was sie nicht gesagt hatte, war leicht zu erraten: Die Schwiegermutter war ein Drachen, und ihr Mann wälzte das Pflegeproblem auf Susanna ab. Wahrscheinlich mit demselben Argument, das so manche italienische Kollegin von ihm auch zu hören bekam: »Was nützt es, in alten Büchern zu forschen und Sachen ans Tageslicht zu bringen, die eh niemanden interessieren? Da ist es besser, du kümmerst dich um die Probleme deiner Mitmenschen.«

Emilio seufzte. Er war zu spät gekommen. Susanna war vergeben. Endgültig, wie der Ehering an ihrem Ringfinger bewies. *Ich sollte wirklich die Finger von ihr lassen!* Eine andere innere Stimme meldete sich zu Wort: *Jetzt hast du dich schon mit ihr verabredet. Jetzt musst du die Verabredung einhalten, sonst ist das schäbig. Aber danach keine weiteren Treffen mehr!* Doch Emilio fiel ein, dass er ihr vorhin angeboten hatte, ihre Dissertation durchzulesen. Also würde noch ein weiteres Treffen erforderlich sein, bei dem er ihr die Arbeit wieder zurückgeben musste. *Aller guten Dinge sind drei.* Er schmunzelte, als ihm das deutsche Sprichwort einfiel. *Aber dann ist wirklich Schluss!* Und während er sich dies vornahm, überlegte er schon, welche weiteren Vorwände er erfinden könnte, sie immer wieder zu sehen. Er spielte mit dem Feuer und das, obwohl er normalerweise kein Nachahmer Giacomo Casanovas war.

Das Telefon klingelte. Emilio nahm ab. *»Pronto!«* Dass man sich in Deutschland mit seinem Nachnamen meldete, war ihm immer noch nicht in Fleisch und Blut übergegangen.

»*Ciao.* Hier ist Paolo.«

»Paolo, das ist ja eine Überraschung! Schön, dich zu hören.« Er hätte ihm um den Hals fallen können.

»Wie geht es dir, alter Freund? Bist du schon erfroren im hohen Norden?«

»Nein, das Wetter ist zwar grässlich, aber über null Grad. Was machst du?«

»Was soll ich schon machen? Ich stehe den ganzen Tag in meiner Bar, bereite Kaffee zu und mittags versorge ich meine Gäste mit Essen. Aber was machst du? Hast du die junge Frau aus dem Zug schon wiedergefunden?«

Emilio lachte nervös. Was sollte er denn nun sagen? Sollte er Paolo mitteilen, dass er sie gerade tatsächlich gefunden hatte? Beziehungsweise sie ihn. Er war versucht, die Sache unter Verschluss zu halten, aber da hatte er die Rechnung ohne Paolo gemacht. Sein Freund konnte auch über Hunderte Kilometer hinweg Gedanken und Schwingungen spüren, vor allem, wenn es sich um sein Spezialgebiet, die Liebe, handelte.

»Hallo! Bekomme ich mal eine Antwort?«, rief Paolo ins Telefon. »So ein Telefonat ins Ausland ist nicht gerade billig, da möchte man dann schon etwas erfahren.«

*»Scusa.«* Emilio räusperte sich. »Ich habe Susanna tatsächlich getroffen. In der Bibliothek. Und sie hat mir auch mein Buch zurückgegeben.«

»Was du nicht sagst! Ja, und weiter? Jetzt lass dir doch nicht alles aus der Nase ziehen! Wie oft habt ihr euch gesehen, wie ist es überhaupt zu der ersten Begegnung gekommen?«

Emilio begann zu erzählen. Von ihrem Zettel, davon, dass sie in Italianistik promovierte und als Übersetzerin arbeitete, ein wenig von ihrer Familie. Er erzählte so nüchtern wie möglich. Schließlich sollte Paolo nicht denken, dass ihn die Begegnung mit Susanna aus dem Konzept gebracht hatte, was jedoch – so musste er sich selbst eingestehen – tatsächlich der Fall war.

Aber Paolo konnte er nichts vormachen. »Und wie soll es jetzt weitergehen?«, fragte er nach dem Bericht.

»Keine Ahnung. Ich habe nichts geplant.«

»Wäre aber besser«, sagte er trocken.

»Wieso?«

Paolo seufzte, so als ob er einem begriffsstutzigen Kind zum hundertsten Mal das Einmaleins erklären müsste. »Die Begegnung mit Susanna hat dich nicht kalt gelassen, Emilio. Nein, streite nichts ab, du weißt, es handelt sich um mein Spezialgebiet! Also hör mir zu: Du betrittst gerade vermintes Gebiet und das weißt du auch. Sie ist verheiratet. Trotzdem hast du dich mit ihr ein weiteres Mal verabredet.«

»Um mich erkenntlich zu zeigen dafür, dass sie mir mein Buch zurückgegeben hat.«

»Unsinn. Das ist ein Vorwand. Der eigentliche Grund ist ein anderer.«

Emilio setzte wieder an, alles abzustreiten, doch Paolo ließ ihn nicht zu Wort kommen. »Du willst sie näher kennenlernen, willst wissen, wie sie ist, ob sie dir tatsächlich gefällt und du nicht ein Jahrzehnt ein Wesen idealisiert hast, das es gar nicht gibt.«

»Ist das so schlimm?«

»Nein. Aber was wirst du machen, wenn sie dir beim zweiten Treffen noch besser gefällt als heute?«

»Keine Ahnung. Vielleicht gefällt sie mir ja gar nicht.«

»Das glaubst du doch selbst nicht, oder?« In Paolos Stimme schwang ein nicht unerheblicher Teil Ironie mit. »In den meisten Fällen bestätigt sich der erste Eindruck. Lass dir das von einem Fachmann gesagt sein. Und dieses Mal handelt es sich um deine Muse, über die du seit zehn Jahren anrührende Liedtexte schreibst.«

Zum Glück wusste Susanna das nicht. Emilio knabberte an seiner Unterlippe. »Ich treffe Susanna nächste Woche wie geplant, das habe ich ihr versprochen. Dann sehe ich weiter.«

»Ich kann dich nicht davon abhalten.« Die Ironie war jetzt gänzlich aus Paolos Stimme gewichen. »Ich wäre nur gern in deiner Nähe, wenn dir schwere Zeiten ins Haus stehen. Denn ich habe das Gefühl, dass das bald der Fall sein wird.«

Emilio lachte. »Ach Paolo, machst du dir Sorgen um mich? Das brauchst du nicht. Ich habe schon einige Beziehungen hinter mir, die teilweise sehr unschön zu Ende gegangen sind. Aber ich habe das alles überlebt, stets ohne Schaden zu nehmen.«

»Ja, doch dieses Mal verhältst du dich schon vor der Entstehung einer wie auch immer gearteten Beziehung anders als bei deinen bisherigen Freundinnen, die ich kannte.«

»Wie anders?«

»Anders eben. Ich kenne dich lange genug. Und dieses Mal schrillen bei mir sämtliche Alarmglocken.«

Tatsächlich schrillten auch bei Emilio sämtliche Alarmglocken. Meist empfand er es als ziemlich unpassend, wenn ihn Leute auf Probleme aufmerksam machten, die er als seine Privatangelegenheit betrachtete. Das war damals bei Signora Anna so gewesen, bei Paolo verhielt es sich jetzt ebenso. Doch da er aus schmerzlicher Erfahrung wusste, dass man

Lebenskennern vertrauen sollte, nahm er sich vor, in den nächsten Tagen wirklich darüber nachzudenken, was er tun würde, wenn ihm Susanna weiterhin gefallen sollte. Vorerst lenkte er allerdings das Gespräch mit Paolo in eine andere Richtung. Er erzählte ihm von Bonn und seiner Arbeit an der Universität und erkundigte sich nach gemeinsamen Freunden in Bologna.

*»In bocca al lupo«*, sagte Paolo, als er sich verabschiedete. »Ruf mich an, wenn du meinen Rat brauchst.«

Das erste Mal in seinem Leben dachte Emilio jetzt über die Bedeutung des Ausspruchs *»In bocca al lupo«* nach: »in den Schlund des Wolfes«. In Italien sagte man das ständig anstelle von »Viel Erfolg«.

*»Crepi«*, lautete die Antwort. Er – der Wolf – möge krepieren.

Welcher Wolf mochte es sein, den er erlegen musste? Welche Schwierigkeiten, welche Hindernisse erwarteten ihn?

# 37

Stefan kam nicht. Auch kein Anruf. Nichts. Die ganze Woche nicht. Susanna hatte den Eindruck, dass er sehr wohl mit seiner Mutter gesprochen haben musste, denn Adelheid fragte sie nicht, wo er bleibe oder ob sie etwas von ihm gehört habe. Sie schien es zu wissen. Aber Susanna hätte sich eher die Zunge abgebissen, als ihre Schwiegermutter zu fragen. Sie fühlte sich innerlich leer, bekam seit Tagen keinen Bissen mehr hinunter und zitterte jedes Mal, wenn das Telefon klingelte. Doch nie war es Stefan, der anrief. Es waren Adelheids Freundinnen, Juliane und Tante Margit.

Am Vortag hatte sie beschlossen, ihren Stolz beiseitezulegen und Stefan anzurufen. Aber sie musste mit seiner Mailbox vorliebnehmen. Nachdem sie es siebenmal erfolglos versucht hatte, hinterließ sie ihm eine Nachricht, dass ihr der Streit leidtue und er sie bitte zurückrufen solle. Dasselbe schrieb sie ihm auch noch einmal per Mail. Aber er reagierte nicht. Er strafte sie durch Nichtbeachtung und das tat mehr weh, als wenn er sie angeschrien hätte. Susanna zog in Erwägung, wieder nach Frankfurt zu fahren, sogar auf Knien hinzurutschen, um Stefan um Verzeihung zu bitten, auch wenn sich ihr nach wie vor nicht erschloss, weshalb sie diejenige sein sollte, die Schuld an der Familienmisere hatte.

Jetzt war es Samstagnachmittag und er war immer noch nicht da. Ihr war klar, dass er auch nicht mehr kommen würde. Anders als eine Woche zuvor, hatte er noch nicht einmal abgesagt. Sie lag auf dem Bett und starrte seit Stunden immer wieder auf ihr Handy, als ob sie Stefan dadurch bewegen könnte, endlich anzurufen.

Sie hätte sich gern mit ihm ausgesprochen. Von Angesicht zu Angesicht. Denn am Telefon – wenn er mal einen Anruf angenommen hätte – wäre es nicht so einfach gewesen, zumal seine Mutter im Nebenzimmer alles mithörte.

Erneut rief sie die Kontakte auf und überlegte zum tausendsten Mal, ob sie noch einen Versuch wagen sollte. *Ich verbringe meine Zeit damit, mich zu fragen, ob ich meinen Ehemann anrufen kann oder ihm auf die Nerven gehe.* Kein Mensch in einer gefestigten Beziehung würde sich diese Fragen stellen. Sie drückte auf die Wahlwiederholung. Nach dem dritten Klingeln drückte er sie weg. Es war wie ein Faustschlag in die Magengrube. Ihr wurde schlecht und sie krümmte sich auf dem Bett. Plötzlich piepte ihr Handy. Eine SMS war gekommen. Mit zittrigen Fingern öffnete sie die Nachricht.

Komme dieses Wochenende nicht. Brauche eine Pause.
Ruf mich nicht an.

Jetzt blieb ihr die Luft weg. Sie sprang auf und öffnete das Fenster. Mit beiden Händen stützte sie sich an der Fensterbank ab und versuchte, die Sternchen zu ignorieren, die sich wie ein Schleier vor ihre Augen legten. *Er kommt nicht. Er erträgt mich nicht.*

Sie ließ sich wieder aufs Bett fallen. Ihr war flau im Magen, sie konnte nicht aufstehen. Vor ihr tat sich ein abgrundtiefes Loch auf.

Adelheids Glöckchen klingelte. *Die Herrschaft ruft.* Susanna musste aufstehen und nach unten gehen. Sie merkte jedoch, dass sie dazu kaum in der Lage war. Ihre Beine zitterten, sie musste sich auf jeden Schritt konzentrieren.

»Brauchst du etwas?«, fragte sie ihre Schwiegermutter, als sie unten angelangt war.

Adelheid saß mit versteinerter Miene im Rollstuhl. »Nein, ich wollte dir bloß mitteilen, dass mich Stefan soeben angerufen hat. Ich soll dir ausrichten, dass er dieses Wochenende nicht kommt. Er sagte, er habe so viel Stress auf der Arbeit, dass er deine ständigen Vorhaltungen momentan nicht auch noch ertragen kann.«

Es war der zweite Faustschlag, der sie innerhalb kürzester Zeit traf. Und dieses Mal war die Demütigung unendlich größer als beim ersten Schlag. Denn nun musterte Adelheid sie so, wie ein Ringrichter einen am Boden liegenden Boxer fixiert. Ihre Schwiegermutter wägte ab, ob sie wieder aufstehen würde oder nicht.

Susanna wäre am liebsten nicht mehr aufgestanden, sondern einfach gestorben. Aber sie straffte die Schultern und sagte: »Sehr gut. Ich ertrage ihn momentan nämlich auch nicht.« Damit ließ sie Adelheid sitzen und ging wieder nach oben. Ihr war klar, dass sie sie nun völlig gegen sich aufgebracht hatte. Denn wenn jemand nur die leiseste Kritik an ihrem Sohn äußerte, war er für Adelheid eine »unerhörte Person«.

Nach der dritten fast schlaflosen Nacht fühlte sich Susanna wie ein Zombie. Mit aller Mühe kämpfte sie sich an Adelheids Krankengymnastiktag aus dem Bett, obwohl sie am liebsten die Decke über die Ohren gezogen und den Termin abgesagt hätte. Ihr fiel ein, dass sie auch noch eine vage andere Verabredung hatte, mit einem Italiener, der ihre Dissertation lesen wollte. Eigentlich hatte sie sich für diesen prominenten Testleser vorbereiten wollen, aber wegen Stefans Schweigen war sie handlungsunfähig gewesen. Sollte sie vielleicht Emilio anrufen und das Treffen absagen? Es hatte alles sowieso keinen Sinn mehr. So wie sie heute aussah, wollte sie ihm ohnehin nicht unter die Augen treten.

Doch wenn sie es schaffte, Adelheid zur Krankengymnastik zu chauffieren, konnte sie sich auch kurz mit einem Italienisch-Professor treffen und ihm ihre Dissertation zum Lesen geben. Sie zog sich an und trug dezent ein wenig Rouge auf die Wangen auf. Gerade so viel, dass es natürlich aussah und Adelheid nicht merkte, dass sie kurz davor war, vor die Hunde zu gehen. Nach dem Frühstück verfrachtete sie ihre Schwiegermutter wortlos ins Auto und fuhr sie noch wortloser zur Physiotherapeutin.

»Kann sein, dass ich mich heute wieder verspäte«, sagte Susanna. »Das hängt von der Schlange vor der Ausleihe ab. Bitte einfach hier warten und keine Panik bekommen.« Adelheid hatte schließlich Zeit als Rentnerin. *Wieso soll immer ich mich nach ihr richten?*

Bevor ihre Schwiegermutter etwas erwidern konnte, verließ sie die Praxis.

Susannas Hände waren kalt und feucht, als sie sich mit dem Ausdruck ihrer halb fertigen Dissertation der Bibliothek näherte. Es war ein dickes Paket, aber innerhalb der Arbeit klafften noch große Löcher. Ihr war in den Sinn gekommen, dass es leichtsinnig war, ihre Dissertation jemand anderem als Professor Schneidereck zum Lesen zu geben, vor allem jemandem, der auf demselben Gebiet forschte wie sie. Aber sie konnte sich Emilio nicht als geistigen Dieb vorstellen. Er würde ihre Ideen ganz bestimmt nicht stehlen. Plötzlich entdeckte sie seinen dunklen Lockenschopf. Er hatte einen Bleistift hinters Ohr geklemmt und las im Stehen in einem Buch. Ihr Herz klopfte schneller als gewohnt. Schüchtern trat sie näher. »Hallo«, sagte sie leise. Ihre Stimme zitterte.

Er sah auf und lächelte. »Susanna, schön, dass du gekommen bist.« Er reichte ihr die Hand. Und mit einem Mal flutete so viel Wärme in sie, dass sich ihre erlahmten Lebensgeister wieder regten.

»Sollen wir wieder in das Café gehen, in dem wir letzte Woche waren?«

Sie nickte. Es war zwar nicht klug, sich in der aktuellen Situation zusammen mit einem Mann in einem Café sehen zu lassen. Aber schließlich waren sie lediglich Kollegen und im Lesesaal der Bibliothek würden sie höchstens flüstern können.

Er steckte sein Buch in eine prall gefüllte Stofftasche. »Der Inhalt dieser Tasche ist für dich.«

»Was? Das alles?«

Er lächelte. »Ist es dir zu viel?«

»Ich fürchte, ja.«

»Keine Sorge, ich trage dir die Tasche bis zum Auto.«

»Das meine ich nicht …«

Er berührte ihren Unterarm. »Ich weiß. Du musst nicht alle Bücher lesen, die ich in die Tasche gepackt habe. Es sieht nach mehr aus, als es ist.«

Sie betraten das Café. Mittlerweile war Susanna ziemlich wacklig auf den Beinen und froh, als sie sich setzen konnte. Emilio brachte zwei Espressi an den Tisch. Sie riss ein Tütchen Zucker auf und rührte den Inhalt in ihren Kaffee. Als sie die Tasse aufnahm, um daraus zu trinken, merkte sie, dass ihre Hand zitterte. Ihr tagelanges, unfreiwilliges Fasten machte sich bemerkbar.

»Geht es dir nicht gut?«, fragte er. »Du siehst blass aus.«

*Mist!* Genau das hatte sie verhindern wollen. »Doch, doch, mir geht es gut«, log sie.

Er musterte sie schweigend, und wie vor zehn Jahren hatte sie das Gefühl, als ob er mit seinen Augen bis auf den Grund ihrer Seele sah. Zum Glück befragte er sie nicht weiter zu ihrem Gesundheits- oder Gemütszustand, sondern stand noch einmal auf und kam zwei Minuten später mit einem Stück Himbeerkuchen zurück. »Iss, Susanna, du scheinst unterzuckert zu sein. Ich hoffe, ich habe die richtige Sorte gewählt.«

»Aber … isst du nichts?«

Er schüttelte den Kopf. »Ich kann am Vormittag noch keinen Kuchen essen.«

Während sie aß, holte er ein dickes Skript aus der Stofftasche. »Das ist meine Vorlesung, die dir Professor Schneidereck nahegelegt hat, und hier habe ich noch ein paar Bücher, die eventuell nützlich für deine Arbeit sind.«

»Danke.« Susanna holte den Ausdruck ihrer unfertigen Dissertation aus der Tasche. »Hier ist mein Werk, aber momentan finde ich alles daran ziemlich schlecht. Und es ist weit davon entfernt, fertig zu sein.«

Er lächelte. »Ich lese deine Arbeit gern. Sollen wir uns nächste Woche hier wieder um dieselbe Zeit treffen?«

Sie nickte. »Aber du musst nicht alles lesen.« Es war ihr unangenehm, dass er diesen unfertigen Wisch lesen würde.

»Mache ich aber gern.« Er steckte den Ausdruck in seine Aktentasche. »Weißt du, damals bin ich nach Lecco gefahren, um Signora Anna nach deiner Adresse zu fragen«, sagte er unvermittelt.

»Wirklich? Wegen des Buches, oder?« Gleich darauf wusste sie, wie dämlich die Frage war. Ihr wurde heiß.

»Nicht nur, um ehrlich zu sein«, sagte er und blickte bedauernd auf ihren Ehering. »Aber das ist lang her. Vergiss es.«

»Dann ist die Beziehung zu deiner Mailänder Freundin in die Brüche gegangen?«

»Ja, noch am selben Abend.«

»Das tut mir leid.« Susanna rührte unschlüssig in ihrem Espresso herum, der Zucker war längst aufgelöst.

»Signora Anna war eine kluge Frau. Ich hatte es zwar während der Zugfahrt nicht begreifen wollen, doch als ich wenige Stunden später in Mailand auf der Geburtstagsfeier von Chiaras Vater war, wurde mir schlagartig bewusst, wie recht sie hatte.« Er seufzte und nahm einen Schluck Kaffee. »Ich hätte es Signora Anna so gern noch gesagt und mich für ihren Rat bedankt, aber ich kam zu spät. Als ich sie ein paar Monate danach in Lecco besuchen wollte, habe ich nur noch ihr Grab gefunden.« Er kippte den letzten Schluck seines Kaffees hinunter.

»Sie war sich damals ziemlich sicher, dass du ihren Rat befolgen würdest«, sagte Susanna. »Ich bin ja noch ein paar Minuten länger mit ihr auf dem Bahnsteig gewesen. Wir haben überlegt, was wir mit deinem Buch anstellen sollten.« Dass ihr die alte Dame gesagt hatte, sie solle es mitnehmen, um eines Tages ihren Märchenprinzen nicht anhand seines Schuhs, sondern anhand des Buches wiederzuerkennen, verschwieg sie.

»Zum Glück hast du das Buch mitgenommen und nicht sie. Sonst wäre es wirklich für immer verloren gewesen.«

Susanna lächelte. »Ich habe Signora Anna damals geschrieben und gehofft, dass du sie besuchen würdest, denn ich wollte dir das Buch mit der Widmung deines Vaters so gern wiedergeben. Aber mein Brief kam zurück mit der Aufschrift ›verstorben‹. Danach hatte ich die Hoffnung aufgegeben, dich wiederzusehen, und habe nur insgeheim gelobt, immer gut auf dein Buch achtzugeben …« Sie hielt entsetzt inne. Was hatte sie da gerade gesagt? Wieder durchfuhr eine heiße Woge ihren Körper und zeitgleich schwappte ein wenig Kaffee über den Tassenrand und kleckerte auf den Unterteller.

Während sie den Kaffee mit einer Serviette wegputzte, nahm sie aus dem Augenwinkel wahr, dass Emilio sie kurz und intensiv musterte. Doch er schaute sofort weg, als sie aufsah. Er war wirklich höflich. Und sie kam sich mehr und mehr so vor wie ein dummes, junges Mädchen, nicht älter als damals bei ihrer Begegnung im Zug.

»Was hast du nach der Zugfahrt gemacht?«, fragte er, um ihre Verlegenheit zu übergehen. »Du hattest damals Sorge um deinen Bruder, nicht wahr? Ich hoffe, deine Sorge war unbegründet und du hast ihn wohlauf vorgefunden?«

Sie starrte ihn an. *Was fragt er da?* Ihre Zunge war wie gelähmt. Sie schnappte nach Luft.

»Susanna?«

Sie spürte seine Hand auf ihrer. Warum konnte sie nicht antworten? Wahrscheinlich lag es daran, dass sie erst kürzlich von Laurenz geträumt hatte und alles wieder hochgekommen war.

»Was ist los? Habe ich etwas Falsches gesagt?«

Sie schluckte. »Mein Bruder … hatte Leukämie. Er ist wenige Wochen später gestorben.«

Ihm wich die Farbe aus dem Gesicht. *»Mi dispiace«*, flüsterte er. »Meine Güte, erst verlierst du beide Eltern und dann noch den Zwillingsbruder. Ich wünschte, ich hätte dir damals beistehen können.«

Susanna fühlte, wie sie errötete. Er hielt immer noch ihre Hand und machte keine Anstalten, sie loszulassen. Sie räusperte sich. »Entschuldige, dass ich gerade so seltsam reagiert habe, obwohl alles schon so lang her ist. Es ist nur so, dass ich erst vor Kurzem wieder einen von den Umschlägen geöffnet habe, die mein Bruder vor seinem Tod für mich vorbereitet hatte.«

»Umschläge?« Emilio hob eine Augenbraue.

*Was erzähle ich ihm? Er muss ja denken, ich sei völlig verrückt.* »Er hat mir Comic-Zeichnungen hinterlassen für bestimmte Anlässe, manchmal auch mit kurzen Briefen«, sagte sie, »weil ich so traurig war, dass er sterben würde. Neulich habe ich den

Umschlag geöffnet, den er für meinen dreißigsten Geburtstag vorgesehen hatte.« *Jetzt lässt er mich bestimmt gleich einweisen.*

Aber Emilio drückte nur ihre Hand. »Das war eine schöne Idee von deinem Bruder«, sagte er. »Ich hätte ihn gern kennengelernt, er muss ein ganz besonderer Mensch gewesen sein.«

Susanna stiegen Tränen in die Augen. »Entschuldige.«

Er ließ ihre Hand los und reichte ihr eine Packung Papiertaschentücher.

»Es tut mir leid, dass unsere Begegnungen immer in Tränen enden«, sagte sie. »Damals Signora Anna, jetzt ich.«

Er lächelte. »Das ist aber auch alles sehr traurig.« Er beugte sich vor. »Trotzdem wünsche ich dir nachträglich alles Gute zum Geburtstag.«

»Danke.« Sie putzte sich die Nase.

»Und wie kam es, dass du italienische Literatur studiert hast?«

»Oh, daran warst hauptsächlich du schuld.« Sie lachte. »… und ein wenig auch mein Bruder.« Dann erzählte sie Emilio, welche Faszination sein vergessenes Buch auf sie ausgeübt hatte, und dass sie Laurenz versprechen musste, das zu studieren, wofür sie brannte.

Er lehnte sich zurück. »Es freut mich, dass unsere lange Zugfahrt prägend für dein weiteres Leben war. Damals war ich noch weit davon entfernt, Literaturprofessor zu werden, aber in gewisser Hinsicht bist du also die Erste gewesen, die ich für mein Fach begeistern konnte.«

»Ja, und dafür bin ich dir sehr dankbar«, sagte sie und merkte beruhigt, dass sie ihre Normalfassung wiedererlangt hatte. »Und was hast du in den letzten zehn Jahren gemacht?«

# 38

Erschrocken sah er sie an. Er hatte ihrer Stimme gelauscht und ihr Gesicht betrachtet und war dabei in eine Art Trancezustand verfallen. Mit dieser Frage hatte sie ihn wie aus einem Traum gerissen. Aber ihre Frage war berechtigt. Natürlich wollte sie wissen, was er gemacht hatte, wenn sie ihm gerade alles über sich erzählt hatte. Er räusperte sich. »Ich habe in Rom promoviert und habilitiert, ich habe fünfzehn Aufsätze und sechs Bücher veröffentlicht und vor vier Jahren eine Professorenstelle in Bologna ergattert.« Vom wissenschaftlichen Standpunkt her war das zwar eine beachtliche Leistung, aber sonst hatte er wirklich nichts zu bieten. Mehr war es nicht. Zehn Jahre in einem Satz? Wie konnte er eine so lange Zeitspanne so unspektakulär verbringen, dass ihm nicht mehr als ein Satz dazu einfiel?

»Und sonst?«, fragte sie und er sah sie unbeholfen an und überlegte, ob er ihr von seinen versandeten Beziehungen erzählen sollte. Es waren oberflächliche Beziehungen gewesen, er hatte nie gelitten, wenn sie vorbei gewesen waren. Was sollte er ihr also sagen?

»Darin habe ich versagt«, sagte er schlussendlich. Es hatte keinen Sinn, ihr im Detail von Chiara, Carlotta, Agnese und Roberta zu erzählen. Es war nicht wichtig.

Sie lächelte traurig. »Dann war noch nicht die Richtige dabei.«

*Nein*, dachte er bitter, *die Richtige habe ich damals ziehen lassen und heute, wo sie mir gegenübersitzt, kann ich sie nicht mehr bekommen, weil ein anderer sie schon hat.*

Susannas Handy klingelte. Sie hatten sich verquatscht. Erschrocken sah sie auf das Display und packte dann eilig ihre Sachen zusammen. »Entschuldige, dass ich so hektisch aufbreche. Ich muss meine Schwiegermutter abholen.«

Emilio nickte und stand auf. *Diese fürchterliche Schwiegermutter!* Er hätte noch ewig mit Susanna weiterplaudern wollen. »Ich trage dir die Tasche bis zum Auto, wie ich gesagt habe.«

»Nicht nötig.«

»Doch.« Durch den Himbeerkuchen schien sie zwar wieder zu Kräften gekommen zu sein, aber die Büchertasche befand er als zu schwer für sie. »Sehen wir uns nächste Woche um diese Zeit vor der Bibliothek? Bis dahin habe ich deine Arbeit sicher gelesen.«

»Ja, gern.« Sie lächelte wieder dieses schüchterne, mädchenhafte Lächeln. »Ich hoffe, ich kann es einrichten. Wenn mir etwas dazwischenkommt, rufe ich dich an, ich habe ja deine Nummer.«

»Gib mir deine bitte auch, oder wenigstens deine E-Mail-Adresse. Nicht, dass bei mir etwas dazwischenkommt.«

Sie schrieb ihm beides auf einen Zettel, den er sorgfältig ins Portemonnaie steckte.

Kurze Zeit später standen sie vor ihrem Auto. Er legte die Büchertasche auf den Rücksitz. Einen Augenblick sahen sie sich an. »Kann ich dir sonst noch irgendwie helfen?« Er merkte, dass seine Stimme belegt war.

Sie schüttelte den Kopf. *»A presto«*, sagte sie leise, und in dem Moment wusste er, dass er sich in sie verliebt hatte.

Nach dem Treffen begab sich Emilio wieder in die Bibliothek, aber er konnte sich weder auf seine Vorlesung konzentrieren, die er am nächsten Tag zu halten gedachte, noch einen vernünftigen Gedanken zu Pirandello zu Papier bringen. Daher nahm er seine Unterlagen und ging zum Rhein hinunter. Er lief ein ganzes Stück in Richtung Norden, an der Oper und der Beethovenhalle vorbei, immer weiter und weiter. Die Bäume hatten nun fast ihr ganzes Laub verloren. Nur noch wenige Blätter hingen an den Ästen. Nach einer halben Stunde setzte er sich auf eine Bank und starrte auf den Fluss.

*Sie ist immer noch das junge Mädchen von damals*, dachte er, als er das Treffen mit Susanna Revue passieren ließ. Sehr schüchtern, aber doch neugierig genug, um ihre Angst zu überwinden und sich mit ihm zu treffen. Sorgen machte ihm allerdings, dass es ihr offenbar nicht gut ging. Sie war sehr blass gewesen und ihre Hände hatten gezittert. Was mochte nur mit ihr los sein? Hoffentlich war sie nicht krank! Aber als sie den Himbeerkuchen aufgegessen hatte, waren ihre Lebensgeister wiedererwacht und sie hatte plötzlich viel erzählt. Er hatte dagesessen und ihrer Stimme gelauscht, die er jetzt noch in den Ohren hatte. Wie goldig ihr leichter Akzent im Italienischen klang! Er hätte ihr stundenlang zuhören können.

Als sie jedoch den Verlust ihres Bruders erwähnt hatte, hatte sich sein Herz zusammengezogen. Das war genau in der Zeit passiert, als er in Rom frustriert in einer Bar gejobbt hatte. Hätte er doch stattdessen Susanna gesucht und ihr beigestanden! Er warf einen Stein in den Rhein und sah zu, wie sich Kreise um die Stelle herum bildeten, in der er ins Wasser eingetaucht war.

Dann war da plötzlich dieser Moment gewesen, in dem sie beide einander fast gestanden hatten, dass sie damals ziemlich interessiert am jeweils anderen gewesen waren. Emilio lächelte vor sich hin. *Sie ist einfach unglaublich süß!* Als sie gesagt hatte, dass sie nach Signora Annas Tod die Hoffnung aufgegeben hatte, ihn wiederzufinden, und gleich darauf rot angelaufen war, hätte er jubeln können. Sie mochte ihn noch immer, sonst wäre sie nicht rot geworden, sondern hätte dies lachend als jugendliche Schwärmerei abgetan.

Er sah auf die Uhr. Es war kurz nach eins. In Paolos Bar herrschte jetzt Hochbetrieb, aber in zwei Stunden würden die Mittagsgäste gegangen sein, und sein Freund würde anrufen und sich nach seinem Treffen erkundigen. Leider hatte Emilio nicht verheimlichen können, dass es heute stattfinden würde. Was sollte er ihm sagen? Paolo hatte selbstverständlich recht gehabt: Der erste Eindruck hatte sich bestätigt. Susanna gefiel ihm besser als je zuvor. Sie gefiel ihm so gut, dass er keine Ahnung hatte, wie er es aushalten sollte, noch eine Woche zu warten, bis er sie erneut sehen würde.

Als ob er Paolo per Telepathie genötigt hätte, sich zu melden, brummte plötzlich sein Handy.

»*Ciao,* Paolo«, sagte Emilio, während er noch fieberhaft überlegte, was er seinem Freund sagen sollte. »Warum rufst du jetzt schon an? Ist nichts los in deiner Bar?«

»Doch, aber ich will wissen, wie es bei dir gelaufen ist.«

»Ich weiß noch nicht, was ich dir sagen soll«, gestand er offen, »meine Überlegungsphase ist noch nicht abgeschlossen.«

Paolo lachte. »Du brauchst dir niemals zu überlegen, was du mir sagen sollst, ich errate sowieso alles. Also, wie war es?«

Emilio seufzte.

»Aha, wie ich vorhergesagt habe. Du bist mächtig in sie verliebt, nicht wahr?«

»Ich weiß es nicht.«

»Aber ich weiß es. Und Susanna? Ist sie genauso verliebt wie du?«

»Ich weiß es nicht«, wiederholte er und fügte etwas leiser hinzu: »Ich vermute aber, es geht ihr ähnlich.«

Paolo atmete tief durch. *»Cavolo.«*

Ja, genau: Der gegenwärtige Zustand ließ sich nicht anders beschreiben als mit »*cavolo* – Mist«.

»Was schlägst du vor? Du bist doch Experte in Sachen Liebe.«

»Es gibt zwei Möglichkeiten: Entweder du schickst Susanna den Ausdruck ihrer Dissertation per Post zurück, packst deine Koffer und kommst sofort zurück nach Italien. Oder du gewinnst ihr Herz, entreißt sie ihrem Mann und bringst sie mit.«

»Danke für die tollen Ratschläge! Beides geht nicht.«

»Dann fürchte ich, dass dein Herz zerbricht und du ihres auch brechen wirst.«

»Gibt es keinen Mittelweg?«

»Nein, bei wahrer Liebe geht es nur ganz oder gar nicht. Alles andere ist ein lebenslanges Drama.«

Da hatte sein Freund wohl recht. »Aber ein Drama ist es auch, wenn ich sie aufgebe und sofort zurückkomme.«

»Also, da hast du dir doch die Antwort gerade selbst gegeben.«

»Meinst du wirklich? Ich bin kein Casanova, der anderen Männern die Frauen ausspannt.«

»Ein Casanova hat nur bei den Frauen Chancen, die mit ihren Männern unglücklich sind. Es ist sozusagen die Aufgabe eines Casanovas, den Frauen aus unglücklichen Beziehungen herauszuhelfen, die sich allein nicht daraus befreien können. Nach all dem, was du neulich von Susanna erzählt hast, scheint sie sehr unglücklich mit ihrem Mann zu sein.«

»Eher mit der Schwiegermutter.«

»Das ist in dem Fall dasselbe. Denn ihre Beziehung zu ihrem Mann definiert sich über ihre Beziehung zur Schwiegermutter.«

Paolo war wirklich ein begnadeter Psychologe.

»Aber ich kann doch keine Ehe zerstören«, sagte Emilio.

»Letzte Woche habe ich dich gewarnt, aber du wolltest deinen Kopf partout durchsetzen. Nun sitzt du fest im Minenfeld und musst da raus. Die Richtung hast du gerade selbst eingeschlagen. Also denk darüber nach, wie du es anstellen wirst. Ruf an, wenn du meinen Rat brauchst, ansonsten melde ich mich die nächsten Tage wieder. Viel Glück bis dahin! Und koch ihr den Kaffee, den ich dir mitgegeben habe.«

»Was?« Ach so, ja, *den* Kaffee! Den hatte er ganz vergessen, aber dazu hätte er Susanna erst einmal in seine Wohnung locken müssen. Das würde sicher eine ganze Weile noch nicht gehen. Emilio verabschiedete sich und begann zu grübeln, wie er Susanna erobern konnte. Ihm fiel nichts ein. Daher nahm er ihre Arbeit aus der Aktentasche und begann zu lesen.

# 39

Susanna hatte Adelheid fast eine halbe Stunde warten lassen. Ihre Schwiegermutter saß stoisch im Wartezimmer der Physiotherapiepraxis. Sie las nichts, sondern starrte nur die Steinwand an. »Lässt du alle Leute so lange warten?«

»Nein, ich habe aber gesagt, dass es heute später werden wird.« Kühl, frostig, abweisend. Ihre Stimme konnte tatsächlich die Eigenschaften von Stahl annehmen. Das hatte sie bislang gar nicht gewusst.

»Meine Freundinnen stehen gewiss schon vor der Tür.«

Ein glutheißer Schwall schoss Susanna durch die Adern. »Wieso?«

»Weil wir uns heute zum Bridge verabredet haben.«

*Aha. Danke, dass mir mal wieder keiner was gesagt hat!* Das würde also eine vergleichbare Katastrophe geben wie letzte Woche. Doch plötzlich leckte sie Blut. Jetzt würde sie sich wenigstens ein bisschen an Isolde und Adelheid dafür rächen können, dass sie sie eine Woche zuvor bei Stefan angeschwärzt und ihre Ehekrise verursacht hatten. Da sie gleich ohnehin wieder wie die Hyänen über sie herfallen würden, wollte sie sich einen kleinen Rachemoment gönnen.

»Wir müssen aber noch einkaufen und ein Rezept für dich bei deinem Hausarzt abholen.«

»Kannst du das nicht allein machen? Wieso muss ich da mit?«

»Adelheid, du kannst Gift darauf nehmen, dass auch ich mich nicht gern in volle Warenhäuser begebe, schlechte Luft einatme und stundenlang vor der Kasse stehe. Doch wenn ich es nicht mache, haben wir nichts zu essen. Und es ist auch kein Spaß, in diesen Zeiten zum Arzt zu gehen, wo das ganze Wartezimmer schnieft und hustet. Aber heute erledigen wir das gemeinsam. Das stärkt gewiss unser Zusammengehörigkeitsgefühl und du sollst ja auch am wahren Leben teilnehmen, wie deine Ärzte immer wieder betonen.« Sie hörte mit Abscheu die sarkastische Stimme, die das aussprach – ihre eigene. Was war nur in sie gefahren?

»Was ist mit Isolde, Gertrud und Lydia?«

»Sie werden noch ein wenig warten müssen. Du siehst, dass du demnächst deine Termine besser mit mir absprechen solltest. Ich bin nämlich kein Taxiunternehmen, das man ruft und es kommt gefahren.« *Ich bin wirklich ein Biest*, dachte sie.

»Dann ruf Isolde wenigstens an und sag ab, damit sie und die beiden anderen nicht in der Kälte stehen.«

»Gut.« Susanna zückte ihr Handy und wählte Isoldes Nummer.

»Wo bleiben Sie denn?«, zeterte Madame Etepetete.

»Ein bedauerliches Missverständnis«, säuselte Susanna. »Meine Schwiegermutter hat mir bis gerade eben nichts von ihrer Verabredung erzählt und wir müssen dringend noch zu ihrem Arzt und den Wocheneinkauf erledigen.«

»Hätten Sie das nicht vorher machen können?«

»Hätte ich können, wenn ich von Ihrer Verabredung gewusst hätte, aber wenn man mir nichts sagt, plane ich nach bestem Wissen und Gewissen.«

»Dass meine liebe Adelheid einer solchen Furie wie Ihnen ausgesetzt ist, das werden Sie noch einmal verantworten müssen! Ich werde fortan jedenfalls ein wachsames Auge auf Sie haben.«

Susanna zuckte zusammen. Sie hatte ihre Rache haben und Adelheid ihr Vergnügen mit ihren Freundinnen verderben wollen, aber nun hatte ihr Isolde einen Tiefschlag versetzt. Sie legte auf. Ihr war schlecht. Mit ihrer »Erziehungsmaßnahme« hatte sie sich selbst geschadet.

Zwei Stunden später schob Susanna eine erschöpfte Adelheid in ihr Zimmer. Sie stellte ihr eine Kanne Tee auf den Tisch, reichte ihr einen Packen Zeitschriften und ein Buch. Sie selbst war genauso erledigt wie ihre Schwiegermutter. Außerdem fühlte sie sich schuldig. *Heute bin ich wirklich grässlich zu ihr gewesen, und das, obwohl ich mich zuvor so nett mit Emilio unterhalten habe.*

Stefan hatte immer noch nicht angerufen. Der Blick auf den Anrufbeantworter war Susanna in den letzten Tagen fast zur Manie geworden. Aber kein Blinken zeugte von einem Anruf in Abwesenheit. Ob Isolde ihn wohl anrufen und ihm brühwarm vom neuesten Eklat berichten würde?

Sie stieg die Treppe zum Dachzimmer hoch und schaltete den Computer ein. Vielleicht hatte Stefan wenigstens geruht, ihr nach einer Woche des Schweigens eine Nachricht zu schicken. Als sich das E-Mail-Programm öffnete, sah sie eine ungelesene Nachricht. Ihr Herz raste, und eine Gänsehaut überzog ihre Unterarme. Die Nachricht war bestimmt von Stefan. Was mochte er ihr schreiben? War er versöhnt oder tobte er wieder? Sie klickte auf »ungelesene Nachrichten« und traute ihren Augen kaum. Die Nachricht war nicht von Stefan. Sie war von Emilio Pavese.

Liebe Susanna, ich habe zwar erst dreißig Seiten gelesen, aber ich bin schon jetzt völlig begeistert. Du hast eine ganz andere Sicht auf die Dinge als italienische Wissenschaftler. Ich denke, so ein Blick von außen auf unsere Literatur tut der Forschung richtig gut. Ein paar Punkte habe ich notiert, die ich gern mit Dir besprechen würde. Keine Kritik, nur ein paar Fragen an eine Wissenschaftlerin, die vielleicht auch zu meiner aktuellen Arbeit ein paar zündende Ideen hätte. Also ganz konkret wollte ich fragen, ob Du nicht schon morgen oder übermorgen Zeit hättest, dass wir uns zu einem fachlichen Austausch treffen? Ich werde heute bestimmt die ganze Nacht durchlesen. Herzliche Grüße, Emilio.

Sie starrte auf die Nachricht. Ihr Herz klopfte immer noch, aber das Blut, das es durch ihren Körper pumpte, wärmte sie jetzt. Am Nachmittag war es ihr richtig peinlich gewesen, ihm ihre unfertige Arbeit zu geben. Sie war zwar durchdacht, aber manchmal bemerkte sie erst beim Schreiben, ob die Gedanken, die sie sich im Vorfeld gemacht hatte, tatsächlich aufgingen. Doch Emilio schien angetan zu sein. Hoffentlich würde er nicht enttäuscht werden, wenn er weiterlas.

Sie lächelte. Seine Nachricht war Balsam für ihre Seele. *Ich bin keine komplette Versagerin.* Emilio war ein seriöser Wissenschaftler, der für sein Alter überdurchschnittlich viel veröffentlicht hatte. Er hätte nicht einfach so Komplimente gemacht. Und Professor Schneidereck hatte sich ähnlich geäußert wie er. *Also bin ich wohl tatsächlich gut. Wenn schon keine gute Schwiegertochter, so doch wenigstens eine gute Wissenschaftlerin*, dachte sie und im Grunde genommen war es ihr so herum lieber, auch wenn sie die Situation im Hause unerträglich fand.

Sie tippte eine Antwort, ohne lange darüber nachzudenken:

> Lieber Emilio, danke für Deine Nachricht, sie hat mir gerade den Tag gerettet. Morgen Abend geht meine Schwiegermutter mit ihren Freundinnen ins Konzert. Ich muss sie zwar dorthin fahren, aber während des Konzerts hätte ich Zeit. Tagsüber geht es bei mir leider nicht, weil ich sie morgens zum Zahnarzt und nachmittags zum Friseur bringen muss. Sollen wir uns um Viertel nach acht in der Nähe der Beethovenhalle treffen? Um kurz vor zehn muss ich allerdings schon wieder abfahrbereit sein. Viele Grüße, Susanna.

Seine Antwort folgte binnen Sekunden:

> Sehr gern, ist von meiner Seite aus bestätigt. Nur eine Frage noch: Ist alles in Ordnung bei Dir? Ich frage nur, weil Du geschrieben hast, dass Dir meine Nachricht den Tag gerettet hat …

Sie strich sich eine Haarsträhne aus dem Gesicht. Da hatte sie wohl eben viel zu schnell geantwortet und hätte ihre Worte besser mal abwägen sollen.

> Mach Dir keine Sorgen. Mir wurde nur mal wieder klargemacht, dass ich als Schwiegertochter eine absolute Niete bin, aber das wusste ich schon, daher nichts Besonderes.

*Was um alles in der Welt mache ich gerade?*, fragte sie sich. *Ich tische meine Privatprobleme leichtfertig einem Mann auf, den ich gerade dreimal in meinem Leben gesehen habe, einmal davon vor zehn Jahren. Was wird Emilio von mir denken?* Er war Wissenschaftler. Ihm schüttete man nicht sein Herz aus. Doch plötzlich erinnerte sie sich an die Szene im Zug vor zehn Jahren, als er Signora Anna wie selbstverständlich in die Arme genommen hatte, als die alte Frau in Tränen ausgebrochen war. Er war kein kühler, nüchterner Wissenschaftler, er war einfühlsam. Er tröstete sogar uralte Frauen.

Susannas Handy klingelte. Es war Emilio.

»Ich dachte, ich rufe doch mal an«, sagte er. »Du hast gerade ziemlich unglücklich geklungen.«

»Es tut mir leid, wenn ich dich damit belästige«, fing sie an.

Doch er unterbrach sie. »Du belästigst mich keineswegs. Was ist denn passiert? Ich habe heute Vormittag schon gedacht, dass du sehr blass aussiehst und es dir nicht gut geht. Der Streit mit deiner Schwiegermutter hat hoffentlich nichts damit zu tun, dass wir uns heute im Café getroffen haben, oder?«

Susanna zögerte. »Nein, nicht direkt, aber ich habe sie zu spät abgeholt und dann habe ich ihr ein Treffen mit ihren Freundinnen verdorben.«

»Also bin ich doch schuld. Erzähl mir alles.« Seine Stimme klang ganz weich und brachte irgendeine Saite in ihr zum Schwingen. Sie berichtete ihm stockend, was sich nach ihrem Treffen zugetragen hatte und wie ekelhaft sie sich heute Nachmittag Adelheid gegenüber verhalten hatte. Von Stefans Abtauchen erwähnte sie nichts. Zwischendurch musste sie ein paar Mal innehalten, weil ihr Tränen die Wangen hinunterliefen.

Er hörte zu. Er hatte es nicht eilig. Zwischendurch sagte er immer mal wieder etwas. Susanna wusste nicht mehr, was, sie hörte nur auf den tiefen, weichen Klang seiner Stimme, die sie beruhigte.

»Jetzt weißt du alles«, sagte sie schließlich.

»Noch nicht alles.« Er schwieg kurz. »Was sagt dein Mann dazu?«

*Ach du gütiger Himmel!* Was sollte sie darauf bloß antworten? »Nichts.«

Durch das Telefon spürte sie, dass er die Luft anhielt. »Nichts? *Niente?*«, wiederholte er ungläubig.

»Ich weiß nicht, wie ich aus dem Schlamassel herauskommen soll. Ich weiß einfach nicht mehr, was ich tun soll.«

Er wollte etwas sagen, doch da hörte sie das Glöckchen, das sie Adelheid hingestellt hatte. »Meine Schwiegermutter klingelt, ich muss runter.« Verflixt! Jetzt hatte sie sie schon wieder links liegen gelassen, zum zweiten Mal an diesem Tag und schon wieder wegen Emilio!

»Warte!«, rief er. »Ruf mich nachher zurück, wenn sie im Bett liegt. Wir müssen weiterreden, nach der Erzählung kann ich dich nicht einfach bis morgen mit deinen Gedanken alleinlassen.«

»Gut. Ich rufe dich nachher an.« Sie legte das Handy weg und rannte die Stufen hinunter.

Adelheid trommelte mit den Fingern auf den Tisch. »Ich brauche meinen Abendtee. Ich dachte, du kommst von allein. Stattdessen zwingst du mich, dieses alberne Glöckchen zu verwenden, damit du dir wohl als bemitleidenswertes Dienstmädchen vorkommen kannst.«

Susanna wollte sich gerade entschuldigen, hielt aber inne. »Weißt du, Adelheid, es bedurfte nicht erst dieses Glöckchens, dass ich mich als Dienstmädchen fühle. Das tue ich ohnehin schon. Denn du kannst durchaus selbst deinen Tee zubereiten. Einen Wasserkocher habe ich dir auf den Tisch gestellt.«

»Hier ist aber kein Wasseranschluss!«

»Du kannst allein ins Badezimmer rollen, deswegen haben wir das Haus umgebaut. Ich fahre dich zu all deinen Terminen, aber ich erwarte, dass du von nun an selbstständiger wirst und das allein erledigst, was du allein erledigen kannst.«

Adelheid klappte die Kinnlade herunter. »Wie du mit mir redest«, empörte sie sich. »Was Stefan wohl dazu sagen wird?«

Susanna fröstelte. Das wollte sie sich lieber nicht ausmalen. Aber in diesem Moment war sie stolz auf sich, dass sie ihrer Schwiegermutter Paroli geboten hatte. *Ob das wohl damit zu tun hat, dass mir gerade jemand den Rücken gestärkt hat?*

# 40

Es war zweiundzwanzig Uhr, als Emilios Handy klingelte, er hatte mittlerweile nicht mehr damit gerechnet, dass sich Susanna noch einmal melden würde. In der Zwischenzeit war er auf Seite 100 ihrer Arbeit angelangt.

»Es geht mir besser«, verkündete sie. »Ich habe Adelheid gesagt, ich erwarte, dass sie sich fortan selbst um das kümmern soll, was in ihrem Zustand möglich ist.«

»Wunderbar!« Es erstaunte ihn, dass er sie in einem derart aufgeräumten Zustand wiederhörte. Er hatte sich die ganze Zeit den Kopf zerbrochen, was er ihr am Telefon sagen könnte, denn am liebsten hätte er sie einfach in die Arme genommen.

»Es war unmöglich von mir, dich mit all meinen Problemen zu belästigen.«

»Nein, das war das einzig Richtige«, sagte er. »Manchmal muss man einfach darüber reden.« Er zögerte. »Aber ich möchte doch noch einmal auf deinen Mann zu sprechen kommen. Es steht mir zwar absolut nicht zu, mich in euer Eheleben einzumischen, aber du sagtest eben, dass er nichts zu deinen Problemen mit seiner Mutter sagt. Wie kann das sein?«

Er hörte, wie Susanna am anderen Ende der Leitung schluckte. »Stefan hat viel Stress bei seiner Arbeit. Ihn nerven die häuslichen Zwistigkeiten zwischen Adelheid und mir. Sie und ihre Freundin Isolde haben ihn neulich im Büro angerufen und sich über mich beschwert. Wahrscheinlich hat er deswegen mit seinem Arbeitgeber Probleme gehabt. Jedenfalls hat er mir schwere Vorwürfe gemacht.« Sie schwieg einen Augenblick und knabberte an ihrer Unterlippe.

»Kannst du nicht nach Frankfurt fahren und persönlich mit ihm reden, ohne dass deine Schwiegermutter im Nebenzimmer mithört?«

»Das habe ich neulich getan, aber es hat keine zehn Minuten gedauert, da hatten wir uns wieder in der Wolle … Ich bin dann einfach gegangen.« Sie schluchzte. »Jetzt spricht er gar nicht mehr mit mir.«

Emilio strich sich übers Kinn. Es war schlimmer, als er befürchtet hatte. Wenn sie noch nicht einmal mehr miteinander redeten, dann war eigentlich alles vorbei. Aber das wollte er ihr nicht sagen. Krampfhaft suchte er nach den richtigen Worten. »Du solltest trotzdem noch einmal versuchen, mit ihm zu reden, und ihm sagen, dass du Hilfe brauchst. Selbst wenn du mit der Dissertation fertig bist, hast du immer noch deine Übersetzungen und kannst nicht dauernd seine Mutter durch die Gegend fahren. Mit wem sprichst du sonst über deine Probleme?«

»Meiner Freundin Juliane sage ich manchmal etwas. Aber es ist nicht immer einfach. Sie … kann Stefan nicht leiden.«

*Eine kluge Frau, diese Juliane. Denn Stefan kann ich nicht nur nicht leiden, ich würde ihm am liebsten eins auf die Nase geben!* Allein die Tatsache, dass Stefan seiner Mutter beistand und nicht seiner Frau, ging seiner Meinung nach überhaupt nicht! Aber Emilio behielt seinen Ärger für sich. Eine innere Stimme sagte ihm, dass er auf keinen Fall Ressentiments gegen Stefan schüren durfte, sonst würde er bei Susanna abgemeldet sein.

»Weiß deine Tante von deiner Situation?«, fragte er stattdessen und malte Blumen auf den Block, der auf dem Schreibtisch lag. Susanna hatte sie am Nachmittag erwähnt.

Sie zögerte. »Ich habe ihr von Adelheid erzählt. Aber nichts von Stefan.«

»Du hast doch ein gutes Verhältnis zu ihr, oder?«

»Ja, schon. Normalerweise habe ich meiner Tante immer alles erzählt. Sie hat sich ja so gut um mich gekümmert, als meine Eltern und mein Bruder …« Sie vollendete den Satz nicht.

Emilio zeichnete weitere Blumen und stellte sich vor, wie verzweifelt Susanna gewesen sein musste, als ihre Eltern verunglückt waren, und später, als sie von der unheilbaren Krankheit ihres Bruders erfahren hatte. Nach allem, was sie durchgemacht hatte, hätte sie es wirklich verdient gehabt, ein ruhiges, schönes Leben zu haben. Stattdessen war sie an einen Vollpfosten geraten, der ihrer nicht würdig war. Er räusperte sich. »Du solltest dich deiner Tante anvertrauen. Sie ist doch wie eine Mutter für dich.«

»Ja.« Sie schien nicht überzeugt. »Das letzte Mal, als ich sie gesehen habe, sah sie so schlecht aus, dass ich sie damit nicht belasten wollte.«

»Machst du dir Sorgen um deine Tante?«

»Ehrlich gesagt, ja. Sie sagte, sie müsse sich nur an den Ruhestand gewöhnen, an die Tatsache, nicht mehr gebraucht zu werden. Aber ich habe Angst, dass sie krank ist.«

»Erzähl ihr trotzdem von deinem Kummer. Sie scheint eine Frau mit viel Lebenserfahrung zu sein. Sie kann dir sicher helfen.«

»Ja, wahrscheinlich schon.« Susanna klang nicht so, als ob sie morgen gleich ihre Tante anrufen würde. Vielleicht war das Verhältnis zwischen den beiden doch komplizierter, als er dachte.

»Mich kannst du auch immer anrufen«, beeilte er sich zu sagen. »Ich habe ein paar Jahre mehr auf dem Buckel als du und bin von Beruf Literat und Philosoph, ich verfüge also über die idealen Voraussetzungen, mit klugen Ratschlägen um mich zu werfen.«

Sie lachte. »Dann rufe ich lieber dich an.«

Er riss den Zettel mit den Blumen ab. »Gern. Geht es dir ein bisschen besser?«

»Ja, viel besser.« Sie zögerte. »Vielen Dank, dass du mir zugehört hast.«

Sein Herz klopfte. »Immer wieder gern. Du kannst mich jederzeit anrufen.« Seine Stimme klang belegt. Was war bloß mit ihm los? »Geh jetzt schlafen, Susanna. Ruh dich aus. Wir sehen uns morgen Abend. Ich stehe irgendwo auf dem Parkplatz vor der Beethovenhalle.«

»Gute Nacht.« Ihre Stimme war engelhaft.

Emilio sah auf seine hingekritzelten Blumen. Normalerweise zeichnete er beim Telefonieren Kreise und Vierecke, Blumen hatte er noch nie gezeichnet. Was das wohl bedeuten mochte?

Er stand auf und ging ans Fenster. Es war Vollmond. Bei Vollmond konnte er nie gut schlafen und heute war er obendrein viel zu aufgewühlt. Er wählte Paolos Nummer. Hoffentlich weckte er ihn nicht.

»*Ciao,* Emilio. Dass wir uns so schnell wieder hören würden, hätte ich nicht gedacht«, begrüßte ihn sein Freund. »Es sind noch nicht einmal zwölf Stunden seit unserem letzten Telefonat verstrichen. Gibt's Probleme?«

»Nein. Ja … Ich weiß es nicht.«

»Für einen Wissenschaftler bist du beeindruckend unpräzise.«

»Ach, Paolo, ich weiß es einfach nicht.«

»Raus mit der Sprache! Hast du Susanna etwa heute noch einmal gesehen?«

»Nein, aber gehört und gelesen.«

»Und?«

»Ich bin verloren.«

»Also hoffnungslos verliebt?«

»Ja, so kann man es auch nennen.« Emilio erzählte ihm, was vorgefallen war.

»Du machst dich nicht schlecht als Casanova.« Aus Paolos Stimme klang Bewunderung.

»Bitte hör auf. Ich will kein Casanova sein. Ich will sie aus diesem Haus herausholen, wo jeder auf ihr herumhackt.«

»Du willst sie heiraten.«

Emilio hielt die Luft an. »Ja, vielleicht«, sagte er dann. »Aber sie ist ja schon verheiratet.«

»Kirchlich?«

»Was weiß ich. Keine Ahnung.«

»Dann finde es heraus. Außerdem besteht seit mittlerweile mehreren Jahrzehnten die Möglichkeit, sich scheiden zu lassen.«

Emilio stöhnte auf. Dass ausgerechnet ihm so etwas passieren musste. In seiner römischen Familie war eine Scheidung völlig tabu. Über Leute, die sich scheiden ließen, wurde die Nase gerümpft. So etwas tat man nicht. »Ehebrecher«, hatten seine Großtanten hinter vorgehaltener Hand getuschelt, als er als Kind das erste Mal eine Unterhaltung über so jemanden mit angehört hatte. Bis dato hatte er sich über diese Problematik niemals den Kopf zerbrochen, denn er war davon nicht betroffen gewesen. Aber nun war er auf dem besten Weg, ein Ehebrecher zu werden.

»Ich könnte sie meiner Familie nicht vorstellen«, sagte er. »Meine Verwandten würden sie nicht akzeptieren und das wäre für Susanna, als ob sie vom Regen in die Traufe käme.«

»Dann finde erst einmal heraus, ob sie überhaupt kirchlich geheiratet hat. Außerdem würdest du an ihrer Seite stehen und sie gegenüber deiner Verwandtschaft verteidigen.«

»Ja, aber das Getuschel kann ich nicht von ihr fernhalten.«

Paolo schwieg einen Augenblick. Dann sagte er: »Es ist zu spät, Emilio. Du steckst bereits mittendrin. Jetzt kannst du nicht mehr zurück, sonst brichst du ihr das Herz.«

Das wollte er natürlich nicht.

»Du hast dich im Übrigen gut geschlagen. Ich bin sehr zufrieden«, sagte sein Freund im Ton eines Lehrers.

»Meinst du, ich tue das Richtige? Bitte sei ehrlich!«

»Du tust das einzig Richtige. Alles andere wäre falsch. *Coraggio!*«

Nach dem Telefonat mit Paolo war an Schlaf nicht mehr zu denken. Sein Freund hatte recht. Er steckte bereits mittendrin. Er wollte Susanna für sich, und zwar für immer. Zurück konnte er nicht mehr, nur noch die Flucht nach vorn antreten. Er beugte sich über ihre Dissertation und las weiter. Aber er war nicht recht bei der Sache. Immer wieder musste er einige Passagen erneut lesen, weil er in Gedanken bei der Verfasserin selbst war.

Morgen Abend würde er sie treffen! Es war tatsächlich ein Rendezvous, auch wenn sie über ihre Dissertation sprechen wollten. Aber die Tatsache, dass sie dies machten, während die gnädige Frau Schwiegermutter mit ihren Freundinnen im Konzert war, verlieh der Sache nun tatsächlich einen Geschmack von Ehebruch. Er rieb sich die Schläfen. War es überhaupt möglich, anständig durchs Leben zu kommen? Und was war in dieser Sache anständig? Sicherlich nicht, dass er Susanna mit ihren Problemen wieder allein ließ, nachdem er ihr versichert hatte, dass sie sich jederzeit bei ihm melden könne.

# 41

Susanna stand vor dem Spiegel im Schlafzimmer. Auf dem Bett türmten sich an die zwanzig Kleidungsstücke. Sie hatte nichts Schönes. Schon lange hatte sie keine neuen Kleider mehr gekauft und entsprechend verwaschen sahen alle Oberteile aus. Der schwarze Rock passte ganz gut, sie trug ihn fast nie, aber was sollte sie dazu anziehen? Schließlich probierte sie eine hellblaue Bluse, die zwar nicht verwaschen, vom Schnitt her aber etwas altmodisch wirkte, denn ihre Mutter hatte sie Ende der Achtzigerjahre getragen. Skeptisch betrachtete sie sich von allen Seiten. Die Farbe stand ihr, und die Bluse passte auch gut zu dem schwarzen Rock. Glücklicherweise hatte ihre Mutter die Schulterpolster herausgetrennt. Sie zog eine schwarze Jacke über die Bluse und war plötzlich sehr zufrieden. *Zum Glück habe ich ein paar von Mamas Sachen aufgehoben,* dachte sie.

»Susanna, bist du oben?«, hörte sie Adelheid von unten rufen. »Beeil dich, wir müssen los!«

Susanna sah auf die Uhr und erschrak. Es war bereits Viertel nach sieben. Um acht Uhr würde das Konzert beginnen. Höchste Zeit aufzubrechen! Sie stopfte die Kleider in den Schrank, warum, fragte sie sich selbst, denn Adelheid würde nicht hochkommen können und Stefan war in Frankfurt. Dann raste sie die Treppen hinunter, griff nach ihrer Handtasche, der

Aktentasche und dem Autoschlüssel und schlüpfte in ihren Mantel.

Als sie sich umdrehte, saß Adelheid in einem dunkelgrünen, glitzernden Abendkleid vor ihr und starrte sie an, als ob sie das achte Weltwunder sei.

»Wieso hast du dich hübsch gemacht? Du gehst doch gar nicht mit ins Konzert.«

Susannas Herz setzte einen Schlag aus. Verflixt, sie war zu spät gewesen mit dem Mantel, nun hatte Adelheid die Bluse bemerkt, die sie noch nie getragen hatte.

Ihre Schwiegermutter starrte auf ihren Rock, als ob er unseriös sei, doch er reichte ihr bis zu den Knien.

»Ich habe mich sicherheitshalber so angezogen, falls ich dich in den Saal hinein- oder hinausrollen muss«, sagte sie. »Das würde ich ungern in Jeans tun.«

»Ach so, natürlich. Wie umsichtig«, murmelte Adelheid, schien aber nicht ganz überzeugt. Als sie im Auto saß und festgegurtet war, fragte sie: »Was treibst du denn während des Konzerts?«

Susannas Puls beschleunigte wieder. »Ich werde in die Bibliothek gehen, denn jetzt ist sie leer, danach treffe ich mich mit ein paar Kollegen zu einem Absacker, falls noch Zeit bleibt.«

»Welche Kollegen?«

»Na, meine Kollegen vom Italienischen Institut. Die anderen Doktoranden.«

»Mit denen hast du dich doch noch nie getroffen.«

Susanna seufzte. »Doch, das habe ich früher regelmäßig getan, jeden Mittwochabend. Aber seitdem du … bei uns wohnst, ging das nicht mehr. Abends ist die einzige Zeit des Tages, in der ich mich um meine Dissertation kümmern kann.«

»Dann schränke ich dich also in deinem Leben ein. Das tut mir leid«, sagte Adelheid. »Aber glaub mir, für mich ist das alles noch schlimmer.«

»Das glaube ich dir, mach dir keine Gedanken.«

Susanna bog ab und fuhr auf den Parkplatz der Beethovenhalle. Überall pellten sich elegante Damen aus Autos heraus, und die Herren beeilten sich, ihnen den Arm zu reichen und einen Schirm über sie zu halten.

Sie fuhr auf den Behindertenparkplatz, holte den Rollstuhl aus dem Kofferraum und öffnete die Beifahrertür für Adelheid. Ihre Schwiegermutter spannte einen Schirm auf, der Susanna fast ins Auge stach, während sie Adelheid zum Eingang schob. Ihr selbst lief der Regen in den Nacken.

Im Foyer warteten bereits Isolde und Lydia. »Wir übernehmen«, sagte Isolde, ohne Susanna eines Blickes zu würdigen. Sie schob sie beiseite und umfasste die Schiebegriffe. Lydia lächelte indes und wollte ein paar Worte mit ihr wechseln. Aber Isolde sagte barsch: »Wir müssen hinein.«

Die Damen entfernten sich. Isolde drehte sich noch einmal zu Susanna um. »Es wäre äußerst reizend, wenn Sie heute zur Abwechslung einmal pünktlich kämen.«

Tränen der Wut schossen Susanna in die Augen. *Isolde behandelt mich wie eine Sklavin.* Sie hatte noch nicht einmal Zeit gehabt, Adelheid das Programmheft in die Hand zu drücken. Genervt pfefferte sie es in den nächsten Abfalleimer.

Da trat plötzlich ein Mann im dunklen Anzug hinter einer Säule hervor. »*Buonasera*, Susanna.« Er lächelte.

»Oh, hallo, Emilio. Du bist hier?« Erschrocken sah sie sich um. Wenn eine der alten Damen sie mit ihm gesehen hätte, wäre das eine Katastrophe gewesen. Selbst wenn sie sich nur als Freunde und Kollegen trafen. »Ich dachte, du wartest draußen.«

»Es regnet. Außerdem habe ich gesehen, dass du vorhin keine Hand frei hattest für einen Schirm, daher wollte ich dich wenigstens mit meinem Schirm abholen.«

Susanna strich sich eine nasse Haarsträhne hinters Ohr. *Ich hätte keine Zeit aufwenden müssen, mich hübsch zu machen, das ist jetzt alles hinüber.* »Vielen Dank. Das ist wirklich sehr … aufmerksam.«

»Bei der Gelegenheit konnte ich deine werte Frau Schwiegermutter und ihre Freundinnen mal ganz aus der Nähe betrachten.«

Gehetzt blickte sie zur Saaltür.

Er lachte. »Keine Sorge, die Tür ist schon geschlossen, sonst hätte ich mich noch nicht hervorgetraut.«

Susanna wurde rot. »Ich glaube, das … das ist alles nicht richtig.« Sie sah auf ihre Schuhspitzen. »Adelheid hat schon Verdacht geschöpft und ich habe ihr eine Lüge nach der anderen aufgetischt. Das heißt, eigentlich nicht, aber … Ist ja auch egal.«

»Komm, Susanna.« Seine Stimme war ganz ruhig. »Wir wollen doch über deine Dissertation sprechen, oder nicht?«

»Ja, natürlich.« Ihr schoss das Blut ins Gesicht. Was hatte sie denn gesagt? Was dachte er jetzt von ihr? Da spürte sie, wie er sachte ihren Ellbogen berührte und sie zum Ausgang führte.

Vor der Tür spannte er seinen Regenschirm auf und hielt ihn über sie. Er roch ganz leicht nach Bergamotte. Sie nahm seinen Arm, um nicht nass zu werden.

»Wohin möchtest du gehen?« Er blieb stehen. »Die Bibliothek ist etwas weit von hier. Wäre ein Restaurant auch in Ordnung?«

Susanna fing plötzlich an zu zittern. »Ich weiß nicht«, hörte sie sich sagen. Plötzlich knurrte ihr Magen.

Emilio lachte. »Dein Magen hat sich im entscheidenden Augenblick zu Wort gemeldet. Wir werden also erst einmal etwas essen, danach können wir immer noch in die Bibliothek gehen.«

»Ich muss um halb zehn wieder hier sein«, sagte sie.

»Weiß ich.« Seine Miene war auf einmal düster. »Ich habe genau gehört, was Signora Isolde gesagt hat.« Er sah sie an. Sein Blick wirkte nachdenklich. »Nun habe ich hautnah miterlebt, was du täglich erdulden musst.«

# 42

Das Restaurant, das Emilio wohlweislich im Vorfeld ausgewählt hatte, kannte er bereits, er hatte es aufgesucht, um ein wenig Kontakt mit Landsleuten zu haben. Es lag in der Nähe der Beethovenhalle, sodass Susanna pünktlich um halb zehn wieder am Parkplatz sein und ihre Schwiegermutter in Empfang nehmen konnte. Francesco, der Restaurantbesitzer, stammte aus demselben Ort wie seine Großmutter, die natürlich schon lange nicht mehr lebte. Zusammen mit ihm schwelgte er gern in Erinnerungen an die sorrentinische Küste, die Sonne und das Meer.

Als er mit Susanna nun auf dieses Lokal zusteuerte, blieb sie plötzlich stehen.

»Was hast du?«, fragte er.

»Hier haben Stefan und ich unsere Hochzeit gefeiert.« Ihre Stimme zitterte.

*Oh nein! Komplett falsche Wahl!* »Möchtest du lieber woanders hingehen?«

Sie nickte, doch in dem Moment kam Giuseppe, Francescos Sohn, mit dem Fahrrad um die Ecke und klingelte. »*Ciao*, Emilio! Kommt rein, heute gibt es frische Muscheln.«

Emilio merkte, wie Susanna jeden Muskel anspannte. Sie wollte weg!

Es war eine ziemlich unangenehme Situation. Er begann, Giuseppe zu erklären, dass sie leider keine Zeit hätten, aber da erkannte sein Landsmann Susanna unter ihrer Kapuze. »Signora Susanna, endlich kommen Sie wieder einmal vorbei!« Kurz sah er zwischen ihr und Emilio hin und her, erfasste die Situation und grinste. »Kommt nur herein, der Tisch in der Nische neben der Küche ist noch frei.«

Susanna senkte den Blick.

*In was für eine Lage habe ich sie nur gebracht!* Emilio beugte sich zu ihr hinunter. »Wir können auch woandershin gehen, wenn du möchtest«, flüsterte er, »ich kläre das schon.«

Sie schüttelte den Kopf. »Ist schon gut, ich mag das Essen hier ja auch sehr.«

Giuseppe hielt ihr galant die Tür zum Restaurant auf.

*Was mache ich bloß, damit sie sich entspannt?* Emilio dachte an Paolo. Wenn ein neues Liebespärchen seine Bar betrat, wusste sein Freund immer genau, was er machen musste. Emilio hoffte inständig, dass auch Giuseppe und sein Vater diese Kunst beherrschten.

Er nahm Susanna den Mantel ab und rückte ihr den Stuhl zurecht. Der Platz neben der Küche war nicht besonders schön, aber so saß zumindest Susanna in einer Nische und war vom Eingang und dem Lokal aus fast nicht zu sehen. Das war das Wichtigste.

Er setzte sich ihr gegenüber und lächelte. »Wenn jemand kommt, haben wir ein dienstliches Gespräch, das wir hier miteinander führen, weil du gleich deine Schwiegermutter abholen musst.«

Sie nickte schüchtern und ihre Wangen wurden von einem zarten Rosa überzogen.

*Wie schön sie ist!*

»*Buonasera*, meine lieben Literaturwissenschaftler.« Francesco stand plötzlich am Tisch, reichte ihnen die

Speisekarten und tischte ungefragt zwei Rotweingläser auf. »Ich hoffe, euch schmeckt mein Essen und ihr schreibt danach die allerbesten Abhandlungen über die italienische Literatur. Wenn möglich, wäre ich gern in der Danksagung erwähnt.« Er zwinkerte Emilio unmerklich zu, als ob er wusste, dass er Mut brauchte.

»Machen wir selbstverständlich«, sagte Emilio. »Aber wir trinken heute keinen Wein. Susanna muss noch fahren.«

»Ach schade, da verpasst ihr was. Dann sucht euch etwas anderes aus.« Er nahm die Gläser wieder mit und verschwand in der Küche. Sie waren allein.

Emilio sah, wie ihre Hände zitterten, als sie die Speisekarte umblätterte. Das Treffen stand unter keinem guten Stern. Was sollte er nur machen? Zu dumm, dass sie keinen Rotwein trinken konnte, denn ein samtiger Sangiovese wäre jetzt genau das Richtige gewesen. Plötzlich verstand er, warum viele Männer, die in Paolos Bar kamen, ihre Mädchen vollquatschten. So wie er jetzt, wussten sie bestimmt nicht, was sie sagen sollten und redeten daher nur über sich. Das würde er anders machen!

»Deine Arbeit hat mir sehr gut gefallen«, sagte er und führte lang und breit aus, was ihm daran gut gefiel. Das konnte er, da war er in seinem Element. Denn das war seit Jahren sein Job als Professor.

Erleichtert stellte er fest, dass es funktionierte. Susanna lehnte sich zurück, beantwortete seine Fragen und taute langsam auf.

Als Francesco wiederkam und ihre Bestellung aufnahm, erklärte sie Emilio gerade lebhaft, wie sie zu diesem oder jenem Gedanken gekommen war und welche Schlüsse sie daraus gezogen hatte. Er hörte aufmerksam zu, fragte hin und wieder nach und war hauptsächlich froh, dass sie nicht mehr nervös war.

So tauschten sie sich eine halbe Stunde über fachliche Dinge aus und aßen dabei Vitello tonnato und Risotto.

Als Francesco die Teller abgeräumt hatte, wagte es Emilio, ein anderes Thema anzuschneiden, eines, das ihn noch viel mehr interessierte. »Wie läuft es zu Hause?«

Ihre Miene verdunkelte sich.

»Nicht gut?«

Sie schüttelte den Kopf.

»Magst du darüber reden?«

»Nein, nicht heute, es würde den Abend verderben.«

Er lächelte und legte in einem Anflug von Kühnheit seine Hand über ihre. »Gut, aber wenn ich dir helfen kann, sag es mir.«

Sie nickte und zog langsam ihre Hand weg.

Ihn verließ der Mut. Am Telefon hatte sie sich geöffnet, aber jetzt verkroch sie sich gerade wieder in ihr Schneckenhaus.

»Möchtest du noch ein *Dolce*?«

»Ja, aber nur, wenn du auch eines nimmst.«

Emilio bestellte zwei Panna cotta und zwei *caffè*, dann wandte er sich wieder an sie. »Würdest du dir meine Gedanken zu Pirandello ansehen und mir sagen, was du davon hältst, wenn du meine Stichpunkte gelesen hast? Es würde mich wirklich sehr interessieren.«

»Natürlich. Aber ich habe doch lange nicht die Ahnung wie du …«

»Ein zweites Augenpaar sieht immer mehr als eines allein. Und ein zweiter Kopf, der anders denkt, hilft oft dabei, sich auf das Wesentliche zu fokussieren.«

Sie lächelte. »Gut, wenn du meinst.«

»Ja, das meine ich.«

Francesco brachte den Nachtisch.

Während sie die Panna cotta löffelten, nahm Emilio den Ausdruck ihrer Dissertation und ein Blatt mit Notizen aus seiner Aktentasche. »Darf ich dir einen Rat bezüglich deiner Dissertation geben?«

»Natürlich.«

Er schob ihr das Blatt mit den Notizen hin. »Kapitel zwölf deiner Dissertation solltest du ausbauen, ich habe dir ein paar Stichpunkte an den Rand geschrieben. Dafür könntest du Kapitel drei kürzen, einen Teil daraus nach zwölf kopieren und die These, die du in Kapitel fünfzehn aufstellst, bereits andeuten.«

»Das ist tatsächlich keine schlechte Idee.« Sie nahm das Blatt und las sich die Notizen durch. »Wie lange hast du darüber nachgedacht?«

Er lachte und zuckte mit den Schultern. »Keine Ahnung. Seit Mitternacht bis heute Nachmittag. Da habe ich dann die Notizen aufgeschrieben. Ich hoffe nur, ich habe keinen Denkfehler gemacht.«

Sie nippte an ihrem Espresso. »Ich glaube, das funktioniert«, sagte sie, »vielen Dank für den Tipp.«

»Keine Ursache. Ich denke, die drei Kapitel kannst du bis nächste Woche überarbeiten, dann sehen wir, ob es tatsächlich funktioniert.«

Sie senkte die Augen. »Ich hoffe, ich schaffe es bis nächste Woche.«

»Natürlich schaffst du das. Wenn du am Wochenende merkst, dass die Zeit knapp wird, dann ruf mich einfach an und sag mir, wie ich dich unterstützen kann, damit du den Zeitplan einhältst. Ich putze gern das Haus, gehe einkaufen oder kutschiere deine Schwiegermama durch die Gegend. Hauptsache, du schaffst die Überarbeitung der drei Kapitel. Das ist nach normalem zeitlichem Ermessen nämlich kein Problem.«

Sie sah ihn verdutzt an. »Machst du mir jetzt einen Zeitplan?« Ihre Augen funkelten plötzlich.

Doch Emilio ließ sich nicht einschüchtern. »Ja.« Er hielt ihrem Blick stand.

»Und … mit welchem Recht?«

Er beugte sich vor. »Es ist das Recht aller Italianisten, dass sie deine Gedanken über die in Vergessenheit geratenen Schriftsteller des neunzehnten Jahrhunderts erfahren. Deine Arbeit ist hervorragend und ich möchte dich gern in meinen zukünftigen Aufsätzen zitieren. Und zwar sehr bald. Mein Verlag erwartet mein Essay über Manzonis Zeitgenossen in sechs Monaten. Darin möchte ich unbedingt auf deine Arbeit verweisen.«

Ihr fiel die Kinnlade herunter. »Auf meine Arbeit?«

»Ja, auf deine Arbeit. Also spute dich, dass sie bald fertig wird, damit auch ich meinen Termin einhalten kann. Ich unterstütze dich nach Kräften, aber lass mich nicht im Stich.«

Sie blickte ihn nachdenklich an, während er Revue passieren ließ, welchen Geniestreich er gerade vollbracht hatte. Er hatte es so aussehen lassen, als ob sie ihm einen Gefallen täte, wenn er ihr helfen dürfte.

»Welches Ziel verfolgst du eigentlich, Emilio Pavese?«, fragte sie langsam. »Du könntest meine Gedanken verwenden und als deine ausgeben, wenn ich mit der Veröffentlichung nicht vorankäme.«

Er lächelte. »So bin ich nicht. Ich will kein Dieb sein. Geistiges Eigentum ist mir genauso wichtig wie materielles.«

Sie sagte nichts, beobachtete ihn aber weiter. »Gut«, sagte sie schließlich. »Da du so anständig bist, werde ich versuchen, deine zeitlichen Vorgaben einzuhalten.«

»Wie gesagt, melde dich, wenn ich dafür andere Dinge übernehmen kann.«

»Danke. Aber das wird schlecht gehen.«

Die Uhr an der Wand zeigte halb zehn. Wenn Susanna zu spät an der Beethovenhalle ankäme, würde sie wieder die Hölle auf Erden erleben. Daher machte er Francesco ein Zeichen, dass er die Rechnung bringen solle, obwohl er noch Stunden mit ihr hätte weiterplaudern wollen.

Sie zückte ihr Portemonnaie.

»Auf keinen Fall!«, sagte er entschieden.

»Oh doch, ich möchte gern dein Essen mitbezahlen, da du mir so sehr geholfen hast.«

Er schüttelte energisch den Kopf. In dem Moment kam Francesco mit der Rechnung an den Tisch. Sie griff danach, aber Emilio war ebenso schnell. Zu guter Letzt riss die Rechnung entzwei, sie hielt eine Hälfte in der Hand, er die andere.

»Also bitte, ihr Lieben, so etwas habe ich noch nicht erlebt«, schimpfte Francesco. »Wir sind hier nicht im Kindergarten, sondern in einem feinen Ristorante. Hier zahlt der Herr, wir sind schließlich Italiener.«

Emilio grinste und zahlte. Beim Hinausgehen nickte er Francesco dankbar zu. *»Arrivederci, a presto.«*

»Bist du mir böse?«, fragte er Susanna, als sie vor dem Lokal standen.

»Natürlich!«, rief sie, lachte aber sogleich. »Vielen Dank für das Essen. Aber ich würde mich gern revanchieren.«

Das klang nach einem weiteren Treffen. Emilio schmunzelte. »Gern, aber darüber reden wir, wenn ich deine drei überarbeiteten Kapitel lese.« Das zu sagen, fiel ihm zwar enorm schwer, denn am liebsten hätte er sie schon am nächsten Tag wiedergesehen, aber er musste sich gedulden und sie dazu bringen, ihre Arbeit fertig zu schreiben. Er beugte sich zu ihr hinunter und küsste sie auf beide Wangen. Als ihn dabei ihre nach Rosen duftenden Haare kitzelten, hätte er sie beinahe in die Arme geschlossen. Er konnte sich gerade noch zurückhalten. »*Ciao*, Susanna, du musst dich beeilen.«

*»Ciao«*, hauchte sie und verschwand in Richtung Beethovenhalle. Er sah ihr nach. *Ich bin verliebt*, durchfuhr es ihn. Er hatte schon Sehnsucht nach ihr, bevor sie aus seinem Blickfeld verschwand.

# 43

Ihre Wangen glühten von seiner Berührung. Sie schloss die Autotür auf und setzte sich auf den Fahrersitz. Das Foyer in der Beethovenhalle war hell erleuchtet, zum Glück war es noch menschenleer, das Konzert war noch nicht zu Ende. Ihr Puls raste, und sie suchte nach der Wasserflasche unter dem Beifahrersitz. Wenn sie an Emilio dachte, durchfuhr sie ein warmes Kribbeln in der Magengegend. *Wie kann ich mich jetzt verlieben? Ich bin verheiratet, gerade mitten in einer Ehekrise und mit meiner Dissertation im Verzug.* Und der Mann, in den sie sich verliebt hatte, setzte sie zusätzlich unter Druck, angeblich um seine eigene Arbeit voranzubringen. Aber insgeheim wusste sie, dass das nicht der eigentliche Grund war. Der eigentliche Grund war, dass er sich ebenso in sie verliebt hatte, so wie sie sich in ihn, und er ihr helfen wollte.

*Du kennst ihn gar nicht,* schalt sie sich. Aber sie konnte das verliebte Gefühl nicht abstellen. Die Schmetterlinge kreisten weiter in ihrem Magen. In dem Moment sah sie die ersten Konzertbesucher ins Foyer strömen. Sie musste raus und Adelheid in Empfang nehmen.

Der Regen hatte wieder eingesetzt. Susanna nahm den Schirm und hüpfte zwischen den Pfützen hindurch zum Eingang der Beethovenhalle. Da kam das Damen-Trio auch schon in Sicht. Ihr normales Leben ging weiter. Emilio war nur eine kurze Unterbrechung gewesen. Eine Unterbrechung, die sich jedoch bald wiederholen sollte.

»Dass ich das noch erlebe«, rief Isolde, als Susanna ihnen entgegenkam. »Sie sind pünktlich!«

Sofort bäumte sich alles in ihr auf. *Diese fürchterliche Hexe!* Susanna biss sich auf die Zunge. *Ich habe gerade einen schönen Abend gehabt. Sie wird ihn mir nicht gleich wieder verderben.* Sie überhörte Isoldes Kommentar geflissentlich. »War das Konzert schön?«

»Oh, wundervoll«, schwärmte Lydia. »Schade, dass Sie nicht mitkommen konnten. Hatten Sie wenigstens auch einen schönen Abend oder mussten Sie dauernd auf die Uhr sehen? Wir hätten ja auch hier warten können mit Adelheid.«

Susanna lächelte. »Das ist sehr freundlich.«

»Nein, sie kommt oft genug zu spät«, sagte Isolde. »Sie kann ruhig einmal die Uhr im Blick haben.«

»Aber, meine Liebe, das arme Mädchen rennt doch eh schon den ganzen Tag hin und her, damit Adelheid nach wie vor mobil ist. Da ist es ja nun nicht so schlimm, wenn sie sich manchmal verspätet. Wir Rentnerinnen haben doch Zeit.«

Susanna nickte Lydia dankbar zu. Sie war wirklich lieb.

Am nächsten Morgen war Susanna um sieben Uhr früh in der Bibliothek. Sie hatte vor, die Frist einzuhalten, die ihr Emilio auferlegt hatte. Adelheid würde heute etwas länger schlafen. Das Frühstückstablett hatte sie ihr auf die Kommode neben die Treppe gestellt.

Sie arbeitete sehr konzentriert an einem Kapitel und merkte gar nicht, wie sich der Lesesaal um sie herum langsam füllte.

Irgendwann sah sie auf. Da war er! Keine fünf Meter von ihr entfernt. In diesem Moment hob auch er den Kopf und lächelte. Ihr Herz klopfte und ihr wurde ganz warm.

Er stand auf und kam zu ihr herüber. »*Buongiorno*, Susanna. Du bist schon fleißig?«

»Ja, ich habe einen Termin einzuhalten, wie du vielleicht weißt. Seit wann bist du schon hier?«

»Seit neun Uhr. Aber ich wollte dich nicht stören, mir schien, dass du gerade im Schreibfluss warst.«

Sie lachte. »Ja, das war ich.«

»Funktioniert das, was ich mir überlegt hatte? Oder habe ich einen Denkfehler gemacht?«

»Bislang komme ich gut zurecht, aber ich muss jetzt ein Buch suchen.«

»Welches? Ich kann es für dich heraussuchen und dir bringen.«

Sie schrieb ihm den Titel auf einen Zettel und er lief los.

Ihr Puls raste noch immer. *Du benimmst dich wie ein junges Mädchen, das zum ersten Mal verliebt ist*, dachte sie. Aber so glücklich wie jetzt war sie schon lange nicht mehr gewesen. Sie konnte sich noch nicht einmal daran erinnern, dass in den ersten Wochen, in denen sie mit Stefan zusammen gewesen war, ihr Herz bei seinem Anblick so schnell geschlagen hätte wie jetzt, wenn sie Emilio sah. Damals hatte sie natürlich auch noch um Laurenz getrauert.

Emilio kam mit dem Buch zurück, und sie arbeiteten beide weiter. Jeder an seinem Tisch. Doch sie spürte seine Nähe.

Gegen zwölf Uhr knurrte ihr Magen. Das konnte er zwar nicht gehört haben, aber er sah auf, als sie in seine Richtung schielte, und kam wieder zu ihr herüber. »Hast du Hunger?«

Sie lächelte. »Hast du etwa meinen Magen knurren gehört?«

Er schüttelte den Kopf. »Nein, aber wenn du vor mir gekommen bist und den Platz kein einziges Mal verlassen hast, dann müsstest du jetzt Hunger haben.«

»Stimmt.«

»Dann komm, lass uns eine Pause machen.«

Sie räumten ihre Unterlagen zusammen und schlossen sie in zwei Schließfächer am Eingang ein. Sie wurde ein wenig unruhig. Eigentlich hätte sie zu Adelheid fahren sollen, um ihr das Mittagessen zuzubereiten. Aber sie wollte nicht nach Hause. Sie wollte mit Emilio in die Mensa gehen, sich mit ihm unterhalten, in seiner Nähe sein.

»Ist der Abend gestern für dich noch gut ausgegangen oder hattest du wieder Ärger mit den alten Damen?«, fragte Emilio, als sie in der Mensa einander gegenübersaßen.

»Isolde hat sofort wieder einen hässlichen Kommentar gemacht, aber ich habe mich nicht provozieren lassen.«

»Sehr gut.« Er lächelte. »Sie ist eine Schreckschraube.«

»Sie war Lehrerin für Deutsch und Sozialkunde.«

»Sozialkunde? Dafür hat sie aber meines Erachtens keine Kompetenz.«

Susanna kicherte. »Wenn sie dich hören würde.« Sie malte sich aus, wie sich die vornehme Dame über alle Maßen empören würde.

Er sah sie an. Mit seinen dunkelbraunen Augen, die bis auf den Grund ihrer Seele reichten. Um sie herum klapperte Geschirr. Lautes Stimmengewirr und Gelächter drang an ihr Ohr, aber in ihr wurde es ganz still. Sie fühlte sich wie auf einer Insel. Allein mit ihm. In diesem Moment wusste sie, dass sie nie wieder von ihm loskommen würde.

Wie lange sie einander einfach nur angesehen hatten, vermochte sie später nicht mehr zu sagen. Es schien eine Ewigkeit, die viel zu schnell vorbei war. Irgendwann legte er seine Hand über ihre und drückte sie sanft. Das Stimmengewirr wurde wieder lauter. Sie standen auf und gingen hinaus.

»Ich muss zu meiner Schwiegermutter, sonst hat sie nichts zu essen.« Susanna hasste sich dafür, diesen Satz ausgesprochen zu haben.

Emilio nickte. »Ich weiß. Ich habe dich schon viel zu lang aufgehalten. Geh nur. Ich habe ohnehin gleich eine Vorlesung.« Er blieb stehen. »Bist du heute am späteren Nachmittag wieder in der Bibliothek?«

»Wahrscheinlich schon, es sei denn, es kommt mit Adelheid etwas dazwischen.«

Er beugte sich zu ihr hinunter und küsste sie auf beide Wangen. »Wenn du kommst, ist es schön, aber stress dich nicht.«

Seine Nähe brachte sie fast aus dem Gleichgewicht. Der leichte Bergamotte-Duft wirbelte ihre Sinne durcheinander. Am liebsten hätte sie ihre Arme um ihn geworfen und sich an ihn geschmiegt.

Ihr Handy klingelte.

»Oh je, sie ruft schon an«, sagte Emilio.

Sie sah auf das Display. »Nein, es ist meine Freundin Juliane.«

»Dann geh ran. *Ciao, ci vediamo!*«

*»Ciao.«* Susanna winkte Emilio zu und nahm dann das Gespräch entgegen.

Juliane fiel gleich mit der Tür ins Haus. »Was ist eigentlich los bei dir? Warum meldest du dich nicht?«

Susanna schluckte. Sie hatte Juliane tatsächlich schon ewig nicht mehr angerufen. Genauer gesagt, seitdem sie sich mit Emilio traf. »Es tut mir leid, ich hatte so viel um die Ohren mit meiner Dissertation und der lieben Schwiegermutter.«

»Hast du endlich mal mit Stefan gesprochen?«

»Nein, ich hatte noch nicht die Gelegenheit dazu.«

»Die Gelegenheit kommt nie«, sagte Juliane. »Seit Wochen eierst du um den heißen Brei herum. Du musst das Problem ansprechen, auch wenn es zeitlich nie passt.«

*Herrje, wie soll ich das machen*, dachte Susanna wütend, *wenn Stefan nie ans Telefon geht.* Sogar nach Frankfurt war sie gefahren und hatte Stefan selbst von Angesicht zu Angesicht nicht zu fassen bekommen. Seitdem war er nicht mehr zu Hause gewesen. Sie hatte es mittlerweile aufgegeben, ihn erreichen zu wollen. Momentan war sie eher froh, Ruhe vor ihrem Mann zu haben. Außerdem war da noch Emilio. Aber das wollte sie Juliane natürlich nicht auf die Nase binden.

»Ich setze dir ein Ultimatum«, sagte ihre Freundin. »Nächste Woche hast du das Problem thematisiert und Stefan zum Handeln aufgefordert! Sonst bin ich ernsthaft sauer auf dich.«

Damit war für Juliane das Gespräch beendet. Als Juristin war sie gewohnt, Fristen zu setzen. Das übertrug sie auch ins Private. Also hatte Susanna eine Woche Zeit, den Stier bei den Hörnern zu packen, bevor sie ihre Freundin gegen sich aufbringen würde.

# 44

***November 2007***

Seit dem Abendessen bei Francesco war nun fast eine Woche vergangen. Zwischen Adelheid und Susanna hatte sich eine frostig-unterkühlte Stimmung breitgemacht. Sie wechselten nur noch die nötigsten Worte miteinander. Wenn Susanna das Haus verließ, sagte sie ihrer Schwiegermutter nicht mehr, wohin sie ging, sondern nur noch, wann sie in etwa wieder da sein würde. Sie versäumte nicht, ihr vorher alle Medikamente, Getränke und Gerichte hinzustellen, die sie brauchte. Der Kühlschrank und die Mikrowelle, die sie bestellt hatte, waren inzwischen eingetroffen und verschafften ihr mehr Freiheit in ihrer zeitlichen Einteilung.

Susanna verbrachte jetzt viel Zeit in der Bibliothek und überarbeitete hoch konzentriert die Stellen, zu denen Emilio Verbesserungsvorschläge gemacht hatte.

Sie traf ihn dort jeden Tag. Meist machten sie zur selben Zeit Pause und suchten zusammen ein Café oder die Mensa auf. Es knisterte gewaltig zwischen ihnen. Aber bis auf zufällige Berührungen beim Herausnehmen von Büchern machte er keine Annäherungsversuche mehr.

Einen Tag, bevor die von Emilio vorgegebene Frist ablief, kam die Hiobsbotschaft: Professor Schneidereck rief Susanna an und teilte ihr mit, dass bei ihm Krebs diagnostiziert worden sei und er nicht wisse, wie lange er noch in der Lage sein werde, ihr als Doktorvater zur Verfügung zu stehen. Die Nachricht traf Susanna wie ein Schlag ins Gesicht. Es war, als werde ein Text abgespult, den sie bereits in- und auswendig kannte. Er bat sie, ihre Dissertation möglichst bald fertigzustellen, damit er sie noch zu Ende betreuen konnte. Zwar hatte sie glücklicherweise gerade keine Übersetzungsaufträge, die sie bearbeiten musste. Aber ihr Hirn war völlig blockiert. Sie versuchte, weiterzuarbeiten, aber sie konnte ein Problem, auf das sie im Mittelteil gestoßen war, nicht lösen. Irgendetwas war noch nicht rund. *Was mache ich nur?*, dachte sie und knabberte an ihrer Unterlippe.

Ihr fiel nur Emilio ein. Er hatte gesagt, sie könne ihn immer anrufen. Sie griff zum Handy.

»Ich muss mit dir sprechen«, kam sie ohne Umschweife auf den Punkt.

»Was ist passiert?«

»Hast du schon gehört? Professor Schneidereck wird wahrscheinlich bald sterben.«

»Was? Wieso? Woher weißt du das?«

Mit zittriger Stimme erzählte sie ihm von dem Telefonat mit ihrem Doktorvater. »Was mache ich denn jetzt?«

»Du wirst es schaffen. Ich habe deine bisherige Arbeit gelesen. Da fehlt nicht mehr viel.« Er klang zuversichtlich.

Sie zwirbelte eine Haarsträhne um ihren Finger. »Ich bin auf ein Problem im Mittelteil gestoßen. Ich kann es nicht lösen. Ich kann überhaupt nicht mehr klar denken.«

»Weil du wegen der schrecklichen Nachricht unter Schock stehst. Soll ich noch einmal etwas lesen? Wir wollten uns doch morgen sowieso wieder austauschen.«

»Ja, gern, aber ich will dich nicht ausnutzen.«

»Das tust du nicht. Sollen wir uns gleich treffen?«

»Hast du jetzt überhaupt Zeit?«

»Klar. Ich bin gerade im Museum Alexander Koenig und sehe ausgestopfte Tiere an. Willst du hierherkommen oder sollen wir uns in der Bibliothek treffen?«

»In der Bibliothek können wir nicht laut reden und in einem Café reicht der Platz nicht aus, um all meine Unterlagen auszubreiten.«

»Dann komm ins Museum. Hier ist nicht viel los. Wir können eine Bank vor einem Diorama belegen. Ich warte beim Eingang auf dich.«

Susanna packte ihre Unterlagen zusammen und machte sich auf den Weg. Seit über zehn Jahren war sie nicht mehr in das naturkundliche Museum gegangen, das sie als Kind mit ihren Eltern und ihrem Bruder an jedem Regenwochenende besucht hatte. Nachdem sie und Laurenz an ihrem letzten gemeinsamen Geburtstag dort gewesen waren, hatte sie den Ort gemieden.

Als sie jetzt das Museum betrat, wartete Emilio schon am Eingang und kam ihr lächelnd entgegen. »In Bonn habe ich mein Faible für Tiere entdeckt«, sagte er, als er sie begrüßte.

Sie ging mit ihm in die erste Ausstellungshalle. Die Löwen, Antilopen und Giraffen waren etwas anders angeordnet als früher. Sie standen nun in einer Savannenlandschaft. Dennoch strömte plötzlich die Erinnerung an ihre Kindheit mit solcher Wucht auf sie ein, dass ihr fast schwindelig wurde. Bei jedem der ausgestopften Tiere sah sie ihre Eltern und ihren Bruder vor sich, hörte ihre Stimmen, ihr Lachen und Laurenz' Begeisterungsrufe, als er das Ausmaß eines ausgewachsenen Löwen erfasst hatte. Dann erschien Laurenz auf einmal vor ihrem geistigen Auge, wie er todkrank vor zehn Jahren das letzte Mal mit ihr hier gewesen war. Er hatte sich auf sie stützen müssen, weil er kaum mehr Kraft hatte, die Treppen allein hochzukommen. Susanna blieb stehen und rang nach Luft.

»Was ist mit dir?« Emilio sah sie besorgt an.

»Nichts. Entschuldige.« Sie spürte, wie sich kalter Schweiß auf ihrer Stirn bildete. Ihr Kreislauf sackte ab.

Er legte einen Arm um ihre Schultern. Eine Schulklasse rannte schreiend an ihnen vorbei. Er führte sie in einen der kleineren Säle, in dem Eichhörnchen und andere heimische Kleintiere ausgestellt waren, und steuerte auf eine Bank vor einem Diorama zu, in der ausgestopftes Rotwild zu sehen war. »Ich habe offensichtlich ein Talent dafür, immer den falschen Ort auszuwählen, entschuldige bitte.« Er griff nach ihren eiskalten Fingern.

»Nicht deine Schuld.«

»Was ist passiert, dass du gerade fast ohnmächtig geworden bist?«

Susanna schloss die Augen und lehnte sich an seine Schulter, teils weil sie sich schwach fühlte, teils … aus Gründen, die sie nicht beschreiben konnte. »Ich habe an früher gedacht. Ich war mit meinen Eltern und meinem Bruder oft hier.«

»Warum hast du nichts gesagt? Wir hätten doch woanders hingehen können.«

»Ich habe nicht gedacht, dass mich die Erinnerung derart übermannt. Ich war seit zehn Jahren nicht mehr hier. Damals wollte Laurenz noch einmal hierher, an unserem zwanzigsten Geburtstag …«

Emilio drückte sie fest an sich. Susanna hörte sein Herz schlagen und sog seinen leichten Bergamotte-Duft ein. Langsam wurden ihre Gliedmaßen wieder warm und eine innere Ruhe erfasste sie. Auch Laurenz hatte sie so in den Armen gehalten, immer wenn sie traurig gewesen war. Bei Emilio fühlte sie sich nun ebenso geborgen wie früher bei ihrem Bruder. Endlich hatte sie wieder einen Menschen gefunden, dem sie rückhaltlos vertrauen konnte.

Sie hatte keine Ahnung, wie lange sie sich dort zwischen den Hirschen und Eichhörnchen in den Armen hielten. Ihr kam es vor, als ob sich ihr Lebensakku an seinem Körper wieder auflud. Erst als die nächste Schulklasse an ihnen vorbeirannte, lösten sie sich voneinander.

»Wir suchen uns ein anderes Ambiente«, sagte Emilio und stand auf. »Komm!« Er nahm ihre Hand. Die Giraffen, Löwen und Elefanten in der Eingangshalle beachtete sie nicht mehr. Sie konzentrierte sich nur auf ihn, fühlte seine Hand, passte sich seinem Schritt an.

# 45

»Wohin gehen wir?«, fragte Susanna, als sie draußen vor dem Museum standen.

»Zu mir nach Hause. Ich wohne gleich um die Ecke.«

»Ich weiß nicht, ob das eine gute Idee ist«, sagte sie leise.

Er lächelte. »Ich denke schon. Ich habe hervorragenden Kaffee, und über deine Dissertation können wir auch in Ruhe sprechen, ohne dass dich die Vergangenheit ablenkt.«

*Wenn ich mitgehe, bin ich verloren*, dachte sie. *Wenn ich den Lauf der Dinge noch stoppen kann, dann jetzt.* Trotzdem lief sie neben ihm her. Sie wollte weiter seinen Bergamotte-Duft einatmen und seine sonore Stimme hören.

Sie bogen in eine ruhige Seitenstraße ein. »Wie geht es zu Hause?«, fragte er.

»Ganz gut.«

Er schwieg.

Sie hörte das leise Klackern ihrer Stiefeletten auf dem Asphalt. Ein Auto fuhr langsam an ihnen vorbei. Der Fahrer suchte offensichtlich einen Parkplatz.

»Glaube ich nicht«, sagte Emilio.

Sie sah überrascht auf.

»Glaube ich nicht«, wiederholte er. »Dein Mann hat nicht mit seiner Mutter gesprochen, oder?«

Sie schüttelte den Kopf.

»Hast du mit ihm gesprochen?«

»Nein. Das ging bislang noch nicht.«

»Warum nicht?«

Tränen schossen ihr in die Augen. »Weil er seit fast drei Wochen weder nach Bonn gekommen ist, noch ans Telefon geht.«

Er blieb abrupt stehen. »Wie bitte?«

Sie fing an zu weinen, weil sie diese Demütigung eingestanden hatte. *Schmutzige Wäsche wäscht man nicht außer Haus.* Warum hatte Emilio sie genötigt, Familieninterna preiszugeben? *Das steht ihm nicht zu!* Zwar hatte sie ihm neulich schon am Telefon gesagt, dass zwischen ihr und Stefan Funkstille herrschte, aber dass er – seit mittlerweile fast drei Wochen – überhaupt nicht mehr nach Hause kam, war wirklich erniedrigend.

»Ich muss gehen«, sagte sie und machte einen Schritt auf die Straße, um auf die andere Seite zu kommen.

»Vorsicht!« Er packte sie am Handgelenk und riss sie zurück.

Fahrradreifen quietschten. »Hast du keine Augen im Kopf?«, schrie der Radfahrer.

»Entschuldigung«, hörte sie Emilio sagen. »Es tut uns leid.«

»Das will ich wohl hoffen«, meckerte der Radfahrer und trat wieder in die Pedale.

Susannas Herz klopfte. Sie hatte fast einen Unfall verursacht. Emilio hatte einen Arm um ihre Taille gelegt. »Entschuldige«, flüsterte sie mit tränenerstickter Stimme. »Und vielen Dank.«

»Komm, höchste Zeit, dass du von der Straße verschwindest.« Er nahm sie an der Hand.

»Bitte Emilio, lass mich los, wenn mich jemand mit dir sieht, werden völlig falsche Schlüsse gezogen.«

»Tut mir leid, Susanna, das geht nicht. Ich weiß nicht, ob ich immer so schnell reagieren kann wie eben, und momentan neigst du dazu, ziemlich impulsiv zu handeln.« Er zwinkerte. »Wir sind auch gleich da.«

Fünf Minuten später saß Susanna auf einem Ledersofa inmitten einer Unterseelandschaft beziehungsweise eines Tropenhauses. Drei große Aquarien und unzählige Gewächse, die bis unter die Decke reichten, zierten die Altbauwohnung, in der Emilio logierte.

»Ist das schön hier.« Sie stand auf und betrachtete ein Aquarium nach dem anderen. Die bunten Fische verströmten eine unbeschreibliche Ruhe. Sie umkreisten die Steine und streiften die Wasserpflanzen, die sich ihrerseits mit der Strömung neigten. »Laurenz hätte das gefallen«, sagte sie. »Er hat immer so gern Tiere gezeichnet.«

»Welche Tiere?«

»Eigentlich alle. Aber zuletzt mit Vorliebe Papageien.«

»Zeigst du mir seine Zeichnungen einmal?«

Sie nickte. *Ich werde ihm die Unzertrennlichen auf der Hochzeitskarte zeigen*, dachte sie. Die Zeichnungen in der Mappe unter ihrem Bett würde sie ihm vorerst noch nicht zu sehen geben. Denn sonst würde die Trauer sie erneut überkommen, und sie weinte ohnehin schon zu oft vor Emilio.

Er ging in die Küche, und sie hörte, dass er eine Caffettiera aufschraubte, Kaffeesatz in den Mülleimer schlug und offenbar neuen Kaffee zubereitete.

Sie konnte ihren Blick nicht von den Fischen losreißen. *Sie scheinen glücklich zu sein in ihrer Welt, selbst wenn sie begrenzt ist. Ob es in der Welt der Fische auch Streitigkeiten zwischen Schwiegermüttern und Ehepartnern gibt?*

Emilio kam mit zwei Espressotassen herein und reichte ihr eine. »Gefallen sie dir, meine kleinen Mitbewohner?«

»Sehr.« Sie rührte gedankenverloren in ihrem Espresso. »Wie schaffst du das mit der Pflege? Kanntest du dich vorher schon mit Aquarien aus?«

»Nein.« Er lachte. »Das Wissen habe ich mir während der ersten zwei Wochen angeeignet. Und ich kann dir versichern: Ich bin heute noch nervös, dass ich etwas falsch machen könnte.«

»Du machst bestimmt alles richtig. Sie scheinen sich pudelwohl zu fühlen.«

Er lächelte.

»Der Kaffee schmeckt gut«, sagte sie.

»Habe ich aus Italien mitgebracht. Ein Freund von mir ist Barista. Er hatte Sorge, dass ich hier keinen vernünftigen Kaffee bekomme.«

»Er ist wirklich besser als der hiesige Kaffee.« Sie trank den letzten Schluck.

Er streckte die Hand aus, um ihr die Tasse abzunehmen. »Jetzt noch mal zurück zum eigentlichen Thema. Dein Mann ist also seit fast drei Wochen nicht nach Hause gekommen und geht nicht ans Telefon?«

Sie nickte und senkte den Blick.

»Was war denn davor passiert? Es hat hoffentlich nichts damit zu tun, dass wir uns … getroffen haben?«

Sie schüttelte den Kopf. »Das hat niemand gesehen. Wir haben uns wegen Adelheid gestritten. Mehrmals. Schließlich hat er mir über seine Mutter ausrichten lassen, dass er meine ewigen Vorwürfe derzeit nicht ertragen könne.« Sie schluckte ein paar Mal. Aber der Kloß in ihrem Hals ging nicht weg.

»Liebst du ihn noch?«

Seine Frage traf sie wie ein Faustschlag. Sie war völlig benommen und wusste überhaupt nicht, was sie sagen sollte. Plötzlich hatte sie Tränen in den Augen. »Ich habe ihn geheiratet«, brachte sie nur hervor.

Emilio machte zwei Schritte auf sie zu und nahm sie in die Arme.

Sie verbarg ihr Gesicht an seiner Brust und lauschte seinem Herzschlag. »Es ist nicht richtig, was wir machen«, flüsterte sie.

Er hielt sie immer noch eng an sich gepresst. »Laurenz hätte dich auch in die Arme genommen.« Seine Stimme war ganz nah an ihrem Ohr. »Meinst du nicht?«

»Doch.«

»Dann darf ich das jetzt an seiner Stelle tun.«

# 46

Sein Herz hämmerte, während er ihren schmalen Körper in den Armen hielt. Es bedurfte seiner ganzen Willenskraft, sie nicht zu küssen. Aber er übte die Bruderrolle aus. Wenn er sie jetzt küsste, würde er alles zerstören. Er musste Geduld haben.

*Konzentrier dich auf konkrete Hilfestellungen*, sagte er sich, *damit kannst du Susanna am ehesten beeindrucken.*

Er streichelte ihr sanft über die Wange. »Geht es dir etwas besser?«

Sie nickte.

»Gut.« Er lächelte und ließ sie los. »Überlegen wir, was wir tun können. Du solltest deine Dissertation in den nächsten zwei bis drei Wochen zu Ende schreiben, sonst musst du dir noch einen neuen Doktorvater suchen.« Er lief im Zimmer umher, so wie er es immer im Hörsaal tat, wenn er eine Vorlesung hielt. »Das heißt, dass du bei der Betreuung deiner Schwiegermutter entlastet werden musst. Ich kann sie gern zu all ihren Terminen fahren und für sie kochen, wenn ich euer Auto benutzen darf. Einkaufen gehen kann ich natürlich auch.« Er blieb vor Susanna stehen. »In der Zeit kannst du hier in meiner Wohnung arbeiten. Oder natürlich in der Bibliothek.«

»Würdest du das wirklich tun?«

»Natürlich! Schließlich will ich aus deiner Arbeit zitieren, wenn du dich erinnerst.«

»Das würde mir wirklich helfen«, sagte sie zögerlich. »Aber du musst doch Vorlesungen halten.«

»In der Zeit kann sich die Dame sicherlich selbst beschäftigen. Wenn es hart auf hart kommt, müssen wir eben ihre Termine verlegen. Ich kann sie auch als Gasthörerin mit in die Vorlesungen nehmen.«

Susanna kicherte. »Das würde ihr bestimmt gefallen unter all den jungen Studenten.« Doch dann verdüsterte sich ihre Miene. »Was sage ich Stefan?«

Er zuckte mit den Achseln. »Du brauchst ihm gar nichts zu sagen, denn er geht ja nicht ans Telefon, oder?«

»Stimmt.«

»Also dann, ich melde mich gehorsam zum Dienst.« Er zwinkerte.

»Ich weiß nicht, was Adelheid dazu sagen wird.«

»Ich wickle sie schon um den Finger, mach dir darum keine Gedanken.«

Sie knabberte an ihrer Unterlippe. »Gut, dann versuchen wir es ab morgen.«

Er ließ sich aufs Sofa fallen. »So, und jetzt erzähl von deinen Schwierigkeiten im Mittelteil der Dissertation. Vielleicht fällt mir etwas ein.«

Als Susanna fort war, dachte Emilio fieberhaft nach, wie er am nächsten Tag *bella figura* machen konnte. Er musste Frau Bensig für sich gewinnen, sonst war der gesamte Plan in Gefahr. Für ihn war es naheliegend, über Kunst, Oper oder Essen zu sprechen, denn dafür ist Italien berühmt. Kunst und Literatur konnten gestrichen werden, weil Frau Bensig wohl dafür recht unempfänglich war, wie Susanna meinte. Sie könne Gotik nicht von Renaissance unterscheiden. Das fand er zwar schockierend, aber gut, das würde also nicht das Hauptgesprächsthema werden. Interessant fand er jedoch, dass Frau Bensig vor etwa zwanzig Jahren mit ihren Freundinnen des Öfteren im Wellness-Urlaub in der Toskana gewesen war. Dort hatten sie bestimmt auch gut gespeist. Susanna wusste, dass Adelheid einmal einen Kochkurs erwähnt hatte, an dem sie teilgenommen hatte. Er musste also die Kochschiene bedienen. Emilio konnte zwar kochen, war aber weit davon entfernt, Kochen als sein Hobby zu bezeichnen, in dem er einigermaßen Klasse erreicht hätte. *Hätte ich mal besser bei Mamma aufgepasst,* dachte er. Aber das ließ sich durch ein Telefonat sicher nachholen. Doch da fiel ihm ein, dass er seine Mutter lieber doch nicht einweihen sollte. Wenn sie gewahr wurde, dass er an einer verheirateten Frau interessiert war, hätte er sie die nächsten Tage stündlich am Telefon. Daher wählte er Paolos Nummer.

»Kannst du mir helfen?«, fiel Emilio gleich mit der Tür ins Haus.

»Klar, wie denn?«

»Ich brauche ein möglichst einfaches, aber gutes Rezept der emilianischen Küche. Du hast so etwas bestimmt, oder?«

»Natürlich, wie sollte ich sonst meine Gäste bewirten? Ist aber geheim.«

»Bitte, Paolo. Ich muss Susannas Schwiegermutter morgen den ganzen Tag beschäftigen, sie hat wohl früher gern gekocht – natürlich nur gesunde, fettarme Sachen, aber …«

»Aber dafür ist die emilianische Küche wirklich nicht bekannt. Erinnere dich an deine neapolitanischen Vorfahren. Fisch, Salat, Gemüse, nicht Pasta mit Schinken, Gorgonzola und was du sonst noch alles in der Emilia-Romagna isst.«

»Nenne mir bitte drei Rezepte, egal aus welchem Teil Italiens bis morgen früh. Schick sie mir per E-Mail. So, dass auch ich sie kochen kann.«

»*D'accordo.* Meine Güte, dich hat es wirklich erwischt. Ist das eine der Prüfungen, die dir die holde Maid auferlegt hat, bevor sie dich erhört?«

»Lass das, Paolo. Es ist nicht witzig. Susanna geht es wirklich nicht gut.«

»Entschuldige.« Paolo räusperte sich. »Check morgen früh deine E-Mails. Bis Ladenöffnung habe ich etwas für dich herausgesucht. *Buonanotte!*«

Paolo hielt sein Versprechen. Als Emilio am nächsten Morgen seine Mails aufrief, hatte ihm sein Freund drei Rezepte mit wenig Kalorien herausgesucht. Er druckte sie aus und machte sich auf den Weg zu Susanna.

Als er bei Familie Bensig/Herz an der Haustür klingelte, spürte er förmlich, wie seine Halsschlagader pulsierte. So gelassen, wie er sich Susanna gegenüber gab, war er nicht.

Sie öffnete die Tür. Ihre Miene war angespannt. »Adelheid ist nicht einverstanden«, raunte sie ihm zu. »Sie bockt, wie ich vermutet habe.«

»Lass mich mal machen.« Emilio hatte keine Ahnung, woher er diese Zuversicht nahm. »Wo ist sie?«

Sie deutete auf die halb offene Zimmertür. Er zwinkerte ihr zu, klopfte an und ging in Adelheid Bensigs Zimmer. Die Dame saß im Rollstuhl, hatte ihm den Rücken zugewandt und blickte starr aus dem Fenster.

Emilio holte tief Luft. »Guten Morgen, Signora Bensig, es freut mich sehr, Sie kennenzulernen.« Er ging um sie herum, da sie keine Anstalten machte, sich zu ihm herumzudrehen. Vor ihr ging er in die Hocke. »Ich bin ein Kollege von Susanna und fahre Sie heute zu Ihren Terminen, weil Susanna in der Universität zu tun hat.«

Frau Bensig antwortete nicht.

Er musste also eine Charmeoffensive starten, wozu war er Italiener? »Susanna hat erzählt, dass Sie früher oft in die Toskana gefahren sind und Kochkurse besucht haben.«

Die Signora schwieg weiter.

»Ich wohne seit einigen Jahren in Bologna, dort ist das Essen ganz anders als in der Toskana, aber auch wunderbar. Vielleicht sollten wir einmal zusammen kochen. Was halten Sie davon?«

Frau Bensig sah ihn das erste Mal an. »Sie können kochen?«, fragte sie skeptisch.

»Ja, ich denke schon. Ich kenne die römische Küche, weil ich aus Rom komme, aber da ich seit vier Jahren in Bologna lebe, der Stadt, die wir als ›la grassa‹, die fette Stadt bezeichnen, bin ich auch mit den dortigen Rezepten vertraut.« *Seit heute Morgen*, ergänzte er in Gedanken, als er die zusammengefalteten Rezepte von Paolo in seiner Jackentasche spürte.

»Ich weiß nicht, weshalb Susanna nicht kochen kann. Sie war viele Male in Italien, aber kochen kann sie immer noch nicht.«

Emilio lächelte, obwohl ihm gar nicht zum Lächeln zumute war. Denn es gehörte sich nicht, abfällig über die Person zu sprechen, die sich seit gut einem halben Jahr um sie kümmerte und sich außerdem noch im Zimmer befand. »Susanna hat auch keine Zeit, stundenlang in der Küche zu stehen, weil sie als Übersetzerin arbeitet, ihre Dissertation zu Ende schreiben muss und sich auch noch um Sie kümmert.«

Frau Bensig lachte sarkastisch auf. »Hat sie das etwa gesagt?«

Emilio sah, wie Susanna vor Wut rot anlief. Er nickte ihr beschwichtigend zu. »Nein, das hat sie nicht gesagt, aber ich gehe sehr davon aus, denn immer, wenn wir eine Besprechung am Italienischen Institut haben, entschuldigt sie sich, weil sie Sie zu irgendeinem Termin fahren muss. Da ich im Gegensatz zu ihr momentan nicht so viel zu tun habe, habe ich mich angeboten, Sie zu Ihren Terminen zu fahren. Ich hoffe, das ist Ihnen recht. Wenn wir nachher wieder da sind, können wir auch gern zusammen kochen.«

»Sie würden wirklich mit mir kochen?«, fragte sie.

Schnell setzte Emilio sein charmantestes Lächeln auf. »Natürlich.« Mit Genugtuung merkte er, dass er sie halb gewonnen hatte.

»Aber die Küche ist oben.« Ihr Ton wurde wieder hart. »Da kann ich nicht hin.«

»Da lässt sich ganz bestimmt etwas machen. Wir können an Ihrem Tisch hier unten arbeiten. Ich bringe Schneidebretter und Messer herunter, sodass wir hier alles vorbereiten können, was ich oben nur noch in den Ofen zu schieben brauche.«

»Gut«, sagte sie, »versuchen wir es. Lassen Sie uns aufbrechen.« Plötzlich wirkte sie unternehmungslustig wie ein junges Mädchen.

Emilio stand auf.

»Ich brauche dich dann erst wieder heute Abend«, sagte Frau Bensig zu Susanna, und es klang so, als ob sie ihrem Dienstmädchen einen Tag Ausgang gewährte.

# 47

Nachdem Emilio mit Adelheid von dannen gezogen war, nahm Susanna ihre Sachen und fuhr mit der Straßenbahn ins Südstadtviertel. Emilio hatte ihr unbemerkt seinen Wohnungsschlüssel zugesteckt, weil er der Ansicht war, sie solle ungestört schreiben und das war in der Mansarde nicht möglich, wenn er mit Adelheid unten kochte. *Irgendwie hat er es geschafft, Adelheid um den Finger zu wickeln*, dachte sie bewundernd. Sie war schon gespannt, wie genervt er am Abend sein würde.

Als sie seine Wohnung betrat, empfing sie die Ruhe der Aquarien. Die Fische waren so schön anzusehen, sie flitzten durch das Wasser, waren dabei aber völlig lautlos. Fasziniert betrachtete sie die Unterwasserwelt eine Weile, bis das Schlagen einer alten Standuhr sie daran erinnerte, dass sie die Zeit nutzen sollte.

Sie breitete ihre Unterlagen auf dem Esszimmertisch aus und legte all ihre Bücher auf den beiden Ledersofas ab. Es war eine ganze Arbeitslandschaft, die sie sich schuf. Anstatt immer etwas unter mehreren Stapeln Büchern oder Papier zu suchen, wie in ihrem engen Arbeitszimmer zu Hause, wanderte sie jetzt einfach von einem Sofa zum nächsten und von dort zum Tisch.

Um die Mittagszeit wärmte sie die Lasagne auf, die Emilio für sie in den Kühlschrank gestellt hatte, und arbeitete dann weiter, bis sie sich um vier Uhr einen Espresso gönnte. Kurz dachte sie daran, welche Küchenschlacht Emilio und Adelheid nun veranstalten würden, aber sie konzentrierte sich schnell wieder auf ihre Dissertation. Emilio hatte ihr gesagt, sie könne so lange bleiben, wie sie wolle.

Ein Blick auf die Uhr verriet, dass Emilio und Adelheid nun bereits beim Essen sitzen mussten, sonst würde es Kollisionen mit Adelheids Kaiser-König-Bettler-Theorie geben.

Susanna schrieb und schrieb. Draußen wurde es dunkel, das Licht der Aquarien leuchtete bunt und beruhigend. Ab und zu ertönte die Standuhr. Sie war wie in einer anderen Welt. Kurz vor zehn hörte sie auf und lehnte sich zurück. Sie hatte wirklich viel geschafft. Es war ein sehr produktiver Tag gewesen. Zu der Lücke im Mittelteil hatte sie über Nacht einen guten Einfall gehabt und er schien aufzugehen. Sie ließ alle Unterlagen liegen, da Emilio gesagt hatte, sie könne sich in diesem Zimmer ausbreiten, wie sie wolle, und jederzeit wiederkommen. Aber nun musste sie nach Hause, um Emilio von Adelheid zu erlösen.

Als sie dort ankam, war sie auf alles gefasst, nur nicht auf das idyllische Bild, das sich ihr bot: Emilio und Adelheid saßen bei Rotwein, Keksen und Kerzenlicht beieinander. Er rezitierte Petrarcas »Canzoni«, in denen der Dichter seine unerfüllte Liebe zu Laura besang, und Adelheid hörte andächtig zu wie eine brave Schülerin.

*Wie macht er das bloß?*, fragte sich Susanna. *Mir hält sie seit Jahr und Tag vor, dass ich mich mit sinnlosem Zeug beschäftige. Aber kaum kommt ein gut aussehender Italiener daher, der sich um dasselbe sinnlose Zeug kümmert, ist dieses Zeug plötzlich nicht mehr sinnlos, sondern hochinteressant! Unfassbar!*

»Komm, setzt dich zu uns«, sagte Emilio, als er sie im Türrahmen stehen sah. Er stand auf und zog einen zweiten Sessel heran. »Adelheid und ich haben heute schon über Dante gesprochen, jetzt sind wir bei Petrarca angelangt.«

»Wow«, sagte sie und hob eine Augenbraue. »Macht ihr einen Crashkurs in italienischer Literatur?«

Emilio lächelte verschmitzt. »Wir werden sehen. Darf ich dir ein Glas Rotwein einschenken, Susanna?«

Sie nickte.

»Wir haben gekocht und dir noch etwas übrig gelassen«, sagte Adelheid. »Das musst du unbedingt probieren.«

Susanna erkannte sie nicht wieder. Ihre Schwiegermutter war wie umgekrempelt.

»Was habt ihr denn gekocht?«

*»Strozzapreti al ragù«*, erklärte Adelheid mit einem schrecklichen Akzent. »Das isst man hauptsächlich in der Romagna und heißt wörtlich übersetzt ›erwürg die Pfarrer‹.«

*Danke für die Übersetzung, liebe Adelheid, ich kann selbst Italienisch.*

Susanna bestaunte gebührend das Ergebnis der Kochsession, das ihr Emilio aus der Küche holte. Obwohl sie sich am frühen Abend bei ihm noch die zweite Hälfte der Lasagne aufgewärmt hatte, aß sie nun mit Appetit die kurzen, gedrehten Nudeln mit Fleischsoße und sparte nicht an Lob. Ihre Schwiegermutter strahlte, und Susanna fühlte sich wie im falschen Film.

»Emilio ist ein wunderbarer Koch«, schwärmte Adelheid. Sie war sichtlich beschwipst. »Von ihm könntest du dir eine Scheibe abschneiden.«

Susanna schmunzelte und sah, dass sich Emilio hinter vorgehaltener Hand das Lachen verkniff.

»Also werdet ihr noch einmal zusammen kochen?«

»Gleich morgen! Emilio wird wiederkommen, hat er gesagt.«

Susanna sah fragend in seine Richtung. Er nickte lächelnd.

»Prima, und was werdet ihr kochen?« Sie konnte es immer noch nicht fassen. Sie hatte mit einer griesgrämigen Adelheid und einem gestressten Emilio gerechnet. Eine derart harmonische Zweisamkeit übertraf ihre kühnsten Erwartungen.

»Wahrscheinlich Tortellini.« Adelheid unterdrückte ein Gähnen.

»Du bist müde«, sagte Susanna, »wir sollten dich schlafen lassen.«

Schlagartig verzog Adelheid das Gesicht wie ein kleines Kind, das nicht ins Bett wollte.

Aber Emilio sagte: »*Carissima* Adelheid, wenn wir morgen wieder kochen wollen, müssen Sie ausgeruht sein, und auch ich brauche meinen Schlaf.«

Auf ihn hörte sie. Er nahm ihre Hand und hauchte einen Handkuss darauf, was Susanna derart übertrieben vorkam, dass sie dachte, nun müsse ihre Schwiegermutter die ganze Scharade doch langsam durchschauen, diese aber fühlte sich geschmeichelt.

Susanna begleitete Emilio bis vor die Haustür. »War es sehr anstrengend?«

Er lachte leise. »Mach dir darüber keine Gedanken. Zu mir ist sie ganz anders als zu dir.«

»Ja, das habe ich bemerkt.« Sie lächelte. »*Grazie mille.*«

»Bist du weitergekommen?«

»Ja, ich war sehr produktiv. Danke auch für die Lasagne.«

Er beugte sich zu ihr hinunter und küsste sie auf beide Wangen. »Dann komme ich morgen Vormittag wieder und beschäftige Adelheid mit Tortellini. Da kann sie sich beim Teigkneten richtig auspowern.«

»Hast du keine Vorlesungen?«

»Erst am Nachmittag. Und Pirandello kann warten. Er ist nun schon so lange tot, da kommt es nun auch nicht mehr darauf an, ob jemand seine Bonner Zeit einen Tag früher oder später neu beleuchtet.«

Als Susanna zurück in Adelheids Zimmer kam, saß ihre Schwiegermutter vor dem Frisiertisch und summte leise vor sich hin. »Dieser Emilio ist wirklich ein feiner Mann. So kultiviert und so charmant. Weißt du, heute war der schönste Tag seit meinem Unfall. Vielleicht sogar einer der schönsten Tage überhaupt in meinem Leben.«

Susanna lächelte und musste fast mit den Tränen kämpfen. Auch für sie war es seit Langem einer der schönsten Tage gewesen. Ein Tag der Freiheit, wie sie ihn schon fast nicht mehr kannte.

# 48

Adrett gekleidet in ein violettes Kostüm, saß Adelheid am nächsten Morgen am Fenster und wartete voller Ungeduld auf Emilio. Susanna hatte vorgeschlagen, dass sie zum Nudelteigkneten vielleicht nicht ihren Sonntagsstaat anziehen sollte, aber ihre Schwiegermutter wollte für Emilio nett aussehen.

*Nun gut*, dachte Susanna und verdrehte die Augen. *Dann suche ich ihr wenigstens eine Schürze.*

Als es klingelte, preschte Adelheid mit ihrem Rollstuhl zur Haustür. »Ich möchte ihm öffnen«, rief sie, und Susanna musste zur Seite springen, damit ihr ihre Schwiegermutter nicht über die Füße rollte.

Emilio stand wie der perfekte Gentleman mit einer vollgepackten Einkaufstasche vor der Haustür.

»Du hast ja schon alles eingekauft«, sagte Susanna und bekam prompt ein schlechtes Gewissen. Gestern war er erst gegen dreiundzwanzig Uhr nach Hause gekommen und heute Morgen hatte er bereits vor zehn Uhr alles eingekauft.

»Ja, damit wir früher beginnen können.« Er verbeugte sich vor Adelheid und gab ihr wieder einen Handkuss.

*Langsam übertreibt er es aber!*

Er zwinkerte Susanna unmerklich zu und folgte dann der überdrehten Adelheid in ihr Zimmer. Sie nahm ihn gleich völlig in Beschlag. »Schönen Tag, Susanna!«, rief sie und schloss die Tür.

Verdutzt stand Susanna im Flur und blickte auf die geschlossene Tür vor ihrer Nase. Aber was konnte ihr Besseres passieren? Sie nahm ihren Mantel, in dessen Tasche noch Emilios Zweitschlüssel war, und begab sich zu seiner Wohnung.

Sie war völlig in ihre Arbeit versunken, als sie gegen halb sieben am Abend plötzlich hörte, wie jemand den Schlüssel im Schloss herumdrehte. *Er kommt!* Sie sprang auf und lief zur Tür.

»Susanna, schön, dass du noch hier bist.« Er küsste sie auf beide Wangen.

»Wie geht es dir? Ist Adelheid noch zahm?«

»Wir sind ein Herz und eine Seele. Sie ist immer noch ganz fasziniert von mir.« Er zwinkerte und ließ sich aufs Sofa fallen. »Aber ich bekomme immer mehr Respekt vor dem, was du die letzten Monate geleistet hast. Chapeau! Ich bezweifle, dass ich so lange durchhalten könnte.«

Sie setzte sich neben ihn. »Ich beeile mich mit der Arbeit, aber wenn du …«

»Nein, nein, wir belassen es für die nächste Zeit so. Es läuft alles gut, und du wirst mit der Dissertation fertig. Meine Vorlesungen habe ich ohnehin schon drei Mal in Bologna gehalten und muss mich kaum vorbereiten. Als Gastdozent habe ich außerdem nicht die vielen Aufgaben, die ich in Bologna habe. Also alles wunderbar.«

Er lachte plötzlich auf.

»Was ist?«

»Nichts, ich amüsiere mich nur über mich selbst, wie ich den galanten Gockel mime.«

»Ich hatte gestern Abend schon den Eindruck, dass du ganz schön übertreibst«, sagte Susanna.

»Oh nein, ich könnte noch dicker auftragen! Ich habe Adelheid fest um den Finger gewickelt. Kannst du dir vorstellen, dass sie heute Morgen unter meiner Anleitung brav eine Fuhre Tortellini produziert und sogar zwei Zwiebeln für die Füllung klein geschnitten hat?«

»Sogar Zwiebeln?«

»Ja, aber ich musste ihr ein Taschentuch reichen und ihr eine Träne von der Wange abtupfen.«

»Wirklich?« Susanna prustete los.

»Allerdings. Was man nicht alles macht, um ...« Er hielt inne.

»Um was?« Das schlechte Gewissen nagte an ihr, weil sie ihn zwei Tage lang allein mit Adelheid gelassen hatte. »Um eine schwierige alte Dame gnädig zu stimmen?«

»Nein.« Er sah sie an. »Um ... der Frau zu gefallen, die aussieht wie die delphische Sibylle.«

Susanna saß einen Augenblick da wie gelähmt. Die lange Zugfahrt von vor zehn Jahren erschien vor ihrem geistigen Auge. Signora Anna hatte sie mit der delphischen Sibylle verglichen und Emilio genötigt, sich ihrer Ansicht anzuschließen.

Er hüstelte. »Weißt du noch ... damals im Zug ...«

»Ja.« Ihr Mund war trocken. Das Herz pochte ihr bis zum Hals. Was würde nun kommen? Die Liebeserklärung, die seit Tagen in der Luft lag?

Als sich ihre Blicke trafen, blieb die Zeit stehen. In diesem Augenblick, in diesem Wohnzimmer, das mit den bunten Fischen und Pflanzen einer Unterseelandschaft glich, gab es nur sie beide. Wie unter einer Wasserglocke war alles still, bis auf das leise Gluckern der Aquarien. Sie dachte noch nicht einmal an Stefan, als Emilio nach ihren Händen griff und sie zu sich zog. Sie versank in seinen Armen, hörte seinen Herzschlag, roch den zarten Bergamotte-Duft und spürte seine weichen Lippen auf ihren. Sie tauchte ein in eine andere Dimension und vergaß Raum und Zeit.

Die Standuhr schlug sieben und riss sie aus ihrem Traum heraus. *Himmel, was habe ich nur gemacht?* Sie strich sich eine Haarsträhne aus dem Gesicht, die sich bei ihrer Umarmung gelöst hatte, und wusste nicht recht weiter. Sie blickte zu Boden.

»Susanna?« Es war die Frage, die alles bedeutete.

Sie sah auf.

Er streichelte ihre Wange. »Ich liebe dich.«

»Ich liebe dich auch«, hauchte sie leise. »Aber …«

Sanft fuhr er mit dem Daumen über ihre Lippen. »Kein ›aber‹ heute! Um das ›Aber‹ kümmern wir uns später.«

Sie verbarg ihr Gesicht an seiner Brust.

In die Stille hinein sagte er: »Ich muss gestehen, ich war gestern Abend etwas neugierig und habe den ersten Teil deiner Arbeit gelesen.«

Sie hob den Kopf. »Und?«

Er lächelte. »Es ist so spannend, dass ich unbedingt weiterlesen will. Deine Lösung für den Mittelteil finde ich hervorragend.«

»Da bin ich aber erleichtert!«

Seine Finger spielten mit ihren Haaren. »Ich halte dich auf, obwohl du weiterschreiben müsstest.«

»Nicht so schlimm«, sagte sie. »Das ist heute die erste Pause, die ich mir gönne.«

Er nahm ihr Gesicht zwischen seine Hände. »Pausen sind wichtig.« Seine dunkelbraunen Augen waren wie Magnete, die sie anzogen. »Wollen wir … die Pause verlängern?«

Unmerklich nickte sie.

Da begann er, ganz langsam, den Reißverschluss ihrer Strickjacke aufzuziehen.

# 49

Als Susanna gegen Mitternacht nach Hause kam, war in Adelheids Zimmer bereits alles dunkel. Zum Glück blieb ihr eine Begegnung mit ihrer Schwiegermutter erspart. Nachdem sie gerade ihren Sohn betrogen hatte, wollte sie ihr lieber nicht unter die Augen treten.

Sie schlich auf Zehenspitzen die Treppe hinauf und öffnete leise die Tür zum Schlafzimmer. *Was gäbe ich darum, wenn ich immer noch neben Emilio liegen könnte,* dachte sie.

Plötzlich brummte ihr Handy: »*Buonanotte*, meine delphische Sibylle«, hatte er geschrieben.

»Gute Nacht auch dir«, tippte sie ein.

Als sie die Nachricht abgeschickt hatte, fiel ihr Blick auf Stefans Nachttisch, auf dem das Telefon stand. Es blinkte wie verrückt. Sie schnappte nach Luft. Wer konnte das gewesen sein? Sie ging um das Bett herum und rief die Anruferliste auf. Stefan hatte siebenmal versucht, sie zu erreichen. *Verflixt!* Warum hatte er es denn nicht auf ihrem Handy versucht? Sie sah auf die Uhr. Es war bereits nach Mitternacht. *Ich werde Stefan morgen zurückrufen. Wenn er sich nach drei Wochen einmal bequemt anzurufen, wird er wohl noch ein paar Stunden warten können.* Aber ihr Herz raste. Was wollte er bloß?

Sie verbrachte eine nahezu schlaflose Nacht. Immer wenn sie kurz eindöste, tauchte Emilio in ihren Träumen auf, wie er sich zu ihr herunterbeugte und sie küsste. Aber dann drängte sich sogleich Stefan wutentbrannt zwischen sie und ging sie heftig an, sodass sie jedes Mal schweißgebadet erwachte.

Als Adelheid am nächsten Morgen im Badezimmer verschwunden war, nahm Susanna allen Mut zusammen und rief Stefan an. Sie hatte nicht vor, ihm von Emilio zu berichten, sie hatte auch nicht vor, nett zu ihm zu sein, aber sie wollte wissen, was er plötzlich von ihr wollte. Sie ahnte, dass es ein schwieriges Telefonat werden würde.

»Hallo Stefan, du hast gestern Abend angerufen?«, begann sie das Telefonat so sachlich wie möglich, ärgerte sich aber über sich selbst, weil ihre Stimme leicht zitterte.

»Was ist eigentlich los?«, fuhr er sie an. »Mutter schwafelt von irgendeinem gut aussehenden Italiener, der dauernd zu Hause herumturnt. Hast du etwa einen Lover?«

Ihr Herz hämmerte wild. Sie räusperte sich. »Der gut aussehende Italiener, wie deine Mutter ihn nennt, heißt Emilio Pavese, ist ein Kollege von mir und kümmert sich momentan ein wenig um Adelheid, damit ich meine Arbeit fertig schreiben kann. Wenn du ab und zu mal angerufen oder meine Anrufe entgegengenommen hättest, wüsstest du, dass mein Doktorvater todkrank ist und ich daher vor Weihnachten meine Dissertation abgeben muss, sonst muss ich mir in der Endphase noch einen neuen Doktorvater suchen.«

»Deine unselige Arbeit ist mir völlig egal. Ich wüsste nur gern, wer in meinem Haus ein und aus geht.«

Ihr platzte der Kragen. »Es ist immer noch *mein* Haus!«

»Oh nein! Ich habe den ganzen Umbau bezahlt, also eine massive Wertsteigerung herbeigeführt, daher gehört das Haus auch mir.«

Ihr verschlug es die Sprache. Das erste Mal schwante ihr Unheil. *Ich bin mit dem Erbe meiner Eltern leichtfertig umgegangen*, dachte sie. Wenn es tatsächlich hart auf hart kommen sollte, hätte sie ein Problem. Doch über dieses Thema wollte sie nicht nachdenken.

Stattdessen bemühte sie sich wieder um einen sachlichen Ton: »Ich habe dich wiederholt um Unterstützung gebeten, die du mir immer verweigert hast, jetzt habe ich selbst Hilfe organisiert. Mein Kollege kümmert sich um deine Mutter, und nach all dem, was ich von ihr höre, scheint sie sich prächtig mit ihm zu verstehen!«

»Was meine Mutter anbelangt, so entscheide immer noch ich, wer sich um sie kümmert! Da hast du gar nichts zu bestimmen.«

»Ach nein? Aber kümmern darf ich mich Tag und Nacht um sie, dafür bin ich gut genug?«

Er wollte etwas erwidern, doch Susanna war nun in Fahrt: »Soweit ich weiß, ist Adelheid nicht unmündig, und wenn du ihr den Umgang mit Emilio verbietest, wird sie das sehr treffen. Die beiden haben sich richtig gut angefreundet. Sie ist so glücklich wie noch nie seit ihrem Unfall – das hat sie mir selbst gesagt.«

»Das interessiert mich nicht. Wahrscheinlich ist dein Kollege ein armer Schlucker so wie du, der in unserem Haus Geld riecht, sich einschleimt und eventuell sogar etwas stehlen kann. Mutter ist so leichtgläubig. Sie fällt auf ihn rein.«

Mit Letzterem hatte er zwar recht, aber alles andere war kompletter Unsinn: »Mein Kollege hat im Gegensatz zu mir eine feste Stelle, er hat keine Geldsorgen.«

»Aha.« Stefans Stimme klang gefährlich. »Was verfolgt er dann für ein Ziel?«

»Wenn meine Dissertation vor Weihnachten nicht fertig wird, ist Professor Schneidereck wahrscheinlich zu krank, um sie noch zu lesen. Dann muss ich mir einen anderen Doktorvater suchen und das kann dauern. Mein Kollege forscht in dieselbe Richtung und möchte sich in zwei seiner für Frühjahr geplanten Artikel auf Teile meiner Arbeit berufen. Daher ist es so extrem wichtig für ihn, dass ich bald fertig werde. Deshalb hilft er mir jetzt mit deiner Mutter.«

»Dann soll er sich doch einfach alles nehmen, was er braucht und verschwinden. Du wirst ohnehin niemals an der Universität bleiben, deine Arbeit war für die Katz, ein schönes Hobby, das uns alle fast wahnsinnig gemacht hat.«

»Du hast überhaupt keine Ahnung …«, schrie sie ins Telefon und Adelheid, die gerade aus dem Bad herauskam, sah erschrocken auf.

Doch Stefan schnitt ihr das Wort ab. »Der Italiener betritt das Haus nicht wieder! Mehr habe ich nicht zu sagen.«

»Dann sag das deiner Mutter selbst!« Susanna drückte der verdutzten Adelheid ihr Handy in die Hand.

Sie hörte ihrem Sohn zu und schluckte. »Aber ich habe mich so aufs Kochen gefreut«, wimmerte sie. Kurz darauf zeterte sie: »Du nimmst mir die wenige Freude am Leben, die ich noch habe.« Sie ließ das Handy sinken und brach in Tränen aus.

Susanna nahm ihr das Handy wieder aus der Hand. »Da hörst du es …«, begann sie, realisierte aber, dass Stefan schon aufgelegt hatte und sie nur einen Dauerton hörte. Sie hatte gehofft, dass Stefan sich durch seine Mutter erweichen ließe. Aber er schien in Frankfurt eiskalt geworden zu sein. Sie reichte Adelheid ein Taschentuch und setzte sich auf eine Treppenstufe. Dumpf blickte sie vor sich hin. Alles war so gut gewesen. Adelheids Lebensgeister waren wiedererwacht, und sie hatte Zeit gehabt zum Schreiben. Wieso musste Stefan ihnen das nehmen? Wieso? Hatte er etwa mitbekommen, dass zwischen Emilio und ihr gestern Abend noch etwas anderes passiert war? Aber das konnte er doch nicht wissen. *Oder hat uns jemand zusammen gesehen?*

»Was machen wir jetzt?«, riss Adelheid sie aus ihren Gedanken.

Susanna zuckte mit den Schultern. »Ich weiß es nicht. Wahrscheinlich muss ich Emilio anrufen und ihm absagen.« Sie sah auf die Uhr. Es war fünf vor zehn. »Aber er wird schon auf dem Weg sein.«

»Ich möchte, dass er weiterhin kommt«, sagte Adelheid.

»Dann musst du das Stefan beibringen. Ich kann es nicht. Du siehst doch, dass er mich nur anschreit.«

Adelheid spielte mit einer Franse ihrer Stola. »Kannst du nicht nach Frankfurt fahren und mit Stefan sprechen?«

Susanna schüttelte den Kopf. »Als ich neulich nach Frankfurt gefahren bin, um mit ihm zu sprechen, war er sehr ungehalten. Es hat nichts gebracht. Eine weitere Fahrkarte nach Frankfurt ist mir momentan zu teuer, um unverrichteter Dinge wieder umzukehren.«

Es klingelte. »Das wird Emilio sein«, sagte Adelheid.

# 50

Als ihm Susanna die Haustür öffnete, fuhr ihm der Schrecken in die Glieder. Sie hatte geweint, und mehrere Haarsträhnen hatten sich aus ihrem Zopf gelöst. »Du liebe Zeit, was ist passiert?« Er machte einen Schritt auf sie zu und hätte sie fast in den Arm genommen. Doch in dem Moment rollte Adelheid vor. Auch sie hatte Tränenspuren im Gesicht.

»Zwei weinende Damen?«, fragte er. Sein Herz pochte. *Wie ist Stefan bloß so schnell hinter Susannas und mein Geheimnis gekommen?*

»Mein Sohn hat gesagt, dass Sie uns nicht mehr besuchen dürfen«, sagte Adelheid.

Emilio wurde blass. *Dann hat es ihr Mann wirklich herausbekommen.* Er sah zu Susanna.

Sie nickte.

»Ist er hier? Kann ich mit ihm sprechen?«, fragte er.

»Nein, er hat seine Anweisung per Telefon durchgegeben«, sagte sie.

Emilio räusperte sich. »Und warum, wenn ich fragen darf?«

Susanna zuckte mit den Achseln. »So ganz klar ist es mir nicht. Dir, Adelheid?«

Auch Adelheid schüttelte den Kopf. »Jetzt habe ich mich so aufs Kochen gefreut, und die Kunstbücher, die Sie mir dagelassen hatten, habe ich auch alle durchgearbeitet.«

»Handelt es sich um ein Hausverbot oder ein generelles Kontaktverbot?«

Susanna sah ihn fragend an.

»Na, ich meine, wenn ich nur das Haus nicht betreten darf, dann könnte ich doch mit Adelheid am Rhein spazieren gehen, sie später beim Physiotherapeuten abliefern und dann in einem Café mit ihr weiter über die italienische Malerei sprechen. Denn du musst ja gleich weg. Für heute findest du niemand anderen.« Er sah bedauernd auf Adelheid. »Das Kochen wird leider wegfallen müssen, denn zu mir nach Hause können wir nicht gehen, weil meine Wohnung im ersten Stock liegt. Da kommen Sie nicht hoch.«

Adelheids Augen blitzten auf. »Stefan hat nur von diesem Haus gesprochen, nicht wahr?«

Susanna zögerte. »Ja. Du hast recht, auch mir hat Stefan nur gesagt, dass Emilio nicht mehr hierherkommen darf. Dass du Emilio grundsätzlich nicht mehr sehen darfst, hat er mit keiner Silbe erwähnt.«

Adelheid jauchzte. »Also dann, worauf warten wir noch? Wir gehen am Rhein spazieren, Emilio.«

Er sah Susanna fragend an. »Seid ihr sicher? Klug ist das nicht.«

Sie zuckte mit den Achseln. »Nein, klug ist es vermutlich nicht. Aber das Hausverbot ist ebenso wenig klug.«

Adelheid klatschte euphorisch in die Hände. »Ich brauche noch eine Wolldecke. Kannst du die Bücher in eine Tasche packen, Susanna? Gegen Mittag gehen wir in ein Café. Könnten Sie mich am späten Nachmittag vielleicht hierher zurückbringen, Emilio? Meine Freundinnen kommen zum Kartenspielen. Ich würde zwar viel lieber mit Ihnen plaudern, aber Isolde, Gertrud und Lydia waren so nett zu mir in den Wochen nach meinem Unfall, daher möchte ich sie nicht versetzen.«

»Oh nein, das dürfen Sie auf keinen Fall«, pflichtete ihr Emilio bei.

Susanna holte eine Wolldecke, die sie Adelheid um die Beine legte. Dann packten sie die Kunstbücher von Florenz, Rom und Venedig ein, die er ihr zum Lesen mitgebracht hatte.

»Geht ins Café oder in ein Restaurant, wenn es zu kalt wird.« Susanna reichte ihm ihren Geldbeutel.

Er schüttelte den Kopf. »Lass stecken.«

»Doch bitte, ich möchte nicht, dass dir Unkosten entstehen, wenn du schon deine Zeit opferst …«

»Können wir los?«, unterbrach sie Adelheid.

»Aber klar!«, rief er und schob sie vorsichtig nach draußen. »Susanna, komm mit, wir können noch ein Stück gemeinsam laufen.«

Sie nickte stumm.

Während sie nebeneinander hinter Adelheid herliefen, musterte Emilio Susanna aus dem Augenwinkel. *Was ist nur passiert?* Aber er konnte sie nicht fragen. Nicht vor Adelheid. Die ältere Dame gefiel sich in der Rolle der ungezogenen Mutter und plapperte in einem fort. Er hörte nur mit halbem Ohr zu. Susanna war blass wie ein Laken. Am liebsten hätte er Adelheid stehen gelassen und wäre mit Susanna allein weitergegangen. Am besten gleich nach Italien. *Weit weg.*

# 51

Trotz des Eklats am Morgen oder vielleicht gerade deswegen arbeitete Susanna wie eine Wahnsinnige, denn sie hatte keine Ahnung, wie viel Zeit ihr Stefan noch gönnen würde, in Ruhe zu schreiben.

Gegen halb fünf Uhr kam Emilio. Sie stürmte auf ihn zu und umarmte ihn. Als sie ihn losließ, bemerkte sie die Sorgenfalte auf seiner Stirn.

»Was ist passiert?«, fragte er. »Aus Adelheid war nicht viel herauszubekommen, außer dass du dich mit Stefan wohl heftig gestritten haben musst.«

»Ich nehme an, Adelheid hat Stefan erzählt, dass es dich gibt, daraufhin hat er gestern Abend siebenmal angerufen. Das habe ich aber erst nach Mitternacht gesehen und ihn daher erst heute Morgen zurückgerufen. Er war völlig aufgebracht, dass ich dich ohne sein Einverständnis für seine Mutter engagiert habe.«

»Weiß er … von uns?«

»Nein, überhaupt nicht. Er hat mich zwar gefragt …, aber ich habe es abgestritten.«

Emilio zog hörbar die Luft ein. »Wir treiben ein gefährliches Spiel.«

»Ich weiß.«

»Wie lange brauchst du noch?«

»Zwei Wochen wären schon gut.«

Er strich sich übers Kinn. »Das schaffen wir irgendwie. Könnte deine Freundin Juliane eventuell helfen? Denn wenn dein Mann herausbekommt, dass ich trotz seines Verbots Adelheid heute durch die Rheinaue spazieren gefahren habe, wird er fuchsteufelswild werden, und dann kannst du deine Dissertation vergessen.«

Susanna nickte. »Ich frage sie.«

»Gut. Am besten gleich. Es wäre gut, wenn sie Adelheid schon morgen zum Zahnarzt bringen könnte.«

Eine halbe Stunde später traf Juliane ein. Sie hatte alles stehen und liegen gelassen und war sofort gekommen, als Susanna sie angerufen hatte. Nun saßen sie zu dritt in Emilios Unterwasserlandschaft.

»Susanna, was machst du hier?«

»Wir müssen mit dir sprechen.« Emilio übernahm sofort die Moderation. »Susanna braucht Hilfe mit ihrer Schwiegermutter, weil sie die nächsten zwei Wochen rund um die Uhr an ihrer Dissertation schreiben muss. Ich würde gern helfen, kann es aber nicht, weil mir Susannas Mann den Umgang mit seiner Mutter verboten hat.«

»Entschuldigung, wer bist du eigentlich?«, fragte Juliane gereizt. »Es ist das erste Mal, dass wir uns begegnen oder ich überhaupt von deiner Existenz höre.« Vorwurfsvoll blickte sie nun zu Susanna hinüber.

»Es ist der Mann aus dem Zug«, sagte sie, und als es heraus war, bereute sie es sofort.

»Wer?«

»Mein Reisegefährte von Rom nach Mailand vor zehn Jahren, als ich nach dem Abitur als Au-pair dort war … bevor Laurenz krank wurde.«

Juliane fiel die Kinnlade herunter. Plötzlich verzog sie die Mundwinkel zu einem Grinsen. »Ach so. Wann seid ihr euch denn wieder über den Weg gelaufen?«

»Neulich. Per Zufall. In der Bibliothek.«

»Dann ist alles klar. Emilio. Natürlich, ich erinnere mich.« Sie drehte sich zu ihm um. »Susanna hat damals von dir erzählt. Sie wollte dir so gern ein Buch wiedergeben. Ich habe vermutet, dass sie dich nicht nur wegen des Buches wiedersehen wollte, sondern schlicht und ergreifend, weil du ihr gut gefallen hast.«

Susanna errötete bis zum Haaransatz. »Juliane, bitte.«

»Was denn? So war das.« Sie wandte sich wieder an Emilio. »Aber ich habe Susanna damals gesagt, dass du es nicht wert bist, wenn du wegen einer anderen einfach auf und davon rennst.«

»Jetzt sei still!« Susanna rammte ihr einen Ellbogen in die Rippen.

Emilio lächelte traurig. »Ich war es wirklich nicht wert. Ich war ein Esel. Ich wünschte, ich hätte das Telefonat mit meiner damaligen Freundin sofort beendet und dich nach deiner Telefonnummer gefragt, Susanna. Es war die kolossalste Fehlentscheidung meines Lebens, dass ich dich damals habe ziehen lassen.«

Susanna sagte nichts. *Was wäre gewesen, wenn …* Es war sinnlos, darüber nachzudenken. Sie war verheiratet, alles war zu spät.

Juliane kam zurück zum Punkt. »Was ist jetzt eigentlich bei dir zu Hause los, Susanna?«

»Ihr Mann kommt seit drei Wochen nicht nach Hause, geht nicht ans Telefon und lässt sich von seiner Sekretärin verleugnen«, resümierte Emilio die Kernfakten.

»Ein Schuft, ich sagte es bereits«, sagte Juliane kühl. »Soll ich für dich die Scheidung einreichen?«

»Quatsch. Natürlich nicht. Ich kann nicht beim ersten Konflikt davonrennen.«

»Beim *ersten* Konflikt?« Sie zog eine Augenbraue hoch. »Meiner Einschätzung zufolge hat Stefan nachhaltig keine Lust, sich mit seiner Mutter abzugeben, und vergnügt sich stattdessen in Frankfurt mit einer Neuen. Du bist die perfekte fürsorgliche Mitbewohnerin für seine Mutter, die ihm ein ruhiges Gewissen verschafft.«

»Sei nicht so gemein! Das tut er bestimmt nicht.« Susanna war klar gewesen, dass Juliane so reagieren würde. Hätte sie sie bloß nicht angerufen!

»Oder wie siehst du das?«, wandte sich ihre Freundin an Emilio.

»Es steht mir nicht zu, dazu etwas zu sagen«, versuchte er sich herauszureden.

»Natürlich nicht.« Juliane stand auf und stapfte zum Fenster. Mit verschränkten Armen starrte sie nach draußen. Susanna sah ihr an, dass sie sauer war. Sauer auf Stefan, weil er ihrer Ansicht nach ein Schwein war. Sauer auf sie, weil sie ihr nichts gesagt hatte. Und sauer auf Emilio, weil er ihr nicht recht gegeben hatte.

Emilio räusperte sich. »Wir haben dich hierhergebeten, um zu fragen, ob du in den nächsten beiden Wochen Susannas Schwiegermutter zu ihren Terminen fahren könntest.«

Juliane drehte sich um.

»Ich kann einkaufen und kochen«, erklärte er, »sodass Adelheid sich das Essen nur in der Mikrowelle aufwärmen muss. Susanna könnte unterdessen hier in der Wohnung arbeiten, dann hat sie Ruhe.«

Ängstlich sah Susanna ihre Freundin an. Würde sie das machen?

»Und Stefan soll einfach so davonkommen? Ohne einen Finger für seine eigene Mutter zu krümmen?«

»Lass das Susanna entscheiden, wenn sie ihre Arbeit fertig geschrieben hat.«

*Danke, Emilio,* dachte Susanna, *danke, dass du das mit ihr ausdiskutierst. Ich schaffe es nämlich jetzt nicht.*

Juliane schwieg und Susanna konnte förmlich die Gedanken ihrer Freundin lesen: *Sind die beiden ein Paar? Soll ich Susanna helfen, obwohl es mir gegen den Strich geht, dass Stefan seine Hände in den Schoß legt?*

»Also gut«, sagte ihre Freundin schließlich und zückte ihren Terminkalender. »Ich hoffe nur, dass mich deine gnädige Frau Schwiegermutter duldet. Denn ich kann ziemlich kratzbürstig sein, wie du weißt.«

*Ich weiß,* dachte Susanna. Aber vielleicht war das bei Adelheid gar nicht so schlecht.

Juliane notierte sich für die kommenden beiden Wochen alle Termine, zu denen sie Adelheid fahren musste. »Aber dass Stefan einfach so weitermachen kann, gefällt mir nicht.« Sie gab noch nicht auf.

»Lass ihn aus dem Spiel, bitte«, flehte Susanna. »Du weißt nicht, wie ärgerlich er war, als wir das letzte Mal miteinander telefoniert haben. Ich will nicht, dass du ihm nun eine Affäre vorwirfst, dann habe ich die Hölle auf Erden. Und das kann ich momentan nicht gebrauchen.«

»Gut, wie du möchtest.« Juliane klappte ihren Kalender zu und nahm ihre Handtasche. »Dann fahre ich deine Adelheid morgen erst einmal zum Zahnarzt.« Sie stand auf und drückte Susanna. »Kopf hoch, es wird schon klappen! Ihr habt meine volle Unterstützung. In allem.«

# 52

***Dezember 2007***

Emilio tat sein Bestes, Susanna den Rücken freizuhalten. Er übernahm sämtliche Einkäufe und kochte bei sich zu Hause alle Gerichte vor, die Susanna mit nach Hause nahm, sodass Adelheid sie nur noch in der Mikrowelle aufzuwärmen brauchte. Auch Juliane kooperierte nach Kräften und fuhr Adelheid zu all ihren Terminen. Auf diese Weise konnte Susanna ihre Dissertation drei Wochen später ausdrucken. Als sie die Pflichtexemplare abgegeben hatte, fiel Emilio nicht nur ein Stein, sondern gleich ein ganzer Felsbrocken von der Seele, weil sie es geschafft hatte. Professor Schneidereck war zum Glück noch in der Lage, ihre Arbeit anzunehmen.

Wenn er jedoch gedacht hatte, dass nach der Abgabe ihrer Dissertation die größte Hürde genommen war, hatte er sich gründlich geirrt. Nachdem sie ihr großes Ziel erreicht hatte, fiel Susanna in ein Loch. Ihre Gedanken drehten sich ununterbrochen um ihre verkorkste Ehe. Sie wirkte müde und lustlos. Emilio wusste nicht, wie er ihr helfen konnte. Er hatte ihr immer gesagt, sie solle zuerst die Dissertation abgeben, alle anderen Probleme könne sie später in Angriff nehmen. Jetzt war »später«, aber sie schien handlungsunfähig und völlig unentschlossen zu sein.

Er wollte mit ihr zusammen sein, richtig zusammen sein, ohne sich verstecken zu müssen. Heiraten wollte er sie und sie mit nach Italien nehmen, aber jedes Gespräch, das er in diese Richtung lenkte, blockte sie ab. Weihnachten nahte und er musste zurück nach Italien. Die Zeit drängte also.

Wenigstens konnte er sie nach langem Zureden zu einem Ausflug ins Siebengebirge überreden. Er hatte vor, ihr auf dem Gipfel des Drachenfels einen Heiratsantrag zu machen. Die Kulisse erschien ihm adäquat dafür zu sein. Auch wenn es mittlerweile Anfang Dezember war und das Wetter nicht gerade zu einem romantischen Spaziergang einlud.

Sie hatten sich am Fuße des Drachenfels verabredet. Aus Gründen der Diskretion wollte Susanna einen Zug später nehmen als er. Ein eisiger Wind pfiff. Emilio klappte seinen Kragen hoch und zog das erste Mal in Erwägung, die unmögliche Wintermütze seiner Mutter aufzusetzen. Da sah er sie plötzlich kommen.

»*Ciao*, Emilio«, rief sie atemlos und küsste ihn.

»Schön, dass du da bist!« Er hüllte sie in seine Arme. Insgeheim hatte er schon befürchtet, sie werde im letzten Augenblick absagen. Denn Adelheid schien sie wieder von früh bis spät einzunehmen.

Susanna trug einen weißen Schal und eine hellblaue Wollmütze. »Du siehst immer noch so aus wie die delphische Sibylle«, sagte er.

Sie lachte. »Und du? Frierst du nicht? Hast du keine Mütze?«

»Doch, aber sie sieht unmöglich aus.«

Sie verdrehte die Augen. »Wer soll dich denn schon sehen außer mir.«

»Na, gerade du! Vor dir will ich nicht lächerlich aussehen.«

»Zeig her!« Sie entriss ihm die Mütze und setzte sie ihm auf. »Steht dir doch gut. Ich weiß gar nicht, was du hast.« Sie knuffte ihn in die Seite. »›Gesundheit geht vor Schönheit‹ hat

Tante Margit immer gesagt, wenn ich mich als Teenie nicht warm genug anziehen wollte.«

»Eine kluge Frau, deine Tante Margit«, sagte er. *Ob ich sie wohl jemals kennenlernen werde?*

»Nachtigallenweg oder direkter Aufstieg?«, fragte Susanna.

Er blickte auf die anderen Spaziergänger, die sich um sie herum tummelten. Es war eine Wandergruppe, die sich gerade für den direkten Aufstieg entschied. »Nachtigallenweg«, sagte er daher und setzte hinzu: »Das klingt romantischer.«

Susanna lächelte, aber ihre Augen wurden plötzlich traurig.

Er fasste nach ihrer behandschuhten Hand. Schweigend gingen sie in den Wald hinein. Sie waren die einzigen Spaziergänger. »Seid ihr oft hier wandern gegangen, deine Familie und du?«, fragte er nach einer Weile.

Sie nickte. »Mit meinen Eltern fast jedes Wochenende, oft war auch Tante Margit dabei.«

»Hast du ihr etwas von uns beiden erzählt?«

Sie sah ihn entsetzt an. »Nein, sie würde es völlig unmöglich finden.«

»Und was sagt sie zu Stefans Verhalten?« Er konnte sich nicht mehr zurückhalten.

Susanna seufzte. »Sie hat Stefan immer gemocht, hat ihn gleich als Sohn angenommen, als wir sie vor fast zehn Jahren zusammen besucht haben.« Sie schwieg ein paar Sekunden. »Ich habe Tante Margit nur gesagt, dass ich mit Adelheid nicht gut zurechtkomme. Von meinen Eheproblemen weiß sie nichts. Von dir erst recht nicht.«

»Warum erzählst du ihr nicht alles? Ihr habt doch ein herzliches Verhältnis zueinander. Sie würde dich sicher verstehen … auch das mit mir.«

Sie schüttelte den Kopf. »Wenn ich ihr sage, dass ich mich in einen Mann verliebt habe, der nicht mein eigener ist, würde sie wahrscheinlich der Schlag treffen.«

»Meinst du?« Er konnte es sich nicht vorstellen. Er glaubte eher, dass ihre Tante ihn willkommen heißen würde, weil er ihre Ziehtochter aus einer unerträglichen Situation befreien würde.

»Als meine Eltern verunglückt sind, hat sie Laurenz und mich aufgenommen wie ihre eigenen Kinder. Ich wäre eine riesige Enttäuschung für sie, wenn sie wüsste, dass ich mein Familienleben nicht in den Griff bekomme und oft so ungehalten zu der behinderten Adelheid bin.«

»Nun, Adelheid ist eine herrische, verwöhnte Dame und du warst sicher ein liebes, braves Mädchen. Für deine Tante war es ein Leichtes, dich herzlich aufzunehmen. Bei Adelheid hätte sie sicher auch ihre Schwierigkeiten gehabt.«

»Nein, das glaube ich nicht. Tante Margit hat als Krankenschwester viele alte und kranke Menschen gepflegt; auch solche, die sie dauernd angeherrscht haben. Sie kann das. Ich kann es nicht.«

Emilio legte einen Arm um sie. »Die meisten Menschen können es nicht. Ich habe mich schon nach zwei Tagen, in denen ich Adelheid stundenweise betreut habe, gefragt, wie du das monatelang Tag und Nacht gemacht hast.«

Ihr Atem bildete zwei Wolken vor ihren Gesichtern. Aus dem Augenwinkel sah Emilio ein paar Vögel, die von Baum zu Baum, von Ast zu Ast flogen. Er räusperte sich. »Susanna, ich wollte dich fragen, ob du mit mir kommst und ob du meine Frau werden möchtest.«

Sie sah ihn mit großen Augen an.

»Du kannst auch von Bologna aus als Übersetzerin arbeiten oder dir dort eine andere Stelle suchen.«

»Danke«, flüsterte sie, »aber ich bin doch verheiratet und muss …«

»Hast du eigentlich kirchlich geheiratet?«

Sie schüttelte den Kopf. »Stefan wollte das nicht.«

Er atmete auf. Zumindest seine Familie würde nicht Zeter und Mordio schreien, wenn er ihnen Susanna vorstellte, denn in ihren Augen war sie gar nicht richtig verheiratet.

Susanna starrte traurig in die Baumwipfel. »Ein paar Tage nach Laurenz' Beerdigung hatte ich den irrsinnigen Drang, Mama, Papa und Laurenz ins Jenseits zu folgen.«

Er zog hörbar die Luft ein.

»Aber ich habe niemals versucht, mich umzubringen, weil ich Laurenz versprochen habe, weiterzuleben. Ich habe ihm vieles versprechen müssen während der letzten Wochen seines Lebens.« Sie sah ihn an. »Versprechen muss man halten, Emilio. Und Stefan habe ich nun mal versprochen, seine Frau zu sein.«

»Hat er sich auch an sein Versprechen dir gegenüber gehalten?«

Tränen schossen ihr in die Augen.

Seine Worte waren scharf. Manchmal tat die Wahrheit höllisch weh. Aber wenn er weiterhin diplomatisch vorging, würde er Susanna nicht bekommen. »Stefan hat dich wie Dreck behandelt. In meinen Augen hat er sein Recht auf dich verwirkt.«

»Selbst wenn dem so ist, er hat mich nach Laurenz' Tod wieder zum Lachen gebracht.«

»Und deswegen kann er sich für den Rest des Lebens so benehmen wie ein Schwein?«

Sie fing an zu weinen, und ihre Tränen erweichten ihn. Er schloss sie in die Arme. »Ach, Susanna, ich weiß nicht, wie ich ohne dich weiterleben kann. Ich wünschte, ich könnte dich für immer und ewig so halten wie jetzt.« Ein paar Minuten rührten sie sich nicht von der Stelle.

»Du hast sicher recht mit Stefan. Aber ich kann trotzdem nicht so weit weggehen«, flüsterte Susanna mit erstickter Stimme. »Tante Margit war als Einzige immer für mich da, als meine Eltern und Laurenz starben. Jetzt ist sie alt und krank. Wenn ich nach Italien gehe, hat sie niemanden mehr.«

Er spürte, dass seine Aktien sanken. Eine Woge der Enttäuschung erfasste ihn. Ihm wurde kalt. Er strich ihr über den Kopf. »Überleg es dir. Ich muss kurz vor Weihnachten zurück nach Italien und nehme dich mit, wenn du das möchtest. Wenn du länger brauchst, um dich zu entscheiden, ist das auch in Ordnung. Du kannst gern nachkommen. Mir ist bewusst, dass die Zeit knapp ist. Aber meine Tür steht dir offen.«

»Danke.« Sie lehnte sich an ihn. Aber die innere Kälte, die ihn erfasst hatte, blieb. Es war wie ein vorgezogener Abschied.

»Komm, lass uns weitergehen, bevor uns ganz kalt wird«, sagte er und nahm ihre Hand.

Schweigend stiegen sie den Berg hinauf. Nur das gelegentliche Knacken dünner Zweige, auf die sie traten, war zu hören. Schließlich hatten sie den Drachenfels erklommen und sahen auf die Rheinschleife hinunter. Die Insel Nonnenwert lag verträumt mitten im Fluss. Raureif zierte die Nadelbäume und über dem Rhein lag eine hauchdünne Nebeldecke, transparent wie ein Schleier. Es war ein verwunschener Ort. Emilio wollte diesen Augenblick festhalten, sich immer an ihn erinnern. Er fürchtete, dass dieser Moment zu den wenigen Erinnerungsschätzen gehören sollte, die von Susanna übrig bleiben würden. Seinen Heiratsantrag hatte er ihr hier oben machen wollen, aber aus der Situation heraus hatte er sie schon auf dem Weg hierher gefragt. Nun erübrigte er sich. Ihre Antwort hatte er sich anders vorgestellt. Seine Stimmung wurde so trist wie der Himmel, über den Wolken aufzogen.

»Wir müssen wieder runter«, sagte Susanna. »Es könnte anfangen zu regnen.«

Er nickte und zog sie an sich. »Bitte«, flehte er sie an. Er brauchte nicht mehr zu sagen. Sie verstand, was er sagen wollte. Ihre Augen füllten sich wieder mit Tränen. Er küsste das salzige Nass von ihren Wangen. Doch eigentlich war er derjenige, der hätte getröstet werden müssen.

Nach ihrem Ausflug wollte Susanna weiter zu ihrer Tante nach Koblenz fahren. Ein wenig hatte Emilio gehofft, dass sie ihn mitnehmen werde. Aber das beabsichtigte sie ganz offensichtlich nicht. Als sie sich dem Bahnhof näherten, wo sie in den Zug nach Koblenz einsteigen wollte, hatte er sogar den Eindruck, dass sie unruhig wurde und überlegte, wie sie ihn am besten loswerden konnte. Das kränkte ihn, musste er sich eingestehen, auch wenn er sich bewusst machte, dass er nicht von ihr erwarten durfte, dass sie ihn zu ihrer Tante mitnehmen würde. Er verabschiedete sich und sagte, dass er sich noch Königswinter ansehen und dann zurück nach Bonn fahren werde. Verdrossen nahm er zur Kenntnis, wie erleichtert sie darüber war.

Langsam schlenderte er die Straßen entlang. Er versuchte, seine Enttäuschung hinunterzuschlucken und sich an den Fachwerkhäusern zu erfreuen, an deren Fassaden wilder Wein rankte. Zu gern hätte er ihre Tante kennengelernt. Vielleicht wäre sie sogar glücklich über seine Existenz gewesen.

An der Rheinpromenade zeugten viele Häuser vom vergangenen Glanz der Stadt, aus jener Zeit, als Königswinter noch ein Kurort gewesen war und vornehme Feriengäste von nah und fern hier entlangdefiliert waren. Nun standen einige der ehemals prachtvollen Gebäude betrübt in der Gegend herum und schienen ihrer einstigen Klientel nachzutrauern, die fernblieb. *Wie Liebhaber, die immer noch darauf hoffen, dass ihre Geliebte wieder zurückkommt.*

Er zog sich die Mütze tiefer in die Stirn. Dieser Ort deprimierte ihn auf einmal. Er musste zurück nach Bonn, hinein in die quirlige Fußgängerzone, in überheizte und überfüllte Kaufhäuser oder auf den Weihnachtsmarkt, Hauptsache weg von diesem nostalgischen Ort!

# 53

Susanna saß auf dem Bett ihres alten Jugendzimmers und starrte auf die Blümchentapete. Sie hörte, wie ihre Tante unten in der Küche werkelte. Heute musste sie mit ihr sprechen. Sie musste ihr von ihrem Ehedrama erzählen, von Emilio und ihrem Gewissenskonflikt. Vor ein paar Wochen hatte sie ihr anvertraut, dass sie mit Adelheid unglücklich war. Vielleicht ahnte Tante Margit auch, dass ihre Ehe mit Stefan im Argen lag? Aber wenn sie ihr von Emilio erzählte, würde sie vom Glauben abfallen.

Susanna stand auf, kämmte sich und ging hinunter. »Kann ich dir bei etwas helfen?«

Ihre Tante öffnete gerade den Backofen und zog einen Apfelkuchen heraus. »Nein, es ist alles schon fertig. Setz dich einfach, Herzchen. Du musst dich heute verwöhnen lassen.«

Die gute Tante Margit, die immer andere verwöhnen wollte. Dann war sie in ihrem Element.

»Ich bin so froh, dass du kommen konntest«, sagte sie, als sie sich an den Tisch gesetzt hatten und sie den Kuchen achtelte.

»Dir geht es nicht gut, oder?«, fragte Susanna. Tante Margit sah immer noch blass und abgeschlagen aus, und sie machte sich Vorwürfe, sie nicht früher besucht zu haben.

Tante Margit schenkte ihr Kaffee ein. »Doch, doch, mach dir keine Gedanken.«

»Und dein Rücken?«

Sie stellte die Kaffeekanne ab. »Lenk nicht ab. Meinem Rücken geht es so lala, nichts Besonderes. Nächste Woche habe ich einen MRT-Termin und ein paar weitere Untersuchungen im Krankenhaus.«

Susanna wurde flau im Magen. »Im Krankenhaus?« *Ich habe mich zu wenig um sie gekümmert.*

»Keine Sorge, Herzchen. Für mich ist es nichts Schlimmes, mich ein paar Tage ins Krankenhaus zu begeben, ich habe mein ganzes Leben dort gearbeitet.« Tante Margit legte die Kuchengabel beiseite. »Aber dir geht es richtig schlecht, nicht wahr?«

Susanna blieb das Stück Apfelkuchen im Halse stecken. Die Zeit zu reden war gekommen. »Es tut mir leid, dass ich dich neulich mit meinen Problemen mit Adelheid beunruhigt habe.«

Tante Margit tätschelte ihre Hand. »Wegen mir brauchst du dir keine Sorgen zu machen, Susanna. Aber ich würde gern wissen, was dich bedrückt. Es ist nicht nur wegen deiner Schwiegermutter, oder?«

Susanna schob den Kuchenteller beiseite. »Ich habe seit Monaten Eheprobleme und ich habe einen anderen Mann kennengelernt.« *So. Nun war es heraus.* In einem Satz. Kurz und prägnant. Die Zusammenfassung vieler Wochen der Misere.

Ihre Tante wurde kalkweiß. Mit zitternden Fingern griff sie nach ihrem Wasserglas.

»Was ist mit dir?« *Ich habe ihr wirklich einen Schlag versetzt,* dachte Susanna erschrocken.

Tante Margit setzte das Wasserglas ab. »Es geht schon wieder.« Ihre Stimme war dünn und zittrig.

»Entschuldige bitte.« Susanna griff nach ihrer Hand. »Ich wollte dir keinen Schock versetzen.«

»Ach, Herzchen«, sagte ihre Tante nur. »Wie ist es denn dazu gekommen?«

Sie begann zu erzählen. Von Adelheids Herrinnenmanier. Von Stefans ewigen Vorhaltungen, seinem wochenlangen Schweigen, seiner permanenten Abwesenheit. Und schließlich von Emilio, der genau in der schlimmen Phase ihrer Ehe aufgetaucht war und ihr geholfen hatte, irgendwie zu überleben, und der sie jetzt mit nach Italien nehmen wollte.

»Du hast diesen Emilio vor zehn Jahren im Zug kennengelernt, als du das erste Mal allein nach Italien gefahren warst?«

»Ja.«

Tante Margit seufzte. »Ich habe es dir nie gesagt, aber genau deswegen wollte ich damals nicht, dass du nach Rom fährst. Weil ich Angst hatte, dass so etwas passiert.«

»Aber das konnte doch keiner ahnen.«

»Doch, ich habe es geahnt«, sagte Tante Margit und stand auf. Sie holte eine Flasche Schlehenlikör aus dem Wohnzimmerschrank und füllte zwei Gläschen. »Du ähnelst deiner Mutter so sehr, Susanna. Vor zehn Jahren, als du mit der Schule fertig warst, hast du ausgesehen wie Anneliese in ihrer Jugend. Auch sie hat es in die Ferne gezogen. Wie du weißt, ging sie nach Rom und hat dort als Kindermädchen in einer Familie gearbeitet. Sie war bereits mit deinem Vater verlobt. Aber solange er studierte, wollte sie noch etwas von der Welt sehen, bevor sie heiratete.« Tante Margit schüttelte den Kopf. »Ich habe das nicht verstanden.«

»Was ist denn damals passiert?« Langsam dämmerte es Susanna, dass es ein Familiengeheimnis gab.

»Anneliese hat sich in einen Römer verliebt. Sie hat die Verlobung mit deinem Vater per Brief gelöst und meine Eltern und mich angerufen, dass sie nicht zurückkommt. Unsere Mutter hat daraufhin einen Schlaganfall bekommen und war seither halbseitig gelähmt.«

Susanna drehte sich alles.

»Als du dann vor zehn Jahren unbedingt nach Rom wolltest, habe ich gedacht, der Albtraum wiederholt sich.«

»Aber ich war doch damals gar nicht verlobt«, sagte Susanna.

»Deshalb habe ich mir auch eingeredet, dass es so schlimm wie bei Anneliese nicht werden würde. Außerdem wärest du wegen Laurenz auf jeden Fall zurückgekommen. Ihr zwei wart ja wie Pech und Schwefel.« Sie rieb sich die Schläfen.

Susanna dachte nach. Tante Margit war es nicht recht gewesen, dass sie Italienisch studierte. Sie hatte allerdings gedacht, ihre Tante befürchtete, dass sie als Geisteswissenschaftlerin keine Aussichten auf dem Arbeitsmarkt haben werde. Doch jetzt sah sie alles in einem anderen Licht. »Warst du wegen Mamas Abenteuer dagegen, dass ich Italienisch studiere?«

»Ja. Ich habe befürchtet, dass deine Entscheidung mit einer römischen Bekanntschaft zu tun hat, und, nachdem Laurenz gestorben war, ich dich doch irgendwann an dieses Land verliere.« Sie seufzte. »Als du Stefan kennengelernt hast, war ich froh, weil du nicht mehr allein warst und ich ihn für einen bodenständigen, vernünftigen Mann hielt, so wie deinen Vater.«

»Was war denn mit meinen Eltern?«, fragte Susanna. »Wie sind sie wieder zusammengekommen?«

»Der römische Freund deiner Mutter hat sie verlassen. Sie ist völlig zerknirscht zurückgekommen. Als sie dann noch unsere kranke Mutter sah und begriff, was sie mit ihrem verantwortungslosen Handeln angerichtet hatte, ist sie überhaupt nicht mehr auf die Straße gegangen. Ich war es, die deinem Vater erzählt hat, dass sie wieder da war. Anneliese hat ihn jedoch wochenlang vor Scham nicht sehen wollen. Dein Vater war zum Glück hartnäckig und überhaupt nicht nachtragend. Er hat ihr vergeben und schließlich waren sie wieder zusammen und alles war gut.«

In Susannas Kopf ratterte es. *War wirklich alles gut gewesen?* Sie rechnete nach. War ihre Mutter von diesem römischen Mann schwanger gewesen und hatte sie deshalb ihren Vater geheiratet? Das konnte eigentlich nicht sein, denn Laurenz und sie waren ein knappes Jahr nach der Hochzeit ihrer Eltern geboren worden. Für sie schienen ihre Mutter und ihr Vater immer glücklich miteinander gewesen zu sein. Wie hatte ihr Vater es verwunden?

»Und jetzt hast du Angst, dass ich denselben Fehler mache wie Mama, mit Emilio mitgehe und dann von ihm enttäuscht werde?«, fragte sie ihre Tante.

»Wenn ich ehrlich bin, ja. Doch selbst, wenn er dich nicht enttäuscht, du wirst daran zerbrechen, deine Familie im Stich gelassen zu haben. Das war auch der Grund, weshalb sich der römische Freund deiner Mutter von ihr getrennt hat. Er ist zu der Frau zurückgekehrt, mit der er jahrelang verlobt gewesen war. Du und Stefan, ihr kennt euch seit zehn Jahren. Ihr habt Höhen und Tiefen miteinander gemeistert. So jemanden lässt man nicht einfach im Stich. Schon gar nicht, wenn da noch die pflegebedürftige Schwiegermutter ist, die dich braucht. Garstig hin oder her. Du wirst an deinem schlechten Gewissen zerbrechen, Susanna. Und wie willst du wissen, was dieser Emilio macht, wenn er dich erst einmal sicher zu haben glaubt? Ich will nicht gleich den Stab über ihn brechen, weil er Römer ist, aber jeder Mann hat seine Macken, und um seine zu kennen, müsstet ihr länger zusammen sein. Du kennst ihn noch nicht einmal zwei Monate.«

Susanna starrte vor sich hin.

»Bleib hier. Bitte!« Tante Margits Stimme klang flehentlich. »Deine Mutter hätte dir denselben Rat gegeben. Sie ist mit deinem Vater sehr glücklich gewesen.«

*Ob sie wirklich glücklich war?* Zu gern hätte sie ihre Mutter gefragt.

Ihre Tante stand auf. »Ich habe deine Mutter nicht verstanden. Sie hatte in deinem Vater den treuesten Freund und lief ihm davon. Als er sie zurückhaben wollte, hat sie sich wochenlang gesträubt und noch am Tag ihrer Hochzeit war ich nicht sicher, wie ihre Ehe werden würde. Erst als Laurenz und du auf die Welt gekommen seid, schien sie wieder glücklich zu sein. Ihr wart ihr Ein und Alles.«

»Wer war ihr römischer Freund? Wie war sein Name?«

»Ich weiß es nicht. Anneliese hat es uns nie gesagt.« – »Aber ich habe in ihrem Nähkästchen einen Brief von ihm gefunden«, fügte Tante Margit noch zögerlich hinzu.

»Warum hast du ihn mir nicht früher gegeben? Ich bin Mamas Tochter! Ich hätte ein Recht darauf gehabt!«

»Ich wollte Laurenz und dich damals nicht noch mehr grämen. Wenn ich euch erzählt hätte, dass eure Mutter euren Vater wegen eines anderen Mannes zeitweilig verlassen hat, wie hättet ihr dann über sie gedacht?«

»Bitte gib mir den Brief.« Susanna wollte wissen, wie der damalige Freund ihrer Mutter hieß. Vielleicht lebte er noch? Vielleicht würde sie ihn treffen können? Vielleicht würde sie ihre Mutter verstehen und daraus ableiten können, wie sie sich jetzt Emilio gegenüber verhalten sollte.

Tante Margit stand langsam auf und kramte in ihrer Kommode. »Hier ist er. Ich kann ihn nicht lesen. Er ist auf Italienisch verfasst. Irgendwann hätte ich ihn dir gegeben. Jetzt ist wohl der richtige Zeitpunkt gekommen.«

Susanna griff nach dem Brief.

> Carissima Annalisa,
> ich weiß, dass ich dich gestern sehr verletzt habe, als ich dir sagte, dass ich zu meiner Verlobten zurückkehre. Aber sie erwartet ein Kind von mir, ich kann sie nicht im Stich lassen.

Du und ich, wir beide haben wunderschöne Momente miteinander verbracht, die ich niemals vergessen werde.

Doch jetzt geh zurück zu deinem Verlobten. So, wie du ihn beschreibst, wird er dich mit offenen Armen wieder aufnehmen. Bitte sage ihm, dass ich ihn um Entschuldigung bitte. Und dich bitte ich ganz besonders um Verzeihung für den Kummer, den ich dir verursache. Aber eines Tages wirst du einsehen, dass es besser ist, zu seinen Versprechen zu stehen und diejenigen nicht zu verlassen, mit denen man seit der Jugend verbunden ist.

Bewahre mich und Rom als Erinnerung in deinem Herzen und kehre nun zurück zu deiner Familie und deinem Verlobten.

Con affetto, F.

Wofür mochte wohl F. stehen? Flavio, Francesco, Fabrizio? Müßig darüber nachzudenken. Sie würde es niemals erfahren. Es gab keinen Umschlag mit einem Absender.

»Was steht drin?«, fragte Tante Margit und riss sie aus ihren Gedanken.

Sie seufzte. »Dasselbe, was du mir gerade gesagt hast, dass man zu seinen Versprechen stehen muss und die Verlobten der Jugend nicht verlassen soll.«

Tante Margit nickte. »Dann war dieser F. ein besserer Mann, als ich all die Jahre dachte.«

»Weißt du wirklich nicht, wie er mit vollem Namen hieß?«

Sie schüttelte den Kopf. »Keine Ahnung. Wirklich nicht. Es war ein Tabuthema hier im Haus.«

Susanna rührte in ihrem mittlerweile kalten Kaffee. Ihre Mutter hatte es tatsächlich geschafft, ihre Beziehungskrise zu überwinden und später, als es Laurenz und sie gab, sogar von Rom zu schwärmen. *Ob es mir mit Emilio auch so gehen wird, wenn ich in zehn Jahren an ihn denke?* Sie schluckte. Sie wollte ihn nicht aufgeben. Aber so konnte es auch nicht weitergehen.

»Was wirst du tun, Susanna? Wie wirst du dich entscheiden?«

Sie zuckte mit den Schultern. Vielleicht war dieser Brief ein Wink des Schicksals.

# 54

»Hast du es dir überlegt?«, fragte Emilio. »Ich muss in vierzehn Tagen zurück nach Bologna.«

Sie standen zwischen zwei Bücherregalen. Da er Susanna in der heißen Phase ihrer Dissertation so sehr mit Adelheid geholfen hatte, war er mit seinem Aufsatz über Pirandellos Bonner Zeit ins Hintertreffen geraten. Jetzt wollte sie ihm wenigstens helfen, die Sekundärliteratur herauszusuchen.

»Ich kann nicht mitkommen. Tante Margit geht es nicht gut.« Sie erzählte ihm nichts von dem früheren Freund ihrer Mutter, nichts von dessen Abschiedsbrief.

»Was hat sie?«

»Ich weiß es nicht. Aber nächste Woche hat sie einen MRT-Termin und andere Untersuchungen im Krankenhaus, dann wird man weitersehen.« Sie hob den Kopf. »Emilio, bitte versteh mich, ich kann sie nicht alleinlassen. Außerdem ist da noch das Haus meiner Eltern. Ich … kann nicht einfach gehen.«

»Willst du etwa bei Stefan und Adelheid bleiben?«

Susanna zuckte mit den Schultern. »Stefan glänzt durch Abwesenheit. Solange das so bleibt, kann ich mich damit gut arrangieren.« Die Beziehung zwischen Stefan und ihr existierte nur noch auf dem Papier. Er kam nach wie vor nicht nach

Hause und rief nur einmal unter der Woche an, um zu fragen, wie es seiner Mutter ging.

Emilio stöhnte. »Er wird dich mehr und mehr erniedrigen! Du gehst kaputt, wenn du noch lange in diesem Haushalt bleibst.«

Susanna wusste, dass er recht hatte. Aber auch Tante Margit hatte recht. Ihr schlechtes Gewissen würde sie tatsächlich zerfressen, wenn sie Stefan und seine Mutter, so wenig sie sie auch mochte, verlassen würde. Das wäre verantwortungslos, vor allem in Hinblick auf Adelheid, und sie würde Tante Margit nie wieder in die Augen sehen können. Außerdem befürchtete sie, dass ihre Tante der Schlag treffen könnte; ebenso wie ihre Großmutter wegen der Eskapaden ihrer Mutter krank geworden war. *Ob Mama zeitlebens ein schlechtes Gewissen gehabt hat, weil ihre Mutter wegen ihrer Affäre zum Pflegefall geworden ist?*

»Komm mit nach Bologna, du kannst als Übersetzerin arbeiten, vielleicht findest du auch eine Stelle an der Universität«, sagte Emilio.

Er wurde immer hartnäckiger. Sie liebte ihn. Keine Frage. Aber sie fühlte sich schuldig. Schuldig, dass sie ihn liebte. Schuldig, dass sie seine Hilfe in Anspruch genommen und ihn dadurch ermutigt hatte, sich in sie zu verlieben. Schuldig, dass sie alles falsch machte. Ihr ganzes Leben war ein einziger Fehler. Aber noch verkehrter wäre es, ihr jetziges Leben einzutauschen gegen ein ungewisses anderes Leben, in einem anderen Land, mit einem anderen Mann, den sie erst seit zwei Monaten kannte. Wer sagte ihr denn, dass es besser werden würde? »Versprich mir, dass du weiterleben wirst, auch wenn das Leben hart zu dir ist«, hatte Laurenz kurz vor seinem Tod gesagt, und sie hatte es ihm versprochen. »Probleme sind dazu da, um besiegt zu werden, nicht, um vor ihnen zu fliehen. Denn sie werden dich immer wieder einholen.« Das war das Motto ihres Vaters gewesen. Er hatte es ihr gesagt, als sie als Kindergartenkind von einem älteren Jungen gehänselt worden war, als sie in der Schule den Dreisatz nicht verstanden hatte, als sie von einer Klassenkameradin gemobbt worden war. Auch nach dem Tod ihrer Eltern hatte sie alle Probleme ertragen, hatte sich ihnen gestellt, wie das tapfere Mädchen, das ihr Vater hatte haben wollen.

Sie sah auf zu Emilio. »›Probleme sind dazu da, um besiegt zu werden, nicht, um vor ihnen zu fliehen‹ hat mein Vater immer gepredigt.«

Er verdrehte die Augen. »Aber nicht alle Probleme lassen sich besiegen, Susanna.« Er stellte ein Buch zurück ins Regal. »Das hätte dir dein Vater sicherlich noch gesagt, wenn er länger gelebt hätte. Es geht nicht immer. Und bevor dich ein Problem zugrunde richtet, kehre ihm den Rücken zu und schlage einen anderen Lebensweg ein. Das ist meine Philosophie.«

Irgendetwas klingelte in ihrem Kopf. Signora Anna hatte vor vielen Jahren von Lebenswegen gesprochen, die sich manchmal kreuzten, die man mit Menschen zusammen ging, Wege, die sich dann wieder trennten. Auch Laurenz hatte geschrieben, dass es Seitenwege gab, über die man den rechten Pfad wieder erreichen könne.

»Oder möchtest du wie Sisyphos enden, der im Schweiße seines Angesichts einen Felsbrocken den Berg hinaufrollt, der ihm jedoch, wenn er ihn endlich oben hat, immer wieder entgleitet? Du mühst dich seit Ewigkeiten mit Stefan und Adelheid ab, versuchst es wieder und wieder. Und nie klappt es.«

Susanna stiegen Tränen in die Augen. *Warum muss er mir so deutlich unter die Nase reiben, dass ich versage?*

»Es wird auch nicht klappen. Denn dein guter Wille allein reicht nicht. Die anderen müssen ihn auch haben. Und wenn sie ihn nicht haben, lässt sich das Problem nicht lösen.«

»Ich muss darüber nachdenken«, sagte sie leise. »Aber fürs Erste kann ich nicht mit dir kommen. Zuerst muss ich wissen, wie es um Tante Margit steht.«

Emilio nickte und fuhr sich durch die Haare. »Denk darüber nach, aber triff die richtige Entscheidung. Ich möchte dir nicht in zehn Jahren wieder begegnen und sehen, dass du nur noch ein Schatten deiner selbst bist. Das würde mir das Herz brechen.«

Als Susanna nach Hause kam, spielten Adelheid und ihre Freundinnen noch Karten. Sie zog sich zurück ins Mansardenzimmer und betrachtete eine Fotografie, auf der ihre Eltern, Laurenz und sie selbst zu sehen waren. »Was meint ihr? Soll ich, oder soll ich nicht?«

*»Was wird aus unserem Haus?«*

*»Probleme sind dazu da, um besiegt zu werden …«*

*»Geh auf jeden Fall, Emilio ist ein netter, junger Mann, mit dem du glücklich werden wirst.«*

*»Hör auf Tante Margit.«*

*»Tu nichts Unüberlegtes.«*

*»Probleme sind dazu da, um besiegt zu werden …«*

Susanna hielt sich die Ohren zu und legte die Fotografie auf den Bauch. Sie konnte die Stimmen nicht mehr ertragen. Sie halfen ihr nicht weiter.

»Susanna?«, rief Adelheid von unten.

Sie stand auf und steckte den Kopf durch die Tür. »Ja, bitte?«

»Könntest du uns noch einmal Tee machen und von dem Gebäck bringen?«

Das also war ihr Leben: alten Damen Tee und Gebäck servieren. Sie ging in die Küche hinunter. Emilio hatte recht. Das konnte so nicht weitergehen! Während sie wartete, bis das Wasser kochte, schrieb sie ihm eine SMS. Ich komme doch mit.

Postwendend kam die Antwort. Ich liebe dich!

Als sie das Tablett nach unten brachte, hörte sie, wie die Haustür aufgeschlossen wurde. Starr vor Schreck blieb sie auf der Treppe stehen. Herein kam – Stefan.

# 55

»Stefan?«, fragte Susanna ungläubig.

Er wirkte müde. »Hallo, Susi.« Er küsste sie auf die Stirn.

Sie begriff nicht, was gerade vor sich ging. »Was ist passiert?«

»Nichts. Warum? Ich konnte mich heute etwas früher loseisen und dachte, ich schaue mal nach dem Rechten.«

Ratlos stand sie mit dem Tablett im Flur. *Wieso kommt er mitten in der Woche am Nachmittag?* Ihre ewigen Streitereien erwähnte er mit keinem Wort. *Er könnte sich wenigstens entschuldigen*, dachte sie.

»Herzlichen Glückwunsch übrigens zur Fertigstellung der Dissertation! Ich bin wirklich stolz auf dich.«

Susanna stand der Mund offen. Träumte sie? »Möchtest du Tee?«, fragte sie.

Er nickte. Während er seine Mutter und ihre Freundinnen begrüßte, holte sie noch eine Tasse Tee und Gebäck von oben und spielte in Adelheids Zimmer die perfekte Gastgeberin.

Da die Damen den ganzen Abend blieben, konnte sie kein Wort allein mit Stefan wechseln. Das war ihr auch nicht unrecht. Zwischendurch sah sie auf ihr Handy. Emilio hatte mehrmals versucht, sie zu erreichen. Doch sie konnte ihn jetzt unmöglich zurückrufen. Hastig schrieb sie eine SMS: Stefan gerade hier, kann jetzt nicht reden. Dann schaltete sie das Handy aus.

Als die Damen weg waren und Adelheid im Bett war, räumte Stefan die Spülmaschine ein. Schon wieder fragte sich Susanna, was wohl in ihn gefahren sein mochte. Mit bangem Herzen ging sie die Treppe hinauf. Was würde nun kommen? Mit welchen Vorwürfen würde er sie konfrontieren? Hatte er etwa vor, bei ihr zu übernachten? Sie bekam eine Gänsehaut. Der gefürchtete Moment der Aussprache schien wohl gekommen zu sein. Sie blieb im Türrahmen zur Küche stehen.

Stefan drehte sich zu ihr um. »Endlich allein?« Er kam auf sie zu und nahm sie in die Arme. Sie wehrte sich nicht, stand aber da wie ein Holzpfosten. Zum Glück ließ Stefan sie schnell wieder los. »Tut mir leid, dass ich in letzter Zeit etwas gestresst war. Der Job ist ein echter Beziehungskiller.«

Sie nickte.

»Aber wie ich sehe, geht es Mutter blendend.«

»Ja.«

»Und dir auch, Susi, du siehst prächtig aus.«

»Danke.« Sie fand, dass sie alles andere als prächtig aussah. Die ungelösten Fragen zehrten an ihren Kräften. Nachts fand sie keinen Schlaf, seitdem Emilio sie zu einer Entscheidung zwischen ihm und Stefan nötigte. Aber ihr Mann fand, dass sie prächtig aussah. Nun gut.

»Komm, lass uns schlafen gehen.« Er zog sie mit sich und ihr Herz schlug wie verrückt. Sie wollte nicht. Nicht mit ihm!

»Bitte lass mich«, sagte sie leise und zückte ihre Geheimwaffe: »Ich brüte etwas aus und bin sehr müde, vielleicht sogar schon ansteckend.«

Er wich zurück. Anstecken wollte er sich auf keinen Fall. Er tätschelte ihr den Rücken. »Dann schlaf jetzt und erhol dich gut.«

Sie verkroch sich ins Bett. Ihr Puls raste. *Was soll das alles? Wieso kommt er jetzt und tut so, als ob nichts gewesen sei?*

Nach einer Stunde hörte sie, wie er leise die Tür öffnete und sich neben sie legte. Er schien sie zu beobachten. Susanna gab vor zu schlafen. Als sie eine Unendlichkeit später sein leichtes Schnarchen hörte, atmete sie auf. Doch wenn sie vorher noch gedacht hatte, ihr Leben sei kompliziert, so musste sie jetzt feststellen, dass es von Minute zu Minute komplizierter wurde. Ihr Kopf drehte sich. Ihr war schwindelig. Bald würde sie aus dem Karussell hinausfliegen, wenn sie nicht »Stopp« sagte. Alles schien ihr zu entgleiten. Doch wo war die Notaus-Taste?

# 56

Seitdem sie geschrieben hatte, dass Stefan gekommen sei, hörte Emilio nichts mehr von Susanna. Nicht am nächsten, nicht am übernächsten Tag. Ihr Handy war ausgeschaltet, seine E-Mails beantwortete sie auch nicht. Er lief durchs Wohnzimmer wie ein Tiger im Käfig. *Warum meldet sie sich nicht? Hat Stefan ihr etwas angetan? Hält er sie gefangen, weil er herausbekommen hat, dass wir zusammen sind, was sie plant? Ist sie krank oder verletzt? Hat sie sich umgebracht?*

Er fuhr sich durch die Haare. Schließlich riss er seine Jacke vom Haken. *Egal, ob Stefan zu Hause ist, ob ich Hausverbot habe oder nicht, ich muss zu ihr!*

Auf der Kennedybrücke peitschte ihm der Wind ins Gesicht. Der Rhein war tiefgrau. Starke Strudel sogen das Wasser nach unten und ließen es so aussehen, als ob es brodelte. *Ich muss zu ihr!* Der Regen lief ihm in den Kragen. Seine Bronchien brannten. Völlig außer Puste erreichte er eine halbe Stunde später ihr Haus und klingelte. Er hatte sich keine Gedanken gemacht, was er sagen würde, wenn Stefan ihm die Tür öffnen sollte.

Aber das war auch nicht nötig, denn Adelheid öffnete ihm. »Emilio, was für eine Überraschung!«

»Es freut mich, Sie zu sehen, Adelheid. Bitte entschuldigen Sie, dass ich komme. Ich weiß, dass Ihr Sohn das nicht möchte, doch ich brauche dringend ein Buch, das ich Susanna neulich geliehen habe. Ich kann sie seit Tagen nicht erreichen. Da ich in Kürze nach Italien zurückfahre, sah ich keine andere Möglichkeit, als vorbeizukommen.«

»Oh, bitte treten Sie ein«, sagte Adelheid. »Susanna hat die Grippe und hohes Fieber. Mein Sohn hat extra Urlaub genommen, um mich zu meinen Terminen zu fahren. Jetzt ist er gerade einkaufen gegangen.«

*Stefan ist die ganze Zeit da? Verflixt, was ist denn nun vorgefallen?* Bevor Adelheid noch etwas sagen konnte, lief er die Treppe hoch.

»Emilio, Sie können nicht …«, rief sie ärgerlich, aber er war schon oben und kümmerte sich nicht mehr um sie.

»Susanna?«, fragte er leise, als er ihr abgedunkeltes Schlafzimmer betrat.

Sie drehte sich um. »Emilio, was um Himmels willen tust du hier?«

»Nach dir sehen.« Er nahm sie in die Arme und küsste sie. Sie glühte.

»Ich habe Adelheid gerade gesagt, dass ich ein Buch von dir brauche, das ich dir geliehen habe. Kann ich irgendetwas für dich tun?«

Sie schüttelte den Kopf. »Du musst gehen. Stefan kann jeden Augenblick wiederkommen. Er weiß von nichts.«

Er hielt ihre Hand und strich ihr eine verschwitzte Locke aus der Stirn.

»Emilio, ich kann nicht mit dir kommen, ich bin zu krank.«

»Ich warte, bis du gesund bist.«

Sie schüttelte wieder den Kopf. »Ich kann das jetzt nicht entscheiden.«

Er nickte. Natürlich nicht. Ihr hämmerte wahrscheinlich der Schädel. »Schreib mir, wenn ich etwas für dich tun kann oder wenn wir wieder reden können. Ich bleibe so lange noch in Bonn.«

»Danke.«

Er beugte sich zu ihr hinab und küsste sie.

»Ich steck dich an«, murmelte sie.

Aber das war ihm vollkommen egal.

»Emilio, Sie können nicht einfach zu meiner Schwiegertochter ins Schlafzimmer laufen. Das ist wirklich unmöglich!«, zeterte Adelheid von unten.

»Lauf schnell in die Mansarde, such dir irgendein Buch heraus und nimm es mit«, flüsterte Susanna.

»Emilio, wo bleiben Sie denn?« Adelheids Stimme klang nun rau und hart. Geradezu feindselig.

»Verzeihung, Signora, aber wie gesagt, ich brauche mein Buch.«

Er lief in die Mansarde, wie es ihm Susanna geraten hatte. Als er das winzige Arbeitszimmer betrat, fiel sein Blick sogleich auf ein Bild mit zwei Papageien. *Das muss ihr Bruder gezeichnet haben*, dachte er. Sie hatte neulich erzählt, dass er zuletzt vor allem Papageien gezeichnet hatte. *Wie begabt er gewesen war!*

Dann entdeckte er das Foto von Susannas Eltern und das, auf dem sie zusammen mit ihrem Bruder zu sehen war.

»Emilio, was tun Sie da oben?«

Trotz der aufgebrachten Adelheid rührte er sich immer noch nicht vom Fleck. »So siehst du also aus«, sagte er zu dem etwa achtzehnjährigen Jungen im T-Shirt. Das war der Mann, um den Susanna seit Jahren trauerte und bis an ihr Lebensende trauern würde. »Wenn du mir hilfst, werde ich immer gut auf deine Schwester achtgeben«, flüsterte er und zwinkerte der Fotografie zu.

Doch nun musste er wirklich raus aus diesem Haus! Er zog ein Buch aus dem Regal und rannte die Treppen hinunter.

»Verzeihen Sie, Adelheid. Ich werde Sie nun nicht länger behelligen.« Er verließ das Haus. Dieses Mal hatte er der älteren Dame keinen Handkuss mehr gegeben.

»Bring ihr den Obstkorb und sieh nach ihr!« Energisch drückte Emilio Juliane den Obstkorb in die Hand. Er war nach seinem Besuch bei Susanna in einen Lebensmittelladen gerannt, hatte eingekauft und das Resultat zu Juliane in die Kanzlei gebracht. Als er die Tür zu ihrem Büro aufgestoßen hatte, hatte ihn die Sekretärin zurechtgewiesen, dass er gefälligst zu warten habe, aber er hatte sich nicht darum geschert. *Heute ist nicht der Tag für höfliches Benehmen.*

»Ich kann mich nicht um Susanna kümmern. Adelheid bewacht sie wie ein Zerberus und angeblich ist Stefan jetzt dauernd da. Bitte sieh du nach ihr und ruf ihre Tante an. Vielleicht kann sie sich um Susanna kümmern. Ihr idiotischer Ehemann wird das wohl kaum hinbekommen.«

Juliane runzelte die Stirn. »Susanna ist krank?«

»Ja, sie hat hohes Fieber und ich möchte nicht, dass sie da oben verdurstet. Also organisiere eine Hilfe. Bitte!«

Sie ließ sich nicht aus der Ruhe bringen. »Wie soll es eigentlich weitergehen mit dir und Susanna?«

»Das ist doch jetzt völlig egal! Ich will einfach, dass es ihr gut geht und sich jemand um sie kümmert. Ich darf es leider nicht selbst tun. Ich weiß auch nicht, warum Stefan jetzt permanent zu Hause ist. Meine Güte, ich mache mir Sorgen!«

»Ich sehe nach ihr.« Sie begleitete ihn hinaus. »Aber ihre Tante kommt morgen ins Krankenhaus, soviel ich weiß. Sie wird sich nicht um Susanna kümmern können.«

»Oh nein, das habe ich vergessen!« Susanna hatte es ihm neulich in der Bibliothek gesagt. Ratlos stand er im Vorzimmer zu Julianes Büro.

»So, meine Sprechstunde ist nun beendet. Ich habe noch einen Mandanten. Mach dir keine Sorgen, ich kümmere mich um sie.«

Emilio verließ ihre Kanzlei. Draußen regnete es in Strömen. Er hatte keine Ahnung, wie sein Leben weitergehen sollte. Vor drei Tagen hatte er gedacht, er habe Susanna so weit, dass sie mit ihm nach Italien gehen werde, aber nun schien alles offen zu sein. Sein Nebenbuhler war wiederaufgetaucht. Und dieser hatte deutlich bessere Karten als er. Stefan hatte ein verbrieftes Recht auf Susanna, er hingegen konnte ihr nur einen kläglichen Liebesschwur bieten.

# 57

Susanna konnte sich nicht erklären, was passiert war. Stefan hatte plötzlich eine Hundertachtziggradwende vollzogen und kümmerte sich rührend um sie. *Weshalb nur? Muss er nicht zur Arbeit?* Ihr hämmerte der Schädel und da sie immer wieder einschlief, konnte sie Träume und Wirklichkeit nicht klar voneinander unterscheiden. Vage nahm sie Emilios Obstkorb zur Kenntnis, den Juliane an einem der Abende vorbeigebracht hatte, wobei sie ihr ins Ohr raunte, von wem der Korb stammte. Susanna hatte Sehnsucht nach Emilio, aber Stefan überschüttete sie mit Aufmerksamkeiten und saß dauernd an ihrem Bett, sodass sie ihren Gedanken nicht nachhängen und Emilio schon gar keine Nachricht zukommen lassen konnte. Ihr Handy hatte sie in einem lichten Moment ausgeschaltet und in der Mappe versteckt, in der auch Laurenz' Zeichnungen lagen, damit es Stefan nicht in die Hände fiel.

Erst nach einer Woche ging es Susanna wieder besser. Als sie aufstehen konnte, ohne dass ihr schwindelig wurde, gesellte sie sich zu Stefan in die Küche.

»Was ist eigentlich los?«, fragte sie ihn. »Wieso bist du hier und nicht in Frankfurt auf der Arbeit?«

»Es tut mir leid, ich hätte schon früher merken sollen, dass dir das alles zu viel wird und du mal eine Pause brauchst.«

»Hat dir das Juliane gesteckt?«

»Was? Natürlich nicht.« Er rührte Soße um. »Susi, es tut mir leid. Es wird nicht wieder vorkommen, dass ich dich so lang allein lasse. Aber versteh du auch mich, auf der Arbeit war die Hölle los, du hast keine Ahnung, welcher Konkurrenzkampf dort herrschte und welche Intrigen gesponnen wurden.«

»Aber ein Anruf wäre schon ab und zu möglich gewesen, oder?« Eigentlich war sie froh über die seltene Harmonie zwischen ihnen und noch viel zu schwach, um zu streiten, aber trotzdem musste das mal gesagt werden.

Er stöhnte. »Bitte, meine Süße, lass uns nicht streiten. Ich habe gesagt, dass es mir leidtut und es nicht wieder vorkommen wird. Das muss genügen.«

Sie knabberte an ihren Fingernägeln. »Geht es dir jetzt besser auf der Arbeit?« Sie stellte fest, dass sie eigentlich nichts von seiner Arbeit wusste.

»Hmm.«

Sie lehnte sich gegen den Türrahmen. *Bedeutete das »ja« oder »nein«?* Sie wagte nicht, nachzufragen. Ihre Gedanken schweiften ab, hin zu Emilio. Sie stellte sich vor, wie er nervös vor den Aquarien auf- und abgehen und sich fragen würde, warum sie sich nicht meldete. »Wie lange bleibst du noch?«

Stefan schmeckte die Soße ab. »Bis du wieder fit bist.«

*Oh nein!* Dann würde sie Emilio nicht treffen, ihn wahrscheinlich noch nicht einmal anrufen können. »Ich möchte aber nicht, dass du deinen Job riskierst. Mir geht es jetzt besser, du kannst also ruhig wieder nach Frankfurt fahren.«

Mit einem lauten Scheppern warf Stefan den Löffel ins Spülbecken.

Susanna fuhr zusammen.

Er stützte sich mit beiden Händen auf der Arbeitsplatte ab. In die Stille hinein sagte er: »Ich fahre nicht mehr nach Frankfurt. Ich habe meinen Job verloren.«

# 58

Susanna starrte ihn an. *Was hat er gerade gesagt?*

»Die Bank hat Probleme«, hörte sie ihn sagen.

Ihr schwirrte der Kopf. Noch vor einem Jahr hätte sie diese Nachricht nicht aus der Fassung gebracht, denn Stefan war jung, er hatte schon viel gemacht und hätte sich wieder etwas Neues gesucht. Aber jetzt sah die Lage anders aus. Sie hatten einen enormen Kredit aufgenommen, um den Umbau des Hauses bezahlen zu können. Als Sicherheit hatte die Bank ihr Elternhaus genommen. Ihre Knie wurden weich. Sie setzte sich. Nach einer Weile fragte sie: »Bekommst du eine Abfindung?«

Er zuckte mit den Schultern. »Ich war nicht lang genug dort beschäftigt.«

»Wieso hat die Bank Probleme?« *Banken geht es doch immer gut.*

Stefan erzählte irgendetwas von faulen Krediten auf der anderen Seite des Atlantiks. Susanna konnte sich nicht vorstellen, weshalb das Stefans Arbeitsplatz tangieren sollte.

»Hast du Aussicht auf etwas Neues?«

»Nein, meine Güte! Ich habe es letzte Woche erfahren. Als ich hierhergekommen bin, bist du gleich krank geworden. Wann hätte ich mich um etwas Neues kümmern sollen?«

»Entschuldige, ich dachte nur, dein Arbeitgeber würde sich vielleicht bemühen …«

»Nein, eine Bank ist kein Sozialverein.«

Sie nickte. »Wie lange können wir noch durchhalten … mit dem Kredit?«

»Heute und morgen habe ich zwei Banktermine. Ich werde mich um eine Stundung bemühen. Hast du noch etwas auf dem Sparbuch?«

»Nicht der Rede wert.« Sie hatte bis vor einem halben Jahr hauptsächlich von der Miete der Hertwegs gelebt. Ihre Einnahmen als freiberufliche Übersetzerin hatten gerade mal für die Verpflegung gereicht, zumal sie während dieser Zeit auch noch mit ihrer Dissertation beschäftigt gewesen war. Ersparnisse hatte sie so gut wie keine.

»Kannst du deinen Vater nicht um Geld bitten?«, fragte sie.

»Nein, ich habe keinen Kontakt zu ihm.«

»Weiß deine Mutter schon davon? Kann sie vielleicht etwas Geld beisteuern?«

Er schüttelte den Kopf. »Sie hat nichts außer ihrer kleinen Rente.« Er deutete auf die Soße. »Willst du was essen?«

»Nein, danke.« Ihr Magen war wie zugeschnürt. Jetzt rächte es sich, dass sie vor einem halben Jahr ihre Zustimmung zum Umbau ihres Elternhauses gegeben hatte. Sie hatte nichts mehr außer dem Haus. Und das gehörte nun der Bank. *Ich habe mich für den falschen Weg entschieden*, schoss es ihr durch den Kopf. *Ich bin leichtfertig mit dem Erbe meiner Eltern umgegangen. Sie werden sich im Grabe herumdrehen.*

Als Stefan zu seinem Banktermin aufgebrochen war, kramte Susanna eilig ihr Handy unter dem Bett hervor. Adelheid hatte Besuch von Isolde. Sie würde sie also in der nächsten halben Stunde nicht rufen. Mit zittrigen Fingern schaltete sie das Handy ein. Emilio hatte sie mit circa fünfundzwanzig Kurznachrichten bombardiert. Sie hatte keine Zeit zu lesen. Sie musste ihn anrufen, bevor Stefan zurückkam.

»*Pronto!*« Emilios Stimme klang schroff.

»Hier ist Susanna.« *Hat er meine Nummer etwa nicht erkannt?*

»*Finalmente!* Wie geht es dir?«

»Es tut mir leid, dass ich mich nicht gemeldet habe. Stefan saß fast die ganze Zeit an meinem Bett, ich konnte dich nicht anrufen und dir auch keine Nachricht schreiben.«

»Geht es dir jetzt wieder besser?«

»Ja.« Sie wickelte eine Haarsträhne um den Finger.

»Kannst du am Samstag mitkommen?«

Sie seufzte. »Nein. Ich kann nicht mitkommen. Stefan hat seinen Job verloren. Wenn nicht ein Wunder geschieht, wirft uns die Bank aus meinem Elternhaus hinaus, denn wir können den Kredit nicht mehr bedienen, den wir für den Umbau aufgenommen haben.«

»Ach du liebe Zeit!« Nach einer kurzen Pause sagte er: »Ich habe zwar kein großes Guthaben auf dem Konto, weil ich selbst erst letztes Jahr eine Wohnung gekauft habe und sie noch länger abbezahlen muss, aber ich kann trotzdem versuchen, dir mit deinem Anteil zu helfen und dich aus der Schuld herauszulösen.«

»Danke, aber das kann ich nicht annehmen.«

»Vielleicht ist das alles ein Wink des Schicksals, damit du Bonn hinter dir lässt und mit mir nach Italien gehst.«

»Bitte, Emilio, lass das.« Langsam wurde sie ärgerlich. Sie war im Begriff, alles zu verlieren, was sie noch mit ihren Eltern und ihrem Bruder verband, und er dachte nur daran, dass sie mit ihm nach Italien ging. Wie konnte sie Stefan in einer solchen Situation allein lassen? Das ging einfach nicht!

»Also kommst du nicht mit?« Es klang nicht wie eine Frage, sondern eher wie Resignation.

»Ich fürchte, nein«, sagte sie leise. »Ich kann Stefan nicht auf dem Scherbenhaufen sitzen lassen und mich aus dem Staub machen, egal wie scheußlich er sich in den letzten Wochen benommen hat. Er hat sich übrigens auch entschuldigt.«

Emilio schwieg.

»Bist du noch dran?«, fragte sie nach einer Weile.

»Ja.«

»Es tut mir leid«, flüsterte sie. Ihre Augen wurden feucht. Sie dachte an sein Lächeln, an seine lebhaften Augen und seinen leichten Duft nach Bergamotte. Sie liebte ihn, und doch sagte sie ihm in diesem Augenblick bereits Lebewohl. »Können wir uns noch einmal treffen?«

»Wie du möchtest.«

Seine Worte versetzten ihr einen Stich. »Morgen Nachmittag um siebzehn Uhr in der Bibliothek?« Sie wusste, dass Stefan dann wieder einen Banktermin hatte.

*»Va bene.«* Mehr sagte Emilio nicht. Er legte auf.

Sie hatte ihm eine tiefe Wunde zugefügt. Sich selbst auch. Eine Wunde, die niemals heilen würde; so wie auch der Schmerz um Laurenz' Verlust stets präsent war und sich nur hin und wieder ein wenig betäuben ließ. Sie warf sich aufs Bett. *Schlechtes Timing, Emilio. Unsere Lebenswege haben sich gekreuzt, als es bereits zu spät war, gemeinsam weiterzugehen.*

# 59

Emilio saß mit hängenden Schultern am Küchentisch. Ihm war schlecht. Er hatte seit Susannas Telefonat nichts gegessen und nichts getrunken. Sie hatte ihre Beziehung am Telefon beendet. Niemals hätte er gedacht, dass sie das machen würde. Es war für ihn wie ein Schlag in die Magengrube gewesen, von dem er sich seit Stunden nicht erholte. *Sie wird nicht zu mir nach Bologna kommen. Jetzt nicht und auch später nicht.* Selbst wenn sie das nicht explizit gesagt hatte.

Warum war er nicht schon zwei Wochen früher aufgebrochen? Mit ihr im Gepäck? Damals hätte sie vermutlich »ja« gesagt. Aber dann war dieser Scharlatan wiederaufgetaucht, hatte ihr wahrscheinlich etwas vorgeheult, weil er seinen Job verloren hatte. Vermutlich hatte er sie wegen seines nicht entschuldbaren Verhaltens um Vergebung gebeten. Und sie – gut, wie sie war – hatte ihm verziehen. Die Sache mit dem Haus war natürlich der Gipfel. Emilio verstand nicht, weshalb sie jetzt noch an Stefans Seite darum kämpfen wollte. Weil es ihren Eltern gehört hatte und ihr Erbe war? Oder weil ihr Vater ihr gepredigt hatte, man dürfe Problemen nicht aus dem Weg gehen?

*Oder bin ich für sie nur zweite Wahl gewesen? Eine Ablenkung, als es gerade mit ihrem Mann kriselte und sie meine Hilfe mit Adelheid und ihrer Dissertation brauchte?* Aber Emilio verwarf diese bösen Gedanken sogleich. Er wusste, dass Susanna ihn liebte. Genau darin lag das Tragische.

Er hüllte sich in eine Wolldecke und legte sich aufs Sofa. Es war fast dreiundzwanzig Uhr, aber er wollte nicht ins Bett gehen. Schlafen konnte er ohnehin nicht, da war es besser, den Fischen beim Schwimmen zuzusehen.

Das Telefon klingelte. War es etwa Susanna? Er sprang auf.

Doch es war nur Paolo. »*Ciao,* Emilio. Noch fünf Tage, dann bist du wieder hier, nicht wahr?«

»*Sì.*«

»Wird sie mitkommen?«

Emilio fiel die Kinnlade herunter. Niemals hatte er seinen Plan, Susanna mit nach Bologna zu nehmen, seinem Freund gegenüber auch nur mit einem Wort erwähnt. »Woher weißt du überhaupt, dass ich sie mitnehmen wollte?«

»Also ich bitte dich, Emilio. Ich bin kein Lebensanfänger. Ich habe sie zwar noch nie gesehen, aber so wie du von ihr sprichst, gehört ihr zusammen. Wie gesagt, als Gastwirt weiß man, ob zwei Liebende zueinander passen oder nicht.«

»Weißt du auch zufällig, was man anstellen muss, damit die beiden Liebenden zusammenbleiben? Zueinander passen reicht mir nämlich nicht.«

Paolo seufzte. »Also kommt sie nicht mit?«

»Nein.«

»Vielleicht kommt sie später nach.«

»Nein, ich habe keine Hoffnung.«

Paolo schwieg ein paar Sekunden. *»Mi dispiace«*, sagte er schließlich, »ich wünschte, es wäre anders.«

Emilio rieb sich die Stirn. »Kannst du mich jetzt bitte in Ruhe lassen?«

»*Certo*. Aber am Samstag hole ich dich vom Bahnhof ab. *A presto.*« Er legte auf.

*A presto*. Ja, bald würde er wieder bei Paolo in der Bar sitzen und sein altes Leben aufnehmen. Aber nicht mehr als der Emilio Pavese, der vor ein paar Wochen nach Bonn gefahren war. Sondern als ein anderer.

# 60

Wie erwartet, machte Emilio kein Auge zu. Mitten in der Nacht stand er auf und begann die Wohnung zu putzen. *Warum soll ich noch fünf Tage warten?*, fragte er sich. *Morgen früh halte ich die letzte Vorlesung, am Nachmittag treffe ich Susanna ein letztes Mal, um ihr Lebewohl zu sagen, danach steige ich in den Zug und fahre zurück nach Italien.*

Während des Packens kam ihm plötzlich eine Idee. Er holte den Roman »I Promessi Sposi« wieder aus dem Gepäck heraus und legte ihn zu Susannas Buch, das er vor Kurzem aus ihrem Arbeitszimmer mitgenommen hatte, als er Adelheid weismachen musste, dass Susanna noch ein Buch von ihm habe. Er hielt inne. Sollte er wirklich der Frau seines Lebens, die er vermutlich niemals wiedersehen würde, das Buch seines Vaters geben? *Es wäre eine Art Erpressung,* dachte er. *Sie wird sich verpflichtet fühlen, mir das Buch zurückzugeben.* Dabei würden sie sich vielleicht noch einmal sehen. Aber vielleicht würde sie es auch für immer behalten, als Erinnerung an eine Liebe, die nicht sein durfte. *In dem Fall sehe ich dich nicht wieder*, sagte er zu dem Buch und strich liebevoll über die Worte seines Vaters. Dann nahm er einen Stift und schrieb eine Widmung für Susanna darunter. Schließlich steckte er beide Bücher sowie eine von Fabios CDs mit seinen Liedtexten in einen Umschlag.

So würde sie nicht sofort merken, dass er ihr »I Promessi Sposi« wieder zurückgab.

Am späten Nachmittag des folgenden Tages saß er im Lesesaal der Bibliothek. Sein Gepäck hatte er bereits am Bahnhof in ein Schließfach eingeschlossen. Sobald er sich von Susanna verabschiedet hatte, würde er direkt zum Bahnhof gehen. Die Schlüssel zu der Wohnung hatte er der Frau von Professor Schneidereck bereits am Mittag zurückgebracht.

Er sah hinaus auf den Rhein, der grau gen Norden zog. Hier hatte Susanna ihn vor zweieinhalb Monaten das erste Mal gesehen. Hier hatten sie viele gemeinsame Stunden verbracht, jeder in seine Bücher vertieft, aber doch in der Gewissheit, dass der jeweils andere nah war.

»Emilio!«

Er drehte sich um. Susanna stand vor ihm. Sie war blass und ihre Wangenknochen stachen deutlich hervor. Trotzdem war sie wunderschön. Sein Herz begann zu klopfen. Er stand auf. »Danke, dass du gekommen bist.« Seine Stimme war belegt.

»Nein, ich danke dir, dass du gekommen bist.« Ihre Augen waren trauriger als sonst. »Gehen wir hinaus, wo wir uns besser unterhalten können?«

Er nickte und folgte ihr zu den Räumen der romanistischen Sammlung. Dort hatten sie sich erst vor Kurzem zwischen den Regalen leise miteinander unterhalten und sogar umarmt. Heute war es für ihn eher wie ein Gang aufs Schafott.

Er wusste überhaupt nicht, wie er sich verhalten sollte. Einerseits war er in seinem Stolz gekränkt, dass sie sich für Stefan und nicht für ihn entschieden hatte, andererseits hatte er Mitleid mit ihr, denn ihr ging es mit der Entscheidung sichtlich nicht gut. *Sei nett zu ihr*, schärfte er sich ein. *Wenn du jetzt beleidigt und abweisend bist, dann wird das für immer die schöne*

*Erinnerung an die gemeinsame Zeit vergiften.* Er lächelte daher, als sie stehen blieb und zu ihm aufsah.

»Ich kann nicht mitkommen.« Sie unterdrückte ein Schluchzen.

Er nickte. »Ich weiß. Ich verstehe dich.«

Nun rannen Tränen ihre Wangen hinunter. »Ich möchte, dass du weißt, dass ich dich liebe. Bitte denke nicht, dass ich deine Gutmütigkeit nur ausnutzen wollte, um meine Dissertation fertig zu schreiben.«

»Das ist mir klar. Mach dir keine Gedanken.« *Ich sollte sie in den Arm nehmen und trösten,* dachte er. *Aber sie hat sich gegen mich entschieden.* Wenn er sie nun noch einmal an sich drückte, machte er alles nur schlimmer – für sie und für ihn.

»Ich fahre schon heute Abend ab«, sagte er.

»Was?« Sie riss die Augen auf und wischte sich die Tränen mit dem Handrücken weg. »Warum schon heute?« Ihre Stimme klang panisch.

Er legte ihr eine Hand auf die Schulter. »Wenn ich erst am Samstag fahre, zögern wir den Abschied nur unnötig lange hinaus. Ich hatte heute Morgen die letzte Vorlesung und nehme gleich den Zug.«

»Wann?«

Er sah auf die Uhr. »In einer Stunde.«

»Ich begleite dich zum Bahnhof.«

»Nein, bitte nicht!« Er hasste Abschiedsszenen am Bahnhof. Außerdem konnte sie das nicht ernsthaft wollen. Der Hauptbahnhof war ein öffentlicher Ort. »Du solltest nicht jetzt, wo du unsere Beziehung beendet hast, das Risiko eingehen, dass dich jemand mit mir zusammen sieht.« Er klang hart. Das hatte er nicht beabsichtigt.

»Ich komme trotzdem mit«, sagte sie. »Ich begleite alle Menschen, die ich liebe, bis zu der Grenze, an der es für mich nicht mehr weitergeht.«

Er runzelte die Stirn. *Was für eine Grenze?*

»Laurenz habe ich bis zu seinem letzten Atemzug begleitet. An dem Tag, an dem er starb, bin ich nicht für eine halbe Minute von seiner Seite gewichen. Bis es dunkel wurde und er … über die Grenze ging.«

Er starrte sie an.

»Deswegen scheue ich auch nicht den Bahnhof«, fuhr sie mit brüchiger Stimme fort.

Er schluckte, immer noch benommen von dem, was sie gerade gesagt hatte. »Gut. Dann lass uns gehen.«

Als sie ins Freie traten, war es bereits dunkel. Die Weihnachtsbeleuchtung, die über die Straßen gespannt war, spiegelte sich zusammen mit den Scheinwerferlichtern der Autos, die an ihnen vorbeifuhren, auf der regennassen Fahrbahn. Es war die Zeit der kürzesten Tage im Jahresverlauf. Schweigend gingen sie nebeneinander her.

»Es tut mir sehr leid, dass dein Bruder nicht mehr lebt«, sagte Emilio in die Stille hinein. Wenn Laurenz noch am Leben gewesen wäre, hätte er Susanna genötigt, Stefan zu verlassen und mit ihm nach Italien zu gehen, dessen war er sich sicher.

»Ich hoffe, es kränkt dich nicht, dass ich Laurenz eben erwähnt habe.«

»Nein, warum?«, fragte Emilio erstaunt.

»Stefan mag es nicht, wenn ich von meinem Bruder rede. Am Anfang hat er es toleriert, aber als ich nach einem Jahr immer noch geweint habe, vor allem, wenn ich einen von Laurenz' Umschlägen geöffnet habe, hat er gesagt, das Leben müsse weitergehen. Ich könne nicht ewig trauern.«

»Und seitdem trauerst du im Geheimen?«

»Ja.«

»Keine gesunde Sache, wenn du mich fragst.« Er räusperte sich. »Susanna, wenn du dich Laurenz noch immer so verbunden fühlst, dann frage dich, was er dir raten würde. Ich glaube nicht, dass er gewollt hätte, dass du ein Leben wie Signora Anna – Gott hab sie selig – führst und in deinem eigenen Haus die Hölle auf Erden erlebst.«

Er sah, wie sie zusammenzuckte.

»Bitte erwähne das Haus nicht mehr«, sagte sie leise.

*Stimmt. Das gehört ihr ja bald gar nicht mehr.* »Mein Angebot steht noch. Ich kann dir mit deinem Anteil helfen. Für das ganze Haus wird mein Geld aber nicht reichen.«

Sie nickte. »Vielen Dank für dein Angebot. Aber das kann ich nicht annehmen.«

Sie waren nun am Hauptbahnhof angekommen. Emilio holte seinen Koffer aus dem Schließfach und nahm den Umschlag für Susanna aus der Vortasche. Er hatte ihn schon frankiert, da er nicht erwartet hatte, dass sie bis zum Bahnhof mitkommen werde. »Das sind deine Bücher, die ich neulich aus deinem Arbeitszimmer geholt habe, als ich eine Ausrede für Adelheid brauchte.«

*»Grazie.«*

Erleichtert sah er, dass sie den Umschlag gleich in ihre Handtasche steckte und nicht sofort öffnete.

Sie gingen auf den Bahnsteig. Dort blies ein eisiger Zugwind. Susanna zog sich die Kapuze über den Kopf. Als Emilios Zug auf der Anschlagtafel erschien, sagte er: »Danke, dass du mich bis zur Grenze gebracht hast. Auch wenn dies keine endgültige Grenze ist, sondern eine, die du durchaus überschreiten könntest.«

Der einfahrende Zug übertönte ihre Antwort. Die Türen öffneten sich, ein paar Reisende stiegen aus. Emilio nahm seinen Koffer. »Also dann …«

Sie ging einen Schritt auf ihn zu und schlang beide Arme um seinen Hals. »Ein Kuss, bitte, auch wenn ich dich zutiefst verletzt habe.«

Er zögerte. Eigentlich wollte er das nicht. Es würde alles noch schlimmer machen. Aber er konnte sie nicht ansehen, ohne sie noch einmal zu küssen. Er beugte sich hinunter, zog sie an sich und berührte ihre Lippen zu einem letzten, langen Kuss.

Die Pfeife des Schaffners ließ ihn aufschrecken. »Ich muss gehen, Susanna. Danke für die wunderbare Zeit. *Addio!*«

Sie hielt seine Hand fest umklammert. Mit einem Ruck riss er sich los. Es kam ihm so vor, als ob er mit einem Schwerthieb ein Band durchschlug. Taumelnd vor Schreck über das, was er getan hatte, stieg er in den Zug. Die Tür schloss sich hinter ihm. Der Zug setzte sich in Bewegung. Susanna stand verlassen am Bahnsteig und weinte. Kurz überlegte er, die Notbremse zu ziehen, aber was hätte das gebracht, außer dass er ein Riesentheater veranstaltet und sich der schmerzhafte Abschied nur verlängert hätte? Sie hatte »nein« gesagt. Er konnte sie jetzt nicht mehr trösten.

# 61

Er war weg. Für immer. Als er sich vorhin am Bahnhof von ihr losgerissen hatte, hatte sie fast dasselbe empfunden, wie in dem Moment, als Laurenz starb. Damals war es ihr so vorgekommen, als zerreiße ein Band zwischen ihnen. Dasselbe Gefühl hatte sie eben auch mit Emilio gehabt.

Sie lief durch den Regen und wusste nicht, wohin sie gehen sollte. Sie konnte nicht nach Hause. Nicht in diesem Zustand. Pitschnass ging sie zurück in die Bibliothek, sperrte ihre Handtasche ein und lief zur Sammlung der romanistischen Literatur, wo sie erst eine Stunde zuvor mit Emilio gestanden hatte. War da noch sein Bergamotte-Duft? Jedes Regal, jede Ecke erinnerte sie an ihn. Hier hatten sie zusammen gestanden, sich geküsst. Fluchtartig verließ sie den Ort, der zu ihren liebsten in Bonn gehörte. Fortan würde sie auch die Bibliothek meiden müssen.

»Frau Herz, schön, Sie zu sehen!«, hörte sie eine Stimme hinter sich, als sie am Eingang ihre Handtasche aus dem Schließfach holte. Es war Professor Schneidereck. Er war abgemagert, nur sein Gesicht war merkwürdig aufgedunsen.

»Wie geht es Ihnen?«, fragte sie. Sein offensichtlich schlechter Gesundheitszustand schockierte sie.

»Noch bin ich da, Frau Herz, keine Sorge. Ich habe Ihre Arbeit gelesen und bin begeistert. Sie übertrifft sogar noch meine hohen Erwartungen. Ich bin mir sicher, dass es eine hervorragende Note werden wird.«

»Danke, das freut mich sehr.«

»Ich habe mir erlaubt, Professor Pavese Ihre Dissertation zu zeigen, er war ebenfalls sehr angetan und bittet Sie um eine Kopie, wenn die Arbeit durch die Kommission durch ist.«

Susanna wurde rot. Zum Glück wusste Professor Schneidereck nicht, dass Emilio ihre Arbeit noch vor ihm gelesen hatte.

»Leider musste der italienische Kollege heute wieder abreisen.«

»Ja, das ist wirklich schade.« *Bitte wechsle das Thema*, beschwor Susanna ihren Doktorvater in Gedanken.

Doch er dachte gar nicht daran. »Sie haben sich mit ihm ausgetauscht, nicht wahr?«

»Ja.«

»Er ist eine Koryphäe auf dem Gebiet. Ich bin froh, dass wir ihn für ein paar Wochen als Gastdozenten gewinnen konnten.«

»Ja.«

Professor Schneidereck musterte sie schweigend. »Ich bin ein alter Mann, den es bald nicht mehr geben wird. Ich habe für die Wissenschaft gelebt, viel Lebenszeit mit Büchern verbracht, aber dennoch dreißig Jahre lang jeden Tag an der Seite meiner warmherzigen Frau genossen.«

Susanna traten Tränen in die Augen.

»Sie müssen nicht um mich weinen, Frau Herz. Mein Leben war schön, es war erfüllt. Und ich wünsche mir nichts sehnlicher für meine Studenten, vor allem aber für meine Doktoranden, die mir sehr ans Herz gewachsen sind, dass sie ein ebenso erfülltes Leben haben wie ich.« Er kratzte sich am Bart. »Ich bin etwas in Sorge um Sie«, gestand er. »Es geht mich eigentlich nichts an. Aber wenn ich Ihnen einen persönlichen Rat geben darf: Ändern Sie Ihr Leben, solange es geht. Ich habe den Eindruck, dass sie … schon seit einiger Zeit nicht wirklich glücklich sind. Daher rate ich Ihnen: Bleiben Sie nicht bei einem Mann, der sie unterbuttert, wenn es einen anderen gibt, der Sie auf Händen tragen würde.«

Nun liefen ihr Tränen die Wangen hinunter.

»Entschuldigen Sie, liebe Frau Herz.« Er kramte ein sauber gebügeltes Taschentuch aus seinem Jackett. »Bitte weinen Sie nicht, aber denken Sie über meine Worte nach.«

Sie nickte und putzte sich die Nase.

»Professor Pavese hat mir nichts gesagt, Frau Herz, das müssen Sie mir glauben.«

Verdutzt sah sie ihn an. *Wie hat er das mitbekommen?*

»Ich habe Augen im Kopf und genügend Lebenserfahrung, dass ich mir einbilde, zum Ende meines Lebens der jüngeren Generation noch ein paar Weisheiten fernab der italienischen Literatur mit auf den Weg geben zu können. Auch wenn ich das früher selbst immer gehasst habe«, fügte er lächelnd hinzu.

Als sie in der Straßenbahn saß, riss sie Emilios Umschlag auf. Darin waren ihr Buch über die Geschichte der Staufer, eine CD und – »I Promessi Sposi«. *Warum hat er mir sein heiß geliebtes Buch wieder zurückgegeben? Und was ist das für eine CD?* Sie schlug die erste Seite von »I Promessi Sposi« auf. Unter die Widmung seines Vaters hatte Emilio eine Widmung für sie geschrieben.

> Carissima Susanna,
> ich liebe dich und werde deine Entscheidung akzeptieren, egal wie sie ausfällt. Aber ich bitte dich: Lass dich nicht zugrunde richten! Verlass dein Haus, bevor es dich unter sich begräbt! Wenn sich unsere Wege nochmals kreuzen,

gib mir das Buch meines Vaters zurück; wenn nicht, behalte es als Beweis einer großen Liebe. Und wenn du meine Stimme hören willst, dann hör dir die CD meines Bruders Fabio an. Es ist zwar er, der singt, aber die Texte stammen von mir.

Dein Emilio

Emilio schrieb Liedtexte? Warum hatte er das niemals gesagt?

Als Susanna zu Hause ankam, waren Stefan und Adelheid nicht da. Sie schob die CD in den CD-Player. Eine weiche Baritonstimme erklang zu zarten Gitarrentönen. Die Lieder handelten von einer unvergesslichen Reise und einem Mädchen, das aussah wie die delphische Sibylle.

Nach fünf Minuten war sie in Tränen gebadet. Die Aufnahme stammte aus dem Jahr 2003, wie auf der CD-Hülle zu lesen war. *Emilio schreibt seit Jahren Texte über mich, so wie im Mittelalter ein Troubadour seine unerreichbare Angebetete besungen hat.* Sie schnäuzte sich. *Ich bin seine Muse. Ich war es immer. Vielleicht werde ich es auch für immer bleiben. Wenigstens das.*

# 62

Weihnachten, das Fest der Freude, ist ein Martyrium für alle, die gerade einen lieben Menschen verloren haben. Susanna weilte zwar unter den Lebenden, aber er hatte sie trotzdem verloren. Sie hatte sich für ihren Mann und gegen ihn entschieden. Das ahnte jedoch niemand aus der fröhlichen Runde, die sich um den Küchentisch seiner Mutter in Rom versammelt hatte und seit zwei Stunden Tortellini zubereitete.

»Emilio, mach voran, wir haben alle schon mehr Tortellini fertig als du!«, rief Fabio und warf ihm einen Teigklumpen hin.

»Das möchte ich aber bezweifeln«, sagte er und bemühte sich, wieder am Geschehen um ihn herum teilzunehmen.

Sogleich fingen seine Neffen an, die Tortellini zu zählen, und verkündeten mit einem Riesenhallo, dass Emilio weit abgeschlagen auf dem letzten Platz lag.

»Er denkt sicher über irgendein altes Buch nach und kann nicht gleichzeitig mit den Händen arbeiten«, neckte ihn seine Schwester Caterina.

»Lasst Emilio in Frieden«, sagte seine Mutter.

Aus dem Augenwinkel bemerkte er, dass sie ihn seit geraumer Zeit musterte. Hatte er sich etwa verraten? Dabei sah er ganz normal aus, und auch seine verbalen Beiträge fand er witzig und gelungen wie eh und je.

»Wenn ich zu langsam bin, kann ich gern den Teig zurechtschneiden.« Emilio nahm das Messer.

»Bin ich froh, dass du wieder aus Deutschland zurückgekommen bist«, sagte Fabio. »Ich habe ehrlich gesagt Angst gehabt, dass dir ausgerechnet dort die Frau deines Lebens über den Weg läuft und du im verregneten Bonn bleiben würdest.«

»Unser großer Bruder würde die Frau seines Lebens wahrscheinlich gar nicht entdecken, weil er seine Nase nur in Bücher steckt«, warf Caterina ein.

Emilio rutschte das Messer weg. Die Klinge ritzte die Haut seines linken Daumens. »Autsch!« Er sprang auf, lief zur Spüle und hielt seine Hand unter fließendes Wasser. Während er zusah, wie das blutrot gefärbte Wasser in den Abfluss rauschte, versuchte er, den Ärger über seine Geschwister hinunterzuschlucken. Sie hatten gut reden. Fabio saß mit seiner Freundin am Tisch, die er in vier Monaten heiraten würde, und Caterina hatte ihren Mann und ihre drei Söhne mitgebracht. Ihre Frotzeleien konnte er momentan nicht ertragen.

»Könnt ihr auf mich verzichten?«, fragte er, als er wieder zum Tisch zurückkam. »Ich bin tatsächlich zu dämlich für die Tortellini.«

»Dann darfst du aber auch nur so viele essen, wie du selbst vorbereitet hast«, rief sein neunjähriger Neffe.

»Keine Sorge, ich habe ohnehin nicht viel Hunger.« Er ging ins Badezimmer und suchte nach einem Pflaster für seinen Daumen.

Plötzlich stand seine Mutter im Türrahmen. »Was ist los, Emilio?«

»Was soll los sein? Ich bin halt nicht besonders geschickt beim Kochen.«

»Unsinn. Du hast etwas auf dem Herzen. Du bist recht dünnhäutig den Kommentaren deiner Geschwister gegenüber.«

Er zuckte mit den Achseln. »Ich bin müde, Mamma, ich bin durch halb Europa gefahren.«

»Bist du krank?«

»Nein.«

»Hast du Liebeskummer?«

»Was?«

»Emilio, ich merke doch, dass etwas nicht stimmt. Erst vor Kurzem hast du am Telefon ganz froh geklungen. Jetzt bist du ein Häufchen Elend. Was ist los?«

»Mamma, bitte, frag nicht.«

»Also Liebeskummer«, sagte sie im Ton einer Ärztin, die gerade ihre Diagnose gestellt hat. »Wo ist das Problem?«

»Sie ist verheiratet.« *Jetzt wird sie mir einen Vortrag halten, dass es ohnehin besser sei, dass alles in die Brüche gegangen ist,* dachte er.

Doch seine Mutter kräuselte die Lippen, wie sie es immer tat, wenn sie nachdachte. »Willst du mir von ihr erzählen?«

»Nein.«

»Es wäre aber besser, wenn du …«

»Mamma, bitte lass mich in Ruhe«, sagte er leise.

Er lag auf dem Bett, hatte einen Arm unter den Kopf gelegt und starrte die Decke an. Er versuchte, an nichts zu denken. *Gar nicht so einfach.* Ständig tauchte Susanna vor seinem geistigen Auge auf. Schön und unglücklich.

Fabio kam herein und setzte sich auf die Bettkante.

Emilio seufzte innerlich. *Wird jetzt einer nach dem anderen ankommen, um mich zu trösten?* Warum konnten sie ihn nicht einfach in Ruhe lassen?

»Ich habe was Blödes gesagt, eben in der Küche, nicht wahr?«, fing sein Bruder an.

»Keine Sorge, Kleiner. Im Ranking der blödesten Kommentare hat dich Caterina noch übertroffen.«

Fabio grinste, wurde aber gleich wieder ernst. »Hast du sie wiedergetroffen? Deine Muse, über die du seit Jahren Texte schreibst?«

Emilio runzelte die Stirn. »Woher weißt du das?«

»Ich habe Paolo gerade angerufen und ihn gefragt, ob er vielleicht weiß …«

*So viel also zur Verschwiegenheit von Baristas.*

Fabio räusperte sich. »Ist sie so, wie du sie dir immer vorgestellt hast?«

»Ja.«

»Und ihr seid nicht zusammengekommen?«

»Doch.«

»Und … dann?«

Emilio zuckte mit den Achseln. »Dann fuhr mein Zug ab. Genau wie damals.«

»Aber hätte sie nicht mitkommen können? Oder du hättest dortbleiben können?«

»Ja, das wäre beides möglich gewesen … haben wir aber nicht geschafft.«

»*Mi dispiace.*«

Sie schwiegen eine Weile.

»Dann willst du wahrscheinlich auch nicht meine neuen Lieder hören, die ich mit meiner Band aufgenommen habe, während du in Deutschland warst.«

Emilio stützte sich auf einem Ellbogen ab. »Hast du die Texte verarbeitet, die wir letzten Sommer in Bologna besprochen haben?«

»Ja.«

Er setzte sich auf. »Gib mir ein bisschen Zeit. Ich hab keine Lust, wie ein Schlosshund zu heulen, wenn ich deine Musik höre.«

»Kein Problem. Kommst du wieder in die Küche?«

Emilio lächelte. »Bevor ihr alle nacheinander zu mir ans Bett pilgert, komme ich lieber wieder in die Küche.«

# 63

Stefan hatte vor Weihnachten zwei Termine bei ihrer Hausbank gehabt, war jedoch jedes Mal frustriert nach Hause gekommen. Die nächsten drei Monate waren zwar erst einmal gesichert, denn die Bank stimmte einer vorübergehenden Stundung des Kredits zu. Aber einer von beiden musste in den nächsten Wochen eine gut bezahlte Arbeit finden. Sonst drohte ihnen der finanzielle Ruin.

An Heiligabend saßen sie bei Adelheid im Zimmer und rührten schweigend in der Kürbissuppe herum, die Susanna gekocht hatte. Allen Dreien war der Appetit vergangen. *Was macht Emilio wohl gerade?*, fragte sich Susanna. Sicherlich saß er mit seiner Mutter, seinen Geschwistern und Neffen zusammen. Vielleicht war er genauso traurig wie sie. Ja, ganz bestimmt sogar, auch wenn man es ihm nicht ansehen würde.

»… was meinst du?«, hörte sie Stefan.

»Äh, Entschuldigung, ich habe gerade nicht zugehört.« Sie wurde rot.

»Mutter sagte, sie habe mit Isolde über unsere Situation gesprochen. Sie wäre bereit, uns zu helfen, wenn wir im März das Kreditproblem noch nicht gelöst haben. Denn sie möchte, dass Mutter hier wohnen bleiben kann.«

»Wie sähe Isoldes Hilfe aus?«, fragte Susanna. *Hoffentlich hat er das nicht gerade schon erklärt, als ich an Emilio gedacht habe.*

»Genaueres hat sie nicht gesagt, nur, dass sie sich etwas einfallen lässt.«

»Will sie auch noch hier einziehen?«, fragte Susanna gereizt. Dass diese Schreckschraube ihr Elternhaus übernehmen wollte, passte ihr gar nicht.

»Susi, wir bekommen nicht mehr lange Aufschub«, sagte Stefan. »Wenn wir in drei Monaten nicht wieder den Kredit bedienen können, wird das Haus versteigert werden. Und so, wie es jetzt aussieht nach dem Umbau, ist es völlig unattraktiv für Familien, daher werden wir nicht viel Geld herausbekommen; höchstens das, was wir für den Umbau gebraucht haben.«

Susanna merkte, wie ihr das Blut in die Beine sackte. Dieses Haus war seit dem Tod ihrer Eltern und ihres Bruders stets der sichere Hafen in ihrem Leben gewesen. Weil sie dieses Haus besaß und Mieteinnahmen hatte, war es ihr möglich gewesen, zu studieren und zu promovieren. Wäre sie doch bloß im letzten Sommer nicht auf Stefans Wunsch hinsichtlich des Umbaus und Adelheids Unterbringung eingegangen. Dann hätte sie jetzt zumindest existenziell ein sorgenfreies Leben gehabt. Tränen traten ihr in die Augen.

Stefan legte seine Hand auf ihre. »Es tut mir leid, Susi. Ehrlich.«

Sie glaubte ihm. Es tat ihm wirklich leid. Deswegen, und nur deswegen, warf sie ihm nicht vor, dass er sie genötigt hatte, ihn und seine Mutter an ihrem Erbe teilhaben zu lassen und es schlussendlich verspielt zu haben. Sie stand auf. »Könnt ihr mich bitte entschuldigen? Mir ist gerade nicht nach Weihnachten zumute.«

Sie zog sich den Mantel an und griff in eine Kiste unter dem Schuhschrank, in der sie Grableuchten aufbewahrte. Laurenz' zehnter Todestag stand kurz bevor. Sie würde zu ihm auf den Friedhof gehen.

Sie war gerade hundert Meter die Straße hinuntergelaufen, als Stefan sie einholte. »Susi, es tut mir alles so leid, jetzt renn doch nicht weg.«

»Ich renne nicht weg. Ich gehe nur auf den Friedhof, um für meine Eltern und Laurenz eine Kerze anzuzünden.«

»Ich weiß. Das ist es ja.«

»Was meinst du?« Erstaunt sah sie ihn an.

»Du gehst auf den Friedhof, um sie um Verzeihung zu bitten, dass dein Mann ihr Haus verzockt hat, richtig?«

»Nein …«, fing sie an.

Aber Stefan ließ sie nicht ausreden. »Alles, was ich mache, wird in deinen Augen niemals annähernd so großartig sein, wie das, was Laurenz gemacht hat oder machen würde, wenn er noch lebte.«

Abrupt blieb sie stehen.

»Wann immer du ein Problem hast, rennst du auf den Friedhof oder siehst seine Zeichnungen an, anstatt mit mir zu sprechen.«

Hatte er mitbekommen, dass sie Laurenz' Zeichenmappe unter dem Bett versteckt hatte? Sie war doch immer so vorsichtig gewesen. Oder bezog er sich auf die Zeichnungen, die sie in ihrem Arbeitszimmer aufgehängt hatte?

»Du wolltest einen Ersatz für deinen Bruder, als wir uns kennengelernt haben. Aber das bin ich nicht!«

»Nein, natürlich nicht«, sagte sie tonlos. Er hatte recht mit dem, was er sagte.

»Wann kannst du dich endlich von ihm lösen? Ich habe es manchmal wirklich satt. Deshalb war ich auch so ungehalten dir gegenüber. Weil ich es dir einfach nie recht machen kann. Aber ich kann noch nicht einmal ungehalten sein, ohne dafür auch noch ein schlechtes Gewissen zu bekommen.«

Sie starrte ihn an. *Wollen wir die Psychologie unserer verkorksten Ehe auf der Straße besprechen?* Er hatte ihr seinen angestauten Frust der letzten Jahre vor die Füße geworfen und schien jetzt auf die Absolution, zumindest aber auf eine Antwort zu warten.

Sie fuhr sich mit der Zungenspitze über die Lippen. »Du hast recht«, sagte sie. »Aber ich kann es nicht ändern. Ich habe versucht, Laurenz nicht mehr vor dir zu erwähnen. Ich habe mich bemüht, alles zu machen, was du von mir erwartet hast, insbesondere im Hinblick auf deine Mutter, weil ich dir immer noch dankbar bin, dass du mich aus dem tiefen Loch gezogen hast, in das ich nach Laurenz' Tod gefallen war. Offensichtlich haben auch meine Bemühungen nicht ausgereicht. Vermutlich werden wir es einander nie recht machen können.« Sie wollte weitergehen, aber Stefan hielt sie am Ärmel fest.

»Warte.« Seine Stimme klang jetzt milder. »Wir können es doch ändern. Wir streichen das letzte halbe Jahr einfach und fangen noch einmal von vorn an.«

Wie sollte sie vergessen, wie er sich in den letzten Monaten ihr gegenüber verhalten hatte? Wie wollte er künftig akzeptieren, dass sie weiterhin zum Friedhof ging und um ihre Eltern und Laurenz trauerte? Sie zuckte mit den Achseln. »Gut, aber regle die Angelegenheit mit meinem Elternhaus. Ich will es behalten. Und nun lass mich zum Friedhof gehen.«

# 64

## *Januar/Februar 2008*

Susanna nahm nach Weihnachten ihre Übersetzertätigkeit wieder auf, doch es kamen kaum Aufträge. Entweder gab es im Allgemeinen nicht so viel zu tun oder sie war während der Zeit, in der sie ausschließlich mit ihrer Dissertation beschäftigt gewesen war, durch andere Übersetzer ersetzt worden. Daher studierte sie die Stellenanzeigen im Internet und in der Tageszeitung. Aber das Angebot war eher mau.

Anfang Februar verteidigte sie ihre Dissertation. Die Kommission bewertete ihre Arbeit einhellig mit Summa cum laude. Sie durfte ihr Werk nun veröffentlichen. Wegen Stefans Arbeitslosigkeit und des ungewissen Ausgangs mit dem Kredit konnte sie sich gar nicht recht darüber freuen. Dass sie Emilio ein Exemplar ihrer Arbeit schicken sollte, schob sie von Tag zu Tag vor sich her. Sie hatte ihm seit seiner Abreise nicht mehr geschrieben, geschweige denn, ihn angerufen. Sie sehnte sich nach ihm. Wenn sie allein im Haus war, hörte sie sich bisweilen die Stimme seines jüngeren Bruders auf der CD an und dachte an den, der die Liedtexte geschrieben hatte. Nachts lag sie wach. Emilio, das Haus, die Zukunft, alles war zum Verzweifeln.

Stefan suchte nach einem Job, aber er fand keinen und bekam selten Rückmeldung auf seine Bewerbungen. Er wurde immer teilnahmsloser, starrte oft stundenlang vor sich hin, und Susanna konnte ihn nur schwer dazu bewegen, die Fortbildungsmaßnahmen des Arbeitsamtes wahrzunehmen. »Es hat doch eh alles keinen Sinn«, sagte er immer wieder, und sie musste sich jeden Tag aufs Neue überlegen, wie sie ihn motivieren konnte. Dann brach auch noch die Finanzkrise aus und Stefans Aussichten, in dieser Branche wieder Fuß zu fassen, waren damit erst einmal dahin.

Ende Februar gewährte ihnen die Bank einen weiteren Aufschub, nachdem Stefan und sie die letzten Euros zusammengekratzt hatten, die sich irgendwie auftreiben ließen. Isolde erklärte sich gönnerhaft bereit, das Haus zu erwerben, damit ihre liebe Freundin Adelheid darin wohnen bleiben könne und nicht in ein Heim müsse, sofern die Bank ernstmachen und das Haus versteigern würde. »Sie dürfen dann natürlich weiterhin hier wohnen«, sagte sie zu Susanna und Stefan. »Allerdings werden Sie verstehen, dass ich Miete verlangen muss.«

Susanna konnte überhaupt nichts mehr sagen. Sie war froh, dass der Ernstfall noch nicht eingetreten war. Denn dass ihr Erbe ausgerechnet in Isoldes Hände fallen sollte, war ein herber Schlag. Sie konnte sich förmlich vorstellen, wie Isolde die Herrschaft über ihr Haus antreten würde. Hinter jeden Vorhang und in jede Ecke würde sie schauen und ihre Anweisungen zur Optimierung des Wohnraums geben. Susanna wagte es fast nicht mehr, das Haus zu verlassen, da sie permanent Angst hatte, Isolde würde während ihrer Abwesenheit schon einmal vorab die Räume inspizieren und in ihren Sachen herumschnüffeln. Sie verzog sich daher tagsüber in ihr Mansardenzimmer und übersetzte, was sie an Aufträgen ergattern konnte.

# 65

***März 2008***

An einem verregneten Tag Ende März telefonierte Susanna mit Tante Margit. Diese litt nach wie vor an Rückenschmerzen. Susanna hatte sie dazu überredet, in die Toskana zu fahren und die dortigen Heilbäder aufzusuchen, da das heiße Wasser den kaputten Knochen zuträglich sein sollte. Als ihre Tante nun von dort anrief, hatte Susanna mit allem gerechnet, nur nicht mit ihrer euphorischen Stimmung. Sie schwärmte von den Thermen, den Sehenswürdigkeiten, dem Meer, dem Essen und dem Wein. Sie quasselte wie ein Wasserfall.

»Siehst du!«, sagte Susanna. »Warum hast du dich bloß jahrelang gesträubt, in Urlaub zu fahren?«

»Ach, Herzchen, ich muss zugeben, dass du irgendwann mehr Lebenserfahrung hattest als ich, obwohl ich viel älter bin als du.«

*Was will sie denn damit sagen?*

Tante Margit kicherte plötzlich wie ein Schulmädchen. »Weißt du, Herzchen, ich habe jemanden kennengelernt.«

»Ach, was du nicht sagst!« Susanna setzte sich auf die Treppenstufen. »Na, dann erzähl mal!«

»Er ist Witwer. Er arbeitet als Koch in der Pension, in der ich wohne.«

»Das ist sehr schön, das freut mich für dich«, sagte sie, als sie langsam ihre Sprache wiederfand. Tante Margit hatte niemals einen Mann gehabt. Als Susanna sie als Jugendliche einmal gefragt hatte, ob sie jemals einen Freund gehabt hatte, hatte sie gelacht und gesagt: »Ach, Herzchen, so mollig wie ich bin, bin ich für Männer völlig uninteressant.« Anscheinend sah das nun ihr neuer Bekannter anders.

»Wie heißt er denn?«

»Pietro.«

»Ich hoffe, ich darf ihn bald einmal kennenlernen, deinen Pietro?«

Tante Margit kicherte wieder.

*Hoffentlich fällt sie nicht gerade auf einen Scharlatan herein*, dachte Susanna.

»Ich habe meinen Urlaub verlängert«, sagte ihre Tante. »Ich bleibe noch eine weitere Woche hier. Du kannst mich besuchen, wenn du magst. Dann stelle ich ihn dir vor.«

»Lass mal.« *Wie sollte sie das bezahlen?* »Ich kann hier nicht weg. Familienpflichten, du weißt schon.«

»Alles in Ordnung bei dir zu Hause?« Nun klang die Stimme ihrer Tante wieder ganz so wie früher.

»Alles im Lot«, behauptete Susanna. Es reichte, wenn Tante Margit von der bevorstehenden feindlichen Übernahme ihres Elternhauses erfuhr, wenn sie aus den Flitterwochen zurück war. »Genieß deinen Urlaub und lass dich verwöhnen.«

Sie hatte gerade aufgelegt, da klingelte es an der Haustür. Stefan rührte sich nicht, er war vor dem Stellenportal im Internet eingefroren. Susanna lief nach unten und öffnete die Tür. Eine hochschwangere, völlig verweinte Frau stand vor ihr. »Sind Sie Stefans Ehefrau?«

»Ja.«

»Wegen Ihnen steht er nicht zu mir und zu seinem Kind. Weil Sie ihn nicht gehen lassen!«, keifte die Unbekannte plötzlich.

Susanna schwirrte der Kopf. Was sagte sie da?

»Das ist Stefans Kind, das Sie hier sehen.« Die Frau deutete auf ihren Bauch. »Aber er kommt seit Wochen nicht mehr zu mir. Weil Sie ihn sonst aus Ihrem Haus werfen würden, sagt er. Aber er muss sich um sein Kind kümmern. Es ist seine Pflicht!«

Susanna hörte einen Pfeifton in ihrem rechten Ohr. Erst leise, dann immer lauter und lauter.

Plötzlich stand Stefan hinter ihr. »Conny, spinnst du? Was hast du hier zu suchen?«

Die beiden schrien sich an. Susanna stand daneben wie vom Donner gerührt. *Stefan wird Vater?*

Adelheid rollte heran. »Was geht hier vor?«

»Das wird Ihr Enkel, Frau Bensig«, rief die Frau und schob sich an Susanna vorbei ins Haus.

Adelheid fiel die Kinnlade herunter. »Ist das wahr?«, fragte sie schließlich an ihren Sohn gewandt. »Ich werde Großmutter?« Ihre Stimme klang ganz mild. »Stefan, warum hast du mir nichts gesagt?«

Susanna spürte, wie ihre Beine nachgaben. Sie hielt sich am Treppengeländer fest. Sie fühlte sich wie im falschen Film.

»Das sind ja ganz wunderbare Neuigkeiten«, fuhr Adelheid fort. »Kommen Sie doch herein.« Adelheid wendete ihren Rollstuhl. »Susanna, kannst du uns Kaffee bringen?«

»Ich erkläre dir später alles, Susi«, sagte Stefan und folgte seiner Mutter und seiner … Zweitfrau.

*… und fortan war ich das Dienstmädchen für alle*, hörte Susanna eine längst verklungene Stimme in ihrem Kopf. *Signora Anna!*

*Versprich mir, dass du niemals so enden wirst wie Signora Anna!* Dieses Versprechen hatte ihr Laurenz abgenommen, als er todkrank in der Klinik gelegen hatte. Aber genau das war eingetreten!

Wie betäubt ging sie nach oben. Ein Schritt nach dem anderen. Man erwartete von ihr, dass sie Kaffee kochte. Aber sie ließ die Küche links liegen und setzte sich an ihren Schreibtisch im Mansardenzimmer. Ihre Beine zitterten, sie fühlte sich leer.

*Verlass das Haus, bevor es dich unter sich begräbt!* Das hatte ihr Emilio vor ein paar Wochen zum Abschied geschrieben.

Eine Woge der Verzweiflung ergriff sie. Warum war sie nicht mit ihm gegangen? Stattdessen hatte sie ihn verletzt. Nun würde er nichts mehr von ihr wissen wollen.

Sie ging ins Schlafzimmer und kramte Laurenz' Mappe hervor. »Wenn die ganze Welt über dir zusammenbricht«, stand auf einem der Umschläge. In den letzten Wochen hatte sie oft überlegt, ob sie das Kuvert öffnen sollte, hatte aber immer entschieden, dass noch nicht die »ganze« Welt über ihr zusammenbrach. Doch nun war dieser Augenblick gekommen. Sie riss den vorletzten Umschlag ihres Bruders auf.

Meine liebe Susanna,
wenn die ganze Welt über dir zusammenbricht,
dann geh woanders hin und fang von vorn an.
Dein Laurenz

PS: Keine Sorge: Ich komme immer mit dir.
Mama und Papa sicher auch.

Darunter hatte er Susanna gezeichnet, wie sie mit einem kleinen Handkoffer aus der Haustür tritt und zu einem Taxi geht. Als Taxifahrer hatte er sich selbst mit Engelsflügelchen dargestellt.

Susanna steckte die Zeichnung zurück in die Mappe. Dieses Mal war Laurenz' Anweisung klar und deutlich. Kein Raum für Interpretationen. Sie riss eine Reisetasche vom Schrank, packte zwei Ausgaben ihrer Dissertation, ihren Laptop, Unterwäsche zum Wechseln, Manzonis Roman »I Promessi Sposi« mit Emilios Widmung, die CD seines Bruders, drei Halsketten von ihrer Mutter, die Fotos von Laurenz und ihren Eltern, die gerahmte Hochzeitskarte ihres Bruders sowie die Mappe mit seinen Zeichnungen und Nachrichten ein.

Als sie die Hochzeitskarte ihres Bruders einpackte, las sie nochmals seine Wünsche: »Sag deinem Mann, dass er immer gut zu dir sein soll …« Ihr Mann war nicht gut zu ihr gewesen. *Jetzt ist die Zeit abgelaufen, Stefan. Jetzt bin ich weg.* Sie lief nach unten, raffte ihre Handtasche und ihren Mantel und verließ das Haus.

# 66

Als sie die Tür hinter sich zugezogen hatte, fiel ihr ein, dass sie kaum Geld dabeihatte. In ihrem Portemonnaie waren vielleicht noch dreißig Euro, ihre Bankkarte hatte sie zu Hause gelassen. *Egal. Es ist ohnehin nichts auf dem Konto.* Sie rannte die Straße hinunter und sprang in die nächste Straßenbahn, die gerade um die Ecke bog. Nichts wie weg, bevor Stefan ihr hinterherlaufen würde!

Sollte sie zu Juliane fahren? Bei ihr um Unterschlupf bitten? Sie wenigstens um Geld bitten? *Nein*, entschied sie. *Ganz weit weg.*

Am Bertha-von-Suttner-Platz stieg sie aus und lief in die Innenstadt. Sie musste irgendwie zu Geld kommen. Es war bereits nach achtzehn Uhr. Eile war also geboten. Sie stieß die Tür zu einem Schmuckgeschäft auf. Der Laden war leer. Es herrschte eine unwirkliche Stille, die im krassen Gegensatz zu dem Menschengetümmel draußen, aber auch zu ihrer inneren Aufregung stand.

»Was kann ich für Sie tun?«, fragte der Juwelier und nahm sein Vergrößerungsglas von den Augen.

»Kaufen Sie Gold an?«

Er nickte. »Das ist zwar nicht mein Hauptgeschäftsfeld, aber ja, das tue ich.«

»Sehr gut.« Sie streifte ihren Ehering vom Finger und hielt ihn ihm hin. »Ich möchte diesen Ring verkaufen.«

Er zog die Augenbrauen hoch. »Das ist doch … Ihr Ehering. Wollen Sie es sich nicht noch einmal überlegen?«

Sie schüttelte den Kopf. »Ich brauche dringend Geld.« Vor einiger Zeit hatte sie wochenlang überlegt, für welchen Lebensweg sie sich entscheiden sollte und hatte schlussendlich die falsche Entscheidung getroffen. *Jetzt versuche ich es einmal mit spontanen Entscheidungen.* Vielleicht würde sich ihr Leben dann bessern.

»Sie können den Ring auch erst einmal im Pfandhaus verpfänden«, sagte der freundliche Herr.

»Nein! Ich will ihn nicht mehr!«, rief Susanna heftig. »Ich brauche das Geld noch heute Abend, sonst muss ich unter der Brücke schlafen.«

Erschrocken sah er sie an.

»Bitte«, insistierte sie. »Der Ring hat letztes Jahr zweihundert Euro gekostet, aber nennen Sie mir den Preis, den Sie bereit sind zu zahlen.«

Er hätte einen unverschämt niedrigen Preis anbieten können, denn mittlerweile hatte er verstanden, dass sie sich in einer echten Notlage befand. Da die Geschäfte eine Viertelstunde später schließen würden, würde sie auch keine Zeit mehr haben, weiteren Vertretern seiner Zunft den Ring anzubieten und ihn an den Meistbietenden zu verkaufen.

Er drehte den Ring zwischen seinen Fingern und besah ihn unter der Lupe. Schließlich sagte er: »Dann zahle ich Ihnen zweihundert Euro.«

Susanna lächelte. »Herzlichen Dank.«

Er öffnete die Kasse und nahm zwei Hunderteuroscheine heraus. »Aber Sie werden mit zweihundert Euro nicht weit kommen«, bemerkte er.

»Es reicht, wenn ich tausend Kilometer weit komme. Dafür langt es.«

Mit dem Geld rannte sie zum Hauptbahnhof. Vor den Schaltern stand eine lange Schlange. Nervös verlagerte sie ihr Gewicht von einem Bein auf das andere. Als sie endlich an der Reihe war, fragte sie: »Geht heute ein Nachtzug nach Italien?«

Der Schalterbedienstete klickte in seinem Computer herum. »Ja, 22.02 Uhr nach Mailand.«

»Den nehme ich. Könnten Sie bitte gleich noch ein Anschlussticket nach Bologna ausstellen?«

»Sicher.« Er klickte weiter herum. »Und wann soll es zurückgehen?«

Sie zögerte. »Nur die Hinfahrt bitte, ich weiß noch nicht, wann ich zurückkomme.« … *ob ich zurückkomme*, ergänzte sie in Gedanken. Aber vielleicht würde sie übermorgen früh bereits wieder hier stehen, sollte Emilio sie nicht sehen wollen.

»Das macht dann hundertzweiundsechzig Euro. Mit Karte oder bar?«

»Bar.« Sie reichte ihm zweihundert Euro.

Er gab ihr das Ticket und das Wechselgeld. »Gute Reise wünsche ich! Das Wetter ist da unten sicher um einiges besser als hier.«

Sie nickte und stopfte Geld und Fahrkarte in die Handtasche. Sie hatte noch knapp drei Stunden Zeit. Was sollte sie in der Zeit machen? *Ob ich Juliane anrufen soll?* Sie entschied sich dagegen. Ihre Freundin würde sie aufhalten. Sie würde mit ihr nach Hause gehen und Stefan zur Sau machen.

Hektisch sah sie sich um. Das Letzte, was sie jetzt gebrauchen konnte, war ein bekanntes Gesicht. Außerdem fürchtete sie, dass Stefan sie suchen könnte. Ihr Handy hatte bereits mehrere Male geklingelt und gebrummt.

Sie zupfte an einem Hautfetzen ihres rechten Zeigefingers. *Was habe ich gemacht? Ich habe mein Elternhaus diesen Hyänen überlassen!* Ob sie es noch einmal würde bewohnen können? Sie fuhr mit der Hand durch ihre Haare. Sie hatte falsch gehandelt. Sie hätte dort bleiben und den ganzen Bensig-Clan rausschmeißen sollen. Jetzt konnte sie nicht mehr zurück. Wenn Emilio sie auch nicht sehen wollte, dann stände sie auf der Straße oder musste Juliane um Unterschlupf bitten. Allerdings musste sie für diesen Fall erst einmal das Geld auftreiben, um zu Juliane zu kommen.

Ein Horrorszenario tauchte plötzlich vor ihrem inneren Auge auf. Vielleicht hatte Emilio bereits eine Freundin? Sie hatte ihm damals unmissverständlich klar gemacht, dass sie ihren Mann nicht verlassen könne. *Ich sollte das ganze Reiseunterfangen aufgeben und bei Juliane klingeln!* Doch dann dachte sie an die hundertzweiundsechzig Euro. Es wäre schade darum gewesen.

*Probieren geht über studieren*, fiel ihr eine weitere Weisheit ihres Vaters ein. Unglaublich, wie viele seiner Sprüche ihr in letzter Zeit wieder in den Sinn kamen. Aber diesen Spruch fand sie ganz brauchbar. Es konnte sein, dass Emilio sie in die Wüste schicken würde, aber dann würde sie sich wenigstens nicht vorwerfen können, sie hätte nicht alles versucht. Außerdem würde sie sich Bologna ansehen, die Stadt, in die sie wegen Adelheids Unfall nicht zum Arbeiten gegangen war. *Nein, kein guter Gedanke!* Sie würde im Fall der Fälle in die Toskana weiterreisen und Tante Margit suchen, bevor ihr das Geld gänzlich ausgehen würde.

Um die Zeit bis zur Abfahrt zu überbrücken, ging sie ins Münster. Sie hatte auf Plakaten gelesen, dass dort am Abend ein Orgelkonzert stattfinden sollte. Als sie die Tür aufstemmte und die alte Basilika betrat, empfing sie eine majestätische Stille. Es waren noch nicht viele Konzertbesucher da. Sie ließ sich auf einer der Kirchenbänke nieder und sah in das flackernde Licht der Kerzen. Langsam erfasste sie eine innere Ruhe. Nach und nach füllten sich die Bänke mit weiteren Konzertbesuchern.

Plötzlich eröffnete die Orgel mit einem wuchtigen Akkord das Konzert, sodass die Kirchenwände bebten und Susannas ganzer Körper von der Klangwelle geschüttelt wurde. Der Akkord zerfiel sodann in diverse Stimmen, die mal harmonisch nebeneinander herliefen, sich bisweilen aber auch in Dissonanzen aneinander rieben. Susanna versuchte, dem polyfonen Klang zu folgen. Die einzelnen Stimmen waren selbstständig, aber doch ineinander verwoben. So wie im Leben. Jeder geht seinen Weg, aber die Wege der einzelnen Menschen kreuzen sich dann und wann, gehen wieder auseinander, treffen wieder zusammen. Zum Ende fanden sich die verschiedenen Orgelstimmen alle in der einzigartigen Harmonie des Schlussakkords wieder. Vielleicht ist es im Leben genauso, dachte Susanna. Vielleicht treffen wir uns am Ende alle in Einklang und Harmonie wieder. Sie seufzte. Momentan war sie allerdings mittendrin in dem Klanggewirr, und den Weg zur finalen Harmonie hatte sie definitiv noch nicht gefunden.

Als das Konzert zu Ende war, lief Susanna schnurstracks zum Bahnhof. Sie warf einen Blick auf ihr Handy. Stefan hatte mindestens zehn Mal versucht, sie anzurufen. Dann hatte er eine SMS geschrieben.

Wo bist du? Komm nach Hause, es tut mir leid.

Es tat ihm leid! Dass sie nicht lachte! Sie hatte Kinder haben wollen, doch er hatte sie ihr verwehrt. Damit nicht genug: Dann erdreistete er sich auch noch, mit einer anderen Frau ein Kind zu zeugen, während sie sich um seine Mutter kümmerte. *Ich melde mich erst bei ihm, wenn ich schon im Zug sitze,* beschloss sie.

Endlich fuhr der Nachtzug nach Mailand ein. Sie stieg ein und setzte sich in ein Abteil, in dem bereits zwei Studenten mit ihren Rucksäcken saßen und schliefen. Sie hüllte sich in ihren Mantel, denn es fröstelte sie.

Sie blickte auf die beiden schlafenden Studenten. So jung wäre ich auch gern noch einmal, dachte sie traurig. Wäre ich noch einmal zehn Jahre jünger, dann würde ich vieles anders machen. Ich hätte Emilio damals im Zug nach seiner Telefonnummer gefragt, ich hätte in Rom studiert und hätte Stefan nie kennengelernt. Hätte, hätte, hätte …

Ihr Handy klingelte. Zeit für abschließende Worte! Sie nahm das Gespräch an.

»Wo steckst du denn, Susi. Ich versuche seit Stunden, dich zu erreichen.«

»Warum? Hattest du nicht genug zu tun mit deiner Zweitfrau?«

»Meine Güte, ich weiß noch nicht einmal, ob das Kind wirklich von mir ist. Ja, ich gebe zu, dass ich was mit Conny hatte, weil … weil du mich so genervt hast mit Mutter, und das war mir alles zu viel.«

Sie war versucht, ihn anzuschreien, aber sie schluckte ihren Ärger hinunter. Auch sie war ihm untreu gewesen. Allerdings erst nach ihm, wie sie nun ausrechnete, aber was spielte das für eine Rolle? »Unsere Ehe ist zu Ende, Stefan«, sagte sie nur und war die Ruhe selbst.

»Bitte, Susi, komm zurück. Es war ein einmaliger Ausrutscher. Seitdem ich wieder in Bonn wohne, vertragen wir uns doch wieder.«

»Du wirst nicht ernsthaft erwarten, dass ich dein Kind mitfinanziere.« Sie stand auf und ging auf den Gang. Die beiden jungen Männer waren mittlerweile aus dem Schlaf erwacht.

»Ich wollte Kinder haben und du hast sie mir verwehrt. Du hast mein Elternhaus für das Wohl deiner Mutter umgebaut und es damit so gut wie unter den Hammer gebracht, sodass ich gezwungen sein werde, es meiner ärgsten Feindin zu überlassen. Wie, meinst du, sollen wir weiter zusammenleben?«

»Wenn wir uns bemühen …«

»Nein, ich will nicht mehr.« Sie hatte sich genug bemüht. Zugegebenermaßen zuletzt nur noch, um ihr Elternhaus zu retten, nicht mehr wegen Stefan. »Leb wohl«, sagte sie leise und legte auf.

Er versuchte nicht, sie noch einmal anzurufen. Er hatte verstanden.

Der Zug ratterte durch das Rheintal. Sie setzte sich wieder auf ihren Platz.

»Möchten Sie einen Keks?«, fragte einer der beiden Jungen. Er sah sie voller Mitgefühl an. Natürlich. Er hatte ja fast alles mitbekommen.

Sie lächelte und nahm einen Keks aus der Schachtel. »Danke.« Draußen war es stockfinster. Von der romantischen Landschaft war nichts zu sehen. Sie schloss die Augen. Jetzt musste sie sich auf das konzentrieren, was vor ihr lag, nicht auf das, was sie zurückließ. *Wenn mich der Mut verlässt, kann ich immer noch aussteigen*, dachte sie.

# 67

Völlig gerädert kam Susanna am nächsten Morgen in Mailand an. Ihr war kalt und ihr Kopf schmerzte. Der Mut hatte sie nach der schlaflosen Nacht verlassen, daher stieg sie nicht in den Zug nach Bologna, sondern setzte sich in den Wartesaal. *Soll ich, oder soll ich nicht?* Das war die Frage, die sie sich permanent stellte. Schließlich beschloss sie, dass ihr ein Cappuccino bei der Entscheidungsfindung helfen würde.

Sie lief den Bahnsteig entlang, um zu einer Bar zu kommen. Dabei überholte sie eine alte Dame, die sich auf einen Gehstock stützte. Plötzlich hatte Susanna ein Déjà-vu. Vor vielen Jahren hatte sie sich genau an dieser Stelle von Signora Anna verabschiedet. *Such ihn*, schien ihr die alte Dame zu sagen. Deswegen, und auch, weil sie kein Geld für die Rückfahrt hatte, stieg sie in den nächsten Zug nach Bologna.

Zwei Stunden später war sie da. Sie trat auf den Bahnhofsvorplatz, der mit Autos, Bussen und Reisenden überfüllt war. Sie hatte keine Ahnung, in welche Richtung sie laufen musste, daher folgte sie dem Strom der Passanten und befand sich fünf Minuten später auf der Viale dell'Indipendenza, einer breiten Geschäftsstraße. Leichter Nieselregen setzte ein, doch die Arkadenbögen, die den Bürgersteig auf beiden Seiten der Straße überdachten, schützten sie vor der Nässe. Allerdings potenzierte sich der Verkehrslärm unter diesen *portici* um ein Vielfaches. Jedes Moped, das vorbeibrauste – und derer gab es viele – verursachte einen Höllenlärm. An einem Kiosk kaufte sie einen Stadtplan und suchte den Weg zur Via Zamboni, der Straße, in der, wie sie wusste, die meisten Fakultäten der Universität Bologna ihren Sitz hatten.

Dort reihte sich ein altes Gebäude an das nächste. Dicke Mauern und haushohe Tore ließen das Mittelalter auch inmitten des Verkehrslärms präsent werden. Susanna stellte sich vor, wie schon achthundert Jahre zuvor Studenten unter den Arkadenbögen herumgewandelt waren und das ein oder andere Gebäude dieser altehrwürdigen Universität betreten hatten.

Sie schlug sich bis zur *Facoltà di Lettere e Filosofia* durch und versuchte, herauszufinden, wo Emilio sein konnte. Aber die Schwarzen Bretter im Inneren gaben darüber keine Auskunft. Schließlich nahm sie allen Mut zusammen und schrieb ihm eine SMS. Sie ging wieder ins Freie und schlenderte ein wenig durch die Arkadenbögen, schaute in Schaufenster und betrachtete die beiden schiefen Geschlechtertürme, die Torre Asinelli und die Torre Garisenda.

Nach einer halben Stunde war noch keine Antwort von ihm gekommen. Sie holte tief Luft und wählte seine Nummer. Doch er nahm nicht ab. *Vielleicht hält er gerade eine Vorlesung,* dachte sie. Sie ging ein Stück zurück und beschloss, sich eine Weile in einer Buchhandlung umzusehen, die sie auf dem Hinweg entdeckt hatte. Sie las die Klappentexte unzähliger Bücher, kaufte aber kein einziges, weil sie mit dem Geld haushalten musste.

Nach etwa einer Stunde versuchte sie noch einmal, Emilio anzurufen. Wieder nahm er nicht ab. Ihre Beine begannen zu zittern. Sie hatte ein flaues Gefühl im Magen. *Wahrscheinlich sieht er meine Rufnummer, nimmt aber nicht ab, weil er sich nicht mit mir unterhalten will. Kein Wunder.* Vor ein paar Wochen hatte sie ihn zutiefst verletzt.

Sie lehnte sich gegen eine Hauswand. Was sollte sie tun? Es war mittlerweile halb vier. Sie sollte sich um eine Unterkunft bemühen, um eine, die höchstens fünfzig Euro kosten würde, denn mehr hatte ihr Geldbeutel nicht zu bieten.

*Noch ein Versuch*, sagte sie sich und holte das Handy wieder aus der Tasche. Aber Emilio meldete sich wieder nicht. Niedergeschlagen ließ sie das Handy sinken. Es war zum Verzweifeln! *Vielleicht ist er in einer Besprechung*, redete sie sich ein. *Trink einen Kaffee und versuch es in einer Stunde noch einmal.*

Sie ging in eine Bar in der Nähe der Via Zamboni. Um diese Stunde war sie bis auf einen jungen Mann mit langen, dunkelbrauen Locken, der sich am Tresen mit dem adrett gekleideten Barista unterhielt, menschenleer.

»*Buonasera*«, sagte der Barista. »Was hätten Sie gern?«

»*Un cappuccino e un tramezzino, per favore.*« Seit fast vierundzwanzig Stunden hatte sie nichts mehr gegessen. Ihr Magen war zwar immer noch wie zugeschnürt, aber sie wollte nicht schlappmachen, deswegen musste sie sich jetzt irgendetwas Essbares hineinzwängen.

»Mit Thunfisch, Tomaten und Mozzarella oder Schinken?«

»Tomaten und Mozzarella bitte.«

»*Si accomodi.*« Er deutete auf einen der freien Tische und machte sich dann an der Kaffeemaschine zu schaffen.

Eigentlich wollte sich Susanna aufgrund ihrer prekären finanziellen Lage gar nicht setzen, sondern ihren Kaffee und das Sandwich am Tresen zu sich nehmen. Aber sie war müde, ihre Beine zitterten und das Lokal sah so aus, als ob sie hier ungestört ein wenig ausruhen konnte. Also ließ sie sich nieder. Kurze Zeit später brachte ihr der Barista das Tramezzino und den Cappuccino.

Im Hintergrund lief eine CD mit einer italienischen Canzone. Es war eine angenehme, warme Männerstimme, die

Susanna irgendwie bekannt vorkam. Das Lied handelte von einer Frau, die aus Pflichtgefühl bei ihrem fürchterlichen Mann blieb und nicht mit ihrem Geliebten mitging. *Wie passend zu meiner Situation*, dachte sie.

Während der Barista die Geschirrspülmaschine ausräumte, unterhielt er sich mit dem langhaarigen Gast vor dem Tresen, der offensichtlich eine ganze Menge zu diesem Lied zu sagen hatte. Jedenfalls war die Rede von Mischpulten, Soundtracks und Konzertkarten.

Als sie aufgegessen hatte, holte sie ihr Handy wieder heraus, um zu sehen, ob Emilio ihr mittlerweile eine Nachricht zurückgeschrieben hatte. Aber nichts. Sie zögerte. *Ich versuche es noch einmal, sonst rufe ich Juliane an und bitte sie, dass sie mich abholt.* Ihr Blick fiel auf den Barista. Vielleicht konnte er ihr eine billige Unterkunft für die Nacht nennen? Aber zunächst wollte sie noch einen Versuch starten, Emilio zu erreichen.

Sie holte tief Luft und wählte seine Nummer. Ein Handy klingelte. Verwirrt sah sie sich um. Der Barista und der andere Gast verstummten und schauten auf ein klingelndes Handy, das auf dem Tresen lag. Bestimmt war es eine merkwürdige Koinzidenz. Sie legte auf. Das Klingeln verstummte. Die beiden Männer sahen sie an.

»Bist du Susanna?«, fragte der Barista.

Ihr fiel die Kinnlade herunter. »Ja«, sagte sie nur. Dann war es wohl Emilios Handy, das gerade geklingelt hatte. *Wieso klingelt sein Handy hier in der Bar, wo von ihm weit und breit nichts zu sehen ist?*

Die beiden Männer wechselten einen Blick. Dann kamen sie zu ihrem Tisch. »Dürfen wir?«, fragte der Barista.

Sie nickte stumm und die beiden setzten sich zu ihr.

»Ich heiße Paolo.« Der Barista reichte ihr die Hand. »Das ist Fabio«, stellte er den anderen vor.

Fabio sah sie ziemlich unfreundlich, beinahe hasserfüllt an, Paolo hingegen schien ihr wohlgesonnen zu sein. »Du hast versucht, Emilio zu erreichen?«

Wieder nickte sie. Plötzlich durchfuhr sie eine kalte Woge des Entsetzens. »Ist Emilio etwas zugestoßen?« Ihr Herz raste.

»Nein, nein«, sagte Paolo beruhigend. »Der zerstreute Professor hat sein Handy heute Morgen hier liegen gelassen.«

Susanna atmete erleichtert auf. »Kennt ihr ihn gut?«

Paolo lachte. »Ja, das kann man so sagen. Fabio ist Emilios jüngerer Bruder und ich bin wohl sein bester Freund.«

Jetzt fiel es ihr wie Schuppen von den Augen. Fabio! Emilios Bruder, der Sänger, für den Emilio Liedtexte schrieb. Kein Wunder, dass ihr die Stimme auf der CD bekannt vorgekommen war. Sie kannte die Stimme von der CD, die ihr Emilio als Abschiedsgeschenk gegeben hatte. Dann hatte Emilio wohl seinen Liebeskummer in einem neuen Liedtext verarbeitet.

»Ich weiß, wer du bist«, fuhr Paolo fort.

Sie senkte den Blick. »Ist er sehr böse auf mich?« Aus dem Augenwinkel sah sie, dass Fabio sie immer noch düster anstarrte.

Paolo schüttelte den Kopf. »Nein. Er ist nur sehr … traurig wieder aus Bonn zurückgekommen … weil er dich nicht haben konnte.«

Sie biss sich auf die Unterlippe.

»Wieso bist du jetzt hier?« Fabio sah sie herausfordernd an. »Willst du ihn noch einmal verletzen?«

Susanna schüttelte den Kopf und kämpfte mit den Tränen. »Es tut mir so leid, ich hätte damals mit ihm gehen sollen. Ich bin gekommen, um ihm das zu sagen. Aber wahrscheinlich ist das eine schlechte Idee.« Sie kramte Emilios Buch aus der Tasche und stand auf. »Er will mich bestimmt nicht mehr sehen, und er hat natürlich recht. Ich gehe wieder. Könntet ihr ihm bitte sein Buch geben?«

Paolo griff nach ihrem Arm. »Bleib hier. Emilio wird Luftsprünge machen, wenn er dich hier sieht.« Er wandte sich Fabio zu. »Du solltest netter zu dem Mädchen sein, dem du deine Sängerkarriere verdankst.«

Fabio schnaubte.

Paolo beugte sich vor. »Was ist denn passiert, dass du plötzlich hier bist, völlig übermüdet und den Tränen nahe?«

Sie begann zu erzählen. Von Adelheid und Stefan, von seiner plötzlichen Arbeitslosigkeit, dem drohenden Verlust des Hauses und – seiner Zweitfrau, die ein Kind von ihm erwartete. Von ihrem Fehler, damals nicht mit Emilio mitgegangen zu sein, und ihrer Hoffnung, ihn wiederzusehen. »Aber er meldet sich nicht«, sagte sie dumpf.

»Nun, dass er sich nicht meldet, liegt daran, dass er sein Handy hier vergessen hat. Er ist jetzt noch an der Universität. Er hat eben von seinem Büro aus angerufen und gefragt, ob er sein Handy bei mir vergessen habe. Fabio wollte es ihm gerade vorbeibringen. Er ist zurzeit zu Besuch bei Emilio. Da kann er dich gleich mitnehmen.«

»Meinst du, ich störe ihn nicht?«

Er schüttelte den Kopf.

Susanna zückte ihr Portemonnaie, doch Paolo lehnte ab. »Das machen wir später. Jetzt lauft schon los.«

Fabio stand auf. »Komm!«

In seiner Gegenwart fühlte sie sich unwohl. Er nahm es ihr übel, dass sie seinen Bruder unglücklich gemacht hatte. Emilio hatte ihr erzählt, wie eng die Beziehung zwischen ihm und seinem jüngeren Bruder war.

Die Sonne war hervorgekommen. Trotzdem waren die Straßen noch nass und Susanna hüpfte zwischen glitschigen Pflastersteinen, Pfützen und Bordsteinen hin und her. Fabio sprach nicht mit ihr. Sie folgte ihm wie ein Dackel seinem Herrn. Schließlich hielt er ihr ein Tor zu einem mittelalterlichen

Gebäude auf. Sie mussten mindestens hundertzwanzig Stufen hinaufsteigen. Als sie oben angelangt waren, versagten ihr die Knie. Sie hielt sich am Geländer fest. *Es war eine Schnapsidee. Ich sollte umkehren!* Wenn schon Emilios Bruder ihr gegenüber so feindselig war, was würde Emilio erst sagen?

Plötzlich spürte sie einen festen Griff um ihren Oberarm. »Komm endlich«, sagte Fabio. »Wenn du schon den ganzen Weg hergekommen bist, dann schaffst du die letzten zehn Meter auch noch.« Er klang ein wenig freundlicher als vorher. Vor einer Tür blieb er stehen. »So, hier ist das Büro meines Bruders. Geh rein und sag ihm, was du ihm sagen willst.« Er drückte ihr Emilios Handy in die Hand. »Gib ihm das … und gnade dir Gott, wenn du ihn noch einmal unglücklich machst!« Er klopfte an, öffnete die Tür und schob sie hinein.

# 68

Emilio saß an seinem Schreibtisch und las. Als er die Tür hörte, sah er auf – und traute seinen Augen nicht. War er verrückt geworden oder stand sie wirklich da? »Susanna?«

Sie war weiß wie ein Laken.

»Susanna!« Er sprang auf und lief ihr entgegen. »Bist du wirklich gekommen?« Immer noch hatte er Angst, dass sie sich gleich wie ein Hirngespinst in Luft auflösen würde. Doch als er nach ihren Händen griff, fühlte er ihre warme Haut und ihren Pulsschlag. *Sie ist gekommen! Sie ist wirklich da!*

Langsam öffnete sie den Mund. »*Ciao,* Emilio«, flüsterte sie. Ihre Lippen zitterten.

»*Carissima.*« Er zog sie an sich und verbarg sein Gesicht in ihrem Haar. Es duftete ganz zart nach Rosen.

Ein paar Minuten hielten sie sich eng umschlungen in den Armen, ohne etwas zu sagen. *Ich habe sie wiedergefunden*, dachte er. *Und dieses Mal wird sie bleiben!*

»Bist du mir böse?«, brachte sie heiser hervor.

»Nein, warum?« Er hielt sie ein Stück von sich weg, um in ihre Augen zu sehen.

»Weil ich dich abgewiesen habe, obwohl ich dich liebe, weil ich mich nicht gemeldet habe, weil ich so viel Zeit verstreichen lassen habe, weil …«

»Schscht.« Sachte legte er ihr einen Finger über die Lippen, um ihren Schwall der Selbstanklage zu stoppen. »Du bist gekommen. Nur das zählt.«

»Meinst du?« Sie schien noch nicht überzeugt.

Er lächelte und geleitete sie zu einer Sitzecke in der Fensternische. Dann schenkte er ihr ein Glas Wasser ein. »Du trägst keinen Ehering mehr?«, fragte er so beiläufig wie möglich.

»Nein.« Sie betrachtete ihre Hände. »Ich habe ihn verkauft, um die Fahrkarte nach Bologna lösen zu können.«

»Was?« Vor lauter Schreck verschüttete er etwas Wasser. Das wollte er genauer wissen, doch in diesem Augenblick klopfte es an der Tür und ein Student steckte die Nase herein. »Professor Pavese, darf ich schon hereinkommen?«

Emilio drehte sich um. *Wer stört denn jetzt?*, dachte er ärgerlich.

»Wir haben einen Termin«, rechtfertigte sich der junge Mann.

»Ach ja, das stimmt«, murmelte Emilio.

Aus dem Augenwinkel sah er, dass Susanna aufstand. Doch er legte ihr eine Hand auf die Schulter und drückte sie sanft zurück in den Stuhl.

»Es tut mir leid«, sagte er an den Studenten gewandt, »wir müssen den Termin verschieben. Mir ist … ähm … etwas dazwischengekommen … etwas sehr Wichtiges …«

Der junge Mann hob eine Augenbraue.

»… um nicht zu sagen, das Wichtigste der Welt«, beendete Emilio den Satz. *Meine Güte, was stammele ich herum! Und das als Literaturprofessor!*

»Ach so«, sagte der Student. Auf einmal grinste er breit. Er hatte verstanden. »Dann will ich nicht länger stören. Rufen Sie mich einfach an, wenn Sie wieder zu sprechen sind … ich meine, wenn Sie unseren Termin nachholen möchten.« Eilig verschwand er aus dem Zimmer.

Emilio ging zur Tür und schloss von innen ab.

Susannas Wangen schienen zu glühen. »Entschuldige, dass ich deinen Zeitplan durcheinanderwerfe«, sagte sie.

Doch er winkte ab. »Ich predige meinen Studenten immer, dass sie Prioritäten setzen müssen.« Er lächelte. »Ich glaube, dieser junge Mann hat das soeben verstanden.« Er setzte sich ihr gegenüber und nahm ihre Hände in seine. »Jetzt erzähl mir alles.«

Stockend begann sie, ihm ihre ganze Misere zu schildern. Emilio biss sich auf die Unterlippe vor Zorn, bis sie fast blutete. »Dieser Schuft!«, stieß er hervor. Er spürte, wie seine Halsschlagader pulsierte.

»Ich hätte auf dich hören sollen«, sagte sie kleinlaut, »und vor Weihnachten mit dir gehen sollen.« Tränen stiegen ihr in die Augen. Sie zog ihre Hände zurück und kramte in ihrer Handtasche nach einem Taschentuch.

»Ach«, sagte sie und hielt ihm die zerfledderte Ausgabe von »I Promessi Sposi« hin. »Ich habe dir dein Buch mitgebracht.«

Er nahm es und strich vorsichtig über das Cover. Dann beugte er sich vor und zog Susanna auf seinen Schoß. »Manche Dinge brauchen Zeit«, sagte er. »Ich habe vor ein paar Wochen etwas von dir verlangt, was damals noch nicht möglich war.«

Ihre Wange lag an seiner Wange. Eine Weile schwiegen sie und genossen nur die Wärme des anderen.

»Darf ich meine Entscheidung von damals revidieren?«, fragte sie.

Er wandte den Kopf zu ihr und zwinkerte. »Mit dem größten Vergnügen!«

Da drückte sie ihn fest an sich und bedeckte seine Wangen, seine Nase, seine Stirn und seine Augen mit unzähligen Küssen. Schließlich trafen ihre Lippen auf seine und verschmolzen zu einem langen, nicht enden wollenden Kuss.

Als sie sich voneinander lösten, fischte er nach einem Stift von seinem Schreibtisch und schlug die erste Seite von Manzonis Roman auf. Unter die Worte seines Vaters schrieb er: »Ich habe die Frau meines Lebens gefunden, Papà. Sie heißt Susanna.« Unter seine eigene Widmung, in der er Susanna beschworen hatte, ihr Haus zu verlassen, schrieb er nur: *»Brava!«*

Er klappte das Buch zu. »Jetzt gehen wir nach Hause. Das heißt, vorher muss ich noch bei Paolo vorbei, um mein Handy zu holen.«

Susanna griff wieder in ihre Handtasche und reichte ihm sein Handy. »Das soll ich dir geben mit einem Gruß von Paolo und Fabio.«

Emilio lachte. »Dann kennst du die beiden schon?«

Sie nickte. »Ich glaube, Fabio ist sauer auf mich.«

»Nicht mehr lange.« Er küsste sie wieder. »Ich ruf ihn kurz an und bitte ihn, bei Paolo zu übernachten.«

»Aber …«, wandte Susanna ein.

Er schüttelte den Kopf. »Kein ›aber‹! Heute will ich mit dir allein sein.«

Fünf Minuten später traten sie Hand in Hand hinaus. Mittlerweile war es dunkel geworden, und kalter, feuchter Nebel war aufgezogen. Man sah kaum mehr als drei Meter weit und die funzeligen Lichter in den Arkadenbögen verhalfen ihnen gerade, sich von einer Laterne zur nächsten zu hangeln.

»Der Nebel gehört zu Bologna wie die *portici*«, sagte Emilio. »Du wirst dich daran gewöhnen.«

Eine Gruppe von Passanten stand plötzlich schemenhaft vor ihnen. Susanna zuckte vor Schreck zusammen. »Ist das unheimlich!«, entfuhr es ihr.

Die Via Zamboni bei Nacht und Nebel bot tatsächlich die perfekte Kulisse für einen Mittelalterkrimi. Er drückte ihre Hand. »Es ist wie im Leben. Man überblickt, wenn überhaupt, nur eine sehr kurze Zeitspanne. An jeder Ecke, zu jedem Zeitpunkt kann ein unerwartetes Ereignis eintreten. So wie heute. Als ich heute Morgen aufgestanden bin, hätte ich nicht im Traum damit gerechnet, dass ich dich am Abend mit nach Hause nehmen würde.«

Sie schmiegte sich an ihn. Ihre Schritte hallten nach. Ein weiterer Fußgänger kam ihnen entgegen.

»Meinst du, es wird gut werden, unser neues Leben?«, fragte sie.

Er antwortete nicht sofort. »Es werden schwierige Ecken sein, die wir in nächster Zeit umschiffen müssen, und niemand weiß, was die Zukunft für Überraschungen in petto hat.« Er dachte an Susannas bevorstehende Scheidung, an den Kampf ums Geld, an die Schlammschlachten gegenseitiger Schuldzuweisungen. Hoffentlich würde es für sie nicht allzu schlimm werden. »Aber wir sind zu zweit, Susanna.« Er legte einen Arm um ihre Schultern. »Die Zukunft ist so ungewiss wie unser Weg hier im Nebel. Doch ab heute gehen wir ihn zu zweit. Gemeinsam lassen sich alle Schwierigkeiten leichter bewältigen.« Er beugte sich zu ihr hinunter und küsste sie. »Die ›Promessi Sposi‹ haben sich endgültig wiedergefunden und werden sich nicht mehr verlieren. Manzonis Roman wandert nachher in *unser* Bücherregal und wechselt nicht mehr den Besitzer, denn die beiden Besitzer wohnen ab heute zusammen.«

# 69

*April 2008*

Nachdem Susanna und Emilio zu zweit in den Nebel hinausgegangen waren, verbrachten sie eine Woche in abgeschiedener Glückseligkeit in seiner Wohnung. Dann bombardierten Juliane und Tante Margit Susanna mit besorgten Nachrichten, und sie sah sich genötigt, wieder ins wahre Leben hinauszugehen.

Zusammen mit Emilio fuhr sie zurück nach Bonn, reichte über Julianes Kanzlei die Scheidung ein und betrat ein letztes Mal ihr Elternhaus.

Adelheid und Isolde empfingen sie mit eisigem Schweigen. Glücklicherweise ließ Emilio sie keine Sekunde allein mit den beiden Damen. Stefan kam nur einmal kurz vorbei und sagte nicht viel. Seine Freundin hatte ihn nach Frankfurt zitiert. Susanna hatte den Eindruck, dass er unter ihrer Fuchtel stand.

Sie packte ihre Sachen in Kartons und beauftragte ein Umzugsunternehmen, sie nach Italien zu transportieren. Das Haus würde sie Isolde oder wem auch immer verkaufen. Es war nicht mehr ihr Zuhause. Das war jetzt bei Emilio.

Als sie alles erledigt hatte, stand sie vor den Gräbern ihrer Eltern und ihres Bruders. »Dein Rat war Gold wert, Laurenz«, sagte sie leise. »Ich gehe jetzt weg aus Bonn. Weit weg. Zu meinem neuen Mann. Zu Emilio. Ich hatte dir von ihm erzählt, als du noch lebtest.« Sie schwieg und zupfte ein paar Blätter zurecht. »Du hast gesagt, dass du immer mit mir gehst. Deswegen bist du sicher nicht böse, wenn ich nicht mehr so oft wie bislang ein Grablicht anzünde, oder?«

Leise raschelte es in einem der Bäume. Als Susanna den Kopf hob, sah sie einen bunten Papagei, einen Unzertrennlichen. Plötzlich flog ein zweiter heran, setzte sich zu dem ersten dazu und liebkoste ihn mit seinem Schnabel.

»Susanna?«

Sie drehte sich um. Emilio stand vor ihr. Er hatte ein wenig abseits gestanden, damit sie sich allein von Laurenz verabschieden konnte.

»Schau mal, die beiden Papageien«, sagte sie.

Er legte einen Arm um sie. »Sie haben einander gefunden, so wie wir.«

Ja, jetzt war sie nicht mehr allein. Bei Laurenz' Beerdigung hatte sie nur einen Unzertrennlichen gesehen. Nun waren auch sie zu zweit.

*Wenn wir wieder in Bologna sind, werde ich Emilio sämtliche Zeichnungen aus Laurenz' Mappe zeigen*, dachte sie. Von nun an würde sie sie nicht mehr verstecken.

Emilio sah auf die Uhr. »Unser Zug fährt in einer Stunde.«

Sie zuckte unwillkürlich zusammen.

Er lachte. »Wir reisen gemeinsam, *carissima*. Unsere Lebenswege trennen sich nicht mehr, durch keinen Zug, durch nichts anderes.«

Sie verließen Hand in Hand den Friedhof. In Gedanken war Susanna bereits wieder in Bologna. »Meinst du, ich bekomme die Stelle?« Sie hatte sich einige Tage zuvor für eine Stelle als Deutschlehrerin an der Universität beworben.

»Ich denke schon«, sagte er. »Du hast neben italienischer Literatur auch Germanistik studiert, daher hast du gute Karten, die Stelle zu bekommen. Und wenn nicht, kannst du weiterhin übersetzen. Das ist von jedem Ort aus möglich.« Sie gingen ein paar Schritte weiter. »Außerdem hat dir Professor Schneidereck eine hervorragende Referenz geschrieben.« Er zwinkerte.

Ihr alter Doktorvater hatte seinen Krebs wider Erwarten besiegt. Als sie ihn kürzlich von Bologna aus kontaktiert und um eine Referenz gebeten hatte, hatte er sie auf drei Seiten in den höchsten Tönen gelobt. Sie lächelte. *Er hat sich so sehr gefreut, dass ich seinen Rat befolgt habe und zu Emilio nach Bologna gegangen bin.*

Sie erreichten den Hauptbahnhof und nahmen ihre Koffer aus den Schließfächern. *Nein, heute wird es kein schlimmer Abschied,* dachte sie. *Heute sage ich nur meiner Tante, meiner Freundin und meiner Stadt Lebewohl.*

Tante Margit und Juliane standen bereits auf dem Bahnsteig. »Da seid ihr ja endlich!«

»Wir sehen uns bald in der Toskana, nicht wahr, Herzchen?«, trällerte Tante Margit.

Susanna lächelte. Es war gut, dass auch ihre Tante nicht mehr allein war und sogar bald in ihrer Nähe in der Toskana leben würde.

Juliane drückte sie. »Ich regle deine Scheidung so weit wie möglich allein. Ich denke nicht, dass es schwierig wird.«

Die Anschlagtafel ratterte. Der Zug fuhr ein und kam mit quietschenden Bremsen zum Stehen.

»Bis bald!«, rief Susanna und stieg ein. Emilio folgte ihr mit den Koffern.

Der Schaffner blies in seine Pfeife. Die Türen schlugen zu. Der Zug setzte sich in Bewegung. Susanna winkte Juliane und Tante Margit zu. Dann griff sie nach Emilios Hand. »Ich kann es kaum glauben: Wir fahren gemeinsam.«

Er lächelte. »Von jetzt an immer.«

2017

# 70

***Oktober 2017***

»*Tanti auguri, mamma!*«

Susanna schlug die Augen auf. Sie hatte sich schlafend gestellt, um Valentina und Isabella den Spaß zu gönnen, sie an ihrem Geburtstag zu wecken.

Emilio stand mit einer Tasse *caffè* und einem bunten Blumenstrauß hinter ihren Kindern. »Herzlichen Glückwunsch auch von mir.« Er setzte sich auf die Bettkante und küsste sie.

Die beiden Mädchen krabbelten zu ihr unter die Decke und schmiegten sich an sie. »Du musst unsere Geschenke aufmachen!«

Susanna setzte sich auf und zog an der Schleife des ersten Päckchens. »*Che bello!*«, rief sie aus, als sie Valentinas Pappmaschee-Hühnchen in der Hand hielt. »Das ist wirklich hübsch geworden!«

»Und jetzt meins!«, rief Isabella.

Das zweite Päckchen enthielt eine Holzdose, die Isabella mit lauter Blümchen bemalt hatte. »Wunderschön! Was habe ich nur für begabte Töchter!« Sie drückte ihre Kinder an sich.

»So, ihr zwei, jetzt zieht euch an. Ihr müsst gleich in die Schule und Mamma muss Deutschunterricht geben«, sagte Emilio und schickte die Mädchen hinaus.

Als sie draußen waren, zog er ein Kuvert aus der Jackentasche. »Hier ist noch ein Geschenk für dich, Susanna. Von Laurenz.«

Sie stellte die Tasse ab. Seit zehn Jahren hatte sie keinen Umschlag ihres Bruders mehr geöffnet. Nach wie vor hatte sie aber jeden Tag an ihn gedacht. Sie war sich sicher, dass er, da sie nun nicht mehr allein war, auch seine Ruhe gefunden hatte. Sie zögerte.

»Nun mach ihn schon auf«, sagte Emilio. »Es ist der letzte Umschlag von deinem Bruder. Außerdem bin ich ja jetzt bei dir und kann dich trösten.«

Vorsichtig öffnete sie das Kuvert.

> Liebe Susanna,
> herzlichen Glückwunsch! Nun hast du es geschafft. Du bist nun doppelt so alt wie ich, als ich von dir gegangen bin, und du lebst jetzt genauso lang ohne mich wie mit mir. Daher wirst du die restlichen sechzig Jahre auch schaffen. Dann werden wir uns wiedersehen! Wie ich mich auf dich freue! Aber bis dahin musst du noch einiges erleben. Was macht unsere *Life List*? Alles abgehakt? Grüße die Menschen, die dir nahestehen und dich lieben. Ich bin ihnen sehr dankbar, dass sie für dich da sind! Bis in sechzig Jahren!
>
> Dein Laurenz

Susanna lächelte. »Alles abgehakt, Laurenz. Ich habe tatsächlich alles geschafft. Und meine zweite Hochzeit ist auch nach deinen Vorstellungen abgelaufen.« Sie reichte Emilio die Nachricht ihres Bruders. »Das musst du auch lesen, immerhin dankt er dir.«

Er beugte sich über das Schreiben und bemühte sich, Laurenz' Worte zu verstehen. »Da ist kein Bild, das mir den Sinn der Worte verdeutlicht«, beschwerte er sich.

Susanna lachte. »Stimmt, zu diesem Brief hat er nichts gezeichnet. Komm, ich übersetze ihn dir.«

»Schöne Worte«, sagte Emilio, als sie fertig war. »Weißt du, dass ich ihm vor zehn Jahren versprochen habe, gut auf dich aufzupassen, wenn er mir hilft, dass ich dich bekomme?«

Verdutzt sah sie ihn an.

»Das war damals, als ich schnell eins deiner Bücher aus dem Mansardenzimmer geholt habe, während Adelheid unten Rabatz geschlagen hat.« Er lächelte und strich ihr sanft über die Wange. »Da Laurenz mir ganz offensichtlich geholfen hat, mein Ziel zu erreichen, wollte ich mich nun endlich einmal erkenntlich zeigen.«

»Wie denn?«

»Heute Abend findet dir und Laurenz zu Ehren ein Konzert mit Fabios Band statt. Im *Cortile* neben Paolos Bar. Du kannst noch Einspruch erheben, wenn du magst. Es könnte nämlich sein, dass dich das Konzert emotional zu sehr mitnimmt.«

»Was genau werde ich denn zu hören bekommen?«

Emilio bückte sich und zog ein Manuskript unter dem Bett hervor. »Das hier.«

Susanna starrte auf die Titelseite. Dort waren die beiden Papageien von Laurenz' Hochzeitskarte abgebildet. Sie blätterte um. Langsam. Eine Seite nach der anderen. Links war jeweils eine von Laurenz' Zeichnungen zu sehen, rechts daneben Noten mit italienischen Liedtexten. »Du hast seine Zeichnungen in Worte gefasst«, flüsterte sie.

Er nickte. »Und Fabio hat sie vertont. Wenn wir Glück haben und du einverstanden bist, können wir ein Liederbuch herausbringen. Fabio hat schon Kontakt zu einem Musikverlag aufgenommen. Dann hätte Laurenz wenigstens einen Punkt seiner *Life List* erledigt.«

Susanna traten Tränen in die Augen. »Das wäre wundervoll. Er würde sich unendlich freuen. Selbst wenn es zu keiner Veröffentlichung kommt, ist es wirklich lieb von dir und Fabio, dass ihr euch so viel Mühe gegeben habt. Ich weiß gar nicht, was ich sagen soll.«

Emilio drückte sie an sich. »Du musst nichts sagen. Du brauchst nur zuzuhören.«

Als es dämmrig wurde, brachen sie auf. Paolos Bar war hell erleuchtet. Emilios Mutter, seine Geschwister mit ihren Familien und Fabios Bandmitglieder hatten sich bei Paolo am Tresen versammelt. Bei ihnen standen auch Juliane und Tante Margit mit ihren Männern.

Susanna traute ihren Augen kaum. »Ihr seid alle gekommen?«

»Natürlich, Herzchen, es ist doch dein Geburtstag!«, rief ihre Tante.

Für die nächste Viertelstunde wurde Susanna umarmt und geküsst. Gläser klimperten aneinander, die Kinder tobten herum und die Erwachsenen lachten und palaverten miteinander.

*Dass ich als Vollwaise einmal zu einer Großfamilie gehöre, hätte ich nie erwartet*, dachte sie.

Fabio stand plötzlich neben ihr. »Bist du einverstanden mit unserem Konzert?«, fragte er leise.

»Klar! So eine schöne Idee von euch!« Sie drückte ihn. Nach ihrer anfänglichen Scheu ihm gegenüber war er für sie wie ein Bruder geworden, mit dem sie oft herumscherzte, als würden sie sich schon seit Kindheitstagen kennen.

»Gut, dann komm.« Er klimperte mit einem Löffel an sein Glas und rief: »Das Konzert beginnt in fünf Minuten!«

Die Gäste gingen in den Innenhof und nahmen ihre Plätze ein. Fabio und seine Freunde stimmten ihre Instrumente.

Caterinas Söhne fummelten an einem Diaprojektor herum. Plötzlich erschienen Laurenz' Papageien überlebensgroß auf der Leinwand. Susanna stockte der Atem.

Emilio quetschte sich neben sie und legte ihr einen Arm um die Schultern. »Alles in Ordnung?«

Sie nickte und lehnte sich an ihn.

Da zupfte Fabio ganz leise die ersten Akkorde auf der Gitarre. Die anderen Instrumente setzten nacheinander ein und als ihr Schwager schließlich anfing, Laurenz' Hochzeitswünsche zu singen, war ihr Gesicht schon nass vor Tränen.

Glücklicherweise hatten es Emilio und sein Bruder geschafft, die Ironie und den Witz aus Laurenz' Zeichnungen in die Musik und die italienischen Verse zu übertragen, sodass sie nicht nur weinen, sondern oft auch herzhaft lachen musste.

Emilio beugte sich zu ihr hinab. »Gefällt es dir?«

»Ja, sehr!« Sie schmunzelte.

»Was ist?«

»Ich habe nur gerade gedacht, dass es etwas ganz Besonderes ist, wenn drei Männer unzählige Stunden und Tage damit zubringen, mir Zeichnungen mit guten Wünschen und Ratschlägen anzufertigen, diese zu Versen umzuwandeln und zu vertonen.«

Er küsste sie. »Du bist etwas ganz Besonderes.«

# Epilog

Bologna, im Dezember 2017

Lieber Carmine,
ich habe mein Versprechen, das ich Dir vor fast zwanzig Jahren gegeben habe, nicht vergessen, und so schicke ich Dir heute die Liebesgeschichte, die Du damals haben wolltest. Entgegen jeder Wahrscheinlichkeitsrechnung habe ich meine Susanna wiedergefunden und sie trotz vieler Hindernisse geheiratet.

Es wird dich erstaunen zu hören, dass auch sie jemandem versprochen hat, ein Buch zu schreiben, nämlich ihrem Zwillingsbruder, der früh verstarb und sie zuvor gebeten hatte, so viele Punkte wie möglich, die auf ihrer gemeinsamen *Life List* standen, abzuarbeiten. Darauf stand auch der Punkt »Buch schreiben«.

Es hat ein wenig gedauert, bis Susanna und ich das Projekt »Buch« in Angriff nehmen konnten, denn wir mussten zunächst so viele andere Dinge erledigen. Aber nun ist es fertig. Wir haben abwechselnd daran gearbeitet. Ich muss allerdings gestehen, dass der Teil, den Susanna verfasst hat, umfangreicher ist als meiner. Jedenfalls senden wir Dir heute unsere ganz persönliche Geschichte der »Promessi Sposi«, der Liebenden, die sich nach einer langen Odyssee wiedergefunden haben. Wir hoffen, dass Dir unsere Geschichte gefällt.

Herzlichst, Dein Emilio

PS: Mein Bruder hat kürzlich eine neue CD herausgebracht. Dieses Mal ist es keine Eigenproduktion. Wie in Fabios kühnsten Träumen ist tatsächlich ein renommierter Plattenproduzent auf ihn und seine Band aufmerksam geworden und hat sie unter Vertrag genommen.

Fabio besingt in seinem neuen Album keine unerreichbare Geliebte. Es sind vielmehr Worte eines Bruders an seine Schwester. Nur Dir verraten wir, dass die Texte aus den Comic-Zeichnungen stammen, die Susannas Bruder Laurenz ihr als Vermächtnis hinterlassen hat. Ich habe sie ins Italienische übertragen und zu Liedtexten umgearbeitet und Fabio hat die Musik dazu geschrieben. Hör's Dir an!

# Danksagung

Familie und Freunden danke ich, dass sie mich auf vielfältige Art und Weise beim Schreiben des Romans unterstützt haben, sei es, dass sie meine imaginären Aquarien mit den passenden Fischen bestückten, mit Begeisterung von der Zweisamkeit bestimmter Papageien erzählten, mir das italienische Hochschulwesen sowie die Funktionsweise einer professionellen Siebträgermaschine erläuterten oder mich diverse Male in Bologna beherbergten.

Vor allem aber danke ich dem Verlag Tinte & Feder und der Literaturagentur Peter Molden, dass meine Geschichte »in die Welt hinausziehen« durfte.

35102243R00228

Printed in Poland
by Amazon Fulfillment
Poland Sp. z o.o., Wrocław